LJ Andrews

Crown of Blood and Ruin

Geliebt von meinem Feind

LJ Andrews

CROWN OF BLOOD AND RUIN

Geliebt von meinem Feind

Roman

Deutsch von
Maike Claußnitzer

blanvalet

Die Originalausgabe erschien 2022 unter dem Titel
»Crown of Blood and Ruin (The Broken Kingdoms, Book 3)«
bei Victorious Publishing, New York.

FSC www.fsc.org MIX Papier | Fördert gute Waldnutzung FSC® C014496

Penguin Random House Verlagsgruppe FSC® N001967

1. Auflage 2024

Published by Arrangement with VICTORIOUS PUBLISHING LLC
Dieses Werk wurde vermittelt durch die Literarische Agentur
Thomas Schlück GmbH, 30161 Hannover.
Redaktion: Ulrike Gerstner
Umschlaggestaltung: Anke Koopmann | Designomicon
nach einer Originalvorlage von Authortree
Umschlagillustration: Authortree
BL · Herstellung: fe
Satz: Vornehm Mediengestaltung GmbH, München
Druck und Bindung: GGP Media GmbH, Pößneck
Printed in Germany
ISBN 978-3-7341-6385-2

www.blanvalet.de

TEIL 1

KAPITEL 1

NACHTPRINZ

Die Holzbretter stanken nach Erbrochenem.

Der beißende Geruch brannte mir bei jedem Atemzug im Rachen. Niemand am Tisch schien sich daran zu stören. Der Mann gegenüber von mir ließ immer wieder Teile von seinem Räucherhering fallen und aß sie dann trotzdem, als wären sie nicht vom übelriechenden Auswurf eines anderen überzogen.

Mit einem Schmatzen lehnte er sich lässig auf seinem Stuhl zurück, den Blick auf mich gerichtet. »Ihr seid also Hersir Legion Grey, ja?«

Einer meiner Mundwinkel hob sich. »Schon den ganzen Tag.«

Er schnaufte und wischte sich das, was ihm aus der Nase lief, mit dem Handrücken ab. »Sagt mir eines: Warum sollte ich an Euch verkaufen? Euer König hat mir einen guten Preis geboten. Und er ist der verdammte König.«

Der Händler sah aus dem trüben Fenster, vor dem drei Dutzend Leibeigene angekettet waren wie Schweine auf dem Weg zur Schlachtbank. Er klopfte mit der linken Hand auf den Tisch und griff dann nach seinem Trinkhorn. Linkshänder. Die kurze Klinge an seiner Taille würde meine schwächere Seite treffen. Leicht abzuwehren.

Ich trank einen Schluck Starkbier.

Seine Klinge war nicht schlecht geschmiedet, aber auch kein Meisterwerk. Der Stahl war nicht gut ausbalanciert. Klobig. Schwer. Die Hiebe würden schnell und heftig, doch wenig kontrolliert erfolgen.

»Nun?«, fragte er. »Warum wollt Ihr sie?«

Ich hob den Blick. »Ich bin ehrgeizig, Hersir, und in Timoran herrschen ungewisse Zeiten. Ihr stammt nicht von diesen Gestaden, aber ich habe tiefe Taschen. Ich mache Euch das Angebot nur aus dem Grund, dass ich ein paar kräftige Leibeigene, die meine Tore bewachen, gut gebrauchen könnte.«

Der Händler zog eine Augenbraue hoch. Immer wieder streckte er sein rechtes Bein. Tat es vielleicht weh? Eine alte Verletzung? Ich würde es auf die Probe stellen, wenn er sich die Chance verdiente aufzustehen.

»So wie es aussieht, Hersir Grey, habt Ihr doch schon reichlich gutes Fleisch, das Euch den Rücken deckt.« Sein Blick huschte zu der einschüchternden Mauer aus Männern hinter mir. Thor, Ari und Brant standen mit verschränkten Armen da, Klingen an ihren Gürteln, finstere Mienen aufgesetzt.

Ich kämpfte gegen den Drang an, die Augen zu verdrehen.

Narren. Ich war als Legion Grey hier, ein Taugenichts von einem Händler aus Neu-Timoran. Sie sollten meine Geschäftspartner darstellen, meine Gefährten. Früher waren wir dafür bekannt gewesen, unser Glück an Spieltischen zu versuchen, und hatten als tollkühne, reiche junge Männer gegolten, die einen Blick für gute Geschäfte hatten.

Nicht als Krieger eines Königs.

Ari war der Einzige, der allen Grund hatte, dreinzuschauen, als hätte er Schmerzen. Bestimmt hatte er sie wirklich. Da er sich auf Illusions-Wildwut verstand, lag es ausschließlich an

Ari, dass meine Fae-Züge verborgen blieben. Aber Wildwut neigte dazu, den Körper auszulaugen, wenn man sie zu sehr beanspruchte.

Und dieser Bastard von einem Händler hörte einfach nicht auf zu reden.

»Sie sind schlecht gelaunt, weil wir sie nicht zum Trinken eingeladen haben«, sagte ich bedeutungsvoll mit einem scharfen Blick zu Thor. Er hatte schon früher selten gelächelt, aber seit wir Burg Rabensporn das letzte Mal verlassen hatten, konnte nur eine Person meinem alten Freund noch irgendeine Emotion entlocken.

Elise war nicht hier, also war das Mindeste, was er tun konnte, den sorglosen, ehrgeizigen Handelspartner von Legion Grey zu spielen.

Wie Mattis.

Der Tischler verstand sich darauf, in solch eine Rolle zu schlüpfen, ohne sich anmerken zu lassen, wie gut er mit dem Schwert an seiner Taille umgehen konnte. Mattis lachte in einer Ecke und schlug auf die Tischplatte; er stürzte mit einem anderen Mann, der sich unter seiner Kapuze verbarg, ein Trinkhorn rotes Gewürzbier hinunter.

Frey würde sein Gesicht nicht zeigen. Noch nicht. Hier würde man ihn zu schnell erkennen.

Mein stinkender Zechkumpan neigte sein Horn, den Blick weiter auf mich gerichtet. »Tut mir leid, Hersir. Aber ich ziehe mich nicht aus einem Geschäft mit dem König zurück, nur um Euren Ehrgeiz zu stillen. Kauft lieber auf dem freien Markt am Rabensporn ein. Und ein guter Rat: Lasst es nicht zur Gewohnheit werden, Euren eigenen Königshof zu überbieten.«

»Ich glaube, Ihr begeht einen Fehler.«

Dieses Gespräch würde gleich eine andere Wendung nehmen. Während der Händler polterte und seine eigene Wichtigkeit wie ein eitler Gockel zur Schau trug, lastete die unter dem Tisch versteckte Axt immer schwerer auf meinem Schoß.

Ein selbstgefälliges Grinsen huschte über sein wettergegerbtes Gesicht. »Ich bin nicht zum Handelspartner von Königen aufgestiegen, indem ich Fehler begangen habe, Junge.«

»Junge?«, wiederholte ich lachend. »Kühn von Euch, Hersir.«

»Glaubt Ihr etwa, der Ruf des wilden Legion Grey, Händler, der mit Kaufmannstöchtern ins Bett geht, während er ihren Vätern das Geld aus der Tasche zieht, sei nicht zu mir gedrungen? Für mich seid Ihr nur ein unsteter Geselle mit dickem Geldbeutel.«

Ich zog eine Augenbraue hoch. »Sagen das etwa alle über mich?«

Er grinste und zeigte dabei einen Goldzahn vorn im Mund. »Ja. Gut, dass ich keine Tochter habe, Hersir Grey. Ich treibe keinen Handel mit Euch. Ein gutes Verhältnis zu einem König ist verlockender als ein Geschäft mit einem *Jungen* wie Euch.«

Ich verzog den Mund, als ich mein Trinkhorn hob. »Ich kann Euch nur zustimmen. Natürlich möchte ich Euch eine letzte Gelegenheit geben, mir Eure Handelsware freiwillig zu überlassen.«

»Jetzt soll ich sie einfach so weggeben?« Er lachte leise. »Ihr seid wirklich merkwürdig. Wie Ihr so lange in der Geschäftswelt zurechtkommen konntet, werde ich wohl nie erfahren.«

»Wenn ich recht verstehe, lehnt Ihr ab?«

Der Händler sah mich an, als hätte ich den Verstand verloren. »Ja, Hersir Grey. Ich weigere mich, Euch meine Leibeigenenware zu *überlassen*.«

»Verstanden.« Ich packte den Griff meiner Streitaxt fester. Das Leder, das Holz und der Stahl hatten etwas Tröstliches.

Etwas Vertrautes und Tödliches. »Leider wird dieser Abend nicht gut für Euch ausgehen. Der König hat kein Interesse an gutwilligem Handel mit Euresgleichen. Er hat Euch nur eine Chance geben wollen.«

Sein Grinsen verflog. »Was sagt Ihr …«

Bevor der Händler den Satz vollendete, drang die geschwungene Klinge meiner Axt schon in seine Finger, die auf der Tischplatte ruhten. Ein grauenvoller kehliger Schrei durchbrach den Frieden des Wirtshauses. Meine Leute aus Ruskig stürzten sich auf seine Männer, bevor diese auch nur wussten, wie ihnen geschah.

Mattis' Schwert durchtrennte die Wirbelsäule eines Händlers. Frey schlug seine Kapuze zurück und warf einen Dolch auf den Wirt. Die Spitze drang dem Mann in die Kehle. Ich hinterfragte es nicht. Der ettanische Krieger hatte gewiss seine Gründe, ihn zu töten.

Gäste des Wirtshauses schrien. Einige griffen zu den Waffen. Sie überlebten es nicht lange. Ein paar starrten Frey mit offenem Mund an, lächelten sogar mit einem Anflug von Triumphgefühl. Als ich mich von meinem Sitz erhob, kümmerten sich Thor, Mattis und Brant gerade um den Rest der Handelsmannschaft und stießen sie auf die Knie, Messer an ihren Kehlen.

Ari atmete erleichtert aus, als er die Illusion verfliegen ließ, die er über meine Züge gebreitet hatte.

Ich schob die Manschetten meines Wamses zurecht und trat an die Seite des Händlers. Seine Stirn war schweißbedeckt, seine Haut blass. Blut sprudelte auf den Tisch und vermischte sich mit verschüttetem Bier.

Angesichts meiner tiefdunklen Augen und meiner spitzen Ohren zuckte er zurück. Ich strich mit einem Finger über die

Klinge der Streitaxt und ging in die Hocke, eine Hand in seinen Nacken gelegt.

»Ich sollte mich entschuldigen. Wisst Ihr, ich war nicht ganz aufrichtig, was unser Treffen angeht.« Ich ließ das volle Gewicht meiner Hand auf dem Griff der Axt ruhen, die seine Fingerknöchel durchschnitt. Der Händler stöhnte und schloss die Augen. »Zunächst sollte ich allerdings wohl einige der schlimmsten Gerüchte aufklären, die über mich in Umlauf sind. Ich gehe nicht mit allen möglichen Töchtern ins Bett. Ich bin mit *einer* Tochter Timorans voll und ganz zufrieden. Dafür hättet Ihr Verständnis, wenn Ihr sie sehen würdet, Hersir, das versichere ich Euch. Wahrhaft schön und zugleich furchterregend …«

»Vielleicht könnten wir etwas schneller machen. Diese Dreckskerle denken, sie könnten sich losreißen, und das ist ziemlich lästig«, sagte Ari grinsend. Die Händler in den Griffen meiner Männer wehrten sich und versuchten, nach den Waffen zu greifen, die in den Scheiden an ihren Gürteln steckten.

»Verzeiht mir«, sagte ich mit einem vergnügten Blick auf meinen Händler. »Wenn ich anfange, von Elise zu sprechen, neige ich dazu, kein Ende zu finden.«

»Wer seid Ihr?«, stieß er hervor.

»Ihr seid doch hier, um mit dem König Handel zu treiben, nicht wahr? Wie gesagt, er – *ich* – möchte keine Geschäfte mit Euch machen. Aber ich nehme Euren Fang.«

Vielleicht lösten der Blutverlust und die abgehackten Finger ein wenig Wahnsinn in dem Händler aus. Er lachte. Speichel verfing sich in seinem drahtigen Bart. »Ihr seid verrückt. H … hierfür wird Euer K … König Euch niedermetzeln.«

Ich warf Thor einen betont ratlosen Blick zu. »Er redet ständig von meinem König. Oh – ich glaube, ich verstehe.« Ich kniff die Augen zusammen. »Ihr sprecht wohl von dem falschen König. Es sieht Calder ähnlich, immer noch so anmaßend zu sein.«

»F… falscher König?«

Ich richtete mich auf und führte meine Lippen nahe an sein Ohr. »Ihr seid in mein Land gekommen, in der Absicht, mit Magie zu handeln, mit *meinen* Leuten zu handeln. Ihr habt mir praktisch den Krieg erklärt.« Ich nickte Thor zu. »Tötet sie.«

Es ging schnell. Messer und Dolche drangen in die Handelsmannschaft ein; der Anführer zuckte bei jedem dumpfen Aufprall auf den stinkenden Bodendielen zusammen. Weniger behutsam, als ich es hätte tun können, riss ich die Axt aus seiner verstümmelten Hand. Der Händler schrie auf und krümmte sich über den Tisch. Er zitterte.

»Ich lasse Euch heute am Leben«, sagte ich. »Gern geschehen. Wenn die Rabensporn-Wachen kommen – und das werden sie –, um Euch vor den falschen König zu führen, bestellt Ihr ihm hoffentlich schöne Grüße von mir. Sagt ihm, dass König Valen Ferus kommt. Und noch einmal: Ich weiß seine Handelsgeschäfte sehr zu schätzen. Seine Karawanen waren und sind für das wahre Volk dieses Landes unglaublich nützlich.«

Der Händler starrte mich benommen vor Furcht an. Solch eine Miene schenkte mir eine gewisse Befriedigung. Eine, die ich jedes Mal genoss, wenn wir das hier taten. Seit Monaten griffen wir Calders Handelspartner an, warfen ihm Knüppel zwischen die Beine, schwächten ihn.

Mit einer raschen Geste bedeutete ich meinen Männern zu gehen. Brant ließ ein Leintuch neben dem Händler fallen, klopfte ihm auf die Schulter und ließ ihn mit dem schäbigen Verbandszeug allein. Die Raben würden den Mann holen kommen; sie würden ihn zu Calder bringen. Entweder ließ der junge König ihn töten oder … Nein. Die Wahrscheinlichkeit war hoch, dass Calders Jähzorn das Leben des Händlers fordern würde.

Draußen waren Frey und Mattis damit beschäftigt, die Leibeigenen zu befreien. Ich streifte das verdammte Wams ab. Warum die Timoraner diese Kleidung bequem fanden, würde ich nie verstehen.

Mattis warf mir grinsend meine zweite Streitaxt zu. »Gut gemacht, mein König.«

Gelächter tönte durch die Nacht. Einige der Leute stammten eindeutig nicht aus Timoran, und das Blut aus ihren von Prellungen überzogenen, übel zugerichteten Körpern verströmte einen durchdringenden, süßlichen Fäulnisgeruch. Alver. Magiebegabte aus einem fernen Königreich. Ich grinste und konnte mir vorstellen, dass Junius, unsere Alverfreundin, erfreut gewesen wäre zu erfahren, dass wir ihre Leute gefunden und sie dem Rabensporn wieder entrissen hatten.

»Frey? *Frey*!«, rief eine tiefe, kehlige Stimme über alle anderen hinweg.

Frey ließ sein Schwert fallen. Ein schmerzliches Lächeln trat auf seine Lippen. Er drängte sich eilig durch das Gewühl und prallte auf einen anderen, in Lumpen gekleideten Mann. Weitere Blicke richteten sich auf meinen Leibwächter; man flüsterte seinen Namen. Allerdings war das hier auch Freys Siedlung. Seine Heimat. Ein Ort, dessen Bevölkerung der Rabensporn niedergemacht oder geraubt hatte. Man hatte die Frauen und Kinder getötet, die Männer versklavt.

»König Valen«, hatte Frey vor Wochen gesagt. »Ich habe eine Bitte persönlicher Natur.«

»Persönlich inwiefern?«

»Nenn es Rache.«

Der Ruf nach Vergeltung war mir nur allzu vertraut. Ich hatte genickt. »Was für eine Bitte hast du?«

»Ich will meine Leute, meinen Bruder befreien. Dann will ich die umbringen, die ihn schon seit zwei Umläufen gefangen halten.«

Er hatte ein paar Einzelheiten genannt. Erklärt, dass die Ettaner in den südlichen Siedlungen für das alte Etta, für meine Familie kämpften. Zur Strafe für ihre Rebellion tötete oder verkaufte man sie. Sie würden eine Karawane mehr sein, die wir Calder nehmen konnten. Aber noch besser: Frey hatte diesen speziellen Händler mit seinem besonderen Fang aufgespürt.

Als sein Bruder, dessen Züge seinen zum Verwechseln ähnelten, sich aus seiner Umarmung löste und Freys Gesicht mit beiden Händen umfasste, durchzuckte ein Schmerz meine Brust. Seltsam, wie es mir flau im Magen werden ließ, Zeuge der Wiedersehensfreude der Brüder zu werden.

Frey hatte seinen Bruder gerettet; ich hatte meinen im Stich gelassen.

»Ihr seid von König Valen Ferus befreit worden«, rief Thor über das Lachen hinweg. Die Stimmen verklangen sofort; der Wind trug nur noch etwas Getuschel mit meinem Namen herbei. »Wir sind auf der Seite der magischen Leute. Aller Magie. Wir kämpfen darum, dieses Land zurückzuerobern.«

Diese Leibeigenen waren zweifelsohne misshandelt und geschlagen worden, die Götter allein wussten, wie lange schon. Dennoch erhellte, während Thor sprach, ein Lächeln nach dem anderen die Nacht. Mehr Hoffnung leuchtete aus dunklen Augen.

»Kämpft an unserer Seite!«, rief Frey. »Viele von euch sind meine Leute – ihr seid Axels Leute.« Er packte die magere Schulter seines Bruders.

Axel sah zu mir und hielt meinem starren Blick einen halben Atemzug lang stand, bevor er ein Knie beugte und sich die Faust aufs Herz presste. »Ich kämpfe für den wahren König.«

Auch andere knieten nieder. Manche zögerten.

Brant trat vor und schlitzte sich die Handfläche auf. Sein Blut hatte den gleichen süßlichen Gestank wie das vieler Sklaven der Karawane. »Wir kämpfen für *alle* Magie.«

Noch mehr Lippen verzogen sich zu einem Lächeln. Diejenigen mit stinkendem Blut lachten und schlugen sich mit der Faust auf die Brust.

Brant verstand seine eigene Magie kaum, weil er erst vor einem halben Umlauf herausgefunden hatte, dass auch er zu den Alvern gehörte. Seine Magie hatte sich allerdings schon als nützlich erwiesen. Brants Gabe der Vorsehung und des Vorausahnens vor Gefahren hatte uns mehr als einmal den Hals gerettet.

Seit ich meinen wahren Namen offenbart hatte, strömten immer mehr Ettaner und Nachtvolk nach Ruskig, um Zuflucht zu finden und sich ihren Leuten dort anzuschließen. Calder war gezwungen, jenseits unserer Grenzen Handel zu treiben, und hatte seltsame Wildwut – oder Mesmer, wie Junie ihre Magie nannte – ins Land gebracht. Mit Brants Hilfe hatten wir dem falschen König auch sie genommen.

Mattis trat an meine Seite, die Arme vor der Brust verschränkt. »Ein Erfolg mehr, finde ich. Calder schwächelt. Er fürchtet dich.«

»Uns«, sagte ich. »Er fürchtet uns.«

Es stimmte. Burg Rabensporn hatte ihre Abwehrmaßnahmen verzehnfacht. Man hatte Sorgen wegen der wachsenden Bedrohung durch die Wildwut, aber zugleich bedeutete es, dass Calder verzweifelt war. Eines wusste ich über mächtige Männer, die wild entschlossen waren, die Kontrolle zu behalten: Sie waren unberechenbar. Gefährlich. Wir mussten bei unserem Aufstand Vorsicht walten lassen.

Einige sträubten sich immer noch und verlangten, alle Timoraner niederzumetzeln. Ich dachte an Elise. So furchtbar ungern ich es mir vor Augen führte: In Ruskig gab es nun neue Gesichter, die sie musterten, als hätte sie es verdient, zusammen mit den Leuten auf dem Rabensporn verbrannt zu werden.

Dazu würde es nicht kommen.

Sie würde helfen, die Narben zwischen den Völkern in diesem Land zu heilen. Elise Lysander war die Wahl meines Herzens, und diese Leute würden sich daran gewöhnen, dass ihr König auf Zeit eine timoranische Prinzessin liebte.

»Calder wird zurückbeißen«, murmelte Thor, als Frey und Brant die Leibeigenen für die Reise zu Gruppen ordneten.

»Soll er doch«, sagte ich. »Er verliert an Boden. Wir sind fast so weit, und das weiß er. Also wird er ihn früher oder später ins Freie bringen, und wenn er es tut, gehört Sol uns.«

Thor schloss die Augen. »Valen, ich werde nicht in der Lage sein, ihn zu töten.«

Sol war Calders einzige Waffe gegen mich. Ich hatte geglaubt, der Sonnenprinz wäre tot, aber Burg Rabensporn hatte meinen Bruder – einen Dunkelfae – all die Zeit über gefangen gehalten, seine Wildwut missbraucht, um bedrohliche Gifte zu erzeugen, und Sol als ganz eigene Art von Bestie benutzt.

Ich ging davon aus, dass Sol von mir erwarten würde, ihn zu töten, wenn er eine Bedrohung für unsere Leute darstellte. Aber genau wie Thor wusste ich nicht, ob ich in der Lage sein würde, es wirklich zu tun, wenn der Zeitpunkt gekommen war.

»Ich habe nicht vor, meinen Bruder zu töten. Doch wenn sie ihn wieder ans Licht schaffen, habe ich die feste Absicht, ihn mir zurückzuholen. Um ihn nach Hause zu dir zu bringen.« Ich legte Thor eine Hand auf die Schulter und wandte mich dann ab, um die neue Karawane zurück nach Ruskig zu führen.

Geschwächt von unseren Angriffen konnte der junge König sein Volk kaum noch ernähren, aber ich bezweifelte, dass ihm das etwas ausmachte. Er konzentrierte sich zu sehr darauf, sich meinen Kopf zu holen, um Zeit für eine echte Strategie zu haben.

Bald genug würde *sein* Kopf mir gehören.

KAPITEL 2

PRINZESSIN AUF ABWEGEN

»Noch einmal! Jetzt pariert aber richtig. Das machen wir doch so, oder? Ich werde jedenfalls nicht derjenige sein, der eure Innereien von einem Schlachtfeld kratzt, weil ihr Narren vergesst, wie man eine verdammte Klinge hebt«, brüllte Halvar uns an.

An der Stirnseite der Grasfläche hielt er zwei schartige kurze Klingen erhoben, eine in jeder Hand. Das Wappen auf seiner Tunika zeigte überkreuzt eine Axt und einen Dolch, die mit Dornen umschlungen waren. Das Siegel der Ferus. Er sah von Kopf bis Fuß nach dem ersten Ritter aus, der er war.

So schelmisch der Mann auch sein konnte, mit seinen Waffen war Halvar ziemlich furchteinflößend und schrecklich anspruchsvoll. Aus gutem Grund, wie ich annahm. Und er hatte nicht unrecht – niemand wollte die Innereien unserer Nachbarn auf einem Schlachtfeld sehen.

Ich hob meinen Sachs. Das Heft der Hiebwaffe war dick, aber die Lederumwicklung hatte sich etwas gelöst, sodass mir eine scharfe Metallkante in die Handfläche drang.

Ein Kuss traf meine Wange, bevor ich zuschlagen konnte. Erschrocken wirbelte ich herum, nur um Halvars verschlagenes Grinsen vor mir zu sehen.

»Du bist natürlich keine Närrin«, sagte er. »Dich nehme ich von all meinen vulgären Äußerungen aus.« Er sah Kari, meine Fechtpartnerin, an. »Und dich auch, meine schöne Kriegerin.«

Kari kniff die Augen zusammen. »*Halvar.*«

Er sah mich an. »Sie wird so schüchtern, wenn ich süße Worte in aller Öffentlichkeit auch nur flüstere. Ich verstehe das nicht.« Er wandte sich wieder an Kari. »Ich würde meine Lippen an den unanständigsten Stellen auf dich drücken, meine Liebste, ganz gleich, wer es sieht. Du musst es nur zulassen!«

Hier und da ertönte ein Auflachen aus der Reihe der Übungsgegner. Karis Gesicht lief rot an, und ihre Augen blitzten warnend auf. Ohne jeden Zweifel würde Halvar später dafür bezahlen – und ebenfalls ohne jeden Zweifel würde er jede Sekunde davon genießen.

Ich grinste und verlagerte meinen Griff um die Waffe. »Geh beiseite und lass uns weiterüben.«

»Solange ihr auch wisst, wie ich es meine. Ihr, meine beiden Schönen, dürft meine grausamen Worte nicht so ernst nehmen.«

»Das ist ja wohl kaum gerecht«, sagte ich. »Ich werde genau wie alle anderen von dir ausgebildet.«

»Ach ja.« Er senkte die Stimme, sodass nur noch ich ihn hörte. »Aber diese anderen sind nicht meine künftige Königin.«

Hitze durchströmte mich und drehte mir den Magen um. »Mich muss erst noch ein König bitten, mehr als nur eine Geliebte zu sein.«

»Tu nur weiter so, als wäre es nicht vom Schicksal vorherbestimmt, wenn du möchtest, liebe Elise.«

Ich rammte Halvar meinen Ellenbogen in die Rippen. Andere starrten uns schon an. »Dennoch … Behandle mich so wie alle anderen. Ich muss lernen, die Klinge wie ein Ritter zu führen.«

»Wie du wünschst. Klingen hoch. Breiterer Stand.« Halvar verpasste mir mit dem Handrücken einen Schlag gegen die Mitte, der mir ein leises Ächzen abrang. »Bauch anspannen.«

Nach einem letzten Augenzwinkern für Kari kehrte Halvar vor die Reihen zurück und hob eines seiner Schwerter. Als er die Klinge herabsausen ließ, griffen wir an.

Zwanzig Schritte später hustete ich, als Kari mich wieder einmal auf den Rücken warf.

Aufgewirbelter Staub landete auf meinen Wangen, blieb an dem Schweiß auf meiner Haut kleben. Sie beugte sich über ihre Knie, schöpfte Atem und streckte dann die Hand aus, um mir aufzuhelfen.

»Alles in Ordnung, Elise?« Kari strich sich die hellen Haare aus den Augen. Timoranerin wie ich, doch zugleich eine ehemalige Rabin. Ich empfand aufgrund unseres früheren Lebens eine gewisse Verbundenheit mit ihr, aber auch, weil Kari das Herz eines Fae gewonnen hatte, genau wie ich. Halvar ließ sich von ihrem Vorleben in Timoran nicht aus der Ruhe bringen und zuckte nicht einmal mit der Wimper. Ich wünschte, andere würden sich ebenso verhalten.

»Mir geht es gut.« Ich rappelte mich auf und ließ neidvoll den Blick über die anderen schweifen, die immer noch kämpften. Meine Freundin Siv schlug mit derart geschmeidiger Kraft zu, während sie mit zwei Gegnerinnen übte, und hatte eine der Frauen schon im Schwitzkasten.

»Du bist besser geworden«, sagte Kari und wischte sich die

Stirn mit dem Handrücken ab. So schüchtern sie auch auf Halvars öffentliche Liebesbekundungen reagierte, sie behielt ihn im Blick, während er an den Reihen entlangschritt und Haltungen und Griffe korrigierte.

»Ich mag besser geworden sein, lande aber immer noch auf dem Boden. Wenn das so weitergeht, kann ich genauso gut als Köder dienen, während ihr anderen alle den Rabensporn plündert.«

Kari kicherte und schüttelte den Kopf. »Wie Hal schon gesagt hat, wirst du es als Geliebte des Königs vermutlich nicht nötig haben, eine Klinge zu führen.«

Sie sagte es, um mich aufzumuntern, aber es wirkte nicht. Ich musste wissen, wie man kämpfte. Ich hatte die Absicht, an Valens Seite zu stehen, bis er den Thron zurückgewonnen hatte, der ihm von Rechts wegen zustand. Kein Teil von mir hatte vor, nur Zierrat zu sein, der von einem gepolsterten Sitz oberhalb des Schlachtfelds zusah.

»Gut«, rief Halvar, als das letzte Paar ein Unentschieden verkündete. »Ab mit euch allen. Ruht euch aus, esst, trinkt, teilt das Bett miteinander. Das kümmert mich wenig. Bei allen außer dir, meine liebreizende Rabin.«

Er zeigte auf Kari. Seine dunklen Augen glommen vor Begehren. Sie tat so, als würde sie ihn ignorieren, aber kaum dass seine Lippen ihr etwas ins Ohr flüsterten, blitzte in ihren Iriden ein ähnliches Verlangen auf.

Siv schob ihre Dolche in die Scheiden, eilte dann an meine Seite und hakte sich bei mir ein. »Heute Abend kommen sie zurück.«

Ich seufzte erleichtert. »Ja. Hoffentlich noch vor Einbruch der Nacht. Sobald es dunkel ist, postiert Calder zu viele Raben in der Nähe der Tore von Ruskig.«

Siv nickte. Einer ihrer Mundwinkel zuckte. »Denkst du eigentlich je darüber nach, wie viel sich geändert hat? Ich stelle mir Mattis an der Seite des Nachtprinzen vor, wie er endlich für Etta kämpft. Ich staune immer noch darüber. Und du – einst eine Kvinna, jetzt die Geliebte des Königs von Etta.«

»Ich darf darüber nicht zu lange nachdenken, sonst tut mir der Kopf weh«, sagte ich mit einem Auflachen. Es kümmerte mich kaum, ob Valen mich als Geliebte oder Königin bezeichnete, solange er mich sein nannte. Als er sich als Legion Grey ausgegeben hatte, hatte ich nicht damit gerechnet, mich in ihn zu verlieben – und ganz gewiss nicht damit, dass er König der Wildwut werden würde.

Je mehr ich an ihn dachte, desto stärker zitterte mein Körper. Zu lange war er fort gewesen, hatte mehr seiner Leute von Sklavenhändlern und Kaufleuten zusammengeholt. Alle spürten seine Abwesenheit, aber ich wollte gern glauben, dass sie mir am stärksten zusetzte.

Siv ließ mich allein, sobald wir die Hütte erreicht hatten, die sie sich mit Mattis teilte.

Momente allein verschafften mir Zeit, um nachzudenken. Wie Siv gesagt hatte, waren in weniger als einem Umlauf sehr viele Dinge geschehen. Aber es würde noch mehr kommen, bevor wir den Sieg für uns beanspruchen konnten. Am schwersten lastete Sol Ferus auf meinem Herzen.

Valen sprach kaum von seinem Bruder. Doch ich sah seinen Augen den Schmerz an. Sol wurde zum Vorteil des Rabensporns benutzt, und mehr als alles andere wollte ich ihn retten. Für Valen, für Sol, für Thor. Zu wissen, dass er am Leben war, aber täglich gefoltert und manipuliert wurde, war für seinen Geliebten fast mehr, als er ertragen konnte.

Thor sprach wenig mit anderen, doch mir gegenüber redete

er sich einen Teil der Last von der Seele. Vielleicht lag es daran, dass auch ich wusste, wie riskant es war, von einem Mitglied des Hauses Ferus geliebt zu werden.

Vielleicht auch daran, dass wir Freunde waren.

Sol musste auf freien Fuß kommen. Ich spürte es in meinen Knochen, dass er zur Wiederherstellung Ettas genauso gebraucht wurde wie Valen. Aber solange die dunkle Wildwut des Sonnenprinzen gegen uns stand, war er zugleich das größte Hindernis.

Einige forderten seinen Tod, nannten ihn eine Gnade. Einen Weg, ihn von seiner Qual zu befreien. Aber ich hatte mir schon vorgenommen, alles zu tun, was in meiner Macht stand, um Sol lebend herzubringen. Valen hatte so viele verloren.

Er hatte schon einmal um seinen Bruder getrauert; das würde er nicht wieder tun.

Ich versetzte ein paar Brombeerranken auf dem Weg zum königlichen Langhaus einen Tritt. In Ruskig setzte allmählich der Winter ein, aber Mondfahne, Nesseln und Vogelbeeren hoben sich noch von den dunklen, moosbewachsenen Bäumen ab. Immer neue Hütten wurden errichtet, und mittlerweile sah der Zufluchtsort des Nachtvolks wie eine kleine Stadt aus. Im Zentrum gab es eine Kapelle für Gottesdienste, einen Platz für Verlautbarungen und einen kleinen Markt. Wir verwendeten in Ruskig keine Münzen, aber der Handel wuchs, je mehr wir wurden.

Ein schmaler Hohlweg führte zu einem verborgenen Strand, an dem wir Lachs und Hering fingen. Calder blockierte die meisten Handelswege und hoffte zweifelsohne darauf, uns auszuhungern. Allerdings ging es mit der Erdwildwut einher, dass oft genug Magie vorhanden war, um dickere Beeren und nahrhafteres Gemüse wachsen zu lassen, und es half, wenn Stieg und

Casper ihre Luft- und Wasserwildwut einsetzten, um die Strömungen in unsere Fischernetze fließen zu lassen.

Für den Augenblick hatten wir genug, um unsere Bäuche zu füllen.

Über den Baumwipfeln verblasste die Sonne. Laternen erhellten hier und da Hüttenfenster, aber erst, als ich das Langhaus erreichte, fiel mir das Grüppchen von Männern auf, das die Tür bewachte.

Ich stöhnte. Klok war ein Ältester aus Ruskig und recht freundlich. Aber die anderen waren neu oder stammten aus Crispins Flüchtlingsschar. Ich hatte zu dem Trupp gehört, der die Flüchtlinge aus den feuchten Meereshöhlen nach Ruskig gebracht hatte.

Crispin, ihr Anführer, beachtete mich kaum. Manchmal rümpfte er die Nase, wenn er mich sah, sagte aber nie ein Wort. Ich wünschte, ich hätte das Gleiche über einige seiner Männer behaupten können.

Je mehr sie sich über die Timoraner ausließen, desto öfter sahen mich Neuankömmlinge mit den gleichen Vorbehalten, der gleichen Verachtung an.

An der Tür des Langhauses verabschiedete Klok sich gerade von den Männern. Er bemerkte mich und neigte den Kopf zum Gruß. Ich erwiderte sein Lächeln und wünschte, er würde bleiben, bis ich drinnen war. Da Valen nicht da war, wurden einige Leute in ihrer Wortwahl mir gegenüber etwas dreister.

Natürlich hätte ich das vor dem König nie erwähnt. Valen hatte schon genug Sorgen, ohne sich auch noch um ein paar harte Worte gegen mich kümmern zu müssen.

Ich hielt den Atem an und tat mein Bestes, den Kopf einzuziehen und durch die Tür zu schlüpfen, ohne Aufmerksamkeit zu erregen. Aber das Schicksal war launisch und hatte ganz gewiss nur wenig für mich übrig.

Ein kräftiger, muskulöser Arm schoss vor und verstellte mir den Weg. »Wo willst du hin, *De Hän*?«

»Stave.« Ich hob das Kinn. »Lass mich durch.«

»In die Gemächer meines Königs? Eine Timoranerin? Du hältst mich wohl für verrückt.« Stave war einer von Crispins Männern. Er war zwei Köpfe größer als ich. Sein Bart war zottig und zu Zöpfen geflochten. Seine spitz zulaufenden Ohren verrieten seine magische Begabung. Einfache Erdwildwut, doch er wusste, wie man mit einer Klinge umging, und das brutal.

Ich zweifelte nicht an seiner Loyalität zu Valen. Genauso wenig zweifelte ich aber an seinem Hass auf alles Timoranische.

»Ich bin es langsam müde«, sagte ich in barschem Ton. »Du würdest es nicht wagen, so mit der Geliebten des Königs zu sprechen, wenn er hier wäre. Jetzt geh aus dem Weg.«

»Es ist meine Aufgabe, den König zu beschützen«, flüsterte Stave, »und das habe ich auch vor, Timoranerin.«

»Stave?« Erleichterung machte sich in meiner Brust breit. Um die Ecke bog Casper, einen Teller mit Nüssen und Beeren in den Händen. Der Wasserfae hatte sehr spitze Ohren, und seine Augen erinnerten mich eher an ein stürmisches Meer als an eine sternklare Nacht. Die meisten glaubten, dass er nicht nur zum Nachtvolk gehörte, sondern zum Teil auch ein Nyk war. Er legte sich zwei Nüsse auf die Zunge. Sein Blick huschte zwischen uns hin und her. »Was geht hier vor?«

Die gesamte Schattengilde – ergänzt um Ari, Kari, Brant, Siv und Mattis – diente Valen als innerer Rat.

Um seinen Respekt vor Caspers Stellung zum Ausdruck zu bringen, neigte Stave das Kinn und zog seinen Arm aus meinem Weg zurück. »Nichts. Ich wünsche *De Hän* Elise nur gute Nacht.«

Casper kniff die Augen zusammen. »Du meinst wohl *Kvinna* Elise.«

Ein Zucken durchlief Staves Gesicht, aber er nickte. »Natürlich.«

Casper stieß die schwere Tür auf. »Elise, wenn du gestattest?«

»Danke, Casper.« Ich sah Stave nicht an, als ich vorbeiging, aber als Casper die Tür hinter meinem Rücken schloss, ließ ich mich gegen die Wand sinken.

Die Ablehnung, die mir entgegenschlug, wurde immer schlimmer. Als Timoraner hatten auch Kari und Brant mit Vorurteilen zu kämpfen, aber da Brant seltsame fremdländische Magie im Blut hatte, schienen die Fae von Etta die ehemaligen Raben bereitwilliger zu akzeptieren.

Stave krümmte mir kein Haar, doch es war das erste Mal, dass jemand so kühn gewesen war, offen zu sagen, dass er mich nicht in Valens Nähe haben wollte.

Ich schüttelte die Unruhe ab und zog mir die verschwitzte Tunika aus.

Das königliche Langhaus war groß genug, um Platz für eine eindrucksvolle Versammlung zu bieten. Eine steinerne Feuerstelle in der Ecke heizte den Saal. Auf dem langen Tisch standen immer Brot und Krüge voll Bier bereit. Aber das Hinterzimmer war der Ort, an dem ich einen Großteil meiner Zeit verbrachte. Es war privat. Ein Ort, an dem Valen einfach er selbst und ich einfach ich sein konnte.

Auf dem Tisch strich ich mit den Fingern über ein geöffnetes Pergament und lächelte. Ich vermisste Junius, seit sie ins Östliche Königreich zurückgekehrt war, aber wir hatten einander im Laufe der Monate immer wieder Botschaften geschickt. Zu wissen, dass sie zu ihrem Alvervolk und ihrem Mann zurückgekehrt war, ließ Wärme in meiner Brust aufsteigen.

Dennoch wäre es schön gewesen, ihre Begabung dafür, Lügen zu schmecken, jetzt hier bei uns zu haben. Stave kam mir in den Sinn. Würde er Valen verraten? Nein. Nicht im Krieg. Nicht inmitten der Wiedergeburt von Etta.

Aber Valens Geliebte zu töten, um Platz für eine andere zu schaffen? Ich hatte keinen Zweifel, dass der Mann, wenn man ihm ein Messer in die Hand drückte, nur fragen würde, wohin ich gern den ersten Stich bekommen wollte.

Die Botschaft allerdings hatte mein Herz in meiner Brust still wie einen Stein werden lassen, als ich sie zum ersten Mal gelesen hatte.

… Die Geschichtenerzählerin ist in den Westen zurückgekehrt. Ich verstehe nicht, warum das Kind so froh darüber ist, wieder dort zu sein. Der Ort, Rabenflucht, ist ein noch schlimmeres Elendsviertel als Skítkast, und wenn du uns irgendwann besuchen kommst, wirst du verstehen, warum ich davon abgestoßen bin.

Elise, ich habe viel über das gegrübelt, was du beim letzten Mal über die Vorhersage des Kindes geschrieben hast. Ich habe mir wenig Gedanken darüber gemacht, bis ich zu meinen Leuten zurückgekehrt war. Offen gesagt ist es mir unangenehm, dass ich nicht früher an ihn gedacht habe.

Ich kenne einen Alver, auf den das zutrifft, was Calista beschreibt, einen Brecher von Nacht und Angst. Elise, er lebt hier im Osten. Wir nennen ihn den Nachtspalter …

Zu wissen, dass jemand, einer dieser Alver, über Magie wie die verfügte, die Calista in Trance vorhergesagt hatte, bevor sie unsere Gestade verlassen hatte, war verstörend. Ich schüttelte den Kopf. Um die Wahrheit zu sagen, wusste ich nicht, was ich von diesem Nachtspalter halten sollte.

Der Brecher von Nacht und Angst beginnt seinen Kampf, wenn eurer endet.

Calista hatte diese Worte gesagt, bevor sie aus Ruskig abgereist war. Ich wusste nicht, ob das heißen sollte, dass wir diesen Alver brauchten, aber zu wissen, dass er existierte, war … verwirrend.

Welcher Kampf stand ihm bevor? Wie würde unserer enden?

Ich faltete das Pergament wieder zusammen und versuchte verzweifelt, nicht mehr an Blut, Krieg und Schlachten zu denken. Einen Moment lang wollte ich mich in Ruhe flüchten. Hinter dem Pelzvorhang, der unser Schlafzimmer verhüllte, füllte ich den hölzernen Bottich mit auf dem Feuer erhitzten Wasser. Rosenöl und Mondfahnenblütenblätter fügten ihm eine heilsame Wirkung gegen die Schrammen und Kratzer aus den Übungskämpfen hinzu.

Während ich im Wasser lag, ließ mir ein Lachen einen Schauer über die Arme laufen. Stave blieb in der Nähe. Ich war mir sicher, dass er und seine Kumpane bis spät in die Nacht trinken würden, nur um mich wachzuhalten. Dann würden sie sich, sobald Valen zurück war, verneigen und mir so viel Respekt erweisen, als wären sie bereit, mir die Füße zu küssen.

Vielleicht hätte ich etwas über diese offene Missachtung sagen sollen?

Nein. Wenn ich an Valens Seite stehen sollte, dann musste ich lernen, allein mit Ärger und kleinlicher Missgunst fertigzuwerden.

Ich schöpfte Kraft aus dem Gedanken an Lilianna Ferus, Valens Mutter. Ihre Tagebücher deuteten an, dass es zu etwas

Unmut geführt hatte, dass sie mit dem Nachtvolkkönig das Ehegelöbnis hatte sprechen sollen. Als Timoranerin hatte Lilianna dennoch ihren Platz in Etta gefunden. Sie war beliebt und weise gewesen.

Ob Stave und seinesgleichen bewusst war, dass ihr König ein halber Timoraner war?

Ein Grinsen umspielte meine Lippen, und ich ließ mich tiefer ins Wasser sinken.

Ich musste wohl eingedöst sein, denn ich hörte das Knarren der Vordertür nicht. Ich hörte auch nicht das Scharren von Stiefeln auf den Bodendielen. Das Herz schlug mir bis zur Kehle, als plötzlich Hände unter die Wasseroberfläche tauchten und sich um meine Beine schlossen.

Als ich sein tiefes Lachen auf der Haut spürte, lehnte ich mich völlig entspannt zurück.

»Ich wollte dich nicht erschrecken«, flüsterte Valen an der Rundung meiner Schulter. Er drückte sanfte Küsse auf meine Haut, an meinem Nacken herauf, bis unter den Bogen meines Ohrs. Die rauen Schwielen seiner Hand liebkosten unter Wasser meinen Bauch, während seine andere Handfläche mein feuchtes Haar zurückstrich.

»Du bist wieder da.« Ich seufzte und legte eine Hand um seinen Hinterkopf. »Bitte erschreck mich gern, so viel du willst, solange du hiermit weitermachst.«

Ich richtete mich auf die Knie auf, und sein Anblick schnürte mir die Brust zu. Sein mitternachtsschwarzes Haar war aus seinem Gesicht zurückgebunden. Aus der Nähe funkelten in seinen dunklen Augen grüne und goldene Sprenkel. Meine Fingerspitzen hinterließen eine feuchte Spur am Rand seines Kinns. Ich berührte seine Ohrenspitzen, seine Lippen, prägte ihn mir wieder und wieder ein.

Valen schloss meinen nackten Körper in die Arme, zog mich an seine Brust. Er führte seine Lippen dicht an meine und verharrte nahe genug davor, um mich fast in den Wahnsinn zu treiben. »Ich habe dich vermisst.«

»Deine Abwesenheit ist mir kaum aufgefallen.«

Er kniff die Augen zusammen und knurrte leise. Ich kreischte und lachte, als er unter meine Oberschenkel fasste und meine Beine um seine Taille zog, während das Wasser auf den Boden tropfte. In seinen Armen war ich geborgen, auch noch, als er mich auf unser Bett fallen ließ.

Mit dunkler Hitze in seinen Augen schob der Nachtprinz sich über die Felle. Sein Körper bildete einen Käfig über meinem. »Wenn ich so leicht zu vergessen bin, gestatte mir, das zu ändern, meine Liebste.«

Ich hielt sein Gesicht mit beiden Händen fest. Jeder Atemzug war tiefer als der vorherige, jede Berührung eine Flamme. »Das dauert aber vielleicht seine Zeit, mein König. Vielleicht die ganze Nacht lang.«

Er lächelte, ließ mein Herz aufs Neue mit seinem verschmelzen und fiel dann über meinen Mund her. Tief, begehrlich. Perfekt.

KAPITEL 3

NACHTPRINZ

Elise zeichnete kleine Kreise auf meine Brust. Ihre Haut an meiner war mir zu einem Trost gegen die Belastungen des Lebens geworden, und ich konnte nicht genug davon bekommen. Meine Finger fuhren durch ihr Haar; unsere Beine verflochten sich miteinander. Diese Augenblicke waren zu selten.

»Wie viele sind mit euch gekommen?«, flüsterte sie.

»Über fünfzig. Einige stammen aus dem Östlichen Königreich. Ist in unserer Abwesenheit alles gut gegangen?«

Sie zögerte lange genug, um mich dem, was sie sagte, nicht ganz vertrauen zu lassen.

»Ja. Es war in Ordnung.«

»Wirklich?«

Elise verschränkte ihre Finger über meinem Herzen, stützte ihr Kinn darauf und lächelte. »Ja. Halvar drillt uns, und an den meisten Tagen bin ich mir nicht sicher, ob ich ihn dafür liebe oder hasse.«

Ich lachte und zog sie enger an mich. »Er ist wie sein Vater. Dagar hat mich im Kämpfen ausgebildet, und ich erinnere mich, dass ich den Mann an manchen Tagen erstechen wollte, mich aber zugleich nach seinem Lob gesehnt habe. Ich habe ihn mehr respektiert als fast jeden anderen.«

Sie lächelte, doch es hielt nicht lange vor. Mit den Fingerspitzen strich Elise mir das Haar aus der Stirn. »Ich habe mir Sorgen um dich gemacht. Wir haben dich schon vor drei Tagen zurückerwartet.«

Ich zog sie auf mich und drückte sie eng an mich, um meine Lippen auf ihre zu pressen. Ich küsste sie zärtlich und tief. Als ich mich von ihr löste, sanken unsere Stirnen aneinander. »Ich hätte nicht gedacht, dass es so lange dauern würde. Der Kundschafter hat doch die Botschaft überbracht, oder?«

»Hat er.« Elise schlang sich etwas von meinem Haar um ihren Finger. »Und das ist der einzige Grund dafür, dass ich nicht auf der Suche nach dir das ganze Land mit Krieg überzogen habe. Doch ich habe mir Sorgen gemacht.«

»Ich glaube eher, dass du mich vermisst hast.«

Sie grinste und ließ ihren Kopf auf meiner Schulter ruhen. »Mag sein. Aber nur, weil es kälter ist, wenn ich deinen Körper nicht hier habe, um mich an ihn zu schmiegen. Nicht aus irgendeinem anderen Grund.«

Ich überschüttete sie mit Küssen, bis sie lachte und meine Taille fester packte.

»Valen«, flüsterte sie. »Ich vermisse dich jeden Augenblick, den du nicht da bist.«

»Und ich dich.«

Ich legte ihr die Hand an die Wange und reckte mich, um dort weiterzumachen, wo wir aufgehört hatten, hielt aber inne, als ich das Klappen der Tür hörte.

»König Valen«, ertönte Aris Stimme durch das ganze Langhaus.

Ich stöhnte und ließ mich auf den Rücken fallen. »Niemand hat ihn so oft behelligt, als er die Krone getragen hat. Er macht das mit Absicht.«

»Genau«, antwortete Ari, obwohl er mindestens fünfzig Schritte von unserer Schlafzimmertür entfernt war. »Es macht mir große Freude, dich zu behelligen. Zur Buße für all dein Grummeln und Schmollen als Blutgeist, mein König.«

Elise lachte leise und gab mir einen Kuss auf die Schulter. »Du bist König während eines Krieges. Da bleibt keine Zeit, sich auszuruhen.«

Ich wälzte mich unter den Pelzen hervor und schlüpfte in eine saubere Hose. Als ich meinen Gürtel festzog, sah ich sie an. »Glaub mir, wenn ich dir sage, dass es mich schmerzt, dich allein zu lassen.«

Ohne mir schon die Mühe zu machen, eine Tunika anzuziehen, schlich ich mich zurück zum Bett.

Elise schloss die Arme um meinen Nacken und küsste mich auf den Kiefer. »So ist das Leben eben für die Geliebte eines Königs. Bestimmt gibt es noch viele Gelegenheiten, zu denen ich dich nur von hinten sehen werde. Aber das wird die Vorderseite nur umso schöner machen.«

Geliebte.

Wir hatten nicht viel über das gesprochen, was die Krone bedeutete. Es sprach nichts gegen Geliebte, zumindest nicht am ettanischen Hof. Mein Großvater war der Geliebte der Königin gewesen. Es war eine prestigeträchtige, abgesicherte Stellung, eine Stellung voller Liebe und Verehrung. Aber ich wollte Elise als mehr.

Ich wollte sie als meine Königin.

Das Ehegelöbnis hatte für Elise einst das Ende ihrer Freiheit bedeutet. Es war ihr aufgezwungen worden, als wir uns kennengelernt hatten, und dieser Dreckskerl Jarl Magnus hatte sie vor nicht allzu langer Zeit gezwungen, auf dem Rabensporn das Ehegelöbnis mit ihm zu sprechen. Sie ekelte sich davor, und der

Gedanke, dass sie ein Ehegelöbnis würde sprechen müssen, und sei es auch mit mir, ließ mir flau im Magen werden.

Allerdings hatte ich sie noch nicht darum gebeten. Sie hatte sich für mich entschieden. Ich hatte mich für sie entschieden. Brauchten wir mehr?

Ich schenkte ihr ein rasches Lächeln und kleidete mich dann fertig an. »Wir sehen uns bald.«

»Solltest du zu lange brauchen oder zu beschäftigt sein, nachdem du eine ganze Woche fort warst, dann mach dich darauf gefasst, dass ich dich entführe und in dunkle Ecken werfe, nur um dich berühren zu können.«

»Ich freue mich darauf, ja, ich fordere es sogar.«

Elise zog sich die dickste Pelzdecke bis unters Kinn hoch und lächelte, als ich das Zimmer verließ.

Ich brauchte kein Ehegelöbnis, um zu wissen, dass ich Elise liebte und sie bis zu meinem letzten Atemzug an meiner Seite haben wollte. Aber ich wollte sie unbedingt als Königin. Den Gedanken konnte ich nicht abschütteln, als hätte eine Macht außerhalb von mir selbst ihn mir ins Herz gepflanzt.

Ettanische Königinnen konnten ohne die Anweisungen eines Königs regieren. Sie konnten Kriege erklären, Invasionen befehlen, Städte bauen und an Ratssitzungen teilnehmen. Eine Geliebte konnte die Macht nur übernehmen, wenn König oder Königin geistig oder körperlich herrschaftsuntüchtig war. Das war der Grund dafür, dass Thor die Krone hätte annehmen können, wenn er gewollt hätte. Sol war nicht er selbst; sein Verstand gehörte nicht ihm.

War ein Herrscher gefangen oder für längere Zeit abwesend, verfügte eine Geliebte nur über wenig strategische Macht. Die Entscheidungen fällte der königliche Rat.

Meine Eltern hatten sich die Krone einst gleichberechtigt

geteilt. Ich hatte sie immer bewundert, die Art, wie sie zusammenarbeiteten. Die Art, wie meine Mutter Truppen ausgehoben hatte, nachdem mein Vater von den Timoranern gefangen genommen worden war. Sie waren zusammen gefallen. Bis zum Ende waren sie nie gebrochen worden.

Gewiss, ich hatte nicht vor, die Krone für immer zu tragen. Sol würde zurückkehren; das musste er. Er würde seinen Platz als rechtmäßiger König einnehmen.

Aber bis dahin sollte Elise Königin sein. Angesichts der Nervosität, die sich in meiner Brust bei dem Gedanken, sie darum zu bitten, zusammenballte, kam ich mir wie ein verdammtes Kind vor. Ich liebte sie, wollte sie und hatte keinen Zweifel daran, dass sie das Gleiche für mich empfand.

»Warum lächelst du so?«, fragte Ari und hob ein Trinkhorn vom Tisch an die Lippen. Er sah müde aus, aber ihm lagen immer geistreiche Sticheleien auf der Zunge. Sein Blick huschte zu dem Pelzvorhang vor der Schlafzimmertür. »Gleichgültig. Ich möchte es lieber nicht wissen. Leb wohl, meine liebe Kvinna Elise!«

»Einen schönen Tag noch, Ari«, rief sie zurück. »Auch wenn du meinen verdorben hast, indem du ihn mitnimmst!«

Ari grinste. »Das ist alles ein Teil meines Plans, dich von ihm zu befreien, damit ich meine Drohung, das Ehegelöbnis mit dir zu sprechen, doch noch in die Tat umsetzen kann.« Lachend wich er meiner Faust aus. »Ein Scherz, mein König. Ein harmloser Scherz.«

»Und ich sollte in Betracht ziehen, dir den Kopf abzuschlagen.«

»Es ist aber doch so ein hübscher Kopf.« Ari hielt mir die Tür auf. Ein Schatten legte sich über sein Gesicht. »Verzeih mir, dass ich euch so früh unterbrochen habe, es gibt allerdings

Probleme an den Toren, Valen. Sie sind geschwächt, und wir haben Auseinandersetzungen über Essensrationen. Die Fischer finden, dass sie den Löwenanteil bekommen sollten, weil sie die Arbeit erledigen. Die Stadtbewohner dagegen glauben, dass ihnen, weil sie die Geschäfte an unserem schäbigen Zufluchtsort am Laufen halten, mehr Korn und Stoffe zustehen.«

»Irgendwelche heftigen Streitigkeiten?«

»Keine, die es erforderlich machen, ein Machtwort zu sprechen, aber einige sind kurz davor.«

Ich ballte die Fäuste und öffnete sie wieder. Dass immer mehr Leute auf unser Gebiet zogen, bedeutete auch mehr Schwierigkeiten mit den Rationen und dem Platz. Kein Wunder, dass das Volk etwas unruhig und unzufrieden wurde. »Lass Stieg und Halvar mit den Leuten reden, die sich beschweren. Ich kümmere mich um die Wälle.«

Ari neigte den Kopf. »Eines noch. Hast du weiter darüber nachgedacht, einen Trupp in den Süden zu schicken?«

Ich wandte mich den Südwällen zu, die Ruskig gegen das Meer abschirmten. Die Idee hatte durchaus etwas für sich – einen Erkundungstrupp ins Südliche Königreich zu schicken, um auf die Suche nach Verbündeten zu gehen. Ich war nie dort gewesen, wusste aber, dass mein eigener Vater einmal Verbindungen zu im Untergrund lebenden Leuten im Reich und zu einigen der Königshäuser gehabt hatte.

Doch das war Jahrhunderte her. In all der Zeit hatten Gerüchte über Umstürze, ein zerstrittenes Volk und Unruhen unsere Gestade erreicht. Ich wusste nicht einmal, wer heute den Thron innehatte, ob ein Sterblicher oder ein Fae. Aber das Südliche Königreich galt als das Königreich, in dem Wildwut noch am ehesten geduldet war. Eine Art Geburtsort anderer Arten des Nachtvolks: Nyks, Waldleute und Sterbliche gleichermaßen.

Sie hatten vielleicht Antworten, die ich brauchte, um meinem Bruder zu helfen. Womöglich verfügten sie sogar über stärkere Magie, mit der sie uns unterstützen konnten, diesen Krieg zu gewinnen.

Wenn sie stärkere Magie hatten, vermochten sie natürlich auch darauf zurückzugreifen, um unser Land selbst zu erobern.

»Wenn du die Krone noch tragen würdest, was würdest du tun?«, fragte ich.

Er seufzte, als würde er über jedes einzelne Wort der Frage gründlich nachdenken. Ari war etwas höher gewachsen als ich, aber nicht so breitschultrig. Er trug Silberringe in den Spitzen seiner Ohren, und als er sich Strähnen seines goldenen Haars hinter die Ohren strich, erhellte ihr Glitzern die Kajalrunen, mit denen seine Wangen bemalt waren.

Die Abkömmlinge des Hauses Ferus waren die Erben des Throns, aber ich betrachtete Ari Secondar hier trotzdem noch als Anführer.

Wir mochten ja zu Anfang keine Verbündeten gewesen sein, doch mittlerweile vertraute ich ihm so sehr wie der Schattengilde.

»Das Volk von Etta ist stark«, sagte Ari leise. »Aber wenn wir dem Süden nicht als Erste die Hand zur Freundschaft reichen, wie lange dauert es dann, bis der Rabensporn es tut? Es ist ein Risiko, mein König. Wir wissen nicht, was uns an den Gestaden des Südens erwartet, aber wenn es meine Entscheidung wäre, würde ich das Risiko eingehen. Vielleicht gibt es dort Wildwut, über die wir hier nicht verfügen.«

Ich stellte die Frage, die mir Sorgen bereitete: »Was soll sie davon abhalten, uns zu überwältigen?«

Er grinste verschlagen. »Unsere Messer.«

Das traf zu. Ruskig war diejenigen, die es darauf abgesehen

hatten, die Wildwut zu unterdrücken, allmählich leid. Wenn nötig, würden die Leute kämpfen, bis sie in die Anderswelt eingingen.

Ein Risiko. Eines, das ich niemandem auferlegen wollte, aber solche Entscheidungen musste ein König nun einmal fällen. Ich legte Ari eine Hand auf die Schulter. »Wir werden im Rat darüber sprechen.«

»Wie du wünschst. Ich gehe jetzt und stelle fest, ob wir den Kabbeleien über die Heringe ein Ende setzen können.«

Wann immer ich das Zentrum von Ruskig betrat, verneigten Leute sich; sie begrüßten mich voller Respekt. Ich musste mich erst noch daran gewöhnen. Den Göttern sei Dank war ich nie allein unterwegs.

Thor und Casper stießen bei einem Karren voller Leinen und Stofffarben zu mir. Casper, der ständig am Essen war, pflückte Multbeeren von einem Zweig in seiner Hand. Thor hatte die Zähne hart und unerschütterlich zusammengebissen. Er nahm nie seinen Waffengurt ab. Zweifelsohne badete er sogar damit. Als ob jeden Moment eine Schlacht losbrechen könnte.

»Wohin gehen wir heute, Valen?«, fragte Casper. Etwas Beerensaft lief ihm über die Lippen.

»Zu den Wällen. Wie haben die Leute sich seit gestern Abend eingelebt?«

»Crispin, Frey und Freys Bruder suchen Hütten für die Familien mit kleinen Kindern.«

»Axel«, sagte ich. »Freys Bruder. Die Leute haben ihm gestern Abend vertraut.«

Thor nickte. »Soweit ich weiß, war Axel schon daran beteiligt, Aufstände anzuführen. Man erzählt, dass er den Willen der Götter zu spüren vermag.«

»Was sagt er?«

»Er behauptet, dass er einen empfindlichen Magen hat.« Thor lachte düster. »Er steht aufseiten des Hauses Ferus.«

Gut. Ein potenzieller Verräter weniger, um den ich mir Sorgen machen musste. So viele neue Gesichter herzubringen, versetzte uns in Alarmbereitschaft, nachdem Ulf uns an den Rabensporn verraten hatte. Aber wenn Axel wie Frey war, würde er ein fähiger Kämpfer und loyal bis zum Ende sein.

»Die anderen ohne Kinder müssen für den Augenblick Lager unter den Bäumen aufschlagen«, fuhr Thor mit seinem Bericht fort. »Doch der erste Frost naht, und der falsche König zerstört immer wieder die wenigen Handelsstraßen, die uns noch bleiben.«

Calder sollte verdammt sein. Er war schlauer, als ich es ihm zugetraut hatte. Wir nutzten nie Hauptstraßen für unseren Nachschub. Die Pfade nach Ruskig führten durch steiniges Gelände, gefährliche Nebenstraßen, die die Wachen des Rabensporns nur äußerst ungern begingen. Irgendwie fand der Narr aber immer wieder unsere Wege, vernichtete unseren Nachschub und brachte uns dem Verhungern ein Stück näher, bevor in Timoran allmählich ein harter Winter anbrach.

An den äußeren Wällen formten Felsen und aufgerissene Erde unregelmäßige Tore, die wie Klauen aus dem anstehenden Gestein aufragten. Mondfahne wuchs in dicken Ranken über die Spalten und Risse, als könnten die Blüten gar nicht anders, als über meiner Wildwut zu blühen.

Aber obwohl sie mithilfe von Wildwut errichtet waren, gab es Stellen, an denen die Wälle bröckelten.

»Hier drüben, König Valen.«

Stave gestikulierte, damit wir uns bei einem großen Loch zu ihm und einigen anderen gesellten. Ich hatte Stave als Jungen nicht in Erinnerung, hatte aber erfahren, dass sein Vater während der Eroberung eine Palastwache gewesen war. Er hatte sich als loyal erwiesen und hasste den Rabensporn so sehr wie ich.

»Stave«, sagte ich und umfasste seinen Unterarm. »Es freut mich, Euch zu sehen. Vielen Dank, dass Ihr Euch in unserer Abwesenheit um Ruskig gekümmert habt.«

Er grinste und verteilte Lehm und Grassoden auf dem Rand des Walls. »Ich werde unser Volk immer gegen Bedrohungen verteidigen, mein König.«

Ich schlug ihm auf die Schulter und betrachtete die Bresche. Ein Riss ging durch den Stein, breit genug, dass ein Mann hindurchschlüpfen konnte. Die Wildwut belastete einen nach einer Weile, und ich wollte nie völlig ausgelaugt sein, wollte nie überrumpelt werden. Aber dieser Spalt war zu tief, um mit Erde und Lehm allein aufgefüllt zu werden.

»Tretet zurück.« Ich gab den Leuten einen Wink, beiseitezugehen.

Im Halbkreis stellten sie sich hinter mir auf, sahen zu. Es verstörte mich schon genug, dass Leute sich vor mir verneigten, aber die Art, wie sie gafften, wann immer ich Wildwut einsetzte, ließ mir heiße Röte ins Gesicht steigen. Ein Summen von Magie tanzte durch meine Fingerspitzen, verschmolz mit dem Stein, als ich meine Hände flach darauflegte.

Binnen weniger Augenblicke neigte die Erde sich und erschauerte. Neue gezackte Spitzen drangen aus der Oberfläche hervor. Je mehr Wildwut ich meinem Körper entzog, desto heißer wurde mein Blut. Das Brennen war ein Trost, eine Erinnerung daran, dass wir über Waffen verfügten, die die Timoraner nicht hatten.

Allerdings hatten wir auch schon Wildwut besessen, als die Eroberung begonnen hatte, und der timoranische König hatte unser Volk trotzdem überwältigt. Verräter im königlichen Rat trugen die Schuld an unserer Niederlage. Noch ein Grund dafür, dass ich meinen inneren Rat sorgfältig auswählte.

Schweißperlen standen mir auf der Stirn, als der Wall wiederhergestellt war.

»Füllt die Zwischenräume mit Lehm aus«, rief Thor.

Die Leute verloren keine Zeit.

»Das ist immer ein beeindruckender Anblick, König Valen«, sagte Stave.

Ich schnaufte. »Er wäre noch beeindruckender, wenn ich danach nicht so aus der Puste wäre. Ich fürchte, so lange unter einem Fluch zu stehen, hat mich faul werden lassen, was die Wildwut betrifft.«

Er lachte leise, folgte Thor und mir an den Wällen entlang und füllte die Lücken mit Erde aus einem Eimer, wann immer wir stehen blieben, um Schwachstellen wiederaufzubauen.

»Das Volk von Etta hat neues Selbstbewusstsein erlangt«, sagte Stave, als wir an einem Wassereimer eine Pause einlegten. Er schöpfte sich einen Mundvoll und wischte sich die Tropfen vom Kinn. »Ihr habt hier die Hoffnung wiederhergestellt.«

Ich nahm ihm die Schöpfkelle ab. »Nicht ich allein. Es gibt viele, die mehr als ich geleistet haben.« Zum Beispiel Elise Lysander. Ohne sie wäre ich immer noch eine gedankenlose Bestie gewesen, die weiter gemordet und doch unter Blut und Gewalt gelitten hätte. Selbst nachdem der Fluch gebrochen gewesen war, hätte ich ohne Elise meinen Platz nicht eingenommen. Ich wäre gar nicht hier gewesen. Ich hätte noch nicht einmal gewusst, dass Sol am Leben war.

»Wie auch immer«, fuhr Stave fort, »die Leute sind zufrieden mit Euch. Aber es wird geredet.«

»Worüber?«

»Über die Zukunft. Eure, die unseres Volkes und des Königreichs.« Stave lächelte. »Die Leute möchten den König verheiratet sehen, glücklich, mit einer starken ettanischen Königin, um uns durch das hier zu führen.«

Erst lachte ich und stellte mir vor, wie Leute, die sich in alles einmischen mussten, hinter meinem Rücken schon ein königliches Ehegelöbnis planten. Aber dann wurde ich stutzig. »Elise ist Timoranerin.«

»Ja«, sagte Stave leise. Er sah mich nicht an, als er sich wieder daranmachte, Erde über die Risse im Wall zu streichen. »Es ist wohlbekannt, dass die Geliebte des Königs Timoranerin ist. Die Leute sprechen von einer Königin. Als König dürft Ihr doch beides haben.«

Verwirrt warf ich einen Blick auf Thor. Nahmen die Leute Anstoß an Elises Herkunft? Sie hatte ihre Loyalität wieder und wieder unter Beweis gestellt, schon bevor ich meinen Platz auf dem Thron eingenommen hatte. Bei den Höllen, ich war selbst ein halber Timoraner. Wenn sie etwas gegen Timoraner hatten, dann hatten sie auch etwas gegen mich.

Ich dachte daran, wie sie vorhin kurz still gewesen war, an ihr leichtes Stirnrunzeln heute Morgen, als ich sie nach der Zeit gefragt hatte, die wir getrennt verbracht hatten. Wut glomm in meiner Brust wie glühende Kohlen.

Was war in meiner Abwesenheit vorgefallen?

»Sich mehrere Geliebte zu halten, ist eine timoranische Sitte, Stave«, sagte Thor. »Unser König hat klargestellt, dass er vorhat, sich an dieselben Traditionen zu halten wie seine Eltern und seine Großeltern vor ihm. Mit seiner *hjärta* zu herrschen.«

Stave neigte den Kopf. »Natürlich. Ich habe nur wiederholt, was ich gehört habe.«

Hatte ich die Unzufriedenheit mit meiner Geliebten bisher gar nicht wahrgenommen? Ich spannte den Kiefer an. Wenn das Volk Elise nicht akzeptierte, dann sollte die Krone verflucht sein. Ich würde abdanken und sie Ari zurückgeben.

Casper drückte im Vorbeigehen meine Schulter, ein beruhigendes Lächeln im Gesicht. »Ganz ruhig, mein Freund.« So formlos sprach er sonst selten mit mir. Ich musste aussehen, als wäre ich drauf und dran, alle niederzumetzeln. »Hör nicht auf die Kleingeister. Elise wird geliebt. Wahrscheinlich mehr als du.«

Casper lachte aus vollem Hals. Sogar Thor lächelte. Ein Teil des Unbehagens hob sich von meinen Schultern. Ich würde bald mit Elise sprechen, darauf bestehen, dass sie mir die Wahrheit sagte, und herausfinden, ob ihr jemand Kummer gemacht hatte, und wenn ja, wer.

Ob ich demjenigen dafür die Gedärme herausreißen sollte, würde ich erst noch entscheiden müssen.

»Mein König!«, rief eine Frau.

Der Schrei riss mich aus meiner Wut und versetzte meine Nerven in Alarmbereitschaft. Von einem weiter entfernt gelegenen Stück des Walls aus kam eine Frau auf uns zugerannt und drängte sich durch den Reparaturtrupp, die Augen vor Angst weit aufgerissen.

»Mein König!« Keuchend und stolpernd blieb sie stehen. »Jenseits … jenseits der Schlucht. S… sie sind hier! Rabensporn!«

Der Instinkt lenkte meine Schritte. Die Hände an meinen Äxten, rannte ich zu dem Gerüst, das wir gebaut hatten, damit Bogenschützen auf den Wall gelangen konnten. Oben angekommen, beugte ich mich über den Rand. Wie die Frau gesagt hatte, erhoben sich jenseits der tiefen Schlucht zwischen den Bäumen Fackeln und blaue Banner mit dem Wappen des falschen Königs.

Ich ballte die Fäuste an meinen Seiten. Was für ein Spiel spielten sie?

Eine ganze Einheit Raben füllte die Lücken zwischen den Bäumen aus, aber vorn stand ein Mann, der ein Auge bedeckt trug. In feine Pelze gekleidet, höher aufgerichtet, als ich ihn in Erinnerung hatte. Er schwenkte eine weiße Fahne.

Bei allen Göttern, ich hasste ihn.

»Thor«, sagte ich mit rauer Stimme, »wir müssen Elise holen. Ihr Vater ist zu Besuch gekommen.«

KAPITEL 4

PRINZESSIN AUF ABWEGEN

»Elise!« Karis Stimme erscholl im Langhaus. In Panik, heiser. Irgendetwas stimmte nicht.

Ich gab es auf, mir einen Zopf zu flechten, und rannte aus dem Schlafzimmer in den großen Saal. Kari stand außer Atem da und hantierte mit einem Schwert an ihrer Taille.

»Was ist?« Ich griff nach dem silbernen Dolch auf dem Tisch, als wären Stahl und Klingen mir mittlerweile zur zweiten Natur geworden.

»Am Wall, es ist …« Sie rang darum, Atem zu schöpfen. »Er ist … da.«

»Kari, was ist los?«

»Dein Vater, Elise.« Valen trat durch die Tür, sein Gesicht wie versteinert.

Ich öffnete den Mund, aber kein Laut drang daraus hervor. Mit zitternden Fingern schob ich meinen Dolch in seine Scheide. Als ich meinen Vater zuletzt gesehen hatte, hatte er tatenlos dabeigestanden, als Jarl Magnus mich gezwungen hatte, mit ihm das Ehegelöbnis zu sprechen. Dann wieder, als derselbe Dreckskerl meine Mutter mitten ins Herz erstochen hatte.

Ich hatte keinen Vater. Nicht mehr.

Valen ging durch das Zimmer zu mir. »Er ist hier, um mit

dir zu sprechen. Du musst das nicht unbedingt tun. Ich spreche mit ihm, ermorde ihn, verhöhne ihn – was du auch verlangst, ich tue es.«

Ich leckte mir die trockenen Lippen. Mein Puls raste, obwohl ein Lächeln meine Mundwinkel umspielte. Er hatte die Worte leichthin ausgesprochen, bestimmt, um mich zum Lachen zu bringen, aber trotz allem sagte der Nachtprinz die Wahrheit. Er würde alles tun, was ich von ihm verlangte.

Es war fast so, als würde er mich um die Erlaubnis bitten, diejenigen meiner Familienmitglieder umbringen zu dürfen, die mir etwas zuleide getan hatten. Als wäre es ein Geschenk, dass ich ihm machen konnte.

Ich zwang mich zu einem Lächeln und legte meine Fingerspitzen an seinen Kiefer. »Ich werde mit ihm sprechen.«

»An meiner Seite. Als das halbe Herz des Königs, Elise. Du bist keine zweite Kvinna – du bist so viel mehr. Stell sicher, dass er das erfährt.«

Valen gab mir einen Kuss mitten auf die Handfläche, während er mir verstohlen ein zweites Messer an den Gürtel steckte. Ein stummes Versprechen zwischen uns, alles zu tun, um zu kämpfen und uns zu verteidigen. Wieder zueinander zurückzukehren.

Kari reichte mir einen Pelzumhang. Valen setzte sich einen schwarzen Stirnreif auf, der wie die Schwingen eines Raben aussah. Ein Symbol für die ursprüngliche Krone des Rabensporns; ein Symbol, das nun wieder den wahren Erben des Landes zurückgegeben war.

Draußen eilten Leute mit Waffen und Schilden herbei; die Fae erschufen Illusionen um die gewaltigen Steinwälle herum. Andere verformten Wurzeln und Erde, bis die Begrenzung von Ruskig von dichten Dornranken umgeben war.

Valen hielt meine Hand gut fest, als wir uns näherten. Die Menge teilte sich, und bald reihte die Schattengilde sich neben uns ein. Thor hatte sich seine schwarze Maske vor Mund und Kinn gebunden. Halvar ließ eine Hand kreisen und wirbelte einen Strudel aus Wolken und Wind über uns auf.

»Wir sprechen am Turm«, sagte Valen und legte seine Hand in mein Kreuz. Er wandte sich an seine Gilde. »Alle Blicke bleiben auf ihre Bogenschützen gerichtet. Wenn ein Pfeil auch nur so aussieht, als könnte er vielleicht auf Elise zielen, tötet ihr den Schützen. Verstanden?«

»Der ist schon tot, bevor er auch nur daran denkt, den Pfeil anzulegen, Valen«, bemerkte Stieg augenzwinkernd.

»Auch, wenn einer auf den König zielt«, sagte ich und sah den Nachtprinzen finster an. »Lasst nicht zu, dass dieser Narr sich zum menschlichen Schutzschild für sich macht. Ich ziehe jeden Einzelnen von Euch zur Verantwortung, wenn er schon wieder einen Pfeil in den Rücken bekommt.«

»Wie du wünschst, Herrin«, sagte Halvar lachend.

Valen grinste und führte uns zu der hölzernen Treppe, die in den Turm eingebaut war. »Ich dachte, du magst es, wenn ich für dich den Helden spiele.«

»Ich mag es viel lieber, wenn du atmest.«

Der höchste Wachturm war breiter als die anderen und bot der ganzen Gilde reichlich Platz. Ich verschränkte meine Finger mit Valens und drücke seine Hand, bis seine glatte, braune Haut sich rötete. Zwanzig Schritte von der Grenze entfernt stand eine Reihe dunkel gekleideter Raben, mit Sachs oder Streitaxt ausgerüstet. Einige trugen auch Langschwerter oder kurze Klingen aus Bronze und Eisen.

Aber mein Blick huschte über das Schimmern des Stahls hinweg und landete in der Mitte. Mein Vater stand unter einem

Baldachin. Gesund. Sein Haar war gekämmt und glänzte. Sein Bart war mit Knochen- und Silberperlen durchflochten, und über seinem linken Auge, das Runa hatte blenden lassen, um mich zu treffen, trug er eine schwarze Augenklappe.

Nach allem, was meine Schwester getan hatte, um seine Familie zu zerstören, war er noch immer ihr Schoßhund.

Ich sah auf meine Hand in Valens. Einen kurzen, stummen Moment lang lächelte mein Herz. Ich hatte außerhalb dieses Zufluchtsorts keine Familie. Meine ganze Familie lebte hier, bei ihm. Er war weit mehr ein Teil von mir, als irgendjemand im Lysander-Herrenhaus es je gewesen war.

Valen trat vor. Die ganze Zeit über ließ er meine Hand nicht los, und ich nahm an, dass er sich danach gerichtet hätte, wenn ich darauf bestanden hätte, ihn weiter festzuhalten. Ich räusperte mich und gab ihn frei, damit er vortreten konnte.

Hocherhobenen Hauptes. Keine Schwäche zeigen. Ich war die Geliebte eines Königs. Mich an ihn zu klammern wie ein verängstigtes Kind, würde uns nur angreifbar machen. Es würde Schwäche bei Valen offenbaren. Wenn er hoch aufgerichtet dastehen konnte, dann konnte ich es auch.

»Kvin Lysander«, sagte Valen. Das Timbre seiner Stimme tönte wie ein düsteres Donnergrollen über die Schlucht. »Was wollt Ihr?«

»Mit Euch rede ich nicht«, entgegnete mein Vater. »Mit einem Hochstapler.«

Valen lachte etwas boshaft. »Hochstapler? Dennoch kommt Ihr im Dienste eines falschen Königs her. Eines Königs, den dieses Land nicht erwählt hat. Ich glaube, wir verstehen das Wort vielleicht etwas unterschiedlich.«

»Ich bin hier, um mit meiner Tochter zu sprechen. Aus dem Weg, kleiner Prinz.«

Auf unserer Seite wurden zur Antwort darauf Pfeile erhoben. Den ettanischen König zu beleidigen, bedeutete für unsere Leute den Tod.

Valen hob eine Hand, ein stummer Befehl, abzuwarten. Er sah wieder meinen Vater an. »Wenn Elise mit Euch sprechen möchte, wird sie es tun.«

Er richtete seine Augen, die wie schwarzes Glas glänzten, wieder auf mich, ein sanftes Lächeln im Gesicht. Ich nickte kaum merklich und trat dann vor.

»Was willst du?«, fragte ich, verlegen, weil meine Stimme zitterte, während Valens geschmeidig und schneidend geklungen hatte.

»Tochter«, sagte mein Vater. »Du bist lange genug von den Fae manipuliert worden. Ich bin – unter einem Waffenstillstand – gekommen, um dich nach Hause zu holen. Zu deinem Volk. Deiner Familie. Unser Blut ist von den Göttern erwählt, dieses Land zu beherrschen, und wenn du hierbleibst, fürchte ich, dass es dein Ende sein wird.«

Wo noch vor einem Augenblick Zögern gewesen war, kochte jetzt heißer Zorn tief in meinem Bauch. Ich lachte und beugte mich über die Brüstung des Turms. »Du hast Angst um mich? Wie seltsam. Wo war deine Angst, als du mich diesem Wolf Jarl Magnus zum Fraß vorgeworfen hast? Wo war deine Angst, als deine erste Tochter halb Burg Rabensporn niedergemetzelt hat, um die Krone zu stehlen? Versuch es mit deinem erbärmlichen Flehen anderswo. Hier stößt es auf taube Ohren, Kvin Lysander.«

»Elise«, fuhr er mich an. »Du wirst zurückkehren.«

»Wieso? Warum kämpfst du darum? Was bedeute ich dir schon? Wenn es hier nur um Kontrolle geht, dann hast du deine Zeit und das Leben der Männer, die dir beistehen, vergeudet. Du kontrollierst mich nicht mehr.«

Sogar aus der Entfernung sah ich die Hitze im Blick meines Vaters lodern. »Du wirst als Verräterin bekannt werden, Elise. Du kämpfst gegen dein eigenes Volk, und das werde ich nicht als unser Vermächtnis hinterlassen. Du bist in eine Pflicht hineingeboren worden, und die wirst du erfüllen – sonst wäre es mir lieber, du wärst tot.«

Schweigen grub sich tief in meine Haut. Die Leute von Ruskig hielten ihre Bogensehnen weiter gespannt. Nicht einmal die Raben rührten sich, während sie auf das nächste Wort warteten.

»Elise«, flüsterte Valen mir ins Ohr. »Du bist mehr, als er sagt. Vergiss das nicht und lass es auch ihn nicht vergessen.«

Ich fühlte nichts mehr. Sowohl von Timoran als auch von Etta prüfend gemustert zu werden, warf mich aus der Bahn. Ich wünschte mir, ich könnte im Boden versinken.

Bis ich den Nachtprinzen ansah.

Vertrauen, Zuneigung und *Liebe* lebten in diesen Augen. Ich nahm wieder seine Hand und zog ihn an meine Seite, sodass alle es sehen konnten.

Diesmal zitterte meine Stimme nicht. »Ich möchte, dass alle es hören: Ich gehöre nicht länger zum Haus Lysander. Ich erkenne den falschen König Calder und seine Königin nicht an.«

»Elise«, rief mein Vater warnend.

Ich hob die Stimme, um seine zu übertönen: »Ich stehe zum Volk von Etta, aber auch zu dem von Timoran.« Ich wies auf die Raben. »Seht euch an, wem ihr folgt, wem ihr dient. Einem König, der aus Machtgier mordet. Seht euch das Land um euch herum an. Seht, wie es wieder von Wildwut erfüllt ist. Und ihr kämpft dagegen. Mein Vater sagt, wir wären die Erwählten der Götter – er lügt.« Ich wurde noch lauter, damit nichts, was ich zu sagen hatte, falsch gehört werden konnte. »Ich stehe zum wahren König. Dem König beider Völker. Sowohl aus Timoran als auch aus Etta hervorgegangen, diene ich dem Haus Ferus und werde auch weiterhin nur ihm dienen. Schlagt euch auf unsere Seite oder geht. Das ist eure einzige Warnung, bevor wir euch *zwingen* zu gehen.«

»Bei den Höllen, Frau«, flüsterte Valen und zog mich an seine Seite. »Ich habe die feste Absicht, dir jeden unschicklichen Gedanken, der mir gerade durch den Kopf geht, zu demonstrieren, sobald wir allein sind. Mach dich auf etwas gefasst.«

Mein Gesicht wurde heiß. Nur Valen Ferus war so unanständig, wenn wir einem Feind gegenüberstanden.

»Wenn das deine Entscheidung ist, will ich nichts mehr mit dir zu tun haben, Tochter.« Mein Vater wandte mir den Rücken zu.

»Ich glaube, das habe ich gerade gesagt«, gab ich zurück und entlockte der Schattengilde ein paar Lacher.

Die Belustigung war nur von kurzer Dauer.

Weiter unten an den Toren ertönten Rufe, und das Sirren der Pfeile, die unsere Bogenschützen fliegen ließen, erfüllte die Luft zwischen den beiden Heeren.

»Verdammt«, fluchte Halvar. »Sie durchbrechen den Wall!«

Als erster Ritter stürzte Halvar sich in das Chaos und brüllte Befehle, während ein Trupp Raben seine Klingen zog und eine Bresche zwischen den Steinen angriff.

Weitere Raben strömten aus dem Wald hervor. Ich ballte die Fäuste fest an meinen Seiten. All das hier war eine Kriegslist. Eine Gelegenheit, wieder nach Ruskig vorzudringen. Um so viele Leute wie möglich zu töten. Mir vielleicht die Kehle durchzuschneiden, wenn sie Gelegenheit dazu bekamen.

Valen warf den Stirnreif von seinem Kopf und zog seine Äxte. Er wandte sich mir zu. Seine Augen sagten tausend Dinge. Eine sanfte Berührung an meinem Gesicht war mehr als tausend Worte wert. Wir mussten nicht sprechen, ich wusste schon Bescheid. *Kämpf. Kehr zu mir zurück.*

Dann folgte er Halvar. Die Erde bebte, als seine Wildwut den Fels zwischen uns aufriss und eine immer breitere Spalte zwischen dem Wald und Ruskig aufklaffte.

»Elise«, sagte Thor hinter mir. Er hielt mir einen Bogen hin. »Wir übernehmen die Türme.«

Ich nickte. Auch wenn ich nicht so erprobt wie andere Bogenschützen war, hatte ich doch seit mehreren Wochen Zielübungen gemacht und war mit einem Bogen besser zu gebrauchen als im Nahkampf. Thor rief mir zu, in Deckung zu bleiben, und befahl dann Stieg und Casper, ihre Wildwut vorzubereiten.

»Wo ist der König?«

»Ari«, sagte ich mit einem Seufzen der Erleichterung, als der Fae in die Turmkrone gestiegen kam.

Thor zeigte in die Richtung, in die Valen verschwunden war. »Steh ihm bei. Verwirr die Raben, bis sie wahnsinnig werden, Ari.«

Mit einem schelmischen Zwinkern eilte Ari Valen nach. Einst waren sie Gegner gewesen, aber nun waren sie fast unzertrennlich.

»Runter!« Thor stürmte auf mich zu und beschirmte meinen Kopf, als Pfeile in einem perfekten Bogen über die Brustwehr regneten.

Der Übelkeit erregende dumpfe Aufprall von Eisen, das Fleisch durchtrennte, brannte mir in den Ohren. Schreie, Rufe, Flüche – all das ertönte, während die Pfeile niedergingen. Thors Arme umfingen mich, hielten mich an die Wand des Wachturms gedrückt, unfähig, irgendetwas zu tun, bis es aufhörte.

Sobald der Ruf von unseren Wällen ertönte, den Beschuss

zu erwidern, stieß ich Thor fort. »Als ich gesagt habe, dass ich Valen nicht als Schutzschild für mich will, dachte ich, ihr hättet verstanden, dass keiner von euch sich leichtfertig opfern soll, Thorsten!«

Es geschah selten, aber jetzt lächelte Thor, sodass seine Zähne weiß aufblitzten. Er klopfte gegen die Spitze seines Pfeils, entzündete sie mit seiner blauen Feuer-Wildwut und spannte dann die Bogensehne. »Ich glaube, du magst uns, Elise Lysander.«

Eine neue Schlacht begann. Die Angst wurde übermächtig, bis sie einen sauren Geschmack auf meiner Zunge hinterließ. Ja, ich mochte sie. Ich liebte die gesamte Schattengilde so, wie ich eine Familie geliebt hätte, wie wahre Brüder.

Und jedes Mal, wenn jemand aus meiner Geburtsfamilie sein verdammtes Gesicht zeigte, bedrohte er die, die ich am meisten liebte. Ich war es alles leid.

Ich zog die Befiederung eines Pfeils bis an meine Wange und richtete den Blick fest dorthin, wo mein Vater sich unter seinen Baldachin duckte. Er war für mich jetzt ein Fremder. Heute würde er dafür bezahlen, dass er versucht hatte, ihnen zu schaden.

Beide Augen geöffnet, ließ ich den Pfeil fliegen.

KAPITEL 5

NACHTPRINZ

Wir waren immer gegen den Rabensporn gewappnet. Sie versuchten, den Wall zu durchbrechen, aber in jeder Lücke, jeder Bresche, hatten wir Krieger bereitstehen. Jetzt hielten sie die Herzen mehr als nur einiger Raben in den Händen.

Begraben zwischen unseren Bogenschützen stand ich da und nutzte Wildwut, um die Erde aufzureißen. Um uns weiter von den Raben zu trennen. Das Brennen in meinem Blut wurde nur intensiver, als sich Calders Heer als listiger erwies, als ich ihm zugetraut hatte.

Mit schweren Bolzen schossen sie Stricke über die Schlucht, die ich vertieft hatte. Wie Spinnen an einem Netz arbeiteten Raben ohne Unterlass daran, Seile zu verweben und an dicken Bäumen zu befestigen, um sich bereitzumachen, sich daran über den Abgrund zu hangeln.

»Schneidet die verdammten Seile durch!«, rief Halvar.

Ringsum rackerten unsere Leute sich ab, um die Bolzen aus dem Stein zu reißen oder die Stricke durchzusägen, aber irgendeine Beschichtung glänzte auf den Seilen. Sie verstärkte sie so, dass sie fast unmöglich zu durchtrennen waren.

Wir würden ein paar losbekommen, doch nicht alle. Es waren zu viele.

»Halvar! Die Kluft – erinnerst du dich? Die Kluft!«, rief ich meinem Freund zu. Zu Anfang der Eroberung hatten wir uns Seite an Seite im Kämpfen geübt. Dagar hatte uns beigebracht, unsere Wildwut gemeinsam einzusetzen, unsere Stärken zu nutzen, um Etta zu verteidigen und die timoranischen Plünderer zu begraben.

Halvar hielt inne und musterte die Fläche zwischen uns. Nach ein paar Herzschlägen trat ein Lächeln auf seine Lippen. Ein boshaftes Grinsen, das sein Gesicht zugleich verdüsterte und erhellte. »Das könnte funktionieren.«

»Dann los!«

»Weicht vom Rand des Walls zurück«, befahl Halvar.

Schützen senkten ihre Bögen und zogen sich zurück. In der Hocke breitete ich meine Handflächen auf dem Stein aus; die Hitze der Wildwut hinterließ auf dem hellen Fels schwarze Rußspuren. Ein Riss bildete sich unter meinen Händen. Stein schrammte über Stein. Erde türmte sich zu dicken Hügeln auf, als ich unseren Wall aufbrach.

Klagelaute und erstaunte Ausrufe ertönten, als ein Teil des Walls zu Boden glitt, als hätte ich ihn in der Mitte durchgeschnitten.

»Folgt dem König«, rief Halvar hinter mir. »Los, ihr verdammten Narren. Tretet nur dorthin, wo ich es euch sage.«

Es dauerte ein paar Augenblicke, bevor die Krieger über den Rand des zerstörten Walls spähten und sahen, dass er nun Stufen hatte wie eine Steintreppe, die ich seitlich in den Fels geschnitten hatte, um sie in die tiefe Schlucht zu führen.

»Gebt ihm Deckung!«, ertönte Elises Stimme hinter meinem Rücken.

Ich grinste. Sie sprach in gebieterischem Ton, und ich musste nicht einmal hinsehen, um zu wissen, dass meine *hjärta* zwei Dutzend Bogenschützen hinter mir aufgestellt hatte.

Die Kluft war eine Strategie, die zum Einsatz gekommen war, wann immer die Plünderer vor langer Zeit die Schluchten oder Berggipfel überquert hatten. Sie würde all meine Wildwut aufzehren und ungeteilte Konzentration erfordern, aber wenn sie uns glückte, würden die Raben mit beträchtlichen Verlusten abziehen.

Ich hob die Arme. Meine Hände zitterten. Wildwut löste sich aus meinem Blut. Aus dem Grund der Schlucht wuchsen hohe Türme aus Felsen und Erde empor und ragten wie steinerne Finger aus dem Boden auf. Die Türme waren oben flach und breit genug, damit unsere Krieger von einem zum anderen springen konnten – wie Trittsteine, die über die tiefe Schlucht führten.

Wir würden die andere Seite erreichen, sie in die Enge treiben, und sie würden es bereuen, sich ins Tageslicht gewagt zu haben.

Oder – das war der bessere Plan – sie würden unsere Schritte nachahmen, zu uns auf die hohen Steinplattformen kommen und dort gegen uns kämpfen.

Ein kräftiger Rabe trat vor; der Hauptmann der Einheit, wie ich vermutete. Er warf eine Kapuze zurück und musterte ein paar Atemzüge lang alle Erdblöcke, wie sie aus dem Boden emporschossen.

Am Ende winkte er seine Krieger nach vorn und forderte, dass sie die Schlucht auf den steinernen Tritttürmen überquerten, die ich immer weiter erschuf. Meine Gliedmaßen schmerzten, aber ich stellte ihnen Steinstücke zur Verfügung, die nahe genug bei ihnen waren, dass es den Raben nicht viel abverlangen würde, über die Dunkelheit unter ihnen hinwegzusteigen.

Und sie taten es.

»Halt«, rief Halvar, und unsere Krieger blieben dort stehen, wo sie waren.

Ich nahm einen Platz in der Mitte der Schlucht ein. Die klobige Erdsäule, auf der ich stand, war breit genug, noch vier weitere Männer aufzunehmen, aber ich war dort allein. Ich konnte alle Seiten sehen, alle Schritte, die man unternehmen konnte.

Stetig verfolgten die Raben uns. Erst unsicher, als sie von Stein zu Stein sprangen, aber ihre Selbstsicherheit wuchs, und sie wurden schneller.

»Bereit, mein Prinz? König, meine ich, König. Bei den Höllen, ich werde mich noch daran gewöhnen, versprochen«, sagte Halvar und lachte geradezu wahnsinnig, als er die Hände hob.

»Bereit!«

»Los!«, rief Halvar, und Chaos folgte.

Da die meisten Raben nun draußen auf den Steinpfeilern standen, winkte ich mit der Hand und ließ ihre Türme wieder zu Staub zerfallen. Schreie ertönten während der langen Stürze auf den zerklüfteten Boden der Schlucht.

»Zurückfallen!«, schrie der Hauptmann. »Kommt zurück, ihr Narren!«

Raben beeilten sich, auf ihre Seite und festen Boden zurückzukehren. Einige stießen in ihrer Panik ihre eigenen Kameraden über den Rand, aber wohin ein Rabe auch trat, ließ ich die Erde bröckeln, bis der Turm einstürzte.

Wo ein Ettaner sich bewegte, stärkte ich seinen Stand mit näher beieinanderliegenden, sichereren Steinplatten.

Wir rückten vor.

Rabensporn-Leute stürzten in den Tod.

Wenn die Raben nicht durch mein Erdwirken fielen, traf Halvar sie mit heftigen, brutalen Böen seiner Luft-Wildwut.

Ohne Zweifel würde der Boden der Schlucht, wenn wir fertig waren, blutgetränkt und von Knochen übersät sein.

»Halt!«, übertönte ein Brüllen das Durcheinander.

Mein Magen verkrampfte sich. Kvin Lysander und zwei Raben schleiften zwischen sich jemanden heran. Das hatte ich befürchtet.

Sol.

Nur, dass Sol diesmal nicht steif war, als wäre er aus Stein gemeißelt. Er war nicht übel zugerichtet oder gedankenverloren. Nein, der Mann vor mir, der schwere Eisenketten trug, grinste boshaft. Seine blauen Augen waren von einem Zorn erfüllt, den ich vorher bei ihm nur einmal gesehen hatte: Als Sol vor vielen Umläufen eine Wache dafür geblendet hatte, ihm Thorsten genommen zu haben.

»Halt!«, rief ich. Meine Schultern bebten. Mein Atem ging rau und abgehackt. Die Wildwut schmerzte in meinen Adern, aber ich hob meine Hände und schoss eine gezackte Steinspitze auf Elises Vater ab.

Er fluchte und sah mich finster an. »Hört auf damit, Nachtprinz, sonst werfen wir Euren Bruder in den Abgrund.«

Ich lachte, und etwas zerbrach in mir, als Sol es auch tat. »Werft ihn nur. Ich werde da sein, um ihn aufzufangen.«

»Nach all den Umläufen werden die Timoraner nur dümmer, was, Bruder?« Der Rabe hinter Sol versetzte ihm von hinten einen Tritt gegen die Beine und zwang den Sonnenprinzen in die Knie.

Ich ballte die Fäuste. Hinter mir verfluchte Thor alle Götter und stieß Drohungen aus, von denen ich nicht annahm, dass auch nur einer der Raben sie für glaubwürdig hielt. Früher oder später würde ihnen das Gegenteil bewiesen werden.

Kvin Lysander war ein verdammter Narr – aber dann trat ein

verschlagenes Lächeln auf sein Gesicht. »Ihr wollt den Sonnenprinzen. Er ist eine Schwäche von Euch, also wissen wir, wie wir Euch die Kniesehnen durchtrennen können.«

»Sie brauchen uns, Valen!«, rief Sol. Ein Rabe schlug ihm ins Gesicht. Was hatte sich geändert? Wie war er dem katatonischen Zustand entkommen, in dem er sich noch vor wenigen Monaten befunden hatte?

Mir stellten sich die Nackenhaare auf. Es konnte eine Kriegslist sein. Ich wusste nicht, ob sie wollten, dass ich glaubte, dass Sol er selbst war, damit ich mich töricht verhielt.

So schmerzlich es war zurückzuweichen, es standen zu viele Leben auf dem Spiel, an die ich denken musste.

»Warum sonst sollten wir noch am Leben sein?«, fuhr Sol drängend fort.

»Halt's Maul«, zischte Kvin Lysander Sol zu. Mein Bruder ignorierte ihn.

»Benutz das Hirn, das, glaube ich, da drin ist, Valen.«

Meine Götter! Mein Bruder beleidigte mich immer noch. Aber als ein Rabe Anstalten machte, Sol wieder zu schlagen, hielt ich mich nicht zurück. Einen Schritt später spießte eine Felsspitze die Wache dort, wo sie stand, auf. Die Einheit tuschelte und wich weiter zu den Bäumen zurück.

»Gut gezielt«, sagte Sol und grinste den anderen Raben an seiner Seite hämisch an.

Ich sah zu Elises Vater. »Rührt meinen Bruder noch einmal an, dann spieße ich euch beide auf, bevor ihr noch einen Schritt machen könnt.«

»Ich biete Euch ein Tauschgeschäft an, Nachtprinz. Euren Bruder gegen meine Tochter.«

In meinem Herzen hatte ich schon in dem Moment, als ihr Vater sein verdammtes Gesicht gezeigt hatte, gewusst, dass Elise als Spielfigur eingesetzt werden würde. Schlau und bösartig verstand sich der Mann darauf, Drohungen auszusprechen, und wusste, wie er mich mitten ins Herz treffen konnte.

Sol schien der Einzige zu sein, dem das nichts ausmachte. Ich war mir fast sicher, dass er die Augen verdrehte.

»Nein«, sagte ich und war mir nur zu gut bewusst, dass hinter mir Gemurmel ertönte.

Kvin Lysander gestikulierte mit der freien Hand. Im nächsten Augenblick drückte der Rabe neben Sol ihn mit dem Gesicht nach unten in den Schmutz. Die Wache zog ein großes Glasgefäß hervor, das mit etwas gefüllt war, das wie schwarzer Rauch aussah, und hielt es über den Sonnenprinzen.

»Jetzt ist er bei klarem Verstand, kleiner Prinz«, sagte Elises Vater. »Aber eine Dosis hiervon, und er wird sich in das Monster verwandeln, das ihr neulich gesehen habt.«

»Sei nicht töricht«, ächzte Sol. Seine Worte klangen gedämpft. »Ein Leben gegen viele, Valen. Ein Leben gegen viele. Sei nicht schwach!«

Sol stritt nicht ab, dass ihm etwas zustoßen würde, wenn sie ihm eine Dosis von welchem Elixier auch immer verabreichen würden, das sie mit Wildwut verunreinigt hatten. Doch er wand sich, als ob das Gefäß ihn dadurch, dass es so nahe war, verbrannte.

»Valen.« Thors Stimme versengte mir die Ohren.

Ich drehte mich nicht um. Konnte es nicht. Ich kannte den Schmerz, den er empfand. Als der Rabensporn Elise entführt hatte, war mir klar geworden, was es hieß, zuzusehen, wie die andere Hälfte des eigenen Herzens in Stücke gerissen wurde.

Wieder einmal hatte ich allerdings keine Ahnung, wie ich alle zugleich beschützen sollte.

»Nachtprinz, ich wandele mein Angebot ab«, verkündete

Kvin Lysander. »Gestattet mir, Elise eine Botschaft auszurichten. Von ihrer Schwester. Sozusagen eine Warnung.«

»Ich möchte mit ihr sprechen, Bruder«, sagte Sol mit leiser Stimme, in der ein bedeutungsvoller Unterton mitschwang.

Ihr Vater prustete vor Lachen. »Na seht Ihr. Wollt Ihr Eurem Bruder die Gelegenheit verweigern, Eure Hure zu treffen? Wollt Ihr einem Vater abschlagen, sein Kind noch einmal zu sehen, bevor eine Familie für immer gespalten wird?«

Es war das Risiko nicht wert. »Kvin Lysander, Ihr seid kein Vater, und sie ist keine Hure. Schickt den Sonnenprinzen her, um mit ihr zu sprechen, dann heben wir keine Klinge. Ihr bleibt am Leben. Mir bleiben mein Bruder und Elise.«

Mit einem spöttischen Grinsen nickte der Dreckskerl, und der Rabe öffnete das Gefäß, bereit, die dunkle Magie, die der Mixtur innewohnte, über Sols Kopf auszuleeren.

»Halt!«

Verfluchte Höllen. Ich wandte mich um. Elise stand auf einem der Steintürme. Ihre Augen funkelten wütend, als sie mich ansah.

»*Elise*«, sagte ich warnend.

Sie bedachte mich mit einem vernichtenden Blick und wandte sich dann ihrem Vater zu. »Ich komme zu dir, aber du wirst dem Sonnenprinzen kein Haar krümmen, sonst sage ich König Valen, dass er euch alle ohne auch nur einen Hauch von Gnade und ganz gewiss ohne Reue niedermetzeln soll.«

Die Frau hatte den verdammten Verstand verloren. Ich hob die Handflächen und formte eine schmale Brücke von ihrem Standort zu meinem. Unter meinem wütenden Blick zuckte sie nicht mit der Wimper, und diese todesmutige Stärke gehörte zu den vielen Dingen, die ich an ihr liebte. Aber das hier ging zu weit.

Eine Hand in ihren Nacken gelegt, zog ich sie an mich. »Du bist verrückt, wenn du glaubst, dass ich zusehe, wie du zum Rabensporn zurückkehrst.«

»Und du bist verrückt, wenn du glaubst, dass ich zulasse, dass Sol vor den Augen seiner Leute und seines Geliebten gefoltert wird. Wenn du dort drüben wärst, gäbe es nichts, was ich nicht tun würde, um deinem Schmerz ein Ende zu setzen.«

Törichte, schöne Frau.

Sie ließ eine Hand über meinem Herzen ruhen. »Ich gehe nicht mit ihnen, Valen. Das tue ich nicht. Aber ich kann uns eine Atempause verschaffen, vielleicht auch eine kleine Ablenkung, sodass wir Sol befreien können.«

Mein Kiefer spannte sich an, als ich zu dem Raben hinübersah, der meinen Bruder wieder auf die Knie zerrte. »Ich glaube, Sol weiß etwas. Er gibt sich absichtlich geheimniskrämerisch und ärgert mich, aber die Art, wie er darum gebeten hat, mit dir zu sprechen …« Ich schüttelte den Kopf. »Nein, es ist zu riskant.«

Ihre warme Handfläche ruhte an meiner Wange und lenkte meinen Blick wieder auf sie. »Valen, vertrau mir, wie ich dir vertraue.«

»Du bist nicht diejenige, der ich misstraue.«

»Ich weiß, aber vertraue darauf, dass ich nicht so töricht sein werde, Gefahr zu laufen, wieder von dir getrennt zu werden. Doch es gibt kluge, kalkulierte Risiken, die dazu führen könnten, dass du deinen Bruder zurückbekommst. Das ist es wirklich wert.«

Zornig schloss ich die Augen und wünschte, sie hätte nichts so Vernünftiges gesagt.

»Wenige Augenblicke«, zischte ich mit zusammengebissenen Zähnen. »Wenige Augenblicke sind alles, was ich ihnen gebe, bevor sie sterben. Wenn sie auch nur einen Schritt machen, dann …«

»So weit wird es nicht kommen.« Elise sah mich stirnrunzelnd an und wandte sich dann der Kante des Steins zu. »Wärst du nun bitte so freundlich? Ich brauche einen Weg, um dorthin zu gelangen.«

Ich schnaubte frustriert und drehte mich dann zu unseren Bogenschützen um. »Gebt Kvinna Elise mit euren Pfeilen Deckung. Schießt und verfehlt euer Ziel nicht, wenn sie versuchen sollten, ihr etwas anzutun.«

Sorgfältig formte ich eine Bogenbrücke aus Wurzeln, Gestein und Erde von unserem Turm bis zum Rand der Klippe.

Bevor Elise auf die Brücke trat, legte ich einen Arm um ihre Taille und zog sie noch einmal an meine Brust. Meine Lippen streiften ihr Ohr. »Ich liebe dich, und du solltest wissen, dass es dein Schicksal ist, mein Tod zu sein, wenn du weiter diese Dinge tust.«

Sie biss sich auf die Unterlippe, zweifelsohne, um ein Lächeln zu unterdrücken, hob dann eine meiner Hände an und gab mir einen Kuss auf die Handfläche. »Ich bin bald zurück, mein König.«

KAPITEL 6

PRINZESSIN AUF ABWEGEN

Hinter mir brüllte Valen Befehle. Das war seine Art, kühlen Kopf zu bewahren, wie ich inzwischen wusste. Er bellte Anweisungen, während ich kaum Zweifel daran hatte, dass sein Körper vor Nervosität und Zorn vibrierte. Die einzige Möglichkeit, den Blutdurst zu stillen, würde darin bestehen, jeden einzelnen der Raben vor mir umzubringen.

Am Ende der Brücke stand der Hauptmann wie ein Stein. Er streckte mir eine Hand hin; Muskeln an seinem Kiefer pulsierten. Ich lehnte es ab, mir von ihm von der Brücke helfen zu lassen, und ging hocherhobenen Hauptes vorbei, den Blick auf meinen Vater gerichtet.

Meine Konzentration ließ nur in dem Moment kurz nach, in dem ich an Sol vorüberkam.

Unsere Blicke begegneten sich. Nun, da sein Gesicht etwas voller geworden und die Farbe in seine Haut zurückgekehrt war, ähnelte er Valen.

Der Unterschied bestand in den Augen. Valens waren wie schwarze Himmel, Sols dagegen blau wie der tiefste Teil des Ozeans.

»Elise.«

Ich wandte mich von dem Sonnenprinzen ab und begegnete

dem finsteren Blick meines Vaters. »Du hast mich hier. Wie lautet die Botschaft?«

»Es gibt keine Botschaft«, sagte er. »Ich wollte dir nur in die Augen sehen, um mit letzter Sicherheit zu wissen, dass du nicht von den Fae verzaubert worden bist.«

»Ich versichere dir, dass ich klarer im Kopf bin denn je.«

Das Gesicht meines Vaters zuckte. »Ich erinnere dich hiermit daran, *Tochter*, dass du mit Jarl Magnus das Ehegelöbnis gesprochen hast. Alles, was du mit diesem Fae vorhast, ist null und nichtig. Die Götter werden es nicht segnen.«

Ich lachte. Ich konnte einfach nicht anders. Er machte sich vollkommen lächerlich. »Die Götter? Du glaubst, dass die Götter ein Ehegelöbnis segnen, das mit Gewalt erzwungen worden ist? Ich habe verdammte Fesseln getragen, Daj. Meinst du, dass die Götter dir gewogen waren, als du es Jarl gestattet hast, meine Mutter umzubringen?« Ich trat näher und senkte die Stimme. »Du bist ein Feigling.«

Er hob eine Hand, um mich zu schlagen, stolperte aber, als der Boden bebte.

»Krümmt ihr auch nur ein Haar, und es ist das Letzte, was Ihr tut«, rief Valen. Leif Lysander warf einen zornigen Blick über die Schlucht, holte dann ein paarmal Atem und fing sich.

»Du wirst keinen Erfolg haben, Elise«, sagte mein Vater. »Du kennst die Geheimnisse des Rabensporns nicht.«

Er glaubte jedes Wort, und der Schock ließ mir einen eisigen Schauer der Furcht über den Rücken laufen. Ich verbarg es gut. »Ich habe keine Angst vor euch.«

»Das solltest du aber.« Mein Vater neigte den Kopf neben mein Gesicht. »Du weißt, dass ich dir nicht gestatten werde, zu ihm zurückzukehren, nicht wahr? Er wird nicht schnell genug sein, uns alle zu töten.«

Ich schnaubte. »Ja. Ich wusste schon in dem Moment, in dem ich einen Fuß hierhergesetzt habe, dass man mir nicht erlauben würde zu gehen. Aber ich biete dir einen Kompromiss an. Ich werde friedlich wieder gehen; ich werde nicht kämpfen. Ich werde Valen sagen, dass er sich zurückhalten soll, wenn du dem Sonnenprinzen gestattest, mit seinem Geliebten zu sprechen.«

Ich warf einen Blick über meine Schulter. Sol wandte sich mir nicht zu, aber er ließ das Kinn auf die Brust sinken und schloss die Augen.

»Gestatte es um meinetwillen, Daj. Lass mich an der Seite des Sonnenprinzen stehen, wenn er wenigstens Gelegenheit bekommt, Lebewohl zu sagen.«

Das Gesicht meines Vaters war verzerrt vor Verwirrung, vielleicht auch etwas vor Schock. Es dauerte mehrere lange Augenblicke, bis er knapp nickte. »Wenn du irgendetwas versuchst, werde ich ihn aufschlitzen, bis sein Blut das Gras besudelt.«

Mein Vater machte eine Handbewegung, um mich zu entlassen, und überließ mich dem Hauptmann der Einheit. Der Sonnenprinz wurde auf die Füße gezogen, und wir standen schweigend da, als die Raben sich zurückzogen.

»Du bist tapfer, meine Königin«, flüsterte Sol.

»Ich bin keine Königin. Ich bin die Geliebte deines Bruders.«

»Für den Augenblick.« Sols Grinsen war so verschmitzt wie Valens.

»Thorsten braucht dich«, sagte ich leise zu ihm. »Sprich mit ihm.«

Sol schluckte mühsam und sah über die Schlucht. »Was für eine seltsame Bitte für eine Königin. Mir einen Augenblick zu gönnen, um mit denen zu sprechen, die ich liebe – aber keine Bitte für dich selbst.«

Ich verbesserte ihn nicht noch einmal, was meinen Titel betraf, sondern senkte nur die Stimme. »Meine Hoffnung ist, dass uns zusammen vielleicht ein Plan einfällt. Ich habe die Tagebücher deiner Mutter gelesen, und nach ihren Angaben kannst du deinem Bruder in Sachen List das Wasser reichen.«

Sol lächelte, und es war ein Wunder, ihn so lebendig zu sehen. So ganz anders als die zusammengekauerte, leblose Gestalt in den Kerkern des Rabensporns. »Ihm das Wasser reichen? Meine Königin, eine Lektion, die du jetzt lernen solltest, ist, dass ich Valen in jeder Hinsicht überlegen bin.«

»Oh, wie wunderbar. Noch ein scharfzüngiger Ferus.«

Sol lachte leise und wurde dann wieder ernst, als er auf die Kante zutrat. Jenseits des Abgrunds starrten Ettaner und Nachtleute stumm zu uns herüber. Halvar und Thor standen beide neben Valen. Keiner von ihnen rührte sich. Ich war mir nicht sicher, ob sie überhaupt atmeten.

Sol räusperte sich. »Ich habe ein Geschenk von Kvinna Elise erhalten.« Er hielt inne und ballte die Fäuste. Das Leid seines Herzens war für alle offen zu sehen. »Thor, i… ich dachte, du wärst tot. Sie haben mich am Leben gehalten, in einem Zustand des Wahnsinns gefangen, und es war mir gleichgültig, weil ich dachte, du wärst nicht mehr da. Bis ich dich gesehen habe. Jetzt lebe ich für dich. Ich lebe für einen Augenblick, in dem es keine Ketten, keinen Abstand mehr zwischen uns geben wird.«

Thor senkte seinen Bogen und trat so weit an die Kante seiner Steinsäule, wie er konnte. Er schlug sich mit einer Faust auf die Brust. »Ich habe dich schon einmal verloren. Das wird nicht noch einmal geschehen.«

»Nein.« Sol grinste. »Wird es auch nicht. Ich schwöre, am Leben zu bleiben, wenn du das Gleiche schwörst.«

Thor schrie vor Frust auf und lief hin und her. »Heute. Ich lasse dich nicht hier, Sol.«

Ein Anflug von Traurigkeit huschte über das Gesicht des Sonnenprinzen. »Ich wünsche es mir mehr als alles andere. Aber ich glaube nicht, dass das ist, was das Schicksal für uns bereithält.«

»Ich gebe nichts auf das Schicksal.«

Sol ging nicht auf Thors Beharren ein, sondern lächelte. »Ich liebe dich, als wäre keine Zeit vergangen. Sogar noch mehr als zuvor, wenn das überhaupt möglich ist.«

»Sol …«

»Ich habe eine Bitte, Thor. Bitte.« Sol zeigte auf Valen. »Versuch, ihn nicht umzubringen. Wir wissen beide, wie nervtötend er sein kann. Und Hal, von dir erwarte ich das Gleiche.«

Halvar machte keine zotige Bemerkung. Um die Wahrheit zu sagen, wirkte er, als wäre er dem Zusammenbruch nahe, als er sich mit der Faust auf die Brust schlug.

Sol sah seinen Bruder an. Seine Stimme wurde rau. »Das Haus Ferus ist stark. Diese abscheulichen Raben brauchen es. Ich mag nicht bei Verstand gewesen sein, aber ich hatte immer Ohren. Ich verlasse mich darauf, dass du ein kluger König bist, kleiner Bruder.«

»Ich halte die Krone nur warm, bis du sie wieder trägst.«

Sol schnaufte, verbesserte ihn aber nicht. »Sei jetzt klug und hör zu. Du solltest wissen, dass ich von dem Tag träume, an dem das Blut des Ersten, der Mitte und des Letzten wieder vereint sind.« Valen versteifte sich. Ich verstand nicht, was gemeint war, und hatte keine Zeit nachzufragen, bevor Sol fortfuhr. »Sei bereit zu wirken, Valen.«

Ein Schauer des Unbehagens lief mir über die Arme. Valen ließ eine Axt fallen. Thor spannte sich an. Sol plante irgendetwas, und er trat zu mir.

»Meine Königin«, flüsterte er. »Mach den Titel offiziell.«

»Wovon sprichst du?«

Sol sah die Raben in der Nähe an. In seiner Stimme lag ein Unterton von Vorsicht. »Dein Titel wird gebraucht. Ich kann nicht mehr erklären. Hör zu und wiederhole Valen die Dinge, die ich jetzt mitteilen werde, genau so, wie ich sie sage. Richte Valen aus, dass sie benutzt wird. Die ganze Zeit über benutzt worden ist. Sag ihm, dass er sie suchen soll. Dann sag ihm, dass er nach Hause kommen soll, um mich zu besuchen.«

»Das verstehe ich nicht.«

»Und sie können es auch nicht.« Er deutete auf die näher kommenden Raben. Mein Vater hatte auch einen Verdacht. Er befahl den Wachen, uns wieder zu ergreifen.

»Ich bin stolz, noch eine Schwester kennenzulernen«, flüsterte Sol, ein hintersinniges Lächeln auf den Lippen. »Elise.«

»Was?«

Der Sonnenprinz neigte seinen Mund dicht an mein Ohr. »*Renn.*«

Die nächsten paar Augenblicke liefen sehr schnell ab. Sol stieß mich zur Kante. Er hob die Handflächen so, wie Valen es immer tat.

»Thor, verbrenn sie mit mir!«, schrie er.

Unvermittelt bildeten sich Knäuel aus dichtem, abstoßendem Schwarz um den Sonnenprinzen. Eine große Kaskade aus Verderbnis jagte mich auf den Abgrund zu. Die Zeit verlangsamte sich. Rufe erschollen. Ich hörte meinen Vater fordern, Sol lebend zu ergreifen, hörte Befehle, mich zurückzuholen.

»Spring, Elise! Jetzt!«, rief Sol.

Er ließ noch mehr seiner giftigen Wildwut hinter mir aufwallen. Ich hatte keine Wahl, als zum Rand der Klippe zu rennen.

Ringsum machten sich dunkle Schatten aus Verderbnis bereit, mich zu verschlingen.

Ich sprang.

Wind peitschte mir ins Gesicht. Ob ich schrie? Ich wusste es nicht. Mein Magen schlingerte, als ich durch die Luft stürzte. Ich beobachtete, wie die schwarze Wand aus dunkler Wildwut auf eine blaue Feuerwand zusauste und die verbliebenen Raben einhüllte, die auf Valens Steintürmen in der Falle saßen. Ein ohrenbetäubender Knall dröhnte über den Wald, als sie aufeinanderprallten. Und nichts als Asche blieb von den Kriegern übrig, die zwischen den beiden Arten Wildwut gefangen waren.

Meine Gedanken überschlugen sich.

Warum hatte Sol mir gesagt, dass ich springen sollte, wenn ich eine Botschaft auszurichten hatte? Würde Valen ruhig Blut bewahren und König bleiben, wenn er mich sterben sah? Oder würde er der Wut und dem Blutrausch nachgeben und wieder zum Blutgeist werden?

Ich schloss die Augen und machte mich auf die scharfen Felsspitzen unter mir gefasst, als sich plötzlich etwas Raues um mein Handgelenk schlang. Dann noch etwas um meine Taille, das meinen Sturz verlangsamte. Wurzeln verflochten sich unter mir quer über die Schlucht und woben ein behelfsmäßiges Netz unter meinem Körper. Beim nächsten Herzschlag umfingen mich Arme. Valen fiel mit mir, zog mich mit einer Hand eng an sich, während er mit der anderen die Erde beherrschte, bis wir unvermittelt auftrafen.

Schmerz durchzuckte mich, und ich schrie auf, wenngleich die Wurzeln und schlammigen Fäden unseren Fall abfederten. Sie gaben genug nach, um den Aufprall abzumildern, aber morgen früh würden wir voller Prellungen und blauer Flecken sein.

Das Netz schwang leicht nach, und das Gewicht in seiner Mitte ließ mich dorthin rollen. In die Arme des Nachtprinzen.

Valen zitterte, als er mich ruckartig an seine Brust zog. Die Hitze der Wildwut verdampfte auf seiner feuchten Haut. Seine Atemzüge gingen schwer, ganz wie meine. Ich schüttelte die Benommenheit ab und schloss meine Arme um seinen Hals, hielt ihn, als könnte jeder Moment unser letzter sein. Mein Gesicht an seinen Hals geschmiegt, atmete ich alles von ihm ein. Den würzigen Duft seiner Haut, den Hauch von Erde und Mutterboden, das seltsame Brennen der Wildwut, das ich geradezu schmecken konnte.

»Hast du das getan?«, flüsterte ich. »Du wirkst auf mehr als Gestein ein.«

»Alles Beliebige … in der Erde«, sagte er heftig keuchend, während er Atem schöpfte. Er presste seine Lippen fest auf meine Stirn. »Tu das nie, *nie* wieder.«

Ich lächelte an seiner Haut und drückte ihn fester, länger.

Ich weiß nicht, wie lange wir einander in den Armen hielten, Küsse austauschten und einander berührten, als könnten wir verschwinden, aber als wir Valens Wildwut-Netz verließen und seine Magie nutzten, um nach oben zu klettern, war der Rabensporn nicht mehr da.

Mein Vater war fort.

Sehr zu meinem Erschrecken auch der Sonnenprinz.

KAPITEL 7

NACHTPRINZ

Ich wollte niemanden bis auf meinen inneren Kreis und Elise sehen. Die Vertrautesten überhaupt, und nun saßen sie alle um den Tisch im königlichen Langhaus.

Wir starrten Trinkhörner an und erinnerten uns stumm an die Ereignisse des Morgens. Elises Gesicht und Arme waren voller Schrammen, und Kari hatte geholfen, die Wunden zu reinigen, die das raue Netz geschlagen hatte, das ich hektisch aus den Wänden der Schlucht gezogen hatte.

Dieser verdammte Sol! Er hätte mich doch vorwarnen können, statt sich nur in vagen Andeutungen zu ergehen. Allerdings berechnete mein Bruder klug, wie er sich äußerte. Es waren seine Worte, die mich nun still bleiben ließen. Ich hatte die Wahrheit immer noch nicht völlig verarbeitet.

»Ich möchte etwas sagen«, murmelte Thor am Ende.

»Dazu brauchst du nicht meine Erlaubnis«, grummelte ich.

Thor drehte sich auf der Baumstammbank um und musterte Elise unverwandt.

»Was du getan hast …« Er brach ab und räusperte sich. »Es war ein Geschenk, das ich dir nie angemessen vergelten kann.«

Elise legte den Kopf schief. »Thor, das …«

»Nein. Du verstehst das nicht. Jahrhundertelang habe ich

unter einem Fluch, aber innerlich leer gelebt. Mein Herz wusste, dass ein Stück fehlt, doch ich konnte mich nicht erinnern, was es war. Als du uns befreit hast, habe ich mich an alles erinnert. Als ich den Sonnenprinzen vor unserer Verfluchung das letzte Mal gesehen habe, war er blutüberströmt und hat sein Leben riskiert, um meines zu retten, während sie mich davongeschleift haben, um mich zu foltern. Ich konnte nichts zu ihm sagen, aus Angst, dass sie ihn töten würden – oder mich, um ihm größeren Schmerz zuzufügen.«

Das Schweigen lastete immer schwerer, bis es zu einem physischen Teil des Saals wurde, genau wie der Gestank nach Bier und Rauch.

Ich konnte den Tag nicht vergessen. Als die Raben gekommen waren, als sie Thor vor Sols Augen gepeinigt hatten, hatte ich einen Zorn wie nie zuvor im Blick meines Bruders gesehen. Irgendwie, mittels Wildwut oder roher Gewalt, hatte er sich aus seinen Fesseln losgerissen.

Wir hatten dafür Wochen in einem verschneiten Käfig verbracht, aber jetzt, da ich Elise hatte, verstand ich das verzweifelte Bedürfnis, zu beschützen, was einem gehörte.

Thor nahm Elises Hand und fuhr fort: »Gestatte mir, dir dafür zu danken, dass du mir einen kurzen Augenblick geschenkt hast. Eine neue Erinnerung mit anderen Worten und einem anderen Anblick, an der ich mich festhalten kann.«

Siv wischte sich eine Träne von der Wange und umklammerte Mattis' Hand etwas fester.

Elise lächelte und neigte den Kopf. »Das hattest du verdient, Thor. Ich habe allerdings eine Frage. Was habt ihr da mit deiner und Sols Wildwut getan?«

»Ja«, sagte Stieg; sein Interesse war geweckt. »So etwas habe ich noch nie gesehen.«

»Ich auch nicht«, warf Ari ein. »Ehrlich gesagt verfügt ihr alten Leute über Wildwut, die ich … noch nie gesehen habe.«

»Es ist ja nicht so, als ob Dunkelfae wie Sol herumlaufen und ihre Wildwut allen vorführen«, sagte Thor mit einem Anflug von Verbitterung. »Und wir sind nicht alt, du Narr.«

»So rüstig wie eh und je«, brummte Halvar.

Kari bedachte ihn mit einem Blick; Besorgnis lag in ihrem Lächeln, als sie mit den Fingerspitzen über seinen Unterarm fuhr. Mein Freund war ungewohnt ernst gewesen, seit wir uns hinter die Wälle zurückgezogen hatten. Das sah ihm gar nicht ähnlich. Aber ich wusste, dass nichts Halvar je davon abhielt, die Gedanken, die ihm durch den Kopf gingen, in Worte zu fassen, wenn er denn sprechen wollte.

Er würde etwas sagen, sobald er dazu bereit war.

»Da bin ich auch neugierig«, gestand ich und sah Thor an. »Ich weiß nicht, was ihr getan habt, aber ich habe noch nie gesehen, dass dein Feuer sich so mit Sols Wildwut vermischt hat.«

Thor rutschte auf seinem Platz hin und her und rieb sich mit den Fingern den Nasenrücken. »Weil nur Arvad wusste, dass unsere Wildwut eine explosive Verbindung eingehen konnte. Sols Wildwut wurde zwar geheim gehalten, dennoch haben er und ich gern experimentiert. Wie sich herausstellte, passiert etwas, sobald mein Feuer seine Verderbnis berührt. Ein Zusammenprall, der alles in Schutt und Asche legen kann.«

Mir schnürte sich die Brust zu. »Die Raben. Sie sind …«

»Zu Asche zerfallen«, sagte Thor schneidend. »Ja. Um dem Rabensporn zu demonstrieren, was geschehen kann – und wird.«

»Das war leichtsinnig von ihm.« Ich fuhr mir mit den Fingern durchs Haar und stützte meine Ellenbogen auf den Tisch, um mich vorzubeugen. »Jetzt hat er ihnen bewiesen, wie gefährlich er sein kann; was werden sie jetzt tun? Ihn töten? Ihn wieder in einen Fae ohne Verstand verwandeln, damit er ihren Willen erfüllt?«

Ich schmetterte eine Faust auf den Tisch, wütend, frustriert und mehr als nur ein wenig verängstigt, weil meine totgeglaubte Familie nun am seidenen Faden vor meinen Augen hing.

»Wenn man gefürchtet wird, genießt man einen gewissen Respekt«, sagte Ari leise.

»Erklär mir das«, blaffte ich und wurde erst ruhiger, als Elise mit der Hand über mein Bein fuhr. Eine tröstliche Berührung, der eine ganz eigene Magie innewohnte. Nur diese Frau konnte all den blutrünstigen Zorn, der noch in mir tobte, besänftigen.

Ich senkte den Kopf, drückte ihre Hand und schenkte ihr ein angespanntes Lächeln.

Ari deutete auf mich. »Als Blutgeist warst du gefürchtet, aber auch respektiert. Sogar vonseiten der Raben. Ihnen war klar, dass sie, wenn sie sich entschieden, dir gegenüberzutreten, zugleich bereit sein mussten, in die Anderswelt einzugehen. Sie haben Sol so lange am Leben gehalten, ohne zu wissen, wie furchteinflößend seine Wildwut sein kann.

Gewiss, ich habe keinen Zweifel daran, dass sie mit ihm experimentiert haben. Heute jedoch haben sie gesehen, was geschieht, wenn Nachtvolk sich verbündet und gegen sie kämpft. Er hat ihnen eine kleine Demonstration gegeben, etwas Furcht in ihren Herzen gesät. Burg Rabensporn wird gar nicht anders können, als uns den Respekt entgegenzubringen, den unsere Heere verdienen. Den unser König verdient.«

»Also willst du mir sagen, dass das, was mein Bruder getan hat, klug war?«

Thor und Halvar tauschten grinsend einen Blick.

Ari zog eine Augenbraue hoch. »Nun … Ja. Ich glaube, es war ein kalkuliertes Risiko, das uns einen Vorteil verschafft.«

»Ich werde ihn hier hinauswerfen«, sagte ich zu Elise. Sie starrte mich an, als hätte ich den Verstand verloren.

»Was?« Ari starrte mich finster an. »Warum?«

Thor lachte. Der brutale, grimmige, zornige Thorsten lachte. »Du wirst noch herausfinden, dass der Sonnenprinz und der Nachtprinz die heftigste brüderliche Rivalität pflegen, die ich je erlebt habe.«

»Das stimmt«, sagte Halvar. »Dabei hatte ich früher vier Brüder. Aber wenn unsere lieben Prinzen sich in den Haaren lagen, konnte nur die Königin oder Herja sie zum Schweigen bringen. Viel Glück, Elise. Das fällt nun dir zu.«

Die Heiterkeit dauerte nur einen kurzen Augenblick, bevor wir in ernstes Schweigen verfielen. Es musste noch mehr gesagt werden, und es waren Fragen zu beantworten. Allerdings wusste ich nicht, ob auch nur eine davon wirklich zu beantworten war. Zumindest nicht heute Abend.

Wie hatte der Rabensporn so viele Umläufe lang unser Leben manipuliert? Über welche Macht verfügte er wirklich? Welche Wildwut? Hatten die Leute dort irgendeine Verbindung zu Sehern oder zum Schicksal, um die ich nicht wusste? Die nächste Frage würde lauten: Warum? Das Mädchen, Calista, hatte mir offenbart, dass die Geschichtenerzählerin, die das Schicksal gewandelt hatte, um mich zu verfluchen, es getan hatte, um mir das Leben zu retten. Um dem Morden an meiner Familie Einhalt zu gebieten.

Hatte jene Zauberin vor so vielen Umläufen nicht gewusst, dass mein Bruder und meine Schwester noch am Leben waren? Oder gab es einen Grund dafür, dass wir drei überleben mussten?

Hundert Fragen prasselten auf mich ein, und ich verabscheute die Furcht, die sich in meiner Brust einnistete. Vielleicht kannte ich die wahre Stärke meiner Feinde nicht, wie sie schon unzählige Male drohend behauptet hatten. Wenn ich hätte raten sollen, hätte ich vermutet, dass Sol in seiner Gefangenschaft bestimmte Dinge erfahren hatte. Wir mussten ihn befreien. Wir mussten Herja finden.

»Du hast meine Schwester erwähnt.« Ich hielt inne, bis ich die richtigen Worte fand. »Herja ist am Leben.«

Niemand rührte sich. Niemand sprach. Gut so. Solch eine Aussage brauchte Zeit, um sich zu setzen, bevor sie in Stücke gerissen wurde.

Elise legte sanft eine Hand auf meinen Arm. Ihre Augen waren feucht vor Ergriffenheit. »Woher weißt du das?«

Ich trank einen Schluck, den Blick aufs Feuer gerichtet. »Sol hat es mir gesagt. Als er gesagt hat, dass er sich auf den Zeitpunkt freut, zu dem der Erste, die Mitte und der Letzte wieder vereint sind, hat er mir damit gesagt, dass Herja irgendwo da draußen ist. Am Leben.«

Casper hob eine Hand. »Äh, könntest du bitte erklären, wie du darauf kommst?«

»So hat er uns als Kinder immer genannt – vor allem, um mich zu ärgern.« Ich schüttelte lächelnd den Kopf. »Er hat immer behauptet, der Erste, also er, sei der Stärkste. Ein Fundament, um die anderen zu halten.«

Sogar Elise lachte. »Heute Morgen hätte er alles Mögliche zu mir sagen können, aber er wollte unbedingt, dass ich erfahre, dass er dir in jeder Hinsicht überlegen ist.«

Ich verdrehte die Augen. »Das hat er gesagt? Während ihm eine ganze Einheit Raben die Klingen an die Kehle gehalten hat, hat er sich entschieden, ausgerechnet das kundzutun?«

»Er hat noch dazu sehr darauf beharrt.«

Bei den Höllen, ich vermisste meinen Bruder. »Das werden wir ja noch sehen. Herja hat er jedenfalls immer die Mitte genannt. Das Verbindungsstück, das als Brücke zwischen den gegensätzlichen Ersten und Letzten gebraucht wird. Das ruhige, verlässliche Stück. Sodann war ich der Letzte. Ich muss hier nicht unbedingt wiederholen, was er über meine Stellung in der Geburtsreihenfolge gesagt hat.«

Ein leises Lachen ertönte um den Tisch.

Ari lehnte sich auf seinem Stuhl zurück und verschränkte die Finger hinter dem Kopf. »Ich freue mich darauf, den Sonnenprinzen kennenzulernen. Er scheint höchst unterhaltsam zu sein.«

Ich würde damit fortfahren, bescheiden zu tun und Sol zu überhöhen, wenn das bedeutete, dass Thors Lächeln so blieb, wie es gerade war. Es war vorhanden und strahlend, während es so viele Umläufe lang nicht existiert hatte.

Mattis klopfte auf den Tisch und holte unsere Aufmerksamkeit zurück zu dem Gespräch. »Woher will er wissen, dass sie am Leben ist? Und – ohne taktlos sein zu wollen – *wie* ist sie noch am Leben? Wenn ich recht verstanden habe, gehörte Prinzessin Herja nicht zum Nachtvolk.«

»Meine Mutter und Herja haben beide die *förändra* durchgemacht.« Die Verwandlung. Soweit ich wusste, hatte weder Herja noch meine Mutter je über Wildwut verfügt. »Meine Schwester bei ihrer Geburt und meine Mutter, kurz nachdem sie das Ehegelöbnis mit meinem Vater gesprochen hatte.«

Mein Blick huschte zu Elises Hand in meiner. Bald würde ich sie bitten, das Gleiche zu tun. Wenn sie es wünschte.

»Aber noch einmal: Woher soll der Sonnenprinz das wissen? Meinst du, sie ist auf dem Rabensporn?«, fragte Mattis.

»Ich weiß es nicht.«

Stieg schüttelte den Kopf. »Meiner Meinung nach klang es fast so, als würde er dich bitten, es geschehen zu lassen. Er hätte sagen können, dass die Mitte bei ihm ist, aber er hat gesagt, dass er sich darauf freute, wenn sie alle wieder vereint wären.«

»Wenn sie da draußen ist«, sagte Elise, »dann tun wir, was wir nur können, um sie zu finden. Ich glaube … Ich glaube, er hat mir etwas über sie gesagt.«

»Wie meinst du das?«

»Bevor er mir geraten hat zu springen, hat er seltsame Dinge geäußert und dann darauf bestanden, dass ich sie genauso wiederhole, wie er sie gesagt hat.«

Der ganze Tisch lauschte Elise gebannt, als sie Sols Worte wiederholte. Was wollte er mich aus ihnen herauslösen lassen? Wenn Elise ausdrücklich die Anweisung erhalten hatte, alles so zu wiederholen, wie er es gesagt hatte, dann hatte Sol seine Worte sorgfältig gewählt. Frustriert rieb ich mir den Kopf und wünschte mir, er säße neben mir.

Bis Kari dann auf ihrem Sitz hin- und herrutschte. »Wir sollen in den Bordellen nachsehen.«

Ruckartig schaute ich auf. »Was?«

Sie brauchte eine Weile. Brant und Halvar tauschten einen düsteren Blick. Darin lag beschützerischer Zorn, wie ihn nur ein Bruder oder ein Liebhaber empfinden konnte. Aber Kari war nicht zerbrechlich wie Glas. Sie holte tief Luft und hob das Kinn. »Benutzt. Er hat doch gesagt, dass sie benutzt wird, oder?«

Elise nickte langsam. »Ja. Sol hat gemeint, dass sie die ganze Zeit benutzt worden ist.«

»Als ich zu den Rabensporn-Wachen gehörte, hat jeder Krieger, wenn er mich … genommen hat, gesagt, er könne mich benutzen; sie haben gesagt, ich wäre wie eine Lustgefährtin in einem Bordell.«

Halvars Kiefer zuckte, und seine Hand ruhte auf dem Griff seines Schwerts, als wäre er drauf und dran, aus dem Langhaus zu stürmen und jeden Raben zur Strecke zu bringen, der Kari je etwas angetan hatte.

Wenn ich ein besserer Mann, ein besserer Freund gewesen wäre, hätte ich vielleicht Mitgefühl mit ihm gehabt. Aber ein weiß glühendes Feuer versengte meine Adern, als ich mich von meinem Stuhl erhob. »Du glaubst, dass der Rabensporn seit *Jahrhunderten* den Körper meiner Schwester *benutzt* hat?«

Zu Karis Ehre sei gesagt, dass sie angesichts meines düsteren Tonfalls nicht zusammenbrach. Sie begegnete meinem finsteren Blick direkt. »Es ist eine Vermutung, mein König. Das ist alles. Das Erste, was mir eingefallen ist.«

»Valen«, sagte Brant. »Wenn das wahr ist, dann muss man sie an einem Ort versteckt haben, zu dem nur der Adel Zutritt hat. Sie wäre zu wertvoll für sie. Ich weiß von einigen Bordellen, die nur von Burg Rabensporn genutzt werden. Die über die Umläufe nur von den Königen selbst besucht werden.«

»Dann schlagen wir sie in Stücke«, sagte Ari, die Hände auf der Tischplatte zu Fäusten geballt.

»Bewahr einen kühlen Kopf«, riet Thor ihm. »›Benutzt‹ könnte mehr bedeuten. Niemand konnte eine Klinge führen wie Herja. Sie könnte auch benutzt werden, um für sie zu kämpfen.«

»Hoffen wir, dass das alles ist«, sagte ich, eine dunkle Drohung in meiner Stimme.

Elise spürte wohl die Hitze des Blutrauschs; sie verstand sich mittlerweile zu gut darauf, mich zu lesen, und warf eilig ein: »Was denkst du, was Sol damit gemeint hat, dass du nach Hause kommen sollst, um ihn zu besuchen?«

Mein Magen verkrampfte sich. Was den letzten Teil betraf, verstand ich ganz genau, was mein Bruder meinte. Ich wusste zwar nicht, warum, aber ohne wichtigen Grund hätte er es nicht gesagt. Ich schenkte ihr ein sanftes Lächeln und gab ihr einen Kuss auf die Handfläche. »Ich bin mir nicht sicher. Ich glaube, er hat gemeint, dass wir ihn nach Ruskig bringen sollen. Er hat diesen Ort immer unser Zuhause genannt.«

Getuschel brandete rings um den Tisch auf, als müssten sie über diese Erklärung erst nachdenken, bis sie einen Sinn ergab.

»Es gibt noch etwas, das ich will. Nach allem, was Sol zu Elise gesagt hat, würde er mir zustimmen, wenn er hier wäre, dass es höchste Zeit ist«, sagte ich. Das Blut rauschte in meinen Adern. Bei den Höllen, das hier war wie der Abend in dem alten Schulhaus, an dem ich Elise Lysander zum ersten Mal geküsst hatte. Die Nervosität brachte mich aus dem Gleichgewicht, aber ich sprach voller Überzeugung. »Ich möchte dich bitten, das Ehegelöbnis mit mir zu sprechen, Elise. Sei meine Königin.«

Siv war die Erste, die einen Laut ausstieß. Sie schnappte nach Luft, schlug sich die Hände vor den Mund und erschauerte, als könnte sie ihre Ergriffenheit nicht gut unterdrücken. Mattis lachte leise und zog sie an seine Seite.

Elise drückte mir die Hand; ihr Blick huschte zwischen meinen Augen hin und her. Langsam begann ein sanftes Lächeln ihre Mundwinkel zu umspielen. Sie umfasste mein Gesicht mit beiden Händen und küsste mich. Ungehemmt und unverstellt. Als sie sich von mir löste, ließ Elise ein wenig Platz zwischen unseren Mündern und sagte: »Es wird ja auch Zeit, dass du fragst, Valen Ferus.«

Ich lächelte an ihren Lippen, zog sie wieder an mich und küsste sie, ohne auch nur einen Gedanken auf das Publikum am Tisch zu verschwenden.

Elises Finger packten mein Haar, und das Brennen an meiner Kopfhaut ließ mich aufspringen. Ich zog sie mit auf die Beine.

»Verschwindet«, sagte ich zu den anderen.

»Sehr unköniglich von dir«, bemerkte Ari. »Du könntest uns besser verabschieden. Vielleicht könntest du sagen: ›Hebt euch hinweg.‹ Oder ›Wir müssen uns vertagen‹, oder …«

Ich löste mich von Elise, um Ari finster anzusehen. »Ich könnte dir auch den Kopf abschlagen, wenn dir das lieber ist.«

Er schürzte die Lippen, stand aber auf. »Eine gehaltlose Drohung. Du magst mich inzwischen viel zu gern. Ich sage es noch einmal, Elise: Du kannst dich immer noch für mich entscheiden.«

Halvar lachte, nahm Karis Hand und schob Ari weg. »Geh schon, du Dummkopf.«

Ich gab ihnen einen Wink, das Langhaus zu verlassen, und zog Elise mit in das Zimmer, das wir uns teilten.

Sobald wir hinter den Pelzvorhängen allein waren, hielt ich mich nicht mehr zurück. Die Angst, als ich sie die Schlucht hatte überqueren sehen, um zu denen zu gelangen, die ihr schaden wollten, prallte auf den unsterblichen Stolz darauf, eine Frau zu haben, die hocherhobenen Hauptes mit gezogener Klinge auf die Gefahr zuschritt.

Dieser Moment verlangte weder Sanftheit noch Zärtlichkeit. Das hier war wild, grimmig, unverstellt.

Ihr Körper schmiegte sich an meinen. Ihre Hände glitten unter den Gürtel, der meine Äxte an meiner Taille hielt. Ich merkte erst durch das Klirren von Stahl auf Holz, dass er nicht mehr da war. Ich löste mich lange genug von ihr, um hinten am Halsausschnitt meiner Tunika zu ziehen und sie beiseite zu werfen.

Ihre Fingernägel drangen mir in die Haut, als ich sie hochhob und sie mir die Beine um die Taille schlang.

Unsere Münder trafen wieder aufeinander. Zähne, Zungen und schwere Atemzüge, während ich ihren Rücken an die Wand presste.

Elise seufzte, als ich meinen Mund über ihre zarte Halsbeuge gleiten ließ.

»Ich wollte dich schon seit Monaten fragen«, sagte ich an ihrer Haut und knabberte an ihrer Schulter.

Sie erschauerte atemlos, die Kehle entblößt. »Warum hast du dann so lange gebraucht?«

Meine Hand schlängelte sich hinter ihren Rücken, löste die Verschnürung ihres Kleids, öffnete es, bis ich ihr nacktes Fleisch heiß unter meinen Handflächen spürte. Ich fuhr mit Zähnen und Lippen über ihre Schulter, zog ihren Ärmel beiseite. »Die Vorstellung eines Ehegelöbnisses war dir früher zuwider.«

Sie lachte leise. Das Geräusch ließ eine Flamme des Begehrens in meinem Körper auflodern. »Ich habe die Vorstellung eines Ehegelöbnisses verabscheut, bis ein ziemlich lästiger Brautpreisaushändler mir vor die Nase gesetzt wurde.«

Ich lächelte und küsste sie noch einmal. »Lästig?«

»Sehr.«

Eine Art Knurren drang aus meiner Kehle. Ich ließ ihre Beine lange genug fallen, um das Wollkleid loszuwerden, das so viel Kleidung – schreckliche Kleidung – zwischen uns bildete.

»Bei den Göttern, Elise.« Ich stöhnte, als sie die Stelle über meinem Herzen küsste. Mein Puls raste; meine Fingerspitzen brauchten nichts anderes, als diese Frau zu berühren. Ich zog sie zum Bett und presste eine Hand auf ihr Herz, bis sie sich auf den Rücken legte.

Die wilde Leidenschaft verlangsamte sich. Wir sahen einander in die Augen. Blaues Feuer und Mitternacht.

Ihr Oberkörper hob sich unter schweren Atemzügen, als meine Finger über ihre Haut streiften und ich mir wieder und wieder die glatten Kurven ihrer Brüste einprägte, die wenigen Narben quer über ihren Rippen, das sanfte Hervortreten ihrer Hüftknochen. Ich drückte einen Kuss auf jeden davon, die Hände auf ihren Oberschenkeln.

Elise richtete sich auf die Ellenbogen auf und starrte auf mich hinab. Ein Blick, der tausend Dinge sagte. Ich schenkte ihr ein schelmisches Lächeln, das Herausforderung und Verheißung bevorstehender guter Dinge zugleich war, und arbeitete mich dann an ihrem Körper hinab.

Mein Kuss, meine Hände, meine Zunge entlockten ihr ein kurzes, heftiges Aufkeuchen. Mein Name von ihren Lippen entfesselte ein urtümliches Verlangen nach mehr. Ich kostete jeden Blick aus verschleierten Augen, jedes Luftschnappen aus. Elise ließ die Pelzdecke los, um meinen Arm zu packen und mich über sie zu ziehen, und küsste mich voller Begehren.

Ihre Hand auf meiner Hüfte, ihr Körper unter meinem glitten wir zusammen, gönnten uns atemlos einen Moment des Friedens in einer Zeit des Verderbens und des Krieges. Ich flüsterte ihren Namen an ihrem Hals, raunte ihr Geheimnisse zu, die nur für sie bestimmt waren.

Als die Anspannung riss, gruben ihre Finger sich in meine Haut; sie schrie meinen Namen. Ich erschauerte und sank gegen sie. Einen Moment lang hielt ich still, zufrieden und glücklich. Eine Art Glück, von der ich nichts geahnt hatte, bevor eine zweite Kvinna sich tief unter meine Haut bis in meine Adern gegraben hatte.

Ich küsste sie liebevoll und zog sie dann an meine Brust,

wiegte ihren Kopf auf meinem Herzen, bis die sanften, stetigen Atemzüge des Schlafs uns beide empfingen.

Elise schlief noch tief und fest, als ich mich in den großen Saal des Langhauses schlich. Das knisternde, prasselnde Feuer in der Kaminecke zog meinen Blick an und heizte die Haut meines nackten Oberkörpers auf. Die Augen fest zugekniffen wandte ich mich dem Tisch zu, um Halvar und Thor gegenüberzutreten.

Ich wusste, dass sie wieder da waren.

»Nach Hause kommen, um ihn zu besuchen«, flüsterte Thor. »Das Blut des Ersten, der Mitte und des Letzten.«

Ich nickte, Eiseskälte in meinem Herzen.

»Ist das der Grund dafür, dass du dein Ehegelöbnis sprechen willst?«, fragte Halvar.

»Nein.« Das war nicht der Grund. Jetzt wäre es zwar vernünftig gewesen, aber das war nicht der Anlass dafür. »Ich wollte schon mein Ehegelöbnis mit Elise Lysander sprechen, bevor ich auch nur meinen wahren Namen kannte. Es ist längst überfällig.«

Halvar wirkte erfreut. »Sie wird eine kämpferische Königin sein. Wie deine Mutter.«

»Und ihr beide werdet hinter ihr stehen, sie verteidigen und für sie kämpfen, wenn ich nicht hier bin.«

»Valen«, sagte Thor. »Das kannst du nicht tun.«

»Ich habe nicht den Wunsch, doch Sol würde nicht darum bitten, wenn es nicht wichtig wäre. Du solltest das besser als alle anderen wissen.«

»Aber …«

»Thor«, sagte ich leise. »Mein Bruder bittet uns, nach Burg Rabensporn zurückzukehren. Er weiß etwas und braucht Herja und mich. Unser Blut. Irgendwie muss ich einen Weg finden, nach Hause zurückzukehren.«

»Und was ist mit Elise? Sie wird dem nie zustimmen«, sagte Halvar. »Du kannst das hier nicht vor ihr geheim halten.«

Verdammte Höllen, das wollte ich aber. Ich wollte sie vor dem wahren Risiko beschützen, dem Schmerz, allem, was mit diesem Krieg zu tun hatte. »Elise wird es erfahren, doch vorher suchen wir Herja. Das ist der erste Schritt.«

»Sie wird dich hassen, wenn du dich deswegen umbringen lässt«, warnte Halvar mich.

Ich seufzte und starrte den Tisch an. »Sol weiß, was er verlangt. Er würde es nicht tun, wenn es einen anderen Weg gäbe. Wenn das, was Sol weiß, Elise, euch und unser Volk beschützt, wenn es uns hilft, diesen Krieg zu gewinnen, dann werde ich es tun. Doch versteht mich nicht falsch – bei den Göttern, ich werde nicht ruhen, bis ich mich zu ihr zurückgekämpft habe.«

KAPITEL 8
PRINZESSIN AUF ABWEGEN

Als Mädchen hatte ich in einer Fantasiewelt gelebt, in der ich mein Ehegelöbnis in den Gärten des Rabensporns sprechen würde. Honigkuchen, Würzweine, starke Biere und herzhafte Fasane, Berge von Speisen. Zu viel, um alles zu essen.

Ich würde ein aus importierten Seidenstoffen genähtes, mit kunstvollen Mustern aus Meeresperlen besetztes Kleid tragen. Mein Bräutigam würde gut aussehend und stark sein, ein Krieger, den alle begehrten.

Das ganze Ereignis würde dafür sorgen, dass jede Frau in Mellanstrad mich beneidete.

Eine Fantasievorstellung.

Mein Ehegelöbnis als Kvinna wäre nie prächtiger als Runas gewesen. Ich hätte nie einen Krieger bekommen. Ein wohlanständiger Adliger wäre mein Bräutigam gewesen. Eine lieblose, schmerzliche Verbindung, um dem timoranischen Königshaus zu nutzen. Gefühle, Liebe – nichts davon hätte eine Rolle gespielt. Man hätte von mir erwartet, darüber hinwegzusehen, wenn mein Mann sich Geliebte genommen, Bordelle besucht und alle außer mir geliebt hätte.

Aber worüber hätte ich mich schon beklagen können?

Ich hätte in weitläufigen Herrenhäusern gelebt. Ländereien

mein Eigen genannt. Mit jenen Meeresperlen behangen prächtige Feste besucht.

Im königlichen Langhaus, verborgen in Ruskig, ohne Perlen und feine Kleider, lächelte ich, während im Saal mehrere Leute geschäftig bitteres Wurzelgemüse und Wildschwein am Spieß zubereiteten. Siv und Kari flochten mir die Haare. Ich schrubbte mir Schmutz und Blut unter den Fingernägeln weg.

Mein Kleid bestand aus handgesponnener Wolle, hellblau gefärbt und schlicht. Keine Edelsteine oder Jade.

Aber die Mondfahnenblüten, die in meinem Haar festgesteckt waren, funkelten wie silberne Sterne. Die schmiedeeisernen Armreifen um mein Handgelenk hatten die Form von Seeschlangen und Ranken. Ein Symbol der Stärke des Hauses Ferus.

Dieser Tag war ganz anders als meine Kindheitsfantasien.

Er war in jeder Hinsicht großartiger. Von dem einfachen Mahl bis zu der Treue des Mannes, der mich am Ende zu der Seinen gemacht hatte.

Ich schrubbte meine Finger kräftiger und konnte es nicht abwarten anzufangen.

Nachdem Valen die Ankündigung ausgesprochen hatte, hatte ich bald herausgefunden, dass das Ablegen eines Ehegelöbnisses während eines Krieges bedeutete, die Formalitäten in aller Eile zu erledigen. Kaum eine Woche später war alles arrangiert und der Platz für das Ehegelöbnis freigeräumt.

Wir würden uns einen Tag, besser gesagt einen Nachmittag, zum Feiern nehmen und morgen wieder an die Arbeit gehen, mit Strategien und Kämpfen, die auszufechten waren.

»Besser bekommen wir es nicht hin«, sagte Siv und zog ihre Hände von meinem Haar zurück.

»Genau die Worte will jede Braut an dem Tag hören, an dem

sie ihr Ehegelöbnis spricht.« Kari kicherte und steckte eine letzte Blüte in den langen, kunstvollen Zopf, der mir über den Rücken hing.

»Hier gibt es keinen schönen Schein. Wir haben gestern noch gegenseitig unser Blut vergossen. Wir tun nichts Feines, Graziles«, sagte Siv mit einem Grinsen. Sie begegnete im Silberspiegel meinem Blick. »Aber du siehst genau wie die Königin aus, die wir brauchen, Elise.«

Ich verdrehte die Augen und schnürte ein mit Saphirsplittern besetztes Goldband um das Ende des Zopfs.

»Von Junius?«, fragte Siv und half mir, den letzten Knoten zu binden.

»Ja.« Ich grinste. »Ihr Brief bringt in Worten, die an Deutlichkeit nichts zu wünschen übrig lassen, ihre Meinung darüber zum Ausdruck, dass wir ihr nicht die Zeit gelassen haben, zum Ehegelöbnis zurückzukehren.«

Kari lachte. »Es überrascht mich, dass sie gern zurückkehren würde. Dieses Land hat sie gefangen gehalten.«

»Nein«, sagte Siv. »Sie ist von ihren eigenen Leuten im Osten gefangen genommen und hierher verkauft worden. Für mich klingt das, als ob das Östliche Königreich so brutal wie dieses hier ist.«

»Ich habe ihr versprochen, sie nicht zu bitten, hierher zurückzukommen, solange es kein arger Notfall ist«, erklärte ich ihnen. »Auf alle Fälle war es freundlich von ihr, das Geschenk zu senden.«

»Schade, dass der Rabensporn nichts geschickt hat. Ari und Mattis haben sichergestellt, die Nachricht dorthin zuallererst zu schicken.« Siv zwinkerte, während sie mir eine weiche Fuchspelzstola um die Schultern feststeckte. Ihre Augen wurden feucht, als sie mich betrachtete. Sie nahm meine Hände. »So. Perfekt.«

Ich zog sie in eine enge Umarmung. Tränen brannten mir in den Augen. »Danke, Siv. Dafür, dass du immer eine echte Freundin bist.«

Sie barg ihr Gesicht an meiner Schulter und verstärkte ihren Griff um meine Taille. In ihren eigenen Augen war sie nicht immer eine wahre Freundin gewesen. Sie war als Meuchelmörderin von den Agitatoren zu mir geschickt worden. Aber sie hatte mich nicht getötet, es auch nie versucht. Sie war eine Beschützerin und hatte auf jedem Schritt des Weges bis zu diesem Moment für mich gekämpft.

Zittrig atmete sie aus. »Ich wünschte, Mavs wäre hier.«

»Bei allen Göttern, sie würde ununterbrochen plappern, meinst du nicht?« Wir lachten gemeinsam und lösten uns voneinander. Nach einem Augenblick verflog mein Lächeln. »Ich vermisse sie auch.«

Kari ließ uns Zeit und räumte stumm das Zimmer auf, bis ein schwerfälliges Klopfen gegen den Türrahmen donnerte.

Mattis spähte am Pelzvorhang vorbei. »Bereit?«

Siv schnappte nach Luft. Ihr Blick schweifte voller Inbrunst über ihn. Mattis schien das nicht das Geringste auszumachen. Ich lachte, verstand aber das Gefühl. »Du siehst gut aus, mein Freund. Ich glaube, Siv würde mir zustimmen.«

»Würde sie«, flüsterte Siv.

Mattis wippte auf den Zehen vor und zurück, in eine schöne schwarze Tunika gekleidet, den Bart zu dunklen Stoppeln gekürzt und das Haar zurückgekämmt. Sogar der Dolch, den er hinter die Schultern geschnallt trug, und die Klinge des Sachses an seiner Taille glänzten hell, poliert und blank gerieben.

Lächelnd hakte ich mich bei Mattis ein. »Siv, du musst warten, bis ich mit ihm fertig bin.«

Sie schnalzte mit der Zunge. »Dann fort mit euch. Beeilt

euch. Sonst fängt unser König noch an, sich Sorgen zu machen, ob du es dir nicht anders überlegt hast.«

»Oder sie schubst mich beiseite, nur um dich in die Finger zu bekommen«, flüsterte ich Mattis zu.

Er biss die Zähne zusammen, um sich vom Lachen abzuhalten, und führte mich durchs Langhaus.

Siv und Kari blieben in der Nähe, aber draußen im Saal kam das geschäftige Treiben zum Erliegen. Die Frauen und Männer, die das Festmahl vorbereiteten, hielten inne und neigten die Köpfe. Mein Gesicht wurde heiß. Es war so lange her, dass ich wie ein Mitglied des Königshauses behandelt worden war, dass ich ganz vergessen hatte, wie sehr ich die Aufmerksamkeit verabscheute.

Draußen wartete ein Karren, um uns zum Platz zu fahren. Die Seiten waren mit Blüten geschmückt, gewiss, um Blut- und Schlammflecken zu verdecken, aber er war der beste, den wir hatten. Keine Einspänner. Keine feinen Kutschen. Ich zog ihnen den matschbespritzten Karren ohne jede Frage vor.

Ein Weg, der mit Lilien-, Mondfahnen- und Rosenblüten bestreut war, durchschnitt die Menge bis zum Platz.

Mattis lächelte und drückte mir die Hand, bevor er mir auf den Kutschbock des Karrens half. Stieg hielt die Zügel der beiden Stuten, die ledernes Geschirr trugen. Er zwinkerte mir zu, als ich dicht an ihn rückte, um Platz für Mattis auf meiner anderen Seite zu schaffen.

»Bereit, Elise?«, erkundigte sich Stieg.

»Alle fragen mich das immer wieder.« Ich schloss die Augen. Die Sonne wärmte meine Wangen. »Bei den Höllen, ich bin so etwas von bereit. Ich war für diesen Tag schon bereit, lange bevor er König war. Nun mach schon, Stieg, sonst gehe ich zu Fuß.«

Er schnaufte und schnalzte mit den Zügeln. Ruckartig setzte der Karren sich in Bewegung. Eine Welle von Leuten sank erst auf die Knie und folgte uns dann. Stieg ließ den Karren in einem unglaublich langsamen Tempo voranruckeln. Meine Knie wurden durchgerüttelt. Mein Magen schlug Purzelbäume.

Über uns hingen Banner mit dem Wappen der Ferus und kleine Laternen von den Ästen der Bäume. Es mochte an meiner Aufregung liegen, aber mir schien es, als ob die Mondfahne in einem strahlenderen Silberton glänzte und ihre Blüten größer waren als zuvor.

Als ich dachte, dass mein Herz gleich meine Rippen durchbrechen würde, wenn wir nicht endlich schneller vorankamen, bog der Karren um eine Ecke, und wir erreichten das Ende des Wegs. Der Atem stockte mir in der Brust.

Am Rande des Platzes markierte ein Torbogen aus bunten Beeren und Bändern das Ende des Wegs.

Unter dem Bogen stand Valen.

Er hatte den Blick auf den Boden gerichtet und war von einem Fuß auf den anderen getreten, bis der Karren in Sichtweite gekommen war. Jetzt schaute der König auf. Könnte ich das Lächeln auf seinem Gesicht als Erinnerung haltbar machen, würde ich sämtliche Königreiche durchqueren, um die Magie zu finden, ebendas zu bewirken.

Die Tradition verlangte, dass der Partner, der ins Königshaus einheiratete, zu Fuß dem König oder der Königin von Geblüt entgegenging. Aber Valen Ferus war niemand, der sich an Regeln oder Traditionen hielt.

Sobald der Karren haltgemacht hatte, verließ der König den Torbogen und eilte an unsere Seite. Mattis verstellte ihm mit voller Absicht den Weg, entschlossen, seiner Rolle als mein

Geleitschutz gerecht zu werden. »Dein künftiger Ehemann bedrängt mich, Elise.«

»Ich bin dein König und will, dass du Platz machst«, brummte Valen.

»Heute diene ich der Königin«, sagte Mattis und nahm meine Hand. »Bei den Höllen, in ein paar Augenblicken wirst du sie berühren. Ich soll ihre Hand in deine legen. Mach es richtig, mein ungeduldiger König, oder lass es ganz bleiben.«

Ich lachte laut, als Valen widerwillig einen Schritt zurückwich. Wir hatten ein recht seltsames Königreich, in dem Valen weniger Wert auf Formalitäten als auf Loyalität legte. Kein König, den ich je gekannt hatte, hätte seinen Leuten gestattet, auf solch eine Art mit ihm zu sprechen, aber ein Großteil seines inneren Rats tat es einfach, ohne lange zu überlegen.

Mattis streckte die Hand aus. »Kvinna Elise.«

Ich ignorierte seine Hand und umarmte ihn so, wie ich Siv umarmt hatte. »Du bist ein wahrer Freund, Mattis.«

Er schlang seine kräftigen Arme um mich und senkte die Stimme. »Wie du eine wahre Freundin bist, meine Königin.«

Mit einem Lächeln nahm Mattis meine Hand und wandte uns Valen zu. Ich sah ihm in die Augen; ein Tränenschleier überzog sein schönes Gesicht. Er sah wie ein König aus. Das Leuchten seiner Augen ließ ihre Dunkelheit wie eine sternklare Nacht erstrahlen. Ein berauschender Hauch von würzigem Kieferduft und Holzrauch auf seiner Haut lockte mich näher zu ihm. Anstelle seiner Blutgeistäxte trug er ein Schwert aus schwarzem Stahl an der Hüfte und an den Handgelenken die gleichen eisernen Armreifen wie ich.

»Du bist schön.« Valen hob meine Fingerknöchel an seine Lippen, wandte den Blick jedoch nicht von meinen Augen ab.

»Ich will das hier schon, seit ich dich kennengelernt habe, Elise Lysander.«

»Lügner.«

»Oh, du willst die wahrere, weniger romantische Version. Na gut. Ich will das hier seit dem Tag, an dem mir klar geworden ist, dass die Frau, die ich ausnutzen wollte, um einen Fluch zu brechen, mein Herz gestohlen hatte und mir plötzlich sehr wichtig war, dass sie am Leben bleiben würde. Besser?«

Ich lachte und machte Anstalten, ihn zu küssen, wurde aber von einem Arm aufgehalten, der aus dem Nichts zu kommen schien.

»Nein.« Halvar sah uns beide finster an. »Nicht bis zum Schluss. Bei den Göttern, weiß auch nur einer von euch, wie man ein Ehegelöbnis ablegt? Los. Tretet vor, dann bringen wir es hinter uns.«

Valen küsste meine Hand erneut und hakte meinen Arm dann in seinen ein. Ein Vibrieren von Energie, dank der Wildwut oder meines rasenden Pulsschlags, füllte den Abstand zwischen uns aus. Mein Körper zitterte vor Vorfreude, als wir unter dem Torbogen hindurch auf den Platz traten.

Von rechts und links des Torbogens kamen zwei Frauen heran, die uns Pelzumhänge um die Schultern legten und uns dann beiden Runen auf die Stirn malten.

Valen bedeckte meine Hand auf seinem Arm mit seiner freien Hand. Wir tauschten einen Blick, einen bedeutungsvollen, der vor Aufregung und Begehren überquoll.

Gemeinsam traten wir in den Sonnenschein, den Blick fest auf die Estrade gerichtet, auf der der Älteste Klok stand, in schwarzen Pelz und eine Bärenkopfkapuze gekleidet. Der Weg wurde von unseren Leuten gesäumt. Kräuter wurden zum Segen vor unsere Füße gestreut. Hände nestelten kleine Knochen und hölzerne Runen an unsere Kleidung, während wir mit langsamen, stetigen Schritten auf unsere Zukunft zugingen.

Am Ende des Pfads trat Thor an Valens Seite und Siv an meine. Auf ein Nicken von Klok hin beugten wir beide ein Knie, und unsere Freunde setzten uns silberne Stirnreife auf die Köpfe.

»Erhebt euch«, sagte Klok leise.

Mir schnürte sich die Kehle zu, als Valen mir wieder auf die Beine half. Ich wusste nicht, ob wir uns voneinander lösen sollten, aber es war mir auch gleich. Ich drückte all meine Nervosität in seine Hand hinein und blieb dicht neben ihm.

Klok verschränkte die Hände vor dem Körper und sah zwischen uns hin und her. »Ettanische Ehegelöbnisse sind klar umrissen und schlicht, aber äußerst bedeutsam. Ich bitte euch daher beide dringend, gut auf jedes einzelne Wort zu achten und es bis zu eurem letzten Atemzug im Herzen zu tragen.« Zuerst wandte er sich an Valen. »Valen, Sohn Arvads, Sohn Liliannas, König von Etta, in Geist und Herzen habt Ihr Euch entschieden, durch dieses Leben mit derjenigen zu schreiten, die Euch Helferin, Freundin, Geliebte und Gefährtin sein wird. Trefft Ihr diese Wahl aus freiem Willen?«

»Ja«, sagte Valen und neigte den Kopf.

Als Nächstes sah Klok mich an. Ich atmete nicht. Ich wollte kein einziges Wort verpassen. »Elise, ich habe lange darüber nachgedacht, was ich hier sagen soll. Laut Euren eigenen Worten habt Ihr Euch von jeglichen Blutsverwandten losgesagt …«

»Tochter Maras«, flüsterte ich. »Ich bin die Tochter Maras.«

Valen verstärkte seinen Griff um meine Hand.

Klok lächelte und nickte. »Elise, Tochter Maras, Geliebte und Befreierin des Königs von Etta, in Geist und Herzen habt Ihr Euch entschieden, durch dieses Leben mit demjenigen zu schreiten, der Euch Helfer, Freund, Geliebter und Gefährte sein wird. Trefft Ihr diese Wahl aus freiem Willen?«

»Ja. Absolut.« Lautes Gelächter durchlief die Menge.

Klok deutete auf unsere Hände. Er drehte uns so, dass wir einander zugewandt waren. Valens Augen glänzten. Ich trat einen Schritt näher heran und kam mir immer noch zu weit entfernt vor. Klok legte ein Leintuch über unsere Hände, damit wir das endgültige, bindende Gelöbnis der ettanischen Zeremonie sprechen konnten.

In Liliannas Tagebuch hatte ich die Worte einmal gelesen. Jetzt, da ich sie selbst laut vortragen sollte, hatte ich das Gefühl, dass mein Herz gleich dreimal größer anschwellen würde, als es hätte sein sollen.

Valen räusperte sich und sagte. »Elise, Tochter Maras, Geliebte und Befreierin meines Lebens, du bist die Wahl meines Herzens. Ich gelobe, dir zu dienen, dich zu lieben, dich zu ehren und dein treuer Gefährte zu sein, im Leben wie in der Anderswelt.«

Er fügte noch einen Kuss auf meine Fingerknöchel hinzu.

Meine Knie tanzten unter meinem Kleid, als würden meine Beine mich anflehen, zu ihm zu rennen, ihn zu berühren, ihn zu küssen.

Nur noch ein bisschen länger. »Valen, Sohn Arvads, Sohn Liliannas, mein König, du bist und warst stets die Wahl meines Herzens. Ich gelobe, dir zu dienen, dich zu lieben, dich zu ehren und deine treue Gefährtin zu sein, im Leben wie in der Anderswelt.«

»Du hast es abgeändert«, flüsterte er. »Ungerecht.«

Ich lächelte und begann, auf den Zehen zu wippen, drauf und dran, dem Ältesten Klok zuzuschreien, die Zeremonie zu beenden. Ich hatte einen König zu küssen.

Klok lächelte so breit, dass er dabei die Zähne zeigte, und sah auf die Menge. »Im Namen der Götter stelle ich hiermit König Valen Ferus und unsere neue Königin, Elise Lysander Ferus, vor.« Klok beugte sich zu mir und flüsterte. »Jetzt, meine Königin. Jetzt dürft Ihr ihn berühren.«

Eine weitere Ermunterung brauchte ich nicht. Ich schlang die Arme um Valens Hals, er umfasste mein Gesicht und küsste mich. Intensiv. Ihn zu schmecken, ließ mich jedes Mal nach mehr gieren. Ich liebte ihn schon, seit er Legion Grey, der Blutgeist und dann der Nachtprinz gewesen war.

Ohne jeden Zweifel liebte ich ihn jetzt noch mehr.

Ich löste mich von ihm, Tränen auf den Wangen, und lächelte, als die Menge jubelte. Er küsste mich schnell noch ein paarmal, ein strahlendes, echtes Lächeln auf dem Gesicht. Dieser Augenblick – er war es, woran ich mich in künftigen Tagen festhalten würde. Tagen, die herausfordernd sein würden, aber in diesem Moment war ich so glücklich wie nie zuvor.

Valen Ferus war mein Ehemann.

Wir hoben unsere umschlungenen Hände unserem Volk entgegen, und die Leute fielen auf die Knie.

Ich glaubte, nichts könnte diesen Augenblick trüben, bis ich eine Gruppe von Männern am hinteren Ende des Platzes erspähte. Stave und andere. Auch sie ließen sich auf die Knie sinken, langsam und widerwillig. Aber der Abscheu in ihren Augen, als sie mich ansahen, war unverkennbar.

Ihre neue, timoranische Königin. Und sie hassten mich.

KAPITEL 9

PRINZESSIN AUF ABWEGEN

Es blieb keine Zeit, sich Sorgen über Stave und seinen Trotzanfall, weil eine Timoranerin auf den Thron gelangt war, zu machen.

Sofort drängten sich Leute um uns, führten uns zurück zum Karren, warfen unter Segenswünschen weitere Blütenblätter, Knochen und Kräuter, bis man uns zum Festmahl und zur Feier zum königlichen Langhaus fuhr.

Wildwut musste das Langhaus gestreckt haben. Ich wusste keine andere Erklärung dafür, wie es einem Großteil von Ruskig gelang, sich hineinzuzwängen. Valen saß neben mir am Kopfende des großen Saals, die Hand besitzergreifend auf mein Bein gelegt. Mein Kopf ruhte auf seiner Schulter. Ringsum lachten Leute, tranken Bier geradewegs aus den Krügen, tanzten zum Klang der Leiern und Felltrommeln. Sie waren glücklich, und ich konnte den Blick nicht abwenden.

Hier konnten wir so tun, als gäbe es keine Feinde jenseits der Wälle.

Hier konnten wir alle Frieden finden, und sei es nur für eine Nacht.

Wann immer jemand an unserem Sitzplatz vorbeikam, verneigte er sich, manchmal betrunken und lachend, und sprach mich als Königin an. Mit dem Wort musste sich mein Ohr erst noch anfreunden.

Ich war nicht dazu geboren, Königin zu sein. Hatte nie den Ehrgeiz gehabt, eine zu werden.

Ehrlich gesagt wusste ich nicht einmal, wie ich jetzt eine sein sollte.

Als spürte er mein Unbehagen, drückte Valen meine Hand und beugte sich dicht an mein Ohr. »Du siehst aus, als ob das Wort dir Angst macht.« Er prustete vor Lachen. Sein Daumen zeichnete verführerisch Kreise auf mein Bein. »Königin. Du verabscheust den Titel.«

»Ich verabscheue ihn nicht. Ich bin ihn nicht gewohnt, und wie jede andere Monarchin, die ich kenne, genieße ich es nicht besonders, wenn jederzeit alle Augen auf mich gerichtet sind.«

»Ich weiß nicht, was du meinst«, sagte er. »Ich liebe es, wenn die Leute um mich herumscharwenzeln. Je übertriebener ihre Verehrung ausfällt, desto mehr Befriedigung ziehe ich daraus.«

»Schade«, sagte ich und trank einen Schluck süßen Wein. »Deine Abneigung dagegen, als König auf ein Podest gehoben zu werden, zählt zu den Dingen, die ich so sehr an dir geliebt habe.«

Valen lachte, küsste mich auf die Schläfe und zog mich näher an sich. Sein Atem umspielte meine Ohrmuschel, als er die Stimme senkte und flüsterte: »Was an der Krone macht dir so zu schaffen, Elise? Sag es mir, und ich werde nicht ruhen, bis ich es aus dem Weg geschafft habe.«

Brutal. Gütig. Kämpferisch. Sanft. Valen Ferus bestand aus einem Zusammenspiel von Gegensätzen. Es war kein Wunder, dass ich den Mann bis in die Tiefen meiner Seele liebte. Er konnte all das sein und bei jedem Atemzug dafür sorgen, dass ich mich geborgen und ermächtigt fühlte.

Ich stieß einen Seufzer aus und fuhr mit den Fingern über seine Brust. »Timoranische Königinnen hatten nur eine repräsentative Rolle als hübscher Zierrat für ihre Männer, aber die Macht lag immer allein beim König. Deine Welt, die Welt deiner Eltern, ganz Etta ist anders als die Welt, in der ich aufgewachsen bin. Diese Krone … Ich habe keine Ahnung, was ich tun soll.«

»Das hier ist auch deine Welt. Ich versichere dir, dass das Land, das wir jetzt sehen, nicht das Land meiner Eltern ist. Es wird unseres sein.« Valen rieb die Enden meiner Finger, denen die Spitzen fehlten – das einzige Blut von mir, das er je vergossen hatte, als sein Verstand verflucht und vom Blutrausch besudelt gewesen war. »Du warst mir immer ebenbürtig; Titel bedeuten mir nichts. Aber jetzt, für diese Leute, wird dein Wort genauso viel Gewicht haben wie meines. Als Sol, mein Vater und ich von König Eli gefangen gehalten wurden, hat meine Mutter unsere Heere aufgestellt. Sie und Dagar waren diejenigen, die Ruskig als Zufluchtsort erschaffen haben. Du hast dieselbe Macht, und ich setze in dich als Anführerin das gleiche Vertrauen wie mein Vater in meine Mutter.«

Valen hielt inne. Ein Muskel an seinem Kiefer spannte sich an, während er den Verlauf des Fests beobachtete. »Elise, schon als Kind wusste ich, dass meine Eltern gleich waren. Sie haben zusammengearbeitet. Keine Strategie wurde ohne die Billigung meiner Mutter beschlossen, und wenn es möglich war, wurden Entscheidungen gemeinsam gefällt. Ich habe deiner Mutter vor ihrem Tod versprochen, dass du nie Anlass haben würdest, mich zu fürchten, und mich voll und ganz bekommen würdest. Du hast mich voll und ganz. Es gibt niemanden, mit dem ich diese Bürde lieber teilen würde, niemanden, dem ich sie lieber anvertraue als dir.«

Er tippte gegen den silbernen Stirnreif auf seinem Kopf.

Ich betrachtete unsere verschränkten Finger. »Ich bin Timoranerin und nicht überzeugt, dass alle bereit sind, Befehle von einer timoranischen Königin entgegenzunehmen.«

Valen hob mein Kinn mit seinem Fingerknöchel an. »Dann lässt du ihnen keine Wahl. Du, meine Liebste, machst dir, glaube ich, ein zu sanftes Bild von meiner Mutter. Du hast nur ihre Schriften gelesen, in denen sie von ihrer Familie spricht. Die Frau stammte von Plünderern und Kriegern ab wie du, und sie hatte keine Angst davor, einem Mann den Bauch aufzuschlitzen, wenn ihre Familie je bedroht war. Sie hat es auch mehr als einmal getan.« Er machte eine Pause und drückte meinen Handrücken an seine Lippen. »Du warst nie für Timoran oder Etta, Elise. Du warst immer für Gerechtigkeit, für Leute. Vergiss nicht, wie ich dich zum ersten Mal gesehen habe: Du hattest dich gerade von einem Spieltisch voller Leibeigener davongeschlichen. Oder denk an das erste echte Gespräch, das wir geführt haben.«

Ich schnaufte. »Ich erinnere mich. Du warst ziemlich arrogant, weißt du?«

Er grinste. »Ich war verwirrt. Du warst mir ein Rätsel. Eine Kvinna, die sich auf dem Balkon versteckt hat und mehr tun, mehr sein wollte. Nicht für sich selbst, sondern für andere. An dem Abend hast du mich bezaubert, und du hast nie mehr damit aufgehört.«

»Du sagst die richtigen Dinge, Valen Ferus.« Meine Fingerspitzen berührten seinen scharf geschnittenen Kiefer. Ich beugte mich vor, um ihn zu küssen, zuckte aber zurück, als das Aufschlagen einer Hand auf den Tisch im Langhaus Ruhe einkehren ließ.

Halvar stand in der Mitte, sein Trinkhorn erhoben. »Auf

unseren König und unsere neue Königin.« Die Leute jubelten, manche prosteten uns zu. Andere begannen zu tanzen, bis Halvar eine Hand hob. »Wir haben Geschenke. Natürlich dürft ihr nicht vergessen, dass wir mitten in einem Krieg sind und an diesem Zufluchtsort leben. Stellt euch vor, wir wären an den alten Höfen und würden euch mit Kostbarkeiten überschütten.«

Valen verdrehte die Augen. Ich lachte, als Halvar mit den Fingern schnippte und die Schattengilde zu uns eilte. Casper und Stieg traten zuerst vor. In den Händen hielten sie Klingen, die beide in Häute gehüllt waren.

»An denen habe ich gearbeitet, seit wir den Kampf auf dem Rabensporn hinter uns gelassen haben«, sagte Stieg. »Ich habe mir gedacht, dass dieser Tag kommen würde.«

Mir stand der Mund offen, als ich behutsam die polierte Klinge des Dolchs betastete. Das Heft funkelte in unberührter Bronze, und in der Mitte fing ein glatter, glasklarer Kristall den Feuerschein ein und spaltete ihn in ein Prisma von Farben auf.

Valen erhielt das Gegenstück zum Geschenk, doch in dessen Griff war ein schwarzer Onyx eingelassen.

»Von einem Hof aus Eis«, flüsterte Casper und deutete auf meinen Dolch. »Dein Volk war stark und wusste sich gegen die rauesten Lande zu behaupten.«

»Zu einem Hof aus Feuer und Wildwut.« Stieg zeigte auf Valens Waffe. »Einem, der zu Asche verbrannt war. Aber wir haben keinen Zweifel daran, dass ihr gemeinsam ein Land wiederherstellen werdet, das größer ist als alles, was jeder Timoraner oder Ettaner je gekannt hat.«

»Sie sind schön«, flüsterte ich.

»Ich wusste nicht, dass ihr beiden so poetisch veranlagt seid. Ihr solltet Sagas schreiben.« Valen lachte, als Casper ihm einen Stoß gegen die Schulter versetzte.

Halvar und Thor schenkten Valen nichts und behaupteten, das sei die Buße für all den Kummer, den er ihnen als Jungen gemacht habe, aber sie hatten einen Silberring für mich anfertigen lassen. Geformt wie eine Mondfahnenblüte, während das Wappen des Hauses Ferus in die Ringschiene eingraviert war.

Valen schob ihn mir an den Finger, küsste ihn von oben und richtete seine Aufmerksamkeit dann wieder auf die Pelze, Steppdecken und Kräuter, die einige Leute uns darboten. Als Nächste traten Ari, Mattis und Siv vor.

»Ihr sollt wissen, dass das meine Idee war«, sagte Ari mit einem Anflug von Verschmitztheit.

»Das stimmt nicht. Du hast sie nur als Geschenk vorgeschlagen, weiter ging deine Idee nicht«, widersprach Mattis.

Ari winkte ab. »Die Einzelheiten spielen eigentlich keine Rolle. Elise, ich weiß, wie gern du liest. Unter großen Mühen habe ich …« Er ächzte, als Siv ihm einen Stoß mit dem Ellenbogen versetzte. »*Mehrere von uns* hatten den Einfall, dir eine Art Reliquie vom Hof König Arvads und Königin Liliannas zu schenken.«

Valen setzte sich aufrechter hin, als sie uns ein eingewickeltes Päckchen hinschoben. Mit zitternden Händen schlug ich die Häute beiseite und hielt einen Stapel altes, zerknittertes Pergament in der Hand.

»Was ist das?«

Siv trat vor, ein trauriges Lächeln im Gesicht. »Als Königin Lilianna auf dem Rabensporn in Gefangenschaft war, hat sie Nachrichten geschrieben. Wir wissen nicht, an wen sie gerichtet waren, aber wir dachten, du würdest vielleicht etwas Trost, vielleicht auch Weisheit, darin finden.«

Valen berührte das Pergament mit einer gewissen Ehrfurcht. »Von denen habe ich nie gehört.«

»Das hatten wir auch nicht«, sagte Ari.

»Wann habt ihr sie gefunden?«

»Axel«, beeilte Siv sich zu sagen. »Bevor auch nur einer dieser beiden Dreckskerle noch einmal auch nur einen kleinen Teil der Lorbeeren einzuheimsen versucht: Axel hat sie gefunden und hatte sie in seinem Besitz.«

Ich hob den Blick und sah zu einem Platz auf halber Höhe der langen Tafel. Frey lachte leise und klopfte seinem Bruder auf die Schulter. Axel erwiderte ein leichtes Nicken. Sein Gesicht brannte rot vor Hitze. Wenn ich hätte raten müssen, hätte ich vermutet, dass es dem Mann lieber gewesen wäre, nichts von den Lorbeeren abzubekommen.

Doch das ließ Valen nicht zu. »Axel, wo hast du sie gefunden?«

Er atmete aus, und als er die Stirn runzelte, erinnerte er mich sehr an seinen Bruder. Axel war höher gewachsen, aber nicht so kräftig und muskulös wie Frey. Er sprach leise und hatte nach allem, was ich in den Siedlungen mitbekommen hatte, einen verdammt gerissenen Verstand. Axel konnte mit Leuten umgehen, er half, Streitigkeiten zu schlichten, und hatte schon Stellen aufgespürt, an denen man Süßwasserbrunnen graben konnte, um es zu vermeiden, immer wieder zum Fluss und zurück laufen zu müssen.

»Meine Zeit in Ketten habe ich bei vielen Händlern verbracht, mein König. Als ich von den Nachrichten erfuhr, konnte ich nicht zulassen, dass etwas für Etta so Kostbares zwischen Männern verhökert wurde, denen die Königin völlig gleichgültig war.«

»Du hast sie einem Händler gestohlen? Ohne erwischt zu werden?«

Axels Gesicht nahm einen noch grelleren Rotton an. »Unglücklicherweise ist der Herr, in dessen Besitz sie zuletzt waren, genau an dem Abend schwer erkrankt. So leid es mir tut: Den Sonnenaufgang hat er nicht mehr erlebt.«

Im Saal herrschte höchstens drei Atemzüge lang Schweigen. Urplötzlich ließ dröhnendes Gelächter die Wände erzittern und das Bier auf dem Tisch beben. Casper packte Axels Schultern mit seinen dicken, fleischigen Händen und schüttelte ihn. »Du verdammter Mistkerl! Du hast ihn vergiftet, was?«

Axel kniff die Lippen zusammen. »Ich gestehe nichts ein.«

Das zog nur noch mehr Gelächter und mehr Trinken nach sich. Mir war es gleich, ob Axel dem Leibeigenenhändler die Kehle durchgeschnitten hatte, und ich ließ meine Finger die Ränder des Pergamentstapels nachzeichnen.

Neue Schriften, neue Worte. Worte, die Valen nie gesehen hatte. Ein Teil von mir wollte sich davonschleichen und sie gleich jetzt lesen. Wie war das Leben für Lilianna als Elis Gefangene gewesen, was hatte sie gewusst, was hatte sie herausgefunden?

»Danke«, sagte ich. »Euch allen.«

Thor erhob sich und trat an Valens Seite. »Ein Geschenk ist da noch.« Er hielt ein kleines Kästchen in den Händen und sah Valen mit einem Anflug von Vorsicht an. »Es stammt nicht von uns und trägt das Zeichen des Rabensporns. Es ist vor den Wällen gefunden worden.«

Im Langhaus trat unvermittelt verstörtes Schweigen ein. Nur das Knistern und Prasseln des Feuers war noch zu hören.

Valen stand auf und nahm Thor das Kästchen ab, bevor er es auch nur hinstellen konnte. Sein Blick huschte zu mir. »Es ist für dich.«

Mir wurde flau im Magen. »Runa weiß Bescheid.«

»Du musst nicht …«

»Nein«, sagte ich und griff nach dem Kästchen. »Das ist eben das Spiel, Valen. Sie macht die ersten Züge, und ich muss darauf reagieren.«

Er hielt das Kästchen eine ganze Weile fest, bevor er nachgab und es mir reichte. Ich saß da, schämte mich dafür, wie sehr meine Hände zitterten, und war verzweifelt darauf bedacht, sie vor den gaffenden Augen im Saal zu verbergen.

In dem Kästchen lag eine handgeschriebene Nachricht über etwas Kleinem, das in Stoff eingeschlagen war.

Mutter würde wollen, dass du ihren Ring für dein Ehegelöbnis bekommst, Schwester.

Ich legte die Nachricht beiseite, ließ zu, dass Valen sie sah, griff dann langsam in das Kästchen und schlug den Stoff zurück.

Das Blut wurde mir in den Adern kalt, und ein erstickter Laut entrang sich meiner Kehle. Ich sprang auf. Das Kästchen fiel mir vom Schoß. Eisiger, elender Zorn durchströmte meinen Geist und meinen Körper, während ein schwärzlicher, verschrumpelter Finger auf den Boden rollte.

Ein Goldring mit Saphir steckte noch daran.

Entsetztes Aufkeuchen hallte von den Wänden des Langhauses wider, und Leute, die Blut und Gedärme gesehen hatten, scheuten vor dem toten Finger meiner Mutter zurück, der auf den Bodendielen zu liegen kam.

Ich wollte mich übergeben.

Valen war im nächsten Moment an meiner Seite. Hass und Blutrausch brannten in seinen Augen. Ich hatte Verständnis dafür und empfand fast das Gleiche.

Ich weiß nicht, wie lange ich dastand, den Ring anstarrte und alles am Rabensporn hasste. Aber als ich wieder in die entsetzten Gesichter sah, stand in einigen Augen Mitgefühl.

Ich wollte kein Mitgefühl.

Ich wollte Blut.

Unwillkürlich ballte ich die Fäuste an meinen Seiten. Valens Hand in meinem Kreuz spornte mich an.

»Wenn wir Burg Rabensporn im Kampf gegenübertreten«, begann ich und hob die Stimme, damit kein Zweifel bestehen und niemand meine Worte überhören konnte, »darf niemand die falsche Königin anrühren, verstanden? Runa Lysander vom Rabensporn zu töten, steht mir allein zu.«

TEIL 2

Meine Freundin,

Verrat hat meinen Mann und meine Söhne in die Hände eines Mannes fallen lassen, den ich einst als lieben Freund betrachtet habe. Welch ein Hass erfüllt mein Blut. Welch eine Gewalttätigkeit. Ich wünsche ihm für das, was er meiner Familie und meinem Volk angetan hat, einen äußerst schmerzhaften Tod. Du hast mir einst gesagt, dass es sein Schicksal ist, die Glieder des Vermächtnisses meiner Familie zu stärken, aber ich weigere mich, das zuzulassen.

Ich werde ihn von den Zweigen trennen und dann zusehen, wie er blutet.

Ich brauche dich. Deinen Rat. Ich bin nicht stark genug, mich dem zu stellen, was, wie du behauptest, auf uns zukommen wird. Ich werde mich dem nicht stellen. Dem Leid, dem Schmerz. Hilf mir, sie zu retten. Hilf mir, uns alle zu retten.

Lili

KAPITEL 10

NACHTPRINZ

Seit einer Woche erwachte ich nun schon, um Elise am Fenster stehen und die Sterne beobachten zu sehen, wenn der Mond seinen höchsten Stand erreichte. In den meisten Nächten hatte ich sie in Frieden gelassen, aber jetzt nicht mehr.

Ich hatte gelobt, ihr Gefährte, ihr Freund, ihr Geliebter zu sein. Es hätte den Grundstein zu einer schlechten Angewohnheit gelegt, wenn wir unser gemeinsames Leben gleich damit begonnen hätten, Belastungen in uns zu verschließen.

Darauf bedacht, keinen Lärm zu machen, ließ ich mich aus dem Bett gleiten und überwand den Abstand zwischen uns.

Sie zuckte zusammen, als ich die Arme um ihre Taille schloss, aber beim nächsten Atemzug sank ihr Kopf gegen meinen nackten Oberkörper.

»Du bist warm«, flüsterte sie.

»Hinter uns steht ein noch wärmeres Bett.« Ich küsste ihre Halsbeuge.

»Ich kann nicht schlafen.«

»Von schlafen habe ich nichts gesagt.« Ihr Ellenbogen traf auf meine Rippen und entlockte mir ein leises Ächzen und ein Lachen. »Was macht dir zu schaffen?«

»Herja. Der Rabensporn. Es herrscht Stillstand, und das hasse ich. Wie die Ruhe vor dem Sturm. Es fühlt sich so an, als ob wir einfach darauf warten, bis meine Schwester und Calder den ersten Spielzug machen. Ich will ihnen ein paar Schritte voraus sein, aber ich habe das Gefühl, um Längen hinter ihnen zu liegen.«

Ich drehte sie um und fing ihren Blick auf. Meine Hände umschlossen ihr Gesicht. »Wir liegen nicht um Längen hinter ihnen. Calder kann keinen Spielzug machen. Mein Bruder ist nicht mehr ihrer Kontrolle unterworfen …«

»Warum?«, unterbrach sie mich. »Was ist mit Sol geschehen? Wieso ist sein Verstand wiederhergestellt?« Sie brach ab, um mich anzusehen. »Warum seid ihr alle am Leben? Ich verstehe den Zweck nicht.«

Ich schüttelte den Kopf. »Ich weiß es nicht.«

»Ich glaube, es steckt mehr dahinter. Du hast Leifs Augen nicht aus der Nähe gesehen. Er war zornig, dass sie den Sonnenprinzen nicht mehr manipulieren konnten, aber er wollte ihn nicht töten. Er wollte Sol lebendig – lieber als mich. Sie wissen etwas«, beharrte sie. »Es gibt einen Grund, eine Wildwut – irgendetwas, bei dem wir noch im Dunkeln tappen.«

»Aber wir können nicht darüber nachgrübeln, was der Rabensporn vielleicht weiß und wir nicht. Wir konzentrieren uns auf das, was wir sicher wissen. Weil mein Bruder bei Verstand ist, haben wir erfahren, dass Herja am Leben ist. Wir müssen davon ausgehen, dass der Rabensporn sich dessen nicht bewusst ist – oder zumindest nicht im Klaren darüber, dass wir Bescheid wissen.« Ich schob eine verirrte Haarsträhne hinter ihr Ohr. »Elise, es ist für uns von Vorteil, wenn Sol nicht kontrolliert werden kann. Dass sie ihn auf dem Rabensporn haben, gibt ihm Gelegenheit, von innen für uns zu kämpfen.«

»Es sei denn, sie foltern ihn.« Ich schloss die Augen, fühlte mich kalt und starr, bis ihre Handflächen meine Brust berührten. »Es tut mir leid, Valen. Die Worte sprudeln einfach so aus mir hervor.«

»Es ist die Wahrheit. Es ist nichts, worüber ich nicht auch selbst nachdenke.« Tatsächlich war ich mir bewusst, dass Sol höchstwahrscheinlich täglich misshandelt wurde. Das verlieh allem eine Dringlichkeit, die mich, wie eine schwere Last in meiner Magengrube, bei jedem Schritt belastete. »Ich teile deinen Frust, Elise. Aber dich aufzureiben, indem du nicht schläfst, bringt uns Herja und Sol nicht näher.«

»Wir konnten bisher noch nichts über deine Schwester in Erfahrung bringen.«

»Das werden wir aber noch. Wir forschen und suchen weiter. Ari und Casper werden morgen in ein Hafenbordell gehen.« Die Vorstellung ließ mir die Galle in die Kehle steigen. Während eine Hälfte der Schattengilde Bordelle durchsuchte, kundschaftete die andere Rabeneinheiten aus. Aber sosehr ich es verabscheute, es mir einzugestehen: Laut Kari und Brant wäre es allgemein bekannt gewesen, wenn eine grimmige Kämpferin zu den Rabensporn-Wachen gehört hätte.

Anders als Ettaner mussten die Timoraner erst noch herausfinden, dass ihre Frauen so gut wie die Männer lernen konnten, mit einer Klinge umzugehen. Wenn sie eine Ferus-Prinzessin gehabt hätten, die ein Schwert führte, hätte es zumindest Gerüchte gegeben.

Tatsächlich wäre es eine Grausamkeit gewesen, die zu den Dreckskerlen auf der Burg passte, Herja zur Lustsklavin des Rabensporns zu machen. Ich durfte gar nicht zu lange darüber nachdenken, sonst würde der schlafende Blutrausch an die Oberfläche dringen und erwachen. Dann würde ich, so befürchtete ich, jeden niedermetzeln, der mir auch nur halb im Weg stand.

Ich schob die Gedanken in meinen Hinterkopf. Eine Furche grub sich immer tiefer in Elises Stirn, doch das würde aufhören, dafür würde ich sorgen.

Ich zog uns vom Fenster weg. »Komm mit.«

Am Bett vorbei und durch den Saal führte ich uns zur Tür des Langhauses.

»Valen«, flüsterte sie heiser. »Wohin gehen wir?«

»Fort.«

Ruskig schlief. Nur das Licht des Mondes und einiger Pfähle mit Laternen erhellte die schlammigen Straßen und Dächer aus Grassoden. Die Nacht war ruhig und mild. Ein paar nächtliche Patrouillen durchstreiften die im Dunkeln liegenden Hütten und Wälle, sangen Volkslieder und starrten zu den Sternen empor.

Elise lachte leise und verstärkte ihren Griff um meine Hand, als ich sie zwischen die Bäume führte. Diebe in der Nacht in unserem eigenen Königreich.

Ein rückwärtiger Wall machte Ruskig vom Meer aus unsichtbar, aber wir hatten Lücken und geheime Durchgänge, um Schiffe auszusenden und Handel mit den wenigen Verbündeten zu treiben, die wir im Osten hatten und im Süden noch zu gewinnen hofften.

Wachen und Bogenschützen marschierten mit schweren Schritten stetig auf dem Wehrgang über uns entlang.

Ich hielt Elise an meine Brust gezogen, den Rücken zum Wall gerichtet, als zwei unserer Wachen vorüberkamen. Sie bebte, und ich zog ein gewisses Vergnügen daraus, dass sie lachte, statt vor Anspannung und Sorge erstarrt zu sein.

»Du versteckst dich vor deinen eigenen Wachen.«

»So lebt man eben als Mitglied des Königshauses«, flüsterte ich ihr ins Ohr. »Das solltest du besser als alle anderen wissen.«

»Ich habe es vermisst, mich an Wachen vorbeizuschleichen.«

Als die dumpfen Schritte der Stiefel über uns verklangen, drehte ich uns zum Wall um. »Los. Beeil dich.«

Elises weiß aufblitzendes Lächeln durchbrach die sirupdunkle Nacht. Sie zögerte nicht, stellte keine Fragen, sondern schlüpfte durch die schmale Bresche im Wall, bis Salzgeruch und Feuchtigkeit unsere Lungen füllten. Wir duckten uns unter die wenigen Espen und Fichten, zwischen denen hindurch der Weg zu den Kiesstränden führte, und als der Boden sich veränderte und abschüssig und steinig wurde, als wir uns dem Rand des Wassers näherten, lächelte Elise noch breiter.

Im nächsten Augenblick fiel Mondschein auf das schwarze Glas des schmalen Fjords. Das sanfte Auf und Ab der leichten Wellen am Ufer beschwichtigte die Furcht. Die kalte, saubere Seeluft verscheuchte den Kampf. Hier draußen war alles frei von Morden und Blutvergießen. Hier wohnte der Frieden.

Auch wenn er nur im Mondschein noch überlebte.

Elise ließ meine Hand los und trat auf die weißen Kiesel, vorbei an Fischernetzen und Reusen. Sie ließ ihre Hände über die wenigen Langschiffe gleiten, die uns zur Verfügung standen. Am Rande des Wassers streifte sie ihre Schuhe ab und schnappte nach Luft, als das eisige Meer ihre Zehen berührte.

Ein Lächeln umspielte meine Mundwinkel. Im Mondschein glänzte ihr helles Haar. Sie sah aus, als wäre sie ein Teil des Sternenlichts. Es war all die Umläufe, ein Leben unter einem Fluch zu führen, alles, jeden Augenblick, wert gewesen, jetzt mit ihr hier zu sein.

Ich hakte einen Finger hinten in den Halsausschnitt meiner Tunika und zog sie mir über den Kopf, als ich neben sie an den Rand des Wassers trat.

Sie riss die Augen auf und sog ihre Unterlippe zwischen ihre

Zähne, als ich an meinem Gürtel herumhantierte und dann meine Stiefel und meine Hose abschüttelte.

»Das habe ich alles nicht kommen sehen«, sagte Elise und fuhr mit den Fingerspitzen über meinen flachen Bauch. »Nicht dass ich mich beschwere.«

Ich grinste ein klein wenig boshaft und trat ins Wasser. »Komm mit.«

Elise zögerte. Ihr Blick folgte mir, als ich mich ins Wasser sinken ließ. Am Ende schnürte sie ihr Hemd auf, entblößte ihren Körper im schwachen Licht. Schön. Perfekt. Sie erschauerte, als sie vom Ufer wegwatete, bis ihre Haut im schwarzen Wasser versunken war.

Ich zog sie an mich, legte meine Arme um ihre Taille. Sie schlang ihre Beine um meine.

»Was machen wir hier draußen?« Sie erforschte meine Lippen mit ihren Fingern, gab mir verführerische, sanfte Küsse auf die Ohrspitze, den Kiefer, die Schulter.

»Die Gemächer, die Zuflucht – sie ersticken dich«, sagte ich sanft. »Wenn es ein Problem gibt, das ich nicht lösen kann, gehe ich erst einmal ins Freie, um einen klaren Kopf zu bekommen. Ich dachte, es könnte dir genauso helfen.«

Mit einer Hand streichelte ich den Schwung ihres schlanken Rückens; mit der anderen ihren Oberschenkel, immer höher hinauf, bis Elise einen scharfen, zittrigen Atemzug einsog. Ihre Beine schlossen sich enger um mich. »Ich bin mir überhaupt nicht sicher, ob du mich hierher ins Freie gebracht hast, damit ich einen klaren Kopf bekomme.«

»Stimmt. Ich bin hier, um zu schwimmen.« Ich ließ sie los, sodass sie aufschrie und bis ans Kinn versank. »Ich weiß auch nicht, was du denkst.«

Ihr Lachen wurde gedämpft, als ich ins Wasser tauchte und

von ihr wegschwamm. Es dauerte nur einen Atemzug, bis Elise mir folgte. Betäubt von der Kälte, allein in der Nacht, vergaßen wir Krieg und Tod wirklich. Diese Nacht gehörte uns. Wir spielten miteinander, tauschten Küsse aus, neckten uns.

Als ich mich in Elise verliebt hatte, waren diese Nächte das, wovon ich geträumt hatte; sie waren die Vorstellung, an die ich mich geklammert hatte. Ein Land, in dem wir die Freiheit hatten, einander vorbehaltlos und ungehemmt zu lieben.

Elise hatte ihre Arme um meinen Hals gelegt und klammerte sich an meinen Rücken, als ich Anstalten machte, zum Ufer zurückzuschwimmen. Je näher wir ihm kamen, desto tückischer wurde ihr Mund. Langsam reizten ihre Lippen den Rand meines Ohrs. Sie knabberte an meinem Hals, ließ ihre Hände über meine Brust und unter Wasser über meinen Bauch streifen.

»Elise, ich ertrinke, wenn du so weitermachst.« Damit sagte ich genau das Falsche – oder das Richtige.

Elise verlieh ihrem Mund noch mehr Leidenschaft. Ihre Zunge und ihre Zähne spielten mit meiner Schulter, ihre Hand glitt über meinen Bauch, umfasste meine Haut mit ihren kühlen Fingern.

Ich stieß rau meinen Atem aus und verlagerte meine Haltung, sodass wir Brust an Brust lagen, als der sanfte Sog der Gezeiten uns zum Ufer trieb. Als der Sand und die glatten Steine meinen Rücken berührten, zog ich uns größtenteils aus dem Wasser, breitete meinen zerknitterten Kleiderhaufen unter mir aus und hielt Elise, als sie sich rittlings über meine Hüften stemmte.

Ich küsste sie; meine Finger verflochten sich mit ihrem nassen Haar. Ihre Fingernägel, die über meine Haut kratzten, riefen heftige Hitze hervor und entlockten mir ein heiseres Stöhnen. Wir bewegten uns wie ein einziges Wesen, nahmen und gaben. Frei, gemeinsam entfesselt zu sein. Ich hielt ihrem Blick stand, während mein Herz wild in meiner Brust, meinem Hals, meinem Schädel pochte.

Ich hatte ihr einmal gesagt, dass mein Herz für sie schlug, und ich hatte jedes Wort ernst gemeint.

Mein Name, den ihre Lippen hauchten. Ihre Augen, die zufielen. Ihre Berührung, die meinen Körper aufheizte.

All das schlug für sie.

Das würde es für immer.

Ein erster Anflug rosafarbenen Sonnenlichts trat in der Ferne an den Horizont. Elise schmiegte sich an meine Brust, den Kopf über mein Herz gelegt. Mir fielen die Augen zu. Ich war völlig entspannt.

»Valen.«

»Hmmm.«

»Ich glaube, ich weiß, wie wir Herja finden.«

Ich hob den Kopf von den Kieseln. »Wie?«

Elises Kiefer spannte sich an. Oho. Ich hatte das Gefühl, dass es mir nicht gefallen würde. »Du schickst immer wieder Männer als Freier in die Bordelle. Aber ich glaube nicht, dass das funktionieren wird. Die Lustgefährtinnen werden mit Freiern nicht offen sprechen. Sie vertrauen ihnen nicht.«

Das stimmte. »Was schlägst du vor?«

Sie schluckte mühsam. »Ich gehe stattdessen.«

»Elise …«

»Lass mich ausreden.« Elise setzte sich auf. Ich stützte mich auf die Ellenbogen und kämpfte gegen den Impuls an, sofort alles abzuschmettern, was sie sagen wollte. Elise zog die Knie an ihre Brust. Ihre Stimme war leise. »Schick mich, Kari und Siv als neue Lustgefährtinnen in die Bordelle. Man würde uns schneller vertrauen, und wir könnten vielleicht etwas herausfinden.«

Ich schüttelte den Kopf, hielt jedoch inne, als sie eine Handfläche an meine Wange legte.

»Valen, wir sind gleichranging, nicht wahr?«

»Ja, aber …«

»Warum bist du dann derjenige, der alle Risiken eingeht, während ich unser Bett warmhalte, sicher verborgen in Ruskig?«

»Ich erinnere mich, dass du erst vor kurzem von einer Klippe gesprungen bist, nachdem du die Schlucht überquert hattest, um zu einem Trupp Raben zu gelangen.«

Sie lachte leise. »Und hat das Risiko sich nicht gelohnt? Ich glaube, ich bin mit Botschaften des Sonnenprinzen zurückgekehrt.«

»Auf den Klippensprung hätte ich verzichten können.«

»Ich auch.« Elises Lächeln verblasste. »Das hier würde nicht verlangen, dass ich von Klippen springe, und ich wäre nicht allein.«

»Elise, du verlangst von mir, meine *Frau* in eine Lage zu bringen, in der ein beliebiger Freier sie kaufen könnte. Was dann?«

Sie zeigte ein fast abgebrühtes Lächeln. »Hab mehr Vertrauen zu meiner Fähigkeit, Blut zu vergießen, mein Liebster.« Elise küsste mich langsam. Bei den Höllen, das war schiere Manipulation. Sie wusste, wie sie alle Mauern, alle Vorbehalte, mit ihren verruchten Berührungen einreißen konnte. »Gib es zu, Nachtprinz«, flüsterte sie an meinen Lippen. »Du siehst ein, dass mein Plan brillant ist.«

Es war mir zuwider einzugestehen, dass es durchaus einen gewissen Sinn ergab, sich von der anderen Seite in Bordelle einzuschleichen. Zweifelsohne wussten die Lustgefährtinnen mehr über die inneren Abläufe des erbärmlichen Systems als irgendjemand sonst. Wenn Elise etwas über geheime Bordelle oder Gerüchte über irgendeine Frau, bei der es sich womöglich um Herja handelte, in Erfahrung bringen konnte, würden wir zumindest eine Richtung haben.

Und als die Sonne die Nacht durchbrach, musste ich mir eingestehen, dass wir diese Richtung bisher *nicht* hatten. Je länger wir hierblieben, unbewegte Figuren in diesem Spiel, desto größer war der Vorteil, den der Rabensporn hatte.

Allerdings musste es mir nicht gefallen.

»Wir sind auch da«, sagte ich. »Als Freier, zwischen den Bäumen, unter den Betten – das ist mir verdammt egal. Wenn irgendjemand eine von euch anrührt, stirbt er.«

Ihre Augen leuchteten. »Einverstanden. Aber du musst uns eine Chance geben, die Rolle zu spielen. Du kannst nicht schon einem Freier die Augen ausstechen, wenn er mich bloß ansieht.«

»Ich weigere mich, so etwas zu versprechen, und behalte mir das Recht vor, ihm zur Warnung wenigstens ein Auge zu nehmen.«

Sie lachte, schlang ihre Arme um meinen Hals und hielt mich eng an sich gezogen. »Wir werden sie finden, Valen, das schwöre ich dir.«

Ich barg mein Gesicht an ihrem Hals.

Ja, wir würden Herja finden. Wir würden Sol befreien.

Ich musste mich an die Hoffnung klammern, wieder mit meinem Bruder und meiner Schwester vereint zu werden und herauszufinden, warum wir am Leben gehalten wurden, aber dabei würde ich Elise nicht verlieren.

Das würde ich einfach nicht.

KAPITEL 11

PRINZESSIN AUF ABWEGEN

»Sie tragen mehr Farbe auf den Lippen«, sagte Frey. Er errötete, als ihn die Hälfte aller Männer, die ringsum standen und zusahen, mit scharfen Blicken aufspießte. »Was? Ich gehe nicht als Freier in Bordelle, sondern um sie zu befreien, aber ich habe schon zahlreiche Lustgefährtinnen gesehen.«

»Manche Dinge behält man lieber für sich, kleiner Bruder.« Axel packte seinen Bruder an der Schulter und bedachte ihn mit einem gespielt mitfühlenden Blick.

»Ich bin kein Kunde in Bordellen«, beharrte Frey. »Das habe ich nicht nötig.«

»Sicher doch«, murmelte Ari und wandte sich wieder zu uns um. Siv wurde gerade damit fertig, mein Gesicht zu schminken.

»Verdammte Narren.« Frey schüttelte Axel ab und versetzte seinem Bruder einen Fausthieb gegen die Schulter, bevor er sich an den hinteren Rand der Menge zurückzog und etwas Gelächter auf seine Kosten ertrug.

Eine Gruppe von uns blieb in unserem Lager, das wir hinter den Hügeln einer im Norden gelegenen Ortschaft namens Horhus aufgeschlagen hatten. Das elende kleine Dorf lag am äußersten Rand des Königreichs den Seitenwinden des Passes ausgesetzt, der Reisende in die Ödnis von Alt-Timoran führte.

Hier hatte selbst das braunste, trockenste Gras Mühe zu wachsen. Die Bäume waren nackt wie die Gebeine einer Leiche, und jeder Winkel stank nach Pisse und getrockneten Häuten.

Die Schattengilde würde das Bordell umstellen, so nahe bei uns, dass wir um Hilfe rufen konnten, wenn drinnen irgendetwas schiefging, aber weit genug entfernt, um nicht verdächtig zu wirken. Einige aus dem inneren Rat – diejenigen, die in vornehmen Haushalten gedient oder selbst ein feineres Leben geführt hatten – würden als Freier ins Haus kommen.

Crispin und einige seiner Männer waren früher Leibeigene von Adligen gewesen. Sie würden als Augen außerhalb des Bordells dienen, und es war eine gewisse Erleichterung, zu wissen, dass Frey und Axel mit uns drinnen sein würden.

»Ich finde immer noch, ihr solltet mich hineingehen lassen«, beharrte Ari. »Ich war schließlich einmal König.«

»Dein Gesicht ist von denen, die Elise kennen, zu häufig gesehen worden«, sagte Brant.

Er rieb sich immer wieder den Kopf, als hätte er Schmerzen, aber er behauptete, dass er heute Abend aus der Magie in seinem Blut nicht schlau wurde. Junie hatte erklärt, dass er ein Alver wie sie war, einer, der die Zukunft vorhersagen oder Visionen sehen konnte. Ich ließ mir nicht anmerken, dass Brants Unbehagen mein eigenes steigerte. Wenn ihn etwas schwer belastete, lauerte hier heute Abend höchstwahrscheinlich Gefahr.

»Wir dürfen nicht riskieren, dass sie dich erkennen, Ari«, setzte Thor hinzu.

»Ich bin Illusionist.«

»Und wirst schon genug damit zu tun haben, all die verdammten Fae-Ohren zu verbergen«, hielt Stieg dagegen und ließ Caspers besonders scharf geschnittene Ohrenspitzen zurückschnellen.

Ari murmelte etwas Unhörbares, wandte sich jedoch ab. Ein Teil von mir war so enttäusch wie er. Wenn Valen schon nicht an unserer Seite sein konnte, waren Ari, Halvar und Thor diejenigen, die ich an seiner Stelle wollte. Aber sie würden nicht im Bordell sein. Sie würden beim König bleiben.

Ich vertraute einem Großteil des Rats, konnte allerdings das Unbehagen nicht abschütteln, das mir weiter Schauer über die Haut jagte, wann immer zu viele von ihnen in der Nähe waren.

Aber wenigstens hatten wir Frey und seinen Bruder; sie würden loyal sein.

Valen hatte sich widerwillig überzeugen lassen, unter den Bäumen zu bleiben. Sein Temperament war zu ungezügelt, wenn es um seine Königin ging, und weckte zu stark seinen einstigen Blutrausch. Wenn er sich ins Bordell wagte, würde er uns eher schaden als nützen.

Valen hielt sich stirnrunzelnd im Hintergrund, die Arme vor der Brust verschränkt. Ich warf ihm einen bedeutungsvollen Blick zu und ermahnte ihn so, sich zurückzuhalten. Mir zu vertrauen.

Sein Stirnrunzeln schnitt noch tiefere Furchen in sein Gesicht.

Der König hatte sehr wenig gesagt, seit Halvar und Thor von den Verhandlungen zurückgekehrt waren. Ich war offiziell als Lustgefährtin an das Bordell von Horhus verkauft worden. Kari und Siv mit mir.

»Sie fanden meinen Preis nicht angemessen, aber ich hätte meine Liebste niemals für weniger verkauft«, hatte Halvar Kari aufgezogen.

Ich kannte den ersten Ritter mittlerweile so gut, dass ich wusste, dass er einen Großteil seiner Unruhe hinter geistreichen Bemerkungen und Gelächter versteckte. Dennoch schloss ich aus der Art, wie er sich nahe bei Kari hielt, dass er sich die gleichen Sorgen machte wie unser König.

»Uns geht die Zeit aus«, sagte Casper mit Nachdruck. »Das Treffen soll binnen einer Stunde stattfinden.«

Valen fluchte kaum hörbar, bahnte sich einen Weg durch die Gruppe und nahm meine Hand. »Mir gefällt das nicht.«

»Wir werden nur mit den Lustgefährtinnen zu tun haben.« Ich legte ihm eine Hand flach auf die Brust. »Und sobald wir herausgefunden haben, was sie wissen, gehen wir. Seid bereit, uns aufzufangen.«

Er küsste mich, ohne sich darum zu scheren, wer noch dabei war.

»Kein Augenausstechen«, flüsterte ich und berührte seine Wange.

»Keine Versprechungen.« Valen nickte knapp Casper zu, der uns zu dem Treffen mit der Herrin des Hauses fahren würde.

Mattis umfasste Sivs Gesicht, flüsterte etwas an ihren Lippen, wobei er darauf achtete, ihre Verkleidung nicht zu beschädigen, und gab ihr dann einen Kuss auf die Fingerknöchel. Halvar brauchte länger, um Kari loszulassen. Anders als Mattis war es ihm gleichgültig, ob die rote Schminke ihrer Lippen verschmierte. Er fiel über ihren Mund her, bis sie lachte und ihn von sich stoßen musste.

»Versuch, sie nicht alle zu töten«, rief er ihr nach. »Wir müssen vielleicht einige noch verhören.«

»Dieser Mann ruiniert mich noch«, sagte sie, als wir davongingen.

»Aber es wird ein Hochgenuss sein, wenn er es tut«, gab ich zurück.

Kari grinste und gönnte sich einen letzten Blick. »Sehr.«

Auf der Ladefläche des Karrens hielt ich auf einer Seite Sivs

Hand fest, auf der anderen Karis. Die Räder schienen über jede Unebenheit der Straße zu holpern; jedes Grasbüschel rüttelte uns durch, bis mir der Rücken wehtat.

»Es wird eine führende Lustgefährtin geben«, sagte Kari. »Sie überleben, indem sie beliebt sind. Sprecht nicht mit der Anführerin; sie wird nicht hilfsbereit sein, sondern uns als Konkurrenz betrachten. Sucht euch lieber die verängstigten kleinen Welpen aus. Verstanden?«

Siv und ich nickten beide sofort.

Am Fuße des Hügels erwartete eine schwarze Kutsche, umgeben von drei vierschrötigen Männern in Wämsern, unsere Ankunft.

Der Mann in der Mitte strich sich über den langen Bart und spielte mit einem Strang Knochenperlen, der an den Enden eingeflochten war. Er hielt eine Hand vor Casper hoch.

»Wirtin DeMark wird die Ware hier inspizieren.«

Casper brummte. Er bewegte sich wie ein Mann, der Steine in den Stiefeln trug und zu viele steife Stellen im Rücken hatte. Gegenüber Leuten wie diesen war es besser, schwächlich und ungeschliffen zu wirken. Würdevolle Händler verschwendeten keine Leibeigenen und warme Körper an Bordelle in den Elendsgebieten des Königreichs.

Mit einem Ächzen öffnete er die Klappe des Karrens und pfiff uns dreien zu, uns in Bewegung zu setzen.

»Entschuldigung, meine Königin«, flüsterte er, als ich vom Karren stolperte.

Ich ignorierte ihn und hob das Kinn, um mich der Unterwelt meiner einstigen Heimat zu stellen.

Bis Siv mir den Ellenbogen gegen die Rippen rammte.

»Kopf runter«, zischte sie. »Du bist hier nichts.«

Ich gehorchte und sah zu, wie der Schlamm zwischen den

dünnen Lederriemen hindurchdrang, die als abgetragene Schuhe dienten. Als einer der Männer des Bordells meinen Arm zu grob packte, verlangte mein Instinkt, ihn abzuschütteln oder ihm vielleicht den Dolch, den ich am Oberschenkel verborgen trug, in den Bauch zu rammen. Aber ich erstarrte. Fügte mich. Als der Schlag der Bordellkutsche knarrend aufschwang, musste ich mich ehrlich gesagt nicht einmal anstrengen, um vor Furcht zu zittern.

Das Rascheln von Satin. Der durchdringende Geruch von zu vielen Rosen. Eine verrauchte Stimme. »Dann wollen wir mal sehen, was du gekauft hast, Mikal.«

Die Berührung einer Frau war – meiner Erfahrung nach – immer sanfter als die der meisten Männer. Nicht so bei der Herrin von Horhus. Ihre spindeldürren Finder gruben sich in mein Kinn, hoben mein Gesicht an. Die Wirtin hatte rot bemalte Wangen. Zu viel Kajal umgab ihre scharfen, eisblauen Augen. Ihr Haar war verfilzt und auf ihrem Kopf zu alten, verstaubt wirkenden Locken aufgetürmt.

Sie nannte ein vornehmes Kleid ihr Eigen, aber bei näherem Hinsehen verrieten Säume, dass es mehr als einmal geändert worden war, und der feine Satin hatte Risse, die sie mit falschen Edelsteinen und Knochenperlen zu verdecken versuchte.

»Mager«, befand sie. »Aber gute Zähne und keine Pockennarben.«

Sie machte sich daran, Siv und Kari zu inspizieren. Siv musste ihr dunkles Haar nach wunden Stellen in der Kopfhaut durchsuchen lassen, Kari wurde als robust und zu stark eingestuft, sodass sie künftig kräftigen Freiern vorbehalten bleiben sollte, die unsanft mit ihr umgehen würden.

Halvar würde ihren die Kehlen herausreißen. Zweifelsohne würde das auch Kari selbst tun, wenn er zu lange brauchte.

»Gut genug«, sagte die Wirtin. »Ladet sie ein. Wir haben Termine.«

Ohne einen Blick zurück zu Casper wurden wir in die geräumige Kutsche geworfen, und man wies uns an zu schweigen.

Mein Herz raste und versetzte mein Blut in Wallung. Ich grub die Fingernägel ins Fleisch meiner Handflächen, verzweifelt darauf bedacht, mir meine Unruhe nicht anmerken zu lassen.

Wir waren von denen umgeben, die uns liebten.

Valen würde das ganze Bordell am Stück verspeisen, wenn irgendetwas schiefgehen sollte.

Das hier war für Herja. Für Etta.

Das Haus kam in Sicht. Ein windschiefes Gebäude aus Holz und Flechtwerk. Unter einem schiefen Dach lagen zahlreiche Räume und ein großer Saal, in dem die Freier sich versammelten. Die Kutsche bog in eine lange, ungepflasterte Einfahrt ein und rumpelte am Haus vorbei zu einem Stall, an dem ein paar Laternen vergoldete Schatten über Strohhaufen und zottige Ziegen warfen.

»Aussteigen«, bellte die Wirtin. Sie ließ einen Holzstab, den sie vom Rand ihres Sitzes zog, gegen meinen Knöchel schnellen.

Ich biss mir in die Wange, um ihr nicht die Befriedigung zu verschaffen, angesichts des Brennens aufzuschreien, und stolperte als Erste aus der Kutsche. Zwei der Männer, die zum Treffen gekommen waren, öffneten die breiten Stalltore, der dritte scheuchte uns hinein.

Die Wände waren dünn und brüchig. Zu viele Lücken zwischen den Latten ließen den rauen Nordwind ein. Muffige Luft und Staub verstopften mir die Kehle. An der Rückseite des Stalls lag ein weiterer Raum. Einer der Männer klopfte an die Tür, wartete zwei Atemzüge lang und öffnete sie dann. Dahinter lag ein beleuchtetes Zimmer, das von zu viel blumigem Parfüm erfüllt war.

Noch mehr als der Gestank der alten Ställe drehte mir der nach Schweiß und Rosen den Magen um.

Mädchen und Jungen jeglichen Aussehens kauerten in einer Art behelfsmäßigem Umkleideraum. Hochgewachsen, plump, knochig oder breit. Die Lustgeschöpfe, die in zu kurzer Zeit zu viel gesehen hatten, verschwammen mit den gedämpften Farben des Bordells von Horhus. Ihre Röcke, Hosen und Tuniken erinnerten mich an einen Sturm, der über dem Meer aufzog. Grau und Schwarz mit einem Streifen Blau wiesen sie als Besitz der Wirtin aus.

»Rein mit euch«, brummte der Mann. Er versetzte Siv einen Stoß zwischen die Schulterblätter und wartete, bis wir drei über die Schwelle traten. Ein paar der Lustgefährtinnen warfen einen Blick in unsere Richtung, sagten aber nichts. »Zieht euch an. Man wird euch binnen einer Stunde in Augenschein nehmen. Sollte eure Gesellschaft erwünscht sein, wird man euch ins Haupthaus bringen. Kein Getue, keine Widerrede.«

Damit ging er. Kein weiteres Wort, sondern einfach nur die Tür, die hinter ihm zufiel.

»Seht euch das an«, sagte eine hochgewachsene Frau, die vor einem blinden Spiegel stand, zu ihrem Abbild darin. »Scheint, als ob die alte Wirtin DeMark wieder Münzen verschwendet. Ich gebe denen zwei Nächte.«

»Mindestens eine Woche für die Starke«, meinte ein Bursche, der wahrscheinlich nicht viel jünger als ich war. Er war schlank, aber auf seinen Armen zeichneten sich hervortretende Muskeln ab, die darauf hindeuteten, dass eine gewisse Kraft unter der farblosen Tunika steckte, die er trug.

Gemeinsam lachten sie und widmeten sich dann wieder ihren Vorbereitungen für die Nacht.

»Vergesst nicht«, raunte Kari, »die Welpen.«

Mit rasendem Herzen nickte ich. Mein Blick huschte über die beiden hinweg, die über uns gesprochen hatten, und musterte die anderen.

Die meisten waren gleichgültig. Ein paar sahen uns aus zusammengekniffenen Augen an, als hätten wir Feindesland betreten. Aber manche warfen auch nervöse Blicke über ihre Schultern.

Eine nach der anderen trennten wir uns. Ich ließ mich an ein paar Lustgefährtinnen vorbeitreiben, deren Gesichter zu dauerhaft finsteren Mienen erstarrt zu sein schienen, bis ich ein Mädchen mit goldenem Haar erreichte, das auf dem Kopf zu einem Nest gebunden war.

Sie wich meinem Blick aus. Ihr ganzer magerer Körper scheute vor mir zurück, als würde sie sich lieber in Nebel auflösen, als auch nur in meine Richtung zu sehen. Heute Abend würde sie keine Wahl haben. Ich räusperte mich und zeigte auf die Kajalschminke in ihrer Hand. »Darf ich etwas davon benutzen, wenn du fertig bist?«

Ihr Körper erschauerte, und mit zitternder Hand reichte sie mir das Kajal. »Fertig.«

»Danke.« Ich tat ein paar Herzschläge lang so, als würde ich mir die Augen umranden, und beobachtete ihre ruckartigen, steifen Bewegungen. Sie war jung, aber die Bürde des Lebens lastete auf ihren Schultern und ließ dunkle Ringe dick wie Kissen unter ihren Augen hängen. »Wie lange bist du schon hier?«

Das Mädchen schaute auf und musterte mich misstrauisch. Dann wandte sie sich wieder den Strümpfen zu, die sie in den Händen hielt. »Hab den Überblick verloren.«

Sie hatte kein Interesse daran, mit mir zu reden. Allerdings hatte keine der Lustgefährtinnen Interesse daran, mit mir zu reden. Wenn Herja an einem Ort wie diesem festsaß, brauchte sie uns. *Denk nach. Lass es irgendwie funktionieren.* Wenn wir nicht rechtzeitig das Signal gaben, würde Valen sich auf blutige Art hier vorstellen.

»Ich war noch nie an diesem Ende des Königreichs«, flüsterte ich und tupfte mir noch etwas Kajal um die Augen. »Ehrlich gesagt dachte ich, dass ich in eines der exklusiven Häuser gebracht werden würde. Die Händler haben immer wieder über Orte geredet, die nur die Adligen aufsuchen.«

Ich wagte mich weit vor, aber wenn Karis Theorien zutrafen, würde Herja außer Sichtweite des gemeinen Volks festgehalten werden.

Das Mädchen runzelte die Stirn. »Was ist so besonders an dir?«

»Nichts. Ich habe das bloß gehört. Schätze, sie haben es sich anders überlegt.« Ich schloss den Deckel des Kajalgefäßes und reichte es ihr zurück. »Hast du je eines dieser Häuser gesehen?«

Sie schürzte die Lippen. »Was ist so besonders an mir, dass ich sie hätte sehen sollen?«

»Ich war mir nur nicht mehr sicher, ob sie überhaupt existieren.«

Das Mädchen zuckte die Schultern. »Burg Rabensporn hat exklusive Häuser. Nach allem, was ich gehört habe, bekommen die Lustgefährtinnen dort besser zu essen. Dürfen sogar anziehen, was sie wollen.«

Das war alles hässlich, aber ich musste eine Gleichgültigkeit wie die anderen Lustgefährtinnen an den Tag legen. Vielleicht war das eine Art zu überleben. Ich zwang mich zu einem Lachen. »Bei den Höllen, was müsste ein Mädchen tun, um dort hereinzukommen?« Ein Grinsen umspielte den Mund des Mädchens. Sie schüttelte den Kopf, entspannter als zuvor, antwortete aber nicht. Sie brauchte einen stärkeren Anstoß. »Hast du je jemanden gekannt, der es von einem Ort wie hier bis an die Spitze geschafft hat?«

»Warum stellst du so viele Fragen?«, fuhr sie mich an. »Sehe ich so aus, als hätte ich es nötig zu tratschen?«

»Tut mir leid.« Ich duckte mich, als hätte sie mich geschlagen. »Mir ist das alles neu. Musste verkauft werden, als das Haus meines Herrn bei all den Unruhen niedergebrannt ist, die der Aufstand des Nachtprinzen ausgelöst hat.«

Wieder wagte ich mich weit vor, aber ich hatte ja nie behauptet, gut im Lügen zu sein.

Dennoch hatte ich wohl das Richtige gesagt, denn ihre Augen wurden groß; sie senkte die Stimme zu einem heiseren Flüstern. »Es gibt ihn wirklich?«

Glaubten die Leute etwa nicht, dass es Valen wirklich gab? Er hatte seinen Namen vor dem gesamten Adel auf dem Rabensporn verkündet. In den Monaten seitdem, hatte er seine Spuren im ganzen Königreich hinterlassen. Ich beugte mich dichter zu ihr. »Es gibt ihn wirklich.«

Der Anflug eines Leuchtens erhellte ihre Augen. »Ich habe so etwas gehört, aber man sagt uns immer, dass es nicht wahr ist.«

»Es ist wahr. Ich habe die Heere gesehen. Er wird den Rabensporn besiegen; ihm sind die einfachen Leute wichtig, Orte wie dieser.«

Sie schnaufte. »Orte wie dieser sind niemandem wichtig.«

Ich musste ihr etwas Hoffnung spenden. So straffte ich die Schultern und schlug einen anderen Weg ein. »Ich frage so viel nach diesen gewissen Häusern, weil das Gerücht geht, dass der

Nachtprinz eines einnehmen will. Einen speziellen Lustort mit einer besonderen Gefährtin. Ich schätze, ich habe gehofft, ich würde da sein, wenn er kommt.« *Weniger Hoffnung. Gib dich mutlos.* Ich seufzte tief. »Aber wahrscheinlich gibt es ihn ja gar nicht. Solch einen Ort, meine ich.«

Schweigen senkte sich lastend zwischen uns herab. Nur die Geräusche der Vorbereitungen der übrigen Lustgefährtinnen auf ihre Nacht in den Höllen umgaben uns. Leises Getuschel ertönte. Vielleicht hatte Siv oder Kari mehr Glück, aber ich wollte es nicht riskieren, nachzusehen und diese schwache Verbindung abreißen zu lassen.

Am Ende trat das Mädchen dicht neben mich und hob den Kopf, die Stimme sachter als eine Sommerbrise. »Es gibt so etwas.«

»Was? Ein königliches Bordell?«

Sie schüttelte den Kopf. »Nein. Eine begehrte Lustgefährtin. Eine verborgene Herausforderung, die aus allen Königreichen die reichsten Leute anzieht. Man nennt sie die Stumme Walküre.«

»Eine Götterkriegerin?« Wie oft hatte Valen betont, dass seine Schwester mit einer Klinge tödlich war? »Warum?«

Das Mädchen warf nervös einen Blick über die Schulter. »Um sie zu gewinnen, muss man sie besiegen. Sie ist eine Bringerin des Todes. Wie in den Walküren-Sagas ist diese Gefährtin so furchteinflößend, dass sie die Macht hat, selbst darüber zu entscheiden, wen sie tötet und wer sie nehmen darf. Die Leute zahlen dafür, gegen sie zu gewinnen. Nach allem, was ich gehört habe, tun das nur sehr wenige.«

»Wo ist sie?« Bevor ich nachdenken konnte, packten meine Finger schon ihre Arme. Ich wollte nicht so verzweifelt klingen, aber wenn es auch nur das geringste Gerücht gab, dass Herja

Ferus am Leben sein könnte, dann musste sie diese Stumme Walküre sein.

Das Mädchen zog sich zurück, schüttelte mich ab.

»Tut mir leid.« Ich hob die Hände. »Aber wenn wir an den Ort gelangen können, wird der Nachtprinz kommen. Wir könnten frei sein.«

»Frei.« Sie lachte mit einem Anflug von Bitterkeit. »Freiheit gibt es nicht. Nicht hier.«

»Unter dem Nachtprinzen werden alle Leute gleich sein.«

Sie schüttelte den Kopf, merklich unsicher, ob sie mir vertrauen sollte. »Selbst wenn das stimmen würde: Die Walküre wird nicht in einem Lusthaus festgehalten. Sie ist eine besondere Beute; eine, die auf einem Landgut unter Bewachung gehalten wird.«

»Einem Landgut?«

»Glaubst du etwa, solch ein Spiel würde man vergeuden, indem man einer Bordellwirtin die Macht darüber lässt? Nein. Gerüchten zufolge ist sie der Besitz eines Hochadligen. Vielleicht des Königs selbst. Ich weiß es nicht. Alles, was ich weiß, ist, dass der Reiz, eine Frau der Götter zu besiegen, irgendwo einen dicken Geldbeutel noch weiter anschwellen lässt.«

Ein Handgemenge im hinteren Teil des Raums brachte uns dazu, uns umzudrehen. Ich ballte die Fäuste. Die Frau, die eine abfällige Bemerkung über uns gemacht hatte, stieß Kari gegen die Wand. Zwei junge Männer packten ihre Arme.

»Wer seid ihr?«, blaffte die Lustgefährtin. »Ihr habt zu viele Fragen gestellt. Wenn ihr glaubt, dass ihr an eurem ersten Abend einfach ankommen und die Kontrolle übernehmen könnt, dann täuscht ihr euch sehr. Das hier ist mein Haus.«

Überleben. Sie will überleben. Sie wird jeden auffressen, der ihr im Weg steht.

»Warte.« Ich hob die Hände und hielt sie davon ab, Kari ins

Gesicht zu schlagen. »Wir wollen dir nichts wegnehmen. Deswegen sind wir nicht hier.«

Die Lustgefährtin bedachte mich mit einem eisigen Blick. »Du redest ja, als hättest du eine Wahl.«

Kari und Siv sahen mich an und schüttelten die Köpfe, aber ich konnte diese Leute nicht hierbleiben lassen. Diese Frau verhielt sich zwar, als wäre das hier ihr Zuhause, doch das beruhte auf Angst. Auf Verzweiflung. Sie konnte frei sein. Sie konnten alle frei sein.

Auf mein Wort hin würden sie es sein. War ich nur dem Namen nach Königin oder auch in meinem Handeln?

»Ihr könnt heute Abend von hier fort«, sagte ich mit rauer Stimme. »Wir können euch alle befreien.«

Die Frau lachte. »Sie sind wahnsinnig und werden nur dafür sorgen, dass man uns allen die Haut bei lebendigem Leib abzieht.«

Sie machte Anstalten, zur Tür zu gehen, bestimmt, um einer Wache ein Zeichen zu geben. Getuschel folgte ihr. Sie wandten sich gegen uns. Sogar das Mädchen, das mir von der Walküre erzählt hatte, wich zurück.

Ich würde hier nicht scheitern.

»Hört mich an. Wir sind mit dem König von Etta gekommen, dem Nachtprinzen.«

Sein Name wurde hier und da mit einem Aufkeuchen beantwortet, doch die meisten sahen mich an, als hätte ich völlig den Verstand verloren.

»Wir sind auf der Suche nach etwas hier drinnen, aber er ist da draußen«, sagte ich und zeigte auf eine Wand. »Wenn ihr bei uns bleibt, könnt ihr diesem Ort heute Abend alle entkommen.«

»Sie lügt. Die Herrin stellt uns auf die Probe, damit wir unsere Loyalität beweisen«, sagte die hochgewachsene Frau.

»Nein. Soll die Herrin doch bluten, es ist mir gleichgültig. Gebt den Wachen kein Zeichen. Lasst uns unsere Leute rufen, dann nehmen wir euch mit nach Ruskig.«

»Glaubt ihr«, sagte Siv. »Sie ist Elise Lysander, einst die Nichte des toten timoranischen Königs, jetzt die Königin von Etta.«

Wie nervenzerfetzend und ohrenbetäubend Stille sein konnte. Niemand rührte sich. Verdammt, niemand atmete auch nur.

Die Frau, die ich für die führende Lustgefährtin hielt, schüttelte den Kopf. »Wahnsinnig. Ihr seid wahnsinnig.«

Sie sprach die Worte aus, aber ihr Ton war weniger giftig als zuvor. Irgendwo in jedem Wort begraben schwang ein winziger Hauch Hoffnung mit.

»Kein König würde seine Königin in ein Freudenhaus schicken«, sagte der Junge, der uns zu Anfang ausgelacht hatte.

Siv und Kari grinsten.

»Dann kennst du weder Elise noch die Ergebenheit, mit der Valen Ferus seine Königin glücklich macht«, warf Kari ein.

»Valen Ferus«, flüsterte das Mädchen hinter mir.

»Er ist hier, und wir müssen diese Walküre finden. Wir glauben, dass sie wichtig ist«, sagte ich, nicht willens, zu viel über unseren Plan zu verraten. »Wisst ihr, auf welchem Anwesen sie festgehalten wird?«

Das Mädchen setzte dazu an, den Kopf zu schütteln, aber alle Gedanken, alle Worte erstarben, als die Tür krachend aufflog. Eine der Wachen der Bordellwirtin stand in der Tür und grinste boshaft. »Wir haben eine frühe Bestellung.«

Alle Lustgefährtinnen versteiften sich. Einige schlossen die Augen und murmelten Gebete. Aber als der Blick des Mannes sich auf mich richtete, gefror mein Inneres.

Er hob einen Finger und zeigte auf mich. »Du. Timoranerin. Du hast deinen ersten Freier.«

KAPITEL 12

PRINZESSIN AUF ABWEGEN

Mir wurden die Hände gefesselt. Die Bordellwache führte mich aus dem Stall. Mir blieb noch genug Zeit, Siv und Kari schnell einen Blick zuzuwerfen, ein stummes Signal, sich zu befreien, unsere Leute zu holen. Valen zu holen.

Das hier gehörte nicht zum Plan. Wir hatten ausgekundschaftet, wann die Auswahl in diesem Bordell begann. Sie fand im Hauptraum statt, wo die Freier die infrage kommenden Lustgefährtinnen inspizieren und dann ihren Kauf tätigen konnten. Wir sollten uns davonschleichen und zwischen die dürren Bäume flüchten, bevor wir auch nur einen Fuß ins Haupthaus setzten. Dort würden Stieg und Ari uns erwarten und fortbringen.

Ich konnte nicht entkommen, wenn ich ganz allein war.

Vor allem aber nicht mit großen, fleischigen Händen auf meinem Arm und Stricken um die Handgelenke.

Die Pläne würden sich ändern. Bestimmt würden sie bald genug Blut und Tod nach sich ziehen. Ich war keine Jungfrau, die befreit werden musste, und Valen betrachtete mich nicht als schwach oder hilflos. Kriegerblut floss in meinen Adern, aber mein Mann verstand sich besser als die meisten darauf, sich dem Blutrausch hinzugeben. Obwohl der Fluch gebrochen war, hatte er – und das mehr als einmal – zugegeben, dass die Lust auf Blut, Gewalt und Gemetzel seine Seele befallen hatte wie eine Krankheit, die er nicht heilen konnte.

Vielleicht lag es eher daran, dass er sie nicht heilen wollte.

Dieser Wachmann – dieser götterverdammte Narr – wusste nicht, was er tat und welche Leben er aufs Spiel setzte.

Das sagte ich ihm auch.

Er lachte und verstärkte seinen Griff. »Du bist als Lustgefährtin verkauft worden, Süße. Glaubst du wirklich, dass irgendwer da draußen willens ist, für dich zu kämpfen?«

»Wenn du mich in dem Haus da ablieferst, schwöre ich bei allen Göttern, allen Schicksalsgottheiten, dass es nicht mehr lange stehen wird.«

»Du bist persönlich verlangt worden.«

»Wie das? Niemand hat mich gesehen.«

»Du bist mir vielleicht eine Temperamentvolle«, sagte er lachend. »Ich stelle keine Fragen, Süße. Ich erledige meine Aufgabe und liefere die Lust, das ist alles. Eine neue, blauäugige Timoranerin ist verlangt worden, und das passt auf dich. Fast so, als hätte er gewusst, dass du hier sein würdest.«

Mein Inneres verkrampfte sich heftig und unvermittelt.

Wenn irgendjemand wusste, dass ich hier war, war er kein Freund von uns. Bei allen Höllen! Was hieß das für unsere Leute im Wald? Valen – wusste er Bescheid? War er umstellt und würde gleich aus dem Hinterhalt überfallen werden?

Ich hatte keine Zeit, noch länger darüber nachzudenken, bevor die Wache mich durch eine schmale Tür an der Rückseite des Hauses stieß.

Drinnen stank die Luft nach beißendem Kräuterrauch und starkem Bier. Gelächter brandete auf. Die Freier, die sich im großen Saal versammelt hatten, gaben sich ihrer Wichtigtuerei und ihren Ausschweifungen hin, bevor die Lustgefährtinnen auch nur ins Haus gebracht wurden.

»Zieh den über«, befahl die Wache. Er hielt mir ein dünnes, perlmuttfarbenes Stück Spitze hin. Als ich nichts sagte, sondern den Stoff nur anstarrte, machte er eine Bewegung, als würde er sich einen Hut aufsetzen. »Zieh ihn dir über den verdammten Kopf. Um dein Gesicht zu verbergen. Du bist gekauft worden. Niemand sonst bekommt dich zu sehen. Hausregel.«

Denk nach, Elise. An meinem Bein verbrannte der Dolch meine Haut. Nur in Gedanken, doch die Hitze wurde zur Erinnerung an ein Versprechen, das ich Valen gegeben hatte. Ich würde kämpfen und mich verteidigen. Das hatte ich vor langer Zeit versprochen, und ich würde mich daran halten. Aber die Klinge jetzt zu ziehen, wäre leichtsinnig gewesen. Zu viele Freier, zu viele Wachen, zu viele Feinde standen herum.

Mit einem langen Atemzug legte ich mir den Spitzenschleier über den Kopf.

Im Zimmer, allein mit dem Dreckskerl, der glaubte, er könne mein Fleisch kaufen, würde ich die Sache schnell regeln. Der Holzboden würde rot vor Blut sein, wenn ich damit fertig war.

Die Wache nahm mir die Fesseln ab und führte mich in den Saal. Ringsum waren die Tische dicht mit Männern und Frauen besetzt. Alle unterschiedlichen Standes. Die meisten schienen Steinmetze zu sein. Bullige Schultern mit Armen, die breiter als meine Taille waren. Hier oben, so nahe bei den Berggipfeln, waren die Leute raue Winde und harte Arbeit gewohnt. Zwischen ihnen verstreut saßen jedoch einige fein gekleidete Besucher. Vermutlich Reisende oder Händler aus anderen Königreichen oder Orten, die hier nur unterwegs haltmachten.

Vulgäre Ausrufe tönten mir in den Ohren, als ich in den Saal gebracht wurde. Männer grölten, einige taten so, als würden sie nach meinen Röcken greifen, andere machten Bemerkungen über meine Gestalt und meine Figur.

Der Dolch versengte mein Bein. Was hätte ich darum gegeben, seine Spitze in jede einzelne Brust hier zu rammen.

Durch die filigrane Spitze bemerkte ich einen Tisch in der Ecke mit bekannten Gesichtern. Das Herz schlug mir bis zum Hals, als ich an Axel und Frey vorbeikam, die nervös tranken, den Raum beobachteten, auf jegliches Zeichen dafür warteten, dass der Plan schiefgegangen war.

Da ich verschleiert war, würden sie mich gar nicht bemerken. Sie konzentrierten sich zu sehr auf die gegenüberliegende Tür oder auf die Fenster.

Denk nach, Elise.

Ich tat, was ich konnte, und fiel vornüber. Alles andere als anmutig und äußerst störend.

»Verdammte Höllen, Süße.« Die Wache griff nach meinem Arm. »Tollpatschiges kleines Ding. Sag deinem Käufer lieber, dass du die Nacht nicht auf den Beinen verbringen solltest.«

Die Wache zog an einem Arm; mit dem anderen stützte ich mich auf der Kante von Freys Tisch ab, um wieder auf die Beine zu kommen.

Diskret legte ich meine Hand auf die des Kriegers. Ich drückte sie einmal.

Sein Blick schoss zu meinem verschleierten Gesicht. Die Wache schleifte mich fort und entschuldigte sich bei Frey und Axel. Im Davongehen spreizte ich die linke Hand und betete zu allen Göttern, die mich hören mochten, dass Frey die fehlenden Fingerspitzen bemerken und daran erkennen würde, dass ich es war.

Das Letzte, was ich hörte, war das Scharren von Stuhlbeinen über die Bodendielen.

Bei allen Göttern, ich hoffte, dass das hieß, dass Frey und sein Bruder etwas unternahmen.

»Wie versprochen«, war alles, was der Bordellwächter sagte, bevor er mich in ein kleines, muffiges Zimmer stieß und die Tür hinter mir zuschlug.

Da der Wind auf die Wände einpeitschte, knarrte und ächzte das Holz. Eine Bewegung in der Ecke war der einzige Hinweis darauf, dass ich nicht mehr allein war.

Eilig nahm ich den Schleier ab und wandte mich dem Freier zu.

Einem Raben.

Gekleidet in seine dunkle Tunika mit dem Wappen des Rabensporns auf der Brust und mit einem silbernen Kurzschwert diagonal auf dem Rücken grinste der Mann. Als hätte er die lohnendste Beute entdeckt, ließ er bei jedem Schritt seine gelben Zähne aufblitzen.

»Ich hasse den Patrouillendienst im Norden. Verdammt kalt und langweilig. Aber wie es aussieht, sind die Götter mir heute Abend gewogen.«

»Ich warne dich nur einmal: Komm nicht näher«, sagte ich.

Alle Lektionen von Halvar überschlugen sich in meinem Kopf. Wie man sich duckte, wie man auswich, wie man eine Klinge zwischen die Rippen stieß. Ein Dutzend Szenarien spielte sich in meinem Kopf ab. Ich musste lange genug überleben, damit Siv und Kari entkommen oder Axel und Frey, sofern es mir gelungen war, sie auf mich aufmerksam zu machen, etwas unternehmen konnten.

Als hätte ich sie herbeigezaubert, ertönte irgendwo draußen Geschrei.

Der Rabe bemerkte es, doch sein Lächeln verflog nicht. Er näherte sich mir immer weiter.

»Ich wünschte, wir hätten mehr Zeit. Aber ich bin mir sicher, dass es nicht lange dauert, bis dein Fae kommt, also müssen wir jetzt wirklich los.« Er lachte leise über meine Verblüffung. »Glaubst du, ich kenne dich nicht? Elise Lysander, Verräterin an ihrem eigenen Volk und ihrem Blut.«

»Woher …« Ich ließ die Worte ersterben. Welchen Zweck hatte es schon, dem Krieger Fragen zu stellen? Wenn er wusste, wer ich war, dann war er hier, um mich zu meiner Schwester zu bringen. Oder um mich zu töten.

Meine Fingerspitzen strichen über den Griff des Dolchs, der unter meinem fadenscheinigen Rock versteckt war. Ich begegnete seiner Bosheit mit meiner eigenen. Ein hämisches Grinsen umspielte meinen Mund. »Wenn du mich kennst, dann bist du ein Narr, wenn du glaubst, dass du hier lebend rauskommst, wenn du mir auch nur ein Haar krümmst.«

»Ich habe sehr wohl die Absicht, hier herauszukommen und uns beide dabei am Leben zu lassen.« Er kam näher. Ich konnte den mehrere Tage alten Schweiß an seinen Kleidern und auf seiner Haut riechen. Er griff nach meiner Kehle. Ich schlug nach ihm, aber er drückte mein Handgelenk an die Wand und nutzte seine Hüften und seinen ganzen Körper, um mich festzuhalten.

Ich zuckte nicht mit der Wimper, gab nicht klein bei. *So sei es.* Wenn er sich so nahe heranwagte, gab er mir die Gelegenheit, seinem Körper einen umso tieferen Stich zu versetzen. Ehrlich gesagt ließ ich mich genauso auf den Blutrausch ein wie Valen, und als der Rabe mir seinen stinkenden Atem ins Gesicht blies, stellte ich mir Hunderte von Möglichkeiten vor, ihm meinen blutigen Stempel aufzudrücken.

»Vertrau mir …«

»Das wäre töricht.«

Er grinste spöttisch und verstärkte seinen Griff um meine Kehle. »Deine Fae-Freunde werden gut abgelenkt sein«, stieß er heiser hervor. »Zu sehr, um uns zu bemerken. Dann wirst du, kleine Kvinna, mein Geschenk an den König sein. Ich werde diese verdammten Berggipfel nie wiedersehen.«

»Jemand hat dir von mir erzählt«, sagte ich, um mir genug Zeit zu verschaffen, den Saum meines Rocks hochzuschieben und nach dem Dolch zu greifen.

»Pass auf, wem du vertraust, Elise. Ich musste für deinen Namen kaum etwas bezahlen.« Er zog die kurze Klinge, die er auf dem Rücken trug. »Wir gehen jetzt.«

»Lieber nicht.«

Das Brennen seiner Hand tat nicht annähernd so weh, wie auf der Seite zu landen und mit der Hüfte auf den harten Boden zu prallen, als der Boden auf einmal wogte wie die Wellen des Meeres. Der Rabe stolperte zurück und landete mit dem Rücken am Fußteil des abgenutzten Betts.

Trotz des heftig brennenden Schmerzes, der mir das Bein hinabschoss, lachte ich und zog den Dolch aus der Scheide.

Der Rabe starrte mit weit aufgerissenen Augen zur Tür.

Ich erhob mich auf die Knie. »Zu spät.«

Er nagelte mich mit einem finsteren Blick fest und hob sein Schwert auf. »Er wird nicht rechtzeitig zu dir gelangen. Wenn es sein muss, schlage ich dir eigenhändig den Kopf ab.«

Im Knien konnte ich nach oben zustechen, seinen Bauch, seine Lenden treffen. Was hatte Halvar noch gesagt, was man gegen eine längere Klinge unternahm?

In meinem Kopf drehte sich alles. Ich spähte zu seinen Füßen. Behielt seine Hände im Blick.

Schwachpunkte der Rabenrüstung waren die Gelenke und eine schmale Nahtstelle über den Rippen. Beim ersten Schlag ausweichen, dann zurückwirbeln und ihm die Kniekehlen aufschlitzen. Ihn auf meine Höhe herunterholen.

Tatsächlich hob der Rabe die kurze Klinge, bereit, mich so zu verstümmeln, dass ich nicht weglaufen konnte. Als die Waffe herabsauste, rollte ich mich über eine Schulter ab. Stahl zerschmetterte das Holz zu Splittern. Die Klinge blieb lange genug im Boden stecken, um mir Zeit zu verschaffen zurückzuwirbeln.

Die Schneide meines Dolchs durchtrennte die Hose aus grobem Stoff. An einer Stelle oberhalb seiner Stiefel, aber unterhalb des Gelenks seines Knieschutzes.

Der Rabe schrie auf, als heißes Blut über sein Bein strömte, und brach in die Knie.

Ich kämpfte mich eilig auf die Beine, bereit, noch einmal zuzuschlagen, aber er packte mit der Hand meinen Rock und riss mich zurück. Ein lauter Aufschrei entrang sich meiner Kehle, als ich mit dem Rücken auf den Dielen landete.

Das Getöse eines Angriffs kochte in meinem Gehirn. Unsere Leute – Valen, Ari, Thor, Halvar – waren nicht zahlreich genug hergekommen, um eine ganze Einheit Raben zurückzuhalten. Wenn eine Wache vom Rabensporn hier war, wie viele patrouillierten sonst noch auf den Landstraßen des Nordens?

Ich war abgelenkt, und der Rabe führte einen schlecht gezielten Hieb mit seiner Klinge. Ein heftiges Brennen versengte mein Fleisch, als mir die Schneide seines Schwerts in den Oberschenkel drang, und ließ mir schwarz vor Augen werden.

Der Rabe versuchte, seinen Griff um mich zu verstärken; er zielte noch einmal auf die frisch aufgerissene Wunde oberhalb meines Knies. Ich schwang meinen Dolch und traf seine Wange. Er brüllte vor Schmerz, ließ sein Schwert fallen und zog sich zurück.

Ich kam auf die Beine und stieß sein Schwert mit einem Tritt beiseite.

Das hier war noch nicht vorbei.

Als hätte die Wunde eine Wildwut, die es in meinem Blut nicht gab, geweckt, verdrängte ich den Kampf draußen. Blut lief an meinem Bein hinab, aber ich ignorierte den Schmerz. Alles, worauf es ankam, waren dieser Moment, dieser Rabe, dieses Leben.

Die hellen Augen des Mannes richteten sich auf meine, während das Haus so erzitterte, dass es wackelte. Vielleicht sah er in meinen Augen etwas, das ihm Angst machte, denn er rutschte auf dem Hintern zurück. Sein Blick huschte hin und her, suchte nach irgendetwas, das als Waffe dienen konnte.

Die Gelegenheit würde er nicht bekommen.

»Du wirst den falschen König besuchen«, stieß ich heiser hervor. »Als Botschaft von seiner liebenden Schwägerin. Leider wirst du nicht mehr am Leben sein, wenn du ankommst.«

Er kniff die Augen zusammen. Ein Schatten verdüsterte das Blau. Er würde nicht kampflos aufgeben. Allerdings waren wir ja auch Timoraner. Wir stammten von Kriegern ab.

Aber ohne jeden Zweifel würden wir gleich feststellen, wer von uns beiden der größere Krieger war.

KAPITEL 13

NACHTPRINZ

Ein großes, erstickendes Unbehagen machte sich an der tiefsten Stelle meines Bauchs breit. Es war schon den ganzen Tag, die ganze vorige Nacht dort gewesen und bis jetzt so angeschwollen, dass ich mich hätte übergeben können.

Ich blieb auf Abstand. Widerwillig.

Ich durfte es nicht riskieren, erkannt zu werden und Elise und die anderen in Gefahr zu bringen. Nicht, solange es nicht notwendig war. Um die Wahrheit zu sagen, war ich nicht der Einzige, der so aussah, als würde ihm seine Haut vor Unruhe zu eng.

Halvar hatte kein einziges Mal geblinzelt. Ich glaubte wirklich nicht, dass er den Blick auch nur ein einziges Mal von der Umgebung des Freudenhauses gewandt hatte, seit Casper die Frauen weggefahren hatte. Neben ihm hielt Ari sich die Schläfen und konzentrierte sich. Mit jedem Moment wurde er blasser, während er darum kämpfte, weiter die Fae-Züge derjenigen zu verbergen, die im Haus waren.

»Es ist ein guter Plan«, sagte Thor.

»Willst du dich selbst oder mich überzeugen?«

»Es ist *wirklich* ein guter Plan, aber das heißt nicht, dass alles sich so entwickeln wird, wie wir erwarten.« Thor hielt inne und starrte dann das Gras an. »Elise wird in diesem Kampf genauso sehr gebraucht wie du, Valen. Das glaube ich schon, seit Sol mit ihr gesprochen hat. Das Schicksal hat sie aus einem bestimmten Grund zu uns geführt. Wir werden alle dafür kämpfen, ihre Sicherheit zu gewährleisten.«

»Die Sicherheit der drei. Wir kämpfen für die Sicherheit aller drei«, blaffte Halvar, immer noch, ohne sich abzuwenden.

»Hal, wenn du auch nur einen Moment lang glaubst, dass jemand die Oberhand über Kari gewinnen könnte, dann wird sie dich dafür bezahlen lassen, sobald sie zurück ist.«

»Das will ich stark hoffen.« Er grinste fast, war nahe daran, seinen starren Blick abzuwenden.

Ich sah mich nach Brant um. Er runzelte die Stirn so sehr, dass sich eine tiefe Furche darin gebildet hatte.

»Brant? Irgendetwas?« Seine Magie war seltsam. Vielleicht trug aber auch nur sein Unbehagen zu meinem eigenen bei.

Brant schüttelte den Kopf. »Ich bekomme diese verdammte Wildwut – Mesmer, oder wie man sie auch immer nennt – einfach nicht in den Griff. Ich sehe Formen und Schatten in meinem Kopf, aber nichts Klares. Es ist eher eine Warnung, die schwer auf meiner Brust lastet. Doch ich kann nicht sagen, ob es nur die Sorge um meine Schwester oder eine echte Vorahnung ist. Auf alle Fälle, Valen, will ich nicht viel länger warten.«

Einverstanden. Davon musste er mich nicht erst überzeugen. Wenn ich das Gesicht meiner Königin nicht binnen weniger Augenblicke sah, würde ich die windschiefen Wände des Freudenhauses einreißen, bevor der nächste Krug Bier eingeschenkt wurde.

»Verdammt.« Halvars Fluch ließ die Luft um einiges kälter werden.

Ich wirbelte gerade noch rechtzeitig herum, um zu sehen, wie mein Freund seinen Sachs zog, Thor und Ari an seiner Seite. Mein Blick blieb an einem Feuerschein hängen, der sich von der schwarzen Nacht abhob. Durch das Grassodendach des Stalls, in dem die Lustgefährtinnen sich für die Nacht bereitmachten, stieg eine schwarze Rauchwolke auf.

»Das ist das verdammte Signal«, sagte ich. Ärger. Etwas war schiefgegangen. Elise, Siv oder Kari sollten uns mit Feuer ein Zeichen geben, wenn irgendetwas von unserem Plan abwich.

Warum war ich so weit entfernt geblieben? Ich hätte mich doch auch wie versprochen verstecken können, wenn ich in einem verdammten Schrank im Haus gewesen wäre. Fast ohne Kontrolle brannte sich eine Welle von Wildwut aus meinen Fingerspitzen hervor und durchlief die Erde und das anstehende Gestein.

Schreie aus dem Haus ertönten, Glas splitterte, ein Teil des Dachs neigte sich leicht.

»Verschwende keine Energie«, schalt mich Thor, und das, obwohl auf seinen eigenen Handflächen bereits blaues Feuer leuchtete.

»Los.« Ich pfiff zu den Bäumen hinüber, obwohl der Wildwutausbruch selbst schon ein hinreichendes Signal für die anderen gewesen war.

Wir rannten auf die Stallungen zu. Aus dem Augenwinkel sah ich Schatten, die sich bewegten. Mehr unserer Leute verstärkten unsere Reihen.

Aber wir waren nicht allein.

Bordellwachen und ein paar Raben waren auf den Rasenflächen verteilt. Ich zog eine Axt und fing das Ende einer stachelbesetzten Keule von einer Hauswache ab. Der Mann keuchte und schlug nach meinen Rippen. Schlecht gezielt. Träge. Fast schon beleidigend.

Ich ließ den Hieb zu, und als seine Wucht seinen Körper nach vorn riss, schmetterte ich die gebogene Schneide meiner Streitaxt durch sein halbes Gesicht.

Im Norden gab es nur wenige Wachen. Wir hatten uns aus gutem Grund für ein schäbiges Bordell entschieden. Weniger Freier. Weniger Störungen. Aber die Raben patrouillierten trotz allem hier, als drohten die Geister der toten Ödlande von Alt-Timoran über den Bergpass zu huschen. Diese Dreckskerle vom Rabensporn strömten aus den Schatten hervor und lieferten uns einen guten Kampf.

Ein großer Rabe erregte meine Aufmerksamkeit. Er drehte sein Schwert in der Hand. Ich zog meine zweite Axt. Bereit und willig.

Aber als die Rückseite des Stalls aufbarst, wirbelten er und ich herum. Rauch stieg auf, und Flammen tauchten die Nacht in einen goldenen und roten Lichtschein. Eine Schar von Lustgefährtinnen strömte auf die Rasenflächen hinaus. An ihrer Spitze führten zwei Frauen – Siv und Kari – sie zum Wald.

Ohne auch nur einen Augenblick zu zögern, rief Halvar nach Kari und warf ihr ein Schwert zu, um sie zu bewaffnen. Sie fackelte nicht lange, sondern übernahm an meiner Stelle den Kampf, in den ich mich gegen den Raben hatte stürzen wollen.

Wo war Elise?

Als spürte sie meinen fragenden Blick, rannte Siv, die Lustgefährtinnen im Schlepptau, auf mich zu.

»Sie ist im Haus, Valen«, stieß sie atemlos hervor. Ein paar der Lustgeschöpfe starrten mich mit weit aufgerissenen Augen an. Ich bemerkte sie kaum; in meinem Kopf kreisten Schatten. Der Drang, alles niederzumetzeln, was sich bewegte, wurde so machtvoll, dass ich ihn schmeckte. Bis Siv mich am Arm berührte und mich in die Wirklichkeit zurückholte. »Jemand hat sie gekauft.«

Mein Kiefer pochte. Ich nickte ruckartig und senkte die Stimme. »Bring sie weg.«

Sie neigte den Kopf und rief den Lustgefährtinnen zu, dass sie im Wald in Deckung gehen sollten. Um mich herum kämpften meine Leute. Thors Feuer hüllte Raben ein. Stieg und Halvar verwendeten ihre Wildwut, um die Luft die Flammen immer wieder anfachen zu lassen. Mattis focht an der Seite von Brant. Kari schrie dem Raben ins Gesicht, als er blutend und übel zugerichtet vor ihre Füße stürzte.

Mein Blick war unverwandt auf das Haus gerichtet.

Das hier würde jetzt ein Ende nehmen.

Ein weiterer Wildwut-Schauer sickerte in den Boden, als ich den ersten Schritt auf die Tür zu machte. Der Kampf draußen verklang, aber drinnen stürzten Möbel um. Frauen schrien. Männer drängten sich durch Flure, verzweifelt darauf bedacht zu entkommen.

Ich blieb nicht stehen. Einige Leute rempelten mich an, als sie davonliefen. Ich stieß sie beiseite. Die Herrin des Hauses saß wimmernd an einem Schreibtisch; Stave und ein weiterer von Crispins Männern richteten ihre Klingen auf die Kehle der Frau. Vielleicht grüßten sie mich, aber ich hielt mich nicht lange genug mit ihnen auf, um es zu bemerken.

»Mein König«, rief Axel aus der Mitte des Saals, Blut im Gesicht, Licht im Blick. »Sie haben die Königin in das Zimmer da gebracht!«

Noch während er redete, schnitt er einem knienden Freier die Kehle durch, und zeigte mit der blutigen Messerspitze auf eine verschlossene Tür.

Die Äxte in meinem Griff wurden heiß vor Wildwut. Es

kostete mich ein hohes Maß an Konzentration, meine Magie davon abzuhalten, die Erde unter unseren Füßen zu spalten, aber wenn Elises Gesicht mich nicht hinter der Tür begrüßte, würde diese elende Hütte im Boden versinken.

Wenn ein Freier sie angerührt hatte und mir in die Hände fiel, würde er die Götter anflehen, sein Leben zu beenden, damit der Schmerz aufhörte.

Als ich, eine Axt erhoben, die Tür aufstieß, fiel mein Blick sofort auf den kräftigen Raben, der ausgestreckt auf den Bodendielen lag. Seine Augen starrten leblos die Wand an; seine Kehle war tief genug aufgeschlitzt, um seine Wirbelsäule beinahe freizulegen.

Alles war blutgetränkt: die Wände, der Boden, die Säume der fadenscheinigen Steppdecken. Dort fand ich sie. Elise saß in der Mitte des Betts, blasser, als sie noch vor einer Stunde gewesen war, Blut in den Haaren, an ihren Händen, auf ihren Lippen, eine offene Wunde am Bein.

Mir drehte sich der Magen um.

Neben ihr auf dem Bett lagen Finger. Ganz wie ihre Schwester es bei ihrer Mutter getan hatte, hatte Elise, wie mir jetzt erst auffiel, dem Raben die ringbesetzten Finger abgeschnitten; die silbernen Ringe, die ein Zeichen seiner Stellung als Wachkrieger waren, steckten noch daran.

Ihre blauen Augen begegneten meinem Blick. Sie hob das Kinn, aber in ihrer Stimme lag ein Zittern. Eines, das vielleicht nur ihr Ehemann bemerken konnte. Denn nur ihr Ehemann wusste, wie oft Brutalität und Mitgefühl in ihrem Herzen im Widerstreit lagen.

Alles, was sie sagte, war: »Wir sind verraten worden, mein König.«

KAPITEL 14

NACHTPRINZ

Der Rauch des brennenden Bordells verdeckte das Mondlicht. Als wir uns im Wald versammelten – Verluste unter unseren Leuten gab es nicht –, sah ich wortlos zu, wie die, die mir am nächsten standen, Klingen von den toten Raben oder Münzen aus den Truhen der Wirtin aufteilten.

Etwas abseits drängten sich die Lustgefährtinnen dicht zusammen, beobachteten jede Bewegung und vertrauten vermutlich niemandem.

Ich hatte Verständnis dafür.

Elise stand neben mir, stoisch und stumm. Sie hatte sich das Blut noch nicht aus dem Gesicht gewaschen. Tatsächlich hatte sie noch nicht einmal ein Wort über die Finger oder über den toten Raben, der sie gekauft hatte, gesagt.

Später. Wir würden es gemeinsam verarbeiten, vorzugsweise allein, aber erst nachher. Jetzt galt es, noch mehr Blut zu vergießen.

»Es reicht.« Meine Stimme trug weit, und alle erstarrten. Ich kniff die Augen zusammen und musterte den inneren Rat. Stave, Crispin, Klok, Männer, über die ich, wie mir schlagartig klar wurde, sehr wenig wusste. Es waren nicht mehr als zehn, die zu uns gestoßen waren, aber sie waren alle von den

Klingen zurückgewichen und standen jetzt mit misstrauischen Mienen da.

»Stellt euch in einer Reihe auf«, befahl ich und unterstrich mit der Axt meine Anweisungen. Mit einem Nicken forderte ich Axel und Frey auf, sich auch zu den anderen zu gesellen. Ich bezweifelte, dass die Brüder Verräter waren, aber ich würde kein Risiko eingehen. Unnötigerweise reihten sich selbst Casper und Stieg mit ein.

Alle, die im Haus oder in seiner Nähe gewesen waren, traten in die lange Reihe vor mir.

Ich drehte die Axt in der Hand und schritt mit verkrampftem Kiefer die Linie ab. »Jemand unter uns hat Geschäfte mit Burg Rabensporn gemacht.«

»Mein König …«, begann Stieg, aber ich hob eine Hand. Ich vertraute ihm als Mitglied meiner Gilde.

»Ich hasse Verräter.« Meine Stimme hing wie etwas Greifbares zwischen uns in der Luft. »Na, wer möchte gern gestehen, dass er seine Königin an Burg Rabensporn verraten hat? Gesteh – dann stirbst du einen Kriegertod und gehst zu den Göttern ein.«

Niemand rührte sich. Ich bezweifelte, dass irgendjemand auch nur atmete.

Elise ließ eine blutige Hand auf meinem Arm ruhen. Sie musste nichts sagen; ich trat einen Schritt zurück.

»Mein Name ist gekauft worden«, sagte sie in einem Ton, der nicht das Geringste mit ihrer üblichen Wärme und Freundlichkeit gemein hatte. Jedes Wort war scharf wie das schroffste Eis auf den Bergen hinter uns. »Jemand hat den Raben aufgesucht, ihn neugierig gemacht und dann meinen Namen verkauft.«

Bei allen Göttern, ich verlangte nach Blut.

Sie schritt die Reihe entlang und sah jedem in die Augen. Die

Männer versteiften sich unter ihrem Blick, und ich kostete den Moment voller Stolz aus. Wie die letzte timoranische Königin von Etta konnte Elise Furcht selbst in den Herzen der grimmigsten Krieger wecken.

Ich würde nie vergessen, wie meine Mutter zum ersten Mal eine Einheit unserer Krieger befehligt hatte, als mein Vater in diplomatischer Mission jenseits der Berge abwesend gewesen war.

Elise war sogar noch mutiger. Kämpferischer.

Bei Stave blieb sie stehen. Er sah ihr in die Augen, aber ich konnte seinen Gesichtsausdruck nicht deuten. Mein Blut kochte bei jedem Schlag meines Herzens. Hatte er das hier angerichtet? Wusste sie es? Und wenn sie es wusste, woher? Was war mir entgangen?

Bevor meine kreisenden Gedanken zur Ruhe kommen konnten, ging Elise schon weiter. »Es müsste Beweise für den Kauf geben«, sagte sie. »Münzen. Ich möchte gern sehen, was ich euch wert bin. Zieht euch aus und dreht eure Kleidung um.«

Es herrschte allgemeines Zögern; ein paar unsichere Blicke wurden getauscht.

»Habt ihr nicht gehört, was eure Königin gesagt hat?«, rief ich. »Macht schon!«

Ein Ruck ging durch die Reihe, und einer nach dem anderen begannen die Männer, ihre Kleidung auszuziehen. Thor, Halvar und Ari machten sich an die Arbeit und durchsuchten jeden Fetzen Stoff. Stieg zuckte nicht mit der Wimper, als er seine Hose und seine Tunika fallen ließ. Casper schlug sich mit der Faust auf die nackte Brust und grinste. »Dein Name ist zu kostbar, um ihn zu verkaufen, Elise.«

Sie kämpfte gegen ein Lächeln an. Ich empfand nicht die gleiche Heiterkeit. Hatte die Schattengilde sie verraten? Nein.

Instinkt übernahm die Herrschaft über meine Sinne und sagte mir, dass Stieg und Casper zwar mit in der Reihe standen, aber ihre Nacktheit ohne das geringste Schuldbewusstsein genossen.

Dennoch empfand ich eine gewisse Erleichterung, als sowohl bei ihnen als auch bei Frey und Axel nichts gefunden wurde.

»Wir stehen hinter dem König und der Königin«, sagte Axel und neigte den Kopf.

Thor stieß Stave beiseite. Er sah mich an und schüttelte den Kopf. Nichts bei Klok. Drei von Crispins Männern erwiesen sich als unschuldig.

Dann …

»Was haben wir denn da?« Halvars Tonfall war schelmisch, aber auf die gefährliche Art. So klang mein Freund sonst nur, wenn er vorhatte, jemanden zu töten, und dabei lachte.

Das angenehme Klirren von Münzen, die aneinanderstießen, wurde hässlich. Ich wollte beinahe nicht hinsehen.

Beinahe.

»Crispin.« Meine Stimme war völlig ausdruckslos, als ich auf den nackten alten Mann zutrat. Etwas Getuschel lief unter unseren Leuten um. Ich legte den Kopf schief, bis er seine schiefergrauen Augen auf meine zu richten wagte. »Was hast du getan? Nach allem, was wir für dich getan haben, kämpfst du also so für Etta? Oder vielleicht warst du ja auch von Anfang an für Timoran.«

Sein Blick wurde bösartig kalt. »Ich war *nie* für Timoran. Ich würde es mit Freuden brennen sehen. Meine Loyalität gilt der Krone von Etta, und ich bin sogar loyal genug, seinen König zu beschützen, wenn er verblendet ist.«

Ich würde ihm die Haut eine Schicht nach der anderen abziehen. »Ich habe noch nie so klar gesehen.«

»Warum?« Elises Weichheit kehrte zurück. Schmerz schwang

in ihrem Ton mit. Ich hätte ihn ihr gern genommen. »Crispin, wir haben dir doch geholfen. *Ich* habe deinen Leuten geholfen.«

»Mir geholfen? Ihr habt Euch über mich hinweggesetzt.« Er rümpfte angewidert die Nase. »Wir sollten nicht mit Timoranern zusammenarbeiten. Ich wusste es von dem Tag an, als Ihr darauf bestanden habt, diesen Raben eine zweite Chance auf ein Leben zu geben – sie nicht nur am Leben zu lassen, sondern zu gestatten, dass sie sich uns anschließen. *Raben*? Ihr habt den Erben von Etta manipuliert und Euch zur Königin eines Landes emporgearbeitet, das nie Eures sein wird.«

Ich war drauf und dran, ihn zu ohrfeigen oder niederzumetzeln, eines von beidem, aber Elise hielt mich auf.

Sie wandte den Blick nicht von dem Mann ab, sondern schüttelte nur den Kopf. »Du bist der Verblendete, Crispin. Du kannst nicht über deine Vorurteile hinwegsehen und bist zu nichts als einem Feigling geworden. Es tut gar nicht einmal so weh zu wissen, dass du mich verraten hast; ich sehe die Blicke und das Misstrauen, das mich umgibt. Doch du hast heute unsere Leute in Gefahr gebracht. Du hast uns alle in Gefahr gebracht.«

Ich hatte genug gehört. Mit einem Fingerschnippen gab ich Thor und Halvar ein Zeichen und stand dabei, als sie den alten Mann fesselten.

»Etta wird sich niemals stark wieder erheben, wenn wir es nicht von allem Timoranischen befreien«, schrie Crispin. »Die haben unser Volk der Wildwut aus diesem Boden beraubt. Sie haben es nicht verdient, jetzt darüberzuschreiten! Ich bin nicht der Einzige, der so denkt.«

Sein Geschrei wurde leiser, als Casper übernahm. Seine massige Hand schloss sich um Crispins Kehle, als er ihn durch den Wald schleppte.

Ich sah zu, wie er in den Schatten verschwand. Kalt. Distanziert. Rachsüchtig. Ohne einen Blick zu unseren Männern folgte ich ihm zwischen die Bäume. »Wir kehren nach Ruskig zurück. Wir haben einer Hinrichtung beizuwohnen.«

Diesmal saß ich am Fenster. Eine kalte Dämmerung breitete sich über Ruskig aus, während ich die gekrümmten Schneiden meiner Streitäxte schärfte.

Ich war so in Gedanken, dass ich nicht hörte, wie Elise aus unserem Bett schlüpfte. Aber als steckte ein bisschen Wildwut in ihrer Berührung, sanken meine Schultern herab und entspannten sich, sobald ihre Arme sich von hinten um meinen Hals schlossen.

»Ich liebe dich, Valen. Ich bin dir gegenüber loyal.«

Ich hörte auf, den Wetzstein über die Schneide meiner Axt zu führen, drehte mich zu Elise um und zog sie auf meinen Schoß. »Wenn es eine Person gibt, an deren Loyalität ich nie zweifeln werde, bist du es. Hast du mir etwas verheimlicht? Bist du schlecht behandelt worden, und ich habe es nicht mitbekommen?«

Sie presste die Lippen aufeinander, doch ihre Fingerspitzen streichelten weiter meine Schläfen. »Seit unserem Ehegelöbnis nicht mehr. Aber … als ich noch deine Geliebte war, schienen manche Leute das nicht zu billigen.«

»Wer?«

Sie schmiegte ihr Gesicht an meinen Hals und schüttelte den Kopf. »Solange kein Grund dazu besteht, diejenigen aufzuschlitzen, ist es, glaube ich, besser, wenn dein Blutrausch ihre Namen nicht erfährt.«

Ich schob sie von mir, um ihr in die Augen sehen zu können. »Du bist hier Königin, Elise. Mir ebenbürtig. Und wenn du aus den Elendsvierteln des Östlichen Königreichs stammen würdest, du bist die Königin; du bist die bessere Hälfte meines Herzens. Lass nicht zu, dass man dich behandelt, als wärst du weniger als das. Und wenn es doch geschieht – verdammt, dann soll mein Blutrausch sich ruhig austoben.«

Sie schenkte mir ein trauriges Lächeln und hielt mich eng an sich gezogen. Ein rascher Blick nach unten, und ich entdeckte das dunkle, rostrote Blut an dem Verband, der um ihr Bein geschlungen war. Ich ließ meine Hand auf die Wunde sinken, doch sie legte eilig ihre eigene darauf. »Es geht mir gut.«

»Der Rabe hätte dich töten können – und das alles wegen eines Verräters.«

»Aber er hat es nicht getan, und ich habe mir seine Finger geholt. Wenn unser Bote schnell ist, werden Runa und Calder ein Geschenk erhalten, das ihnen hoffentlich das Abendessen verdirbt.«

Ich küsste ihren Hals, atmete ihre Güte, ihre Bosheit ein, versuchte, einen Teil meiner Dunkelheit zu lindern. Wenn ich das Rasen meines Herzens nicht beruhigte, würde ich heute all meinen Zorn auf dem Platz austoben und die Krone durch Niedertracht und Brutalität entehren.

Ein Klopfen an der Wand sorgte dafür, dass wir uns voneinander lösten. Ari stand im Türrahmen. Die Unbeschwertheit, mit der er das Leben sonst betrachtete, fehlte. Heute runzelte er die Stirn, und seine goldenen Augen wirkten düsterer. »Es wird Zeit.«

Elise ließ sich von meinem Schoß gleiten und legte einen Pelzumhang um ihre schlanken Schultern. Während sie sich gegen den kalten Wind einmummelte, entblößte ich meinen Oberkörper. Auf meine Haut waren Runen gemalt. Traditionelle Flüche und Gebete für das, was bevorstand. Tief in meinem Innern, unter dem Zorn und der Lust am Gemetzel, verabscheute ich es. Zu wissen, dass ein Mann, den ich respektiert hatte, ein Mann, mit dem Elise und ich uns gemeinsam angefreundet hatten – das hatte ich zumindest geglaubt –, versucht hatte, meine Frau an ihre verdammte Schwester zu verkaufen … Das ging einfach nicht.

Es musste ein Exempel statuiert werden.

Jetzt schon strömte eine Menge vor dem königlichen Langhaus zusammen. Reihen unserer Leute standen ganz wie am Tag des Ehegelöbnisses da, nur, dass sie heute in dunkle Kleidung gehüllt waren, die Gesichter mit Blut und Kajal bemalt. Einige trugen Tierhäute auf den Köpfen, manche die Hörner und Geweihe von Wildschafen oder Hirschen.

Gemeinsam traten Elise und ich ins Licht. Mit ihrem Haar, das in kunstvollen Mustern um einen schmiedeeisernen Stirnreif geflochten war, wirkte sie genauso furchteinflößend wie ich. Ihr Pelzumhang ließ ihren Körper breiter wirken, als er in Wirklichkeit war.

Die Reihen von Leuten führten zum Platz von Ruskig. Von hier aus hatte ich freie Sicht auf die Stricke, mit denen Crispins Arme so angebunden waren, dass sie wie Flügel von seinem Körper abstanden.

Ich packte mit jeder Hand eine Axt und schritt forsch auf ein Steinbecken am Rande des Platzes zu. Blut bedeckte den Boden. Ein Symbol dessen, was bevorstand, eine Tradition aus der Herrschaftszeit meiner Großmutter. Mein Vater hatte mir einst erzählt, dass das Blut den Göttern gegenüber kundtat, dass ein Leben genommen werden würde und dass derjenige, der die Klinge hob, die Konsequenzen akzeptierte, die es hatte, es zu nehmen. Gute wie schlechte.

Elise tauchte ihre Finger in das Becken und wandte sich dann mir zu. Mit einer sanften Berührung zog sie blutige Linien über mein Gesicht, von der Krone bis zum Kinn. Dann trat sie beiseite.

Alle Stimmen erstarben, als ich den Platz betrat.

Einen Moment lang ließ ich den Blick über meine umstehenden Leute schweifen, gestattete ihnen, mir in die Augen zu sehen. Als könnte mein Starren andere hervorlocken, die genauso dachten wie Crispin.

Ich verabscheute es und sehnte mich doch im selben Atemzug danach.

»Wir sind im Krieg. Für kleinliche Dinge wie Verrat haben wir keine Zeit. Mit solchen Feiglingen habe ich kaum Geduld und kenne keine Gnade.« Ich drehte mich langsam im Kreis, die Stimme über die Köpfe des Volkes hinweg erhoben. »Unser Gefährte hat die Krone verraten, indem er die Königin ans Messer geliefert hat. Der Grund dafür? Das Blut in ihren Adern.« Die Äxte brannten in meinen Handflächen. Mein Ton wurde düsterer. »Blut, das auch in meinen Adern fließt!«

Ein Aufkeuchen hier und da unterbrach mich. Die Leute senkten den Blick, aber ich war noch nicht fertig. »Habt ihr das vergessen? Schlitzt mich auf, dann blute ich für Etta *und* Timoran. Ist euch entfallen, dass vor langer Zeit eine timoranische Jägerin einem ettanischen Prinzen das Leben gerettet hat? Ihr verehrt Königin Lilianna ebenso sehr wie König Arvad – aber habt ihr ihre Geschichte nur noch undeutlich im Gedächtnis, oder die Wahrheit darüber, woher meine Mutter stammte? Habt ihr so bald vergessen, dass ich mich ohne diese Frau« – ich zeigte mit einer Axt auf Elise – »ohne unsere Königin immer noch als stumpfsinnige Bestie im Blut suhlen würde? Und ihr verabscheut sie und ihresgleichen, weil sie alle Leute zu vereinen wünschen. Weil sie nicht so hassen wie ihr.«

Ich holte tief Luft; meine Lunge brannte. »Ich sage euch eines: Wenn ihr nicht für alle Leute kämpft, wenn ihr euch gegen diejenigen aus Timoran verschwört, und das so sehr, dass ihr bereit seid, eure eigene Krone zu verraten, dann kann ich nicht euer König sein.«

Jedes Wort hallte von den Steinwällen wider, die Ruskig umgaben. Kein einziger Blick wandte sich ab.

»Schlitzt mich auf«, wiederholte ich, heiser und zornig, »und ich blute ettanisch und timoranisch. Schlitzt mich auf, und ich blute für sie.«

Ich zeigte noch einmal auf meine Frau und ließ die Endgültigkeit meines Tons in jedes Herz dringen. Niemand rührte sich. Niemand sah beiseite.

»Also sagt mir nun«, fuhr ich fort. »Soll ich euer König sein, oder sollte diese Bürde einem anderen zufallen?«

Es dauerte nicht länger als ein paar Atemzüge, bis das Volk in einer großen Welle niederkniete, die Köpfe gesenkt, die Fäuste über den Herzen gekreuzt.

Ich nickte steif. »Dann lasst es uns hinter uns bringen.« Ich räusperte mich und rollte die Schultern. »Für das Verbrechen des Verrats habe ich Crispin Vänlig dazu verurteilt, heute in die Säle der Götter einzugehen.«

Zustimmendes Gebrüll ertönte aus der Menge, während die Leute sich wieder auf die Beine kämpften.

Mit sorgfältig berechneten Schritten näherte ich mich Crispin von hinten. »*Färväl en älskade.*« Leb wohl, einst Geliebter.

Seine Muskeln spannten sich an. Ich ließ den ersten Hieb hinabsausen.

Die Augenblicke verschwammen miteinander. Ich wusste nicht, wie lange ich ihn bis auf die Knochen aufschlitzte, aber als ich endlich fertig war, war Crispins Körper blutüberströmt.

Ich durchtrennte die Fesseln, die seine übel zugerichteten Arme mit den Pfählen verbanden, und ließ seinen zerschlagenen Leichnam in die Blutlache zu meinen Füßen fallen.

Haare klebten mir an der Stirn. Tropfen heißen, klebrigen Bluts fielen mir aus den Wimpern. Ich hob den Blick zur Ehrfurcht meiner Leute. In ihren Augen trafen Entsetzen und Respekt aufeinander, als die Schattengilde daranging, einzusammeln, was von einem Mann noch übrig war, den ich für loyal gehalten hatten.

Einen Mann, der mir ins Gedächtnis gerufen hatte, nur wenigen zu trauen.

Ohne ein Wort reichte ich Thor die Äxte und ging zu Elise. Es gab nichts zu irgendjemandem sonst zu sagen. Ich schob meine Finger zwischen ihre und ging davon. Sie strauchelte nicht, zitterte nicht. Sie stand an meiner Seite, den Blick nach vorn gerichtet. Konzentriert. Bereit für das, was wir noch tun mussten.

Wir würden meine Schwester suchen gehen. Dann würde der Rabensporn endlich unsere Klingen und unsere Wildwut zu spüren bekommen.

Meine Freundin,

bei den Göttern, warum hast du dich dem timoranischen König ergeben? Leugne es nicht – du bist zu gerissen, um dich einfach fangen zu lassen, wenn du so nahe am Ufer segelst. Du wolltest gefunden und gefangen genommen werden.

Ich kann nicht leugnen, dass es mir Trost spendet, dich so nahe bei mir zu haben, aber zugleich weckt es heftiges Unbehagen. Meine Zukunft und mein Schicksal müssen wirklich düster aussehen, wenn du so willig deine eigene Freiheit geopfert hast, um mir zu Hilfe zu kommen. Sag mir, dass die Pro-

phezeiungen nicht auf meine Lebensfäden geschrieben sind. Ich bin mir nicht sicher, ob ich alles durchführen kann, wenn es so ist, wie du sagst.

Sag mir, was ich tun muss, um sie zu befreien, um sie zu retten, um dieses Land zu heilen, dann tue ich es. Sogar, wenn es mich das Leben kostet. Ich werde alles tun, um meine Kinder vor Leid zu bewahren. Um zu gewährleisten, dass mein Mann weiteratmet. Sag es mir, und es ist getan.

Ich erwarte voller Unruhe deine Antwort. Leg die Botschaft hinter den dritten Krug auf dem höchsten Regal in der Küche, und meine Zofe wird sie mir überbringen.

Deine treue Freundin

Lili

KAPITEL 15

PRINZESSIN AUF ABWEGEN

Zwei Wochen nach der Hinrichtung hatten wir die Stumme Walküre immer noch nicht aufgespürt.

Nicht einmal Liliannas geheimnisvolle Briefe munterten mich auf. Wie sollten wir vorankommen, wenn wir nicht sicher Tritt fassen konnten? Valen war auch der Meinung, dass dies die beste Spur war, die wir zu Herja hatten. Wenn solch eine Frau wie diese Walküre existierte, wurde sie mit aller Macht verborgen gehalten.

Doch das Warten und Suchen machte uns alle ziemlich rastlos.

»Ihr müsst nicht hier sein und dabei mithelfen, Königin Elise«, sagte eine alte, verhutzelte Frau namens Gretel.

Mit einer gewissen Verärgerung zerrte ich an Zwirn und Nadel. »Wenn ihr Netze flicken könnt, kann ich es auch.« Siv schnaufte, wandte sich aber ab, als ich ihr einen finsteren Blick zuwarf. Die Finger hektisch vor Wut, verknotete ich meinen Zwirn. »Nein, ich meine es ernst. Warum sollte das Netzknüpfen unter meiner Würde sein? Wir können den Rabensporn nicht angreifen, noch nicht, also werde ich nicht für die Kampfstrategie gebraucht. Außerhalb dieser Wälle kann ich mein Gesicht kaum zeigen, weil jeder mich erkennt.

Also sitze ich lieber hier, knüpfe Netze und mache mich nützlich.«

»Ich glaube, unsere Königin könnte etwas zu essen gebrauchen«, bemerkte Kari in einem sanften Singsang. »Sie scheint gereizt zu sein.«

Mehr als nur ein Kichern ertönte in dem kleinen Raum. Wenn ich nicht so verärgert gewesen wäre, hätte ich vielleicht mitgelacht. Das hier war die Art von Hof, dem ich immer hatte angehören wollen, einem, an dem die Führungspersönlichkeiten Respekt vor den einfachen Leuten hatten, mit ihnen in ihren Hütten am Meer saßen, ihre Namen, ihre Familien und ihre Ängste kannten.

Aber ich saß in Ruskig fest, während der Sonnenprinz auf dem Rabensporn schmachtete. Während eine Prinzessin vielleicht in einem Landhaus, von dem ich nicht einmal wusste, ob es wirklich existierte, in Ketten gehalten und misshandelt wurde. Und so bestand der größte Beitrag, den ich zum Gelingen des Tages leisten konnte, eben darin, Fischernetze zu flicken.

Ich wollte nicht einmal im königlichen Langhaus sein.

Mein Herz gehörte Valen, aber das hieß nicht, dass wir einander immer nur sehnsuchtsvoll anstarrten. Ich schnaufte bei dem Gedanken. Nein, heute Morgen empfand ich keine Sehnsucht. Ich hatte Valen sogar vor ein paar Stunden angefahren, weil er zu lange eine Karte des Königreichs angestarrt hatte.

Als er mich angesehen hatte, war ihm ein Hauch von Blutgeist anzumerken gewesen, also hatte ich den Kopf gehoben, war aus dem Langhaus marschiert und in der Hoffnung aufgebrochen, dass die salzige Seeluft mir guttun würde.

Ich hob das nächste Netz hoch, suchte es nach Löchern ab und ignorierte alle anderen und ihr nervtötendes Grinsen. Ich hatte gerade erst zur Nadel gegriffen, als Klok die Hütte betrat und sich Matsch von den Stiefeln trampelte. »Meine Königin, eine Botschaft für Euch ist aus dem Osten eingetroffen.«

Einst war ich ein Mitglied des Königshauses von Timoran gewesen; man hatte mir beigebracht, mich würdevoll zu benehmen. Ich legte aber nicht die geringste Würde an den Tag, als ich von meinem Stuhl aufsprang und mir das Pergament aus der Hand des Ältesten Klok schnappte. Er riss die Augen auf, doch niemand stellte mich zur Rede, als ich das Siegel aufbrach und Junius' zierliche Handschrift überflog.

E,

ich habe getan, worum du gebeten hast. Es gibt niemanden namens Stumme Walküre in irgendeinem Winkel dieses Landes. Ich versichere dir, dass der Nachtspalter und seine Gilde von Kryv über unvergleichliche Fähigkeiten verfügen, um solch eine Aufgabe zu erledigen, und sie haben nichts gefunden.

Übrigens hast du nach ihm gefragt, aber seitdem habe ich nichts mehr von dir gehört, was den Nachtspalter angeht. Was geht bei euch vor? Sollen wir zu euch kommen? Es gibt etwas, das du mir nicht erzählst.

Ich konnte es in deiner letzten Nachricht schmecken, meine Freundin. Enthalte mir nichts vor.

Vergiss deine Verbündeten im Elendsviertel nicht,

J

Ich faltete das Pergament zusammen und ließ mich zurück auf den Stuhl sinken. Ich hatte gewusst, dass es unwahrscheinlich war, aber da viel Reiseverkehr zwischen den verschiedenen Königreichen herrschte, hatte es sich gelohnt festzustellen, ob diese kostbare Walküre vielleicht regelmäßig in ferne Lande gebracht und dann zurückgeholt wurde.

»Enttäuschende Neuigkeiten?«, fragte Siv.

»Ja. Wieder einmal.« Ich reichte ihr den Brief. Sie runzelte die Stirn und zeigte ihn Kari.

»Mag sein, dass sie gar nicht existiert«, meinte Kari. »Ich habe die Bezeichnung nie gehört, solange ich bei der Garde war.«

Ich rieb mir den Nasenrücken, noch nicht bereit zu akzeptieren, dass wir einer reinen Legende nachjagten. Wenn die Geschichte doch stimmte, waren wir nur ein Dutzend – wenn auch tödliche – Schritte davon entfernt, Herja zu finden. Laut Valen war sie notwendig, und Sol hätte nicht den Ersten, die Mitte und den Letzten erwähnt, wenn ihre Schwester nicht am Leben und für diesen Kampf unverzichtbar gewesen wäre.

Bei den Höllen, selbst wenn sie für den Kampf verzichtbar gewesen wäre, hätten wir sie finden müssen.

Siv zog ihren Hocker dichter neben mich und senkte die Stimme. »Vielleicht solltest du es Junius sagen. Wir kennen ihren Mann nicht, doch sie hat behauptet, er sei gefährlich. Auf eine Art, die wir brauchen könnten. Sie könnten helfen.«

Ich schüttelte den Kopf. »Noch nicht.«

Eigentlich wollte ich Junius aber erzählen, dass wir keine Fortschritte machten. Sie hatte Verbindungen zu seltsamer Magie, die ich nicht kannte. Allerdings hatte sie ihre Freiheit erst vor kurzem wiedererlangt. Ich wollte nicht noch mehr Leute, die mir am Herzen lagen, in Gefahr bringen, wenn ich verdammt noch mal keine Ahnung hatte, wohin es gehen sollte.

Sie hatte diesen Nachtspalter eingesetzt, um in meinem Namen zu suchen. Warum? Was für ein Mann war er, wenn er solch eine Aufgabe übernahm?

Ich zwang mich, Calistas Warnung vor einem Brecher von

Nacht und Angst, vor Kämpfen – gegenwärtigen und künftigen – zu verdrängen. Dieser unpassende Bekannte von Junius war vielleicht ohnehin nicht derjenige, den die Geschichtenerzählerin gemeint hatte.

Ich war mir nicht sicher, ob ich es eher dachte, um mich selbst zu überzeugen, oder ob ich wirklich glaubte, dass unser Kampf sich dem Ende zuneigte.

Wenn er endete, hieß das, dass es eine Entscheidung geben würde. Einen Sieger. Um die Wahrheit zu sagen war ich nicht überzeugt davon, dass ich schon bereit war herauszufinden, ob wir siegreich aus allem hervorgehen oder sterben würden.

Valen starrte die Flammen in der Feuerstelle an, die Finger locker um ein Trinkhorn gelegt. Ein Bein hatte er ausgestreckt, den Kopf auf die Faust und den Ellenbogen auf die Armlehne seines Stuhls gestützt. Ich musterte ihn ein paar Augenblicke. Erinnerungen an lange, unbeschwerte Gespräche mit Legion Grey gingen mir durch den Kopf.

Ein Lächeln umspielte meine Lippen. Er war verflucht gewesen, ich in einer Welt gefangen, die ich hasste, aber wir hatten oft gelacht. Wir hatten kaum echte Bürden zu tragen gehabt. Unvorstellbar, was sich daraus entwickelt hatte, dass sich unsere Wege gekreuzt hatten.

Mir wurde warm ums Herz.

Selbst wenn ich gewusst hätte, dass all das hier das Ergebnis sein würde – Krieg, Blut, Tod, Angst –, hätte ich für ihn alles noch einmal genauso getan.

Langsamen Schrittes ging ich zu ihm hinüber und berührte mit den Fingerspitzen sanft seine Schulter. Valen hob den Blick, ein Lächeln auf den Lippen.

»Ich hatte mich schon gefragt, ob ich dir zu sehr unter die

Haut gegangen war.« Er drückte meinen Handrücken an seine Lippen.

»Oh, das bist du«, sagte ich, als ich es mir auf dem Stuhl bequem machte und den Kopf gegen seine Schulter lehnte. »Du treibst mich zur Weißglut. Das hast du schon immer getan. Aber ich muss dir etwas gestehen: Ich liebe sogar die von deinen Eigenschaften, die mich zur Weißglut treiben.«

Er lachte leise, legte den Arm um meine Taille und zog mich eng an sich. Valen bot mir einen Schluck aus dem Horn an, und gemeinsam starrten wir eine Weile stumm in die Flammen. Es gab nicht viel zu sagen. Krude Versicherungen, dass wir seine Schwester finden würden? Die hatte ich schon oft ausgesprochen. Neue Orte, um zu suchen? Wir hatten das ganze Land durchkämmt.

Manchmal war Schweigen alles, was wir brauchten.

»Elise«, flüsterte er; seine Finger in meinem Haar spielten sanft mit meinen Locken. »Sol braucht mich auf dem Rabensporn. Mit Herja.«

»Was?«

Ein Muskel an seinem Kiefer zuckte. »Bei allem, was passiert ist, bin ich nie dazu gekommen, das zu erwähnen. Als er gesagt hat, dass ich nach Hause kommen soll, um ihn zu besuchen, hat er gemeint, dass Herja und ich auf den Rabensporn zurückkehren müssen. In unser altes Zuhause. Es ist irgendetwas dort, ich weiß nicht, was, doch er braucht uns drei zusammen.«

»Aber du hast gesagt, du wüsstest nicht, was er meint.«

»Ich wollte erst sicher sein«, gestand er. »Nach einigem Nachdenken bin ich überzeugt, dass Sol uns dort braucht.«

Ich schüttelte den Kopf. »Du gehst nicht dorthin, Valen. Sonst kommst du nie wieder heraus.«

»So wenig Zutrauen zu meinen Fähigkeiten, Frau Gemahlin?« Er grinste auf eine Art, die all meine Entschlossenheit ins Wanken brachte. Ein katzenhaftes Lächeln, das nur ihm allein zu eigen war. Als ich es nicht mit einem Grinsen beantwortete, seufzte er. »Wir wussten, dass der Kampf früher oder später den Rabensporn erreichen würde, aber ich stimme dir zu, dass wir versuchen sollten, Sol herauszuholen, ihn zu uns zu bringen, und dann einen Weg zu finden anzugreifen.«

Ja, ich wusste in den Tiefen meines Herzens, dass wir zum Rabensporn zurückkehren würden, aber der Gedanke, dass Valen gefangen genommen werden könnte, bevor unser wachsendes Heer die Gelegenheit hatte, sich gegen sie zu erheben, ließ Eis in meinem Blut entstehen.

Ich senkte die Stirn an seine Schläfe. »Wir kehren zusammen dorthin zurück. Sobald wir Sol und Herja haben.«

»Aber wie bekommen wir Sol frei, ohne uns auf den Rabensporn zu wagen?« Er dachte laut nach, ging seine Ideen mit mir durch. Eine Gewohnheit, die ich liebte.

Ich ließ mir die Frage ein paar Atemzüge lang durch den Kopf gehen. »Sie holen ihn heraus, um dich zu manipulieren. Vielleicht können wir ihnen eine Bühne bieten, der sie nicht widerstehen können, und sie bringen ihn noch einmal her. Dann holen wir ihn uns.«

Valen betrachtete das Feuer, dessen Schein sich in seinen Augen spiegelte wie rote Sterne. »Das könnte funktionieren. Wir lügen, locken sie aus der Deckung, zwingen sie, etwas zu unternehmen.«

Ich packte seine Schulter und richtete mich auf. »Valen! Was, wenn wir die Walküre so finden?«

»Wie meinst du das?«

»Genauso, wie wir den Rabensporn aus der Deckung locken

sollten, könnten wir das Gerücht in die Welt setzen, dass irgendein reicher Dreckskerl der Legende von der Stummen Walküre nachjagt, und dann feststellen, ob irgendwelche schmierigen Händler aus der Unterwelt sich blicken lassen. Du warst doch Händler, oder irre ich mich? Dunkle Geschäfte werden durch Mundpropaganda eingefädelt, nicht wahr?«

Valen stand abrupt auf, ein verschlagenes Lächeln im Gesicht. »Das könnte funktionieren, und wie du gesagt hast: Wenn man auf dem Rabensporn davon erfährt, kommen sie womöglich, wenn sie tatsächlich Herja ist.«

»Allerdings könnte es sein, dass sie den Sonnenprinzen nicht mitbringen.«

Valen kratzte sich im Gesicht. »Vielleicht nicht, aber wir könnten dabei ein paar Raben töten. Und wenn wir Herja erst haben, ist unser nächster Schritt ohnehin, Sol zurückzuholen. Wir kämpfen gegen sie, wir befreien ihn, wir holen uns zurück, was uns gehört.« Er legte die Hände um mein Gesicht und führte seine Lippen dicht heran. »Habe ich dir schon gesagt, dass ich dich brillant finde?«

Ich grinste. »Nein, aber ich bin ganz offen für alle Ideen, die du vielleicht hast, um mich davon zu überzeugen.«

Valen küsste mich, befreiter als zuvor. Hinter seinen Berührungen lag Feuer, als ob Hoffnung in seinen Adern brannte und durch seinen Kuss nach außen drang.

Wir waren kurz vor dem Ziel. Wir würden noch mehr herausfinden, eine größere Streitmacht hinter uns versammeln. Ich würde vielleicht die Antwort auf die Frage finden, die mir einfach nicht aus dem Kopf ging: Warum hatte man die Kinder des Hauses Ferus die ganze Zeit über am Leben gehalten? Welchem Zweck hatte es gedient, Valen zu verfluchen, Herja zu versklaven, Sol zu vergiften?

Timoran hätte sein Überleben garantieren können, wenn es sie alle ermordet hätte.

Soweit ich wusste, hatte eine frühere Geschichtenerzählerin König Eli überzeugt, Valen am Leben zu halten, indem sie ihm vorgelogen hatte, das Land würde verflucht werden, wenn er starb. Aber hatte sie das Gleiche auch mit den anderen getan?

Auf einmal war ich einer Schicksalshexe aus vergangenen Tagen dankbar. Sie hatte viel riskiert, um einen bösartigen timoranischen König mit dem Leid der Ferus zu befriedigen, sie aber gleichzeitig am Leben zu halten … Für diesen Augenblick?

Eine Welle der Hoffnung durchströmte mein Herz. Wenn das Schicksal sie lebendig wollte, dann war es durchaus möglich, dass das Schicksal sie auch wieder auf dem Thron sehen wollte.

Noch eine Woche hinter den Wällen von Ruskig, aber wenigstens waren wir ein paar Schritte vorangekommen. Abermals saß ich neben Valen im Langhaus, als die Lichter längst gelöscht waren und die Mitternachtsruhe den Zufluchtsort umfing. Am Feuer schlief Siv, den Kopf auf Mattis' Schoß gelegt. Er kämpfte mit aller Macht darum, die Augen offen zu halten, scheiterte allerdings.

Stieg und Casper mischten Karten für das Spiel Wolvyn und Kronen, aber keiner von beiden schien Interesse daran zu haben, wirklich zu spielen. Kari saß neben Halvar am Feuer. Ihre Finger massierten seine Ohrspitze, bis die Anspannung in seinem Nacken sich löste, er die Augen schloss und sich in ihre Berührung lehnte. Thor und Brant standen am Fenster und wachten.

Alle waren so nervös, dass ich kaum Luft bekam. Den einzigen Halt und Frieden fand ich in den wenigen Berührungen, die Valen mir gönnte, während er um den Tisch herumtigerte. Er war in Gedanken, aber alle paar Augenblicke schlang er einen Finger um meinen, fuhr mir mit der Hand über den Nacken oder drückte im Vorübergehen sanft meine Hüfte.

Ich vermutete, dass auch ich ihm als Anker diente.

Sobald der Plan beschlossene Sache war, fanden wir schnell heraus, dass es mehr Aufmerksamkeit als erwartet erregte, sich nach der Stummen Walküre zu erkundigen. Die Frau war eine Trophäe, ständig an einem anderen Ort. Sie musste gut bewacht sein. Von Raben? Ich wusste es nicht. Aber für das Haus, dem sie gehörte, war es nichts als ein Zeitvertreib.

Ein Bote, der sich vage ausgedrückt hatte, hatte Ari vor kaum drei Tagen in Svens Wirtshaus angesprochen. Ein Kurier für den Besitzer der Walküre.

Der Kampf wurde vereinbart. Der Herausforderer angenommen.

Jetzt sollten wir auf die Nachricht warten, wann das endgültige Treffen stattfinden würde. Auf eine Wegbeschreibung dorthin, wo wir das Spiel spielen würden, die Walküre zu besiegen oder von ihrer Hand zu sterben.

Es war ein perverses Spiel, und wenn diese Frau sich nicht als Herja erwies, war nicht vorauszusehen, was geschehen konnte.

Nicht bald genug schwang die Tür auf und prallte gegen die Wand. Ari warf eine schwarze Wollkapuze ab und schüttelte sich Staub und einen Hauch von Frost aus dem Haar. Er wirkte erschöpft und müde von der Reise. Wortlos griff er nach einem großen Krug und goss sich ein Horn starkes, warmes Bier ein.

Siv und Mattis waren jetzt wach. Alle waren sogar schon aufgesprungen, bevor die Tür auch nur hinter ihm zugefallen war.

Am Tisch trank Ari einen tiefen Zug. Ein bisschen Bier schwappte über und lief ihm am Kinn hinunter. Er schnaufte laut, wahrscheinlich, um uns zu ärgern, bevor er sagte: »Es ist vollbracht.«

»Du wirst uns schon mehr als das verraten müssen, du verdammter Narr«, entgegnete Thor.

»Immer so reizbar.« Ari lehnte sich auf seinem Stuhl zurück und sah erst mir, dann Valen in die Augen. »Sie haben die Summe als Zahlung akzeptiert und werden den Kampf vorbereiten, in dem du ihrer Walküre gegenübertreten wirst. Die Regeln sind folgende: Wenn du ihr eine blutende Wunde schlägst, gewinnst du das Recht, sie zu nehmen. Aber wenn sie dich als Erste aufschlitzt, dann gehst du in die Anderswelt ein.«

Valen ballte die Fäuste. Sein Gesicht war rot vor Zorn und wutverzerrt. Wir dachten alle das Gleiche: Wie viele Freier waren dieser Frau schon gegenübergetreten, hatten sie gequält, sie benutzt, gegen sie gekämpft?

»Du bist dir also sicher, dass diese Leute die sind, nach denen wir suchen?«, fragte Kari.

Ari nickte mit Nachdruck. »Dieses Spiel ist hinter einem köstlich verworrenen Netz aus Geheimnissen verborgen. Wir hätten es nie gefunden, wenn wir nicht Gerüchte über unser Interesse in die Welt gesetzt hätten. Es ist, als ob sie Augen überall haben und darauf warten, dass bereitwillige Mitspieler sich zeigen. Zweifelsohne erstreckt sich dieses Netz über alle Königreiche. Das erinnert mich an etwas: Ich habe dich zu einem Würdenträger aus dem Süden gemacht, mein König. Die Ohren – mit denen wird man rechnen.«

Thor verschränkte die Arme vor der Brust. »Und sie haben dir einfach geglaubt?«

»Ich habe eine sehr überzeugende Illusion einer dokumentierten adligen Abstammung erschaffen, vielen Dank auch. Dein misstrauischer Tonfall ist ziemlich ermüdend, Thorsten. Brauchst du etwas zu trinken? Eine warme Umarmung? Sag mir, wie wir deine Frustration lindern können. Dabei bin ich doch derjenige, der sich durch dieses götterverdammte Land geschlagen und das Spiel arrangiert hat.«

»Wir sind dir auch dankbar«, sagte ich und feixte. »Ari, du bist so großzügig mit deinen Fähigkeiten. Wir haben dich nicht verdient.«

»Danke. Ich stimme dir voll und ganz zu.« Er zupfte an den Ärmeln seiner Tunika und hob den Blick zu Valen. »Ich werde dich begleiten, um sicherzustellen, dass man dich nicht erkennt. Sie werden ihr Lager in drei Tagen an der Ostseite des Nachtwalds aufschlagen.«

»Und wir werden allein sein?«, fragte Valen.

»Niemand bis auf den Freier betritt das Gemach der Walküre. Ich sollte dich vorwarnen: Der Kurier hat immer wieder betont, dass du wissen musst, dass sie noch nie verloren hat, solange er in den Diensten seines Herrn steht.«

Ein Lächeln umspielte Valens Mundwinkel. »Gut.«

»Wer sind ihre Herren?«, fragte ich.

»Ach ja.« Ari trank noch einen Schluck. »Die letzte Figur in diesem elenden Spiel. Die Walküre gehört den zuverlässigsten Kriegern des Rabensporns. Einem Adelshaus. Einem brutalen, das schon viele Generäle, Plünderer und …«

»Bei allen Göttern«, fuhr Stieg ihn an. »Wer ist es?«

»*Bei allen Göttern*, lass es mich doch erklären«, zischte Ari zurück. »Wenn sie Herja ist, dann bin ich mir nicht sicher, ob diese Adligen es wissen, sonst würden sie sie nicht in solchen Spielen riskieren. Sie glauben einfach, dass sie ein Geschenk des Rabensporns zum Dank für ihre Dienste ist. Ihre Grausamkeit im Krieg ist wohlbekannt und sollte nicht außer Acht gelassen werden, wenn wir zu ihnen gehen – und vertraut mir: Sie stehen dem Rabensporn so nahe, wie wir an ihn kommen können, ohne einen Fuß dorthin zu setzen.« Ari sah allein mich an. »Sie gehört dem Haus Magnus, Elise.«

Ich schloss die Augen. Mir schnürte sich die Brust zu. Jarls Haus. Seine grausame, elende Familie. Wenn sie auch nur einen Verdacht hatten, dass wir sie zu überlisten versuchten, würden sie uns umbringen, bevor wir auch nur unsere Klingen ziehen konnten.

KAPITEL 16

NACHTPRINZ

»Wenn wir nicht mehr in diesem Loch von einem Schlupfwinkel hausen, verlange ich, dass du nicht mehr zulässt, dass deine Diener diese tristen Lumpen tragen.« Ari zog zum hundertsten Mal am kratzenden Sackleinen seiner Tunika. »Ich war einst ein König.«

Ich schüttelte den Kopf und versuchte, nicht zu lächeln. Würdenträger scherzten nicht mit ihren Leibeigenen. Während Ari in Lumpen gekleidet war, hatte ich wieder einen steifen Kragen und Hosen aus weichem Garn angelegt.

»Du bist verweichlicht, Ari. Ich dachte, du wärst Krieger.«

Seine Augen funkelten vor Wut. »Stell mich auf die Probe, mein König, dann wirst du schon sehen, ob ich verweichlicht oder ein Krieger bin. Jetzt aber fort mit dir. Sag meiner Königin Lebewohl, dann brechen wir auf.«

Ich schnaufte und stieß ihn beiseite, damit er weiter über die Lumpen grummeln konnte, die zu tragen er gezwungen war. Dann ging ich tiefer in den Wald, bis ich Elise fand. Sie war ganz in Schwarz gekleidet, von ihren kniehohen Stiefeln bis zu den dunklen Linien aus Kajal, die senkrecht über ihr Gesicht gezogen waren.

Wortlos legte sie mir die Arme um den Hals, zog mich an sich und küsste mich innig. Die Zeit stand still und schenkte uns einen Augenblick. Die Gelegenheit, im Gleichtakt zu atmen, für mich auch, sie zu schmecken, sie zu berühren. Für sie, mich festzuhalten, als könnte ich sonst endgültig verschwinden. Ihre Finger zogen an meinen Haaren, ihr Körper schmiegte sich an meinen.

Ich wünschte mir, der Moment würde nie enden.

Heute Nacht würde es gefährlich werden. Zu der Walküre zu gelangen, war nicht weiter schwierig, aber wieder herauszukommen, würde aus Messern, Blut und Wildwut bestehen.

»Es sind Raben da«, flüsterte sie an meinem Mund, als ich mich von ihr löste.

Ich ließ die Stirn an ihre sinken. »Ich weiß. Passt gut auf, damit sie euch nicht in den Rücken fallen.«

»Wir werden Ausschau nach Sol halten.«

Ich nickte. Soweit wir es einschätzen konnten, war eine Einheit Raben aus schierer Neugier hier aufgetaucht. Es ließ sich nicht feststellen, ob der falsche König sie geschickt hatte, um meine Schwester zu bewachen.

Ich hob Elises Finger an meine Lippen. Unter halb geschlossenen Lidern musterte sie mich eindringlich. »Komm zu mir zurück, Valen.«

»Das werde ich immer tun.«

Zwischen den Bäumen hervor traten Halvar und Thor rechts und links neben Elise. Ihre Gesichter waren ähnlich wie ihres bemalt, und sie musterten mich mit einem düsteren Ernst, der das Unbehagen in meinem Bauch steigerte.

Brant trat an meine Seite und sagte mit gesenkter Stimme: »Das hier ist ein notwendiger Schritt.«

Ich zog die Augenbrauen hoch. »Du siehst etwas?«

Seine Magie verwirrte ihn, sie verwirrte uns alle, doch jetzt nickte Brant mit Gewissheit. »Ich spüre es heftig. Aber hier wird nicht alles so sein, wie es scheint.«

»Was siehst du, Brant?«

»Nur diese Gedanken. Ich war mir erst sicher, dass sie alles andere als hilfreich wären, aber sie werden immer stärker. Mit der Zeit kann ich hoffentlich auseinanderhalten, was Vision und was Gedanke ist. Für den Augenblick *weiß* ich jedoch, dass du das hier tun, zugleich allerdings wachsam sein und mit allem rechnen musst.«

Das Unbehagen lastete auf mir wie ein Stapel schwerer Steine. Ich verbarg es gut und klopfte ihm auf die Schulter, bevor ich mich wieder dem Rand der Lichtung zuwandte. Keine halbe Länge entfernt erwartete mich das Lager, in dem die Familie Magnus ihr blutiges Spiel vorbereitete.

Ich konnte Elise nicht ansehen, sonst würde ich es vielleicht nicht über mich bringen zu gehen. Sie war Königin. Sie konnte hier die Anführerin sein, und wenn ich einen falschen Schritt machte, würde mich vielleicht das, wovor Brants Magie mich zu warnen versuchte, von hinten überrumpeln.

Ari stand ein Stück von mir entfernt und rührte sich nicht, als ich an seine Seite trat. »Bereit?«, fragte er.

»Ja. Bringen wir es hinter uns.«

Der Weg war nicht weit, aber bei jedem Schritt durch den Nachtwald spannte mein Körper sich stärker an, entschlossen, nach dem kleinsten Schatten zu schlagen. Sobald wir den ersten goldenen Flammenschein sahen, nahmen uns vier kräftige Männer in Empfang, die mit Messern und Äxten ausgerüstet waren.

Sie waren keine Raben, aber ich bezweifelte kaum, dass die Familie Magnus eigene Wachen hatte.

Ich sah auf sie hinab. Das fiel mir leicht, doch ich würde

meine Rolle gut genug spielen müssen, um die grimmigsten Kämpfer von Timoran zu überzeugen, dass ich kein Hochstapler war. Vor allem musste ich sie in dem Glauben wiegen, dass ich nicht ihr Feind in Verkleidung war.

Jetzt würde Aris Ausdauer auf die Probe gestellt werden, was seine Illusionen betraf.

»Hersir Lönger?«, fragte eine Wache und hob eine Hand, um uns zum Anhalten zu bringen.

Ari verneigte sich und streckte ihnen ein sauberes Stück Pergament hin. Ich nickte. »Meine Reisepapiere. Seht selbst.«

Die Wache inspizierte das gefälschte Dokument. Es war eine glückliche Entdeckung gewesen, dass Ari neben all seinen anderen Talenten auch eine Begabung für Fälschungen hatte. Dank der Zeit, die er mit Händlern in unterschiedlichen Königreichen verbracht hatte, hatte er es gemeistert, die Siegel einiger der Reichen aus dem Süden nachzuahmen.

Ich kämpfte gegen den Drang an, mir die verschwitzten Handflächen an den Hosen abzureiben, während wir warteten. Meine Schultern schmerzten schon, als die Wache das Pergament zurückgab und uns vorwärtswinkte. »Ihr habt eine Klinge, Hersir?«

Ich nickte und ließ einen Sachs mit vergoldetem Griff sehen.

»Euch sind zwei gestattet.« Ein Mann, dessen runder Bauch über seinen Gürtel hing, trat aus einem kleinen, weißen Leinwandzelt. »Ich bin Stor Magnus.«

Er umfasste meinen Unterarm. Der ältere Magnus. Ich würde ihm genauso den Bauch aufschlitzen, wie ich vorhatte, seinem verdammten Sohn Jarl Magnus die Haut abzuziehen, sobald ich ihn wieder traf. »Sehr erfreut, Hersir.«

Meine Stimme klang falsch. Ein seltsamer Akzent. Ari. Er zuckte unter den Schmerzen, die seine Wildwut ihm bereitete, zusammen. Wenn ich ihn weniger gemocht hätte, dann hätte ich herumgebummelt, um ihm das Leben unerträglich zu machen, aber leider betrachtete ich den einstigen König als Freund.

»Wann fangen wir an?«, fragte ich.

Stor lachte auf. »So erpicht darauf zu sterben?«

»Ich habe nicht die Absicht, heute Nacht zu sterben.«

»Ja, die Freier sagen alle das Gleiche, aber meine Perle ist ein furchterregendes Geschöpf.« Er deutete auf das große Zelt weiter hinten. Ein Kreis war um die Fläche, auf der es errichtet war, gezogen, und um diesen äußeren Ring herum wachte reglos eine Reihe der persönlichen Leibgarde der Magnus. Neben dem großen Zelt standen drei Kutschen und ein weiteres bewachtes Zelt.

Vielleicht hielten sich Magnus' Frau oder seine Mätressen darin auf?

Ich ging auf das größte Zelt zu. »Wie seid Ihr an sie gelangt?«

»Ein Geschenk des früheren Königs für meine Dienste. Sie gehört zu meinem Leben, seit ich ein junger Mann war. Die Frau stammt von den Göttern, das versichere ich Euch, Hersir. Als würde die Zeit für sie nicht vergehen, bleibt sie schön, liebreizend und … tödlich. Solltet Ihr so gesegnet sein, ihr eine Wunde beizubringen, wird Euer Lohn mit keiner Frau zu vergleichen sein, die Ihr jemals hattet.«

Immer noch jung nach Jahrzehnten. Herja – sie musste Herja sein. Was seine Andeutungen zu besagen hatten, erschloss sich meinem Verstand sehr wohl; ich sparte mir nur jedes vulgäre Wort für später auf, wenn ich ihm die Eingeweide herausriss.

»Nach diesem Tag sehne ich mich schon mein Leben lang«, sagte ich zu ihm, als wir am Rand des Kreises stehen blieben.

»Mein Leibeigener wird sich hierhin stellen. Ich will sichergehen, dass das hier den Regeln gemäß abläuft.«

Stor hob die Hände. »Wer bin ich, dass ich einem sterbenden Mann seinen letzten Wunsch abschlagen würde?« Er lachte noch einmal heiser und reichte mir einen zusätzlichen Dolch aus einer Scheide an seinem Bein. »Ich danke Euch dafür, dass Ihr unser Spiel spielt. Vergesst nicht, Hersir – vergießt Ihr ihr Blut, gehört sie Euch. Aber wenn die Walküre Euch im Tod erwählt, gehören Euer Geld und Euer Leibeigener mir, und Ihr lernt die Götter kennen.«

Stor Magnus bedeutete einer seiner Wachen, den Kreis zu durchqueren und die Zeltklappe anzuheben.

Ich warf Ari einen letzten Blick zu. Die Schultern gestrafft, die Hand auf meiner Klinge, betrat ich das Zelt.

Die Klappe fiel sofort hinter mir zu. Die Dunkelheit verschlang mich fast, bis auf ein zartes Flackern von Licht, das mich durch einen schmalen Korridor vorwärtsführte. Ich bog um eine Ecke in den offenen Raum in der Mitte des Zelts.

Der Boden war mit Holzbrettern bedeckt. Vor einer Zeltbahn aus Leinwand stand ein Tisch mit einer Talgkerze. Ein Bett, das mit feinen Pelzen und Fellen bestückt war, nahm die andere Seite ein, und in der Ecke … Mir blieb das Herz stehen.

Eine Frau – hochgewachsen, mit nassem, strohblondem Haar, das ihr bis an die Taille reichte, unterernährt – hatte mir den Rücken zugewandt. Sie trug nichts bis auf ein weißes Nachthemd. Ihre Füße waren nackt. Ihre Fingerspitzen tanzten über die Spitze eines silbernen Messers.

Ich hatte den Eindruck, dass mein Herz mir eine Rippe zu brechen drohte. Meine Zunge zuckte hinter meinen Zähnen, bereit zu sprechen, ihren Namen zu schreien, sie anzuflehen, mich anzusehen. Ich musste mir sicher sein. Mein Unglauben wuchs. Wie konnte Herja noch am Leben sein? Allerdings war ich mir auch sicher gewesen, dass ich zugesehen hatte, wie man Sol in den Tod schleifte.

Ich bekam keine Gelegenheit, etwas zu sagen.

Sie legte den Kopf schief, ihre Stimme rau, leise und gefährlich. »Du musst tapfer sein. Oder vielleicht bist du auch nur ein großer Dummkopf.«

Mein Kiefer verkrampfte sich. Jeder Instinkt verlangte von mir, zu ihr zu laufen, sie an mich zu ziehen.

Ich erinnerte mich an Einzelheiten aus meiner Vergangenheit. Schätzte sie wert. Die raffinierte Art meiner Mutter, beim Essen die Honigkuchen meines Vaters zu stibitzen. Sol, wie er selbstbewusst durch die Gänge der Burg stolzierte. Wie sehr er die Morgenstunden und das Lachen liebte. Den Duft meines Vaters nach Hickory und Zedern von seinen langen Ausritten durch die Hügel. Und Herjas raue Stimme. Ein verspielter Klang. Wenn sie lachte, kratzte und röchelte es und brachte uns andere nur noch mehr zum Lachen.

Sie war freundlich und liebevoll, aber zugleich brutal und tödlich.

Doch ich würde ihre Stimme nie vergessen.

»Ich habe dich verblüfft«, fuhr sie fort und ließ mich stocksteif stehen bleiben. »Ich bin angeblich stumm, nicht wahr? Seltsame Dinge geschehen seit einiger Zeit, und vor kurzem habe ich meine Stimme wiedergefunden. Ich gebe zu, dass es mir durchaus Vergnügen macht, dir zu erzählen, wie genau du heute Nacht sterben wirst.«

Sie hatte nicht sprechen können?

Würde sie meine Stimme erkennen? Ich leckte mir die Lippen und trat einen Schritt näher heran. »Ich habe nicht die Absicht, heute zu sterben.«

Sie lachte leise und hielt das Messer in einen Kegel aus Mondlicht, der durch eine Lücke in der Leinwand fiel. »Man sagt, dass Selbstbewusstsein wichtig ist, doch so leid es mir tut: Die Wahrscheinlichkeit spricht gegen dich. Nur ein einziger Mann hatte je Erfolg.«

Ich würde ihn finden und ihm jeden Knochen einzeln aus dem Leib reißen.

Herja lachte noch einmal und senkte die Stimme. »Sollen wir unser Spiel spielen, Hersir?«

Ich wich zurück, als sie herumwirbelte und auf mich zustürmte, das Messer erhoben. Ich machte einen Satz zur Seite, halb benommen von ihrer Geschwindigkeit, halb davon, dass sie wirklich meine Schwester war. Lebendig. Stark. Furchterregend.

Am Leben.

Sie lächelte spöttisch und erkannte mich eindeutig nicht. Aber sie sah mir nicht gerade in die Augen, sondern konzentrierte sich eher auf meine Mitte, mein Herz, meine Kehle und führte den nächsten Schlag mit ihrer Klinge. Ich duckte mich.

Ein Grinsen trat auf meine Lippen. »Hast du mit deinem Spiel begonnen?«

Ihre braunen Augen brannten wie Wildwutfeuer. »Ich rate dir dringend, mich nicht zu provozieren. Sonst lasse ich mir vielleicht Zeit dabei, dich zu töten, und du hältst mich jetzt bereits von dort fern, wo ich wirklich sein möchte.«

»Du hast schon immer so große Reden geführt.« Ich wich noch einem Hieb aus.

»Du weißt nichts über mich«, schrie Herja und machte einen Ausfallschritt, bereit, mir das Herz herauszureißen. Sie war schnell, aber ich war immer der Kämpfer mit dem sichereren Stand gewesen. Meine Schwester konnte eine Klinge führen wie niemand sonst, den ich kannte, war jedoch immer zu ungeduldig gewesen, den Tanz des Schwertkampfs zu lernen.

Das setzte ich nun gegen sie ein. Meine Füße trafen in einem kunstvollen Muster auf den Boden, brachten sie ins Stolpern, lange genug, dass ich sie von hinten umschlingen und ihre Arme an ihre Brust pressen konnte.

Herja schrie und knirschte mit den Zähnen.

»Halt«, sagte ich und drückte sie eng an mich. »*Hör auf.* Bitte, Herja.«

Sie erschauerte und erstarrte dann. »Mein Name.«

Ich hielt sie noch enger an mich gezogen, die Augen geschlossen, umarmte sie für all die Jahre, die wir getrennt gewesen waren.

»Herja«, flüsterte ich. »Verzeih mir, dass ich so lange gebraucht habe, um dich zu finden.«

Sie fuhr herum und sah mich an – betrachtete mich zum ersten Mal wirklich. Tränen ließen ihre Augen glasig werden. Sie hob eine zitternde Hand an die Lippen. Aus der anderen fiel ihr Messer, und sie griff nach meinem Gesicht.

»V … Valen.« Sie schüttelte heftig den Kopf. »Nein. Nein. Du bist … Du bist tot. Bin ich … bin ich tot?«

Ich strich ihr die Haare aus den Augen und umfasste ihre Wangen. »Nein. Ich kann es jetzt nicht alles erklären, aber ich war … nicht ich selbst. Sol ist am Leben. Wir sind am Leben.«

Sie schluchzte gequält und ließ den Kopf an meine Brust sinken. »Sol?«

»Hersir Lönger?«, dröhnte Stor Magnus' Stimme durch die Zeltwände. »Habt Ihr die Götter getroffen? Ihr sollt doch ein Signal geben, wenn der Kampf zu Ende ist und Ihr noch atmet.«

Herjas Atemzüge gingen stoßweise. Sie sah mich voller Furcht in den Augen an. Ich hob ihr Messer auf und zog meine

Klinge. »Unsere Leute warten draußen auf uns, aber wir werden uns durch Magnus' Wachen kämpfen müssen. Beeil dich, wir müssen jetzt los.«

»Nein.« Sie riss mich am Arm zurück.

»Herja, es muss sein. Das ist der einzige Weg. Ich bleibe bei dir; das schwöre ich dir.«

»Nein, du …«

»Wir haben keine Zeit«, sagte ich mit Nachdruck. »Sie werden dich nicht noch einmal anrühren.«

Ich zog sie zum Eingang des Zelts, und, bei den Höllen, meine verdammte Schwester hielt dagegen. »Nein, ich kann nicht weg, Valen. Ich werde nicht …«

»Wirst du das nicht?« Ich kniff die Augen zusammen. »Meine Leute, darunter meine *Frau*, sind da draußen und riskieren ihr Leben für dich. Wenn ich mir dich über die Schulter werfen muss, tue ich das. Zweifle ja nicht daran.«

»Hör mir zu!« Sie versetzte mir einen Stoß gegen die Brust. »Ich kann nicht ohne sie gehen, Bruder.«

Mein Herz setzte einen Schlag aus. »Ohne … wen?«

Herja rang die Hände, als hätte sie keine Fingerknochen, und schaute durch mich hindurch, als würde sie etwas sehen, das ich nicht erkennen konnte.

»Sie halten sie draußen unter Bewachung, als Belohnung für mich, wenn ich gewinne. Ich muss zu ihnen.« Zwei Tränen fielen auf ihre Wangen. »Ich habe Kinder, Valen. Meine Kinder sind hier.«

KAPITEL 17

NACHTPRINZ

Kinder.

Ich starrte das Gesicht meiner Schwester an, suchte nach irgendetwas, das darauf hindeutete, dass ich mich verhört hatte. Herja begegnete forsch meinem finsteren Blick. Was auch immer sie erlitten hatte, es verblasste gegen ihre jetzige Entschlossenheit.

»Hersir Lönger.« Stors Stimme ertönte erneut, und es lag ein schärferer Unterton darin. »Geh rein«, raunte er dann jemandem zu, sicher einer Wache.

Ich schüttelte den Kopf. Die Zeit, gedankenlos hier herumzustehen, war vorbei. Ich packte Herja an der Schulter. »Wo?«

»Im kleineren Zelt.«

Also nicht Magnus' Frau oder seine Mätressen. Nein. Die Krieger an dem kleineren Zelt bewachten die Kinder meiner Schwester. Ihre *Kinder*. Düsterer, heißer Zorn kochte in meiner Brust. Sie hatte zugegeben, dass ein einziger Mann dieses Spiel gewonnen hatte …

Ich drängte die Gedanken zurück. Später würde ich mich auf das Anbranden des Blutrausches einlassen, aber jetzt würden sich unsere Pläne erst einmal ändern.

Ich steckte den Sachs zurück in die Scheide an meiner Taille und hob die Hände. Die Wildwut würde uns verraten, doch sie würde zugleich Elise, Thor und Halvar signalisieren, dass unsere Pläne aus dem Ruder gelaufen waren. Die Zeltklappe raschelte, und schwere Schritte trafen auf die Bretter.

Ich ging in die Hocke und berührte die Erde. Ein feuriges Vibrieren brannte durch meine Fingerspitzen. Die Bretter barsten. Eine Spalte tat sich im Boden auf. Das Zelt schwankte, als Gestein und Erde aus dem schmalen Riss hervorquollen. Unser Gast schrie vor Überraschung auf, und sein kräftiger Körper kam um die Ecke in Sicht gestolpert. Herja brauchte keine Anweisungen von mir und hatte beim nächsten Atemzug schon ihre Klinge in seiner Brust begraben.

Ich wühlte die Erde hinter ihr auf.

Die Wildwut öffnete meinen Geist, als würde ich damit ein allwissendes drittes Auge gewinnen. Sol, Halvar und Thor hatten alle ein ähnliches Gefühl beschrieben, wenn sie ihre Magie verwendeten. Obwohl ich nicht wortwörtlich sah, was nicht vor mir war, gewann ich ein Wissen, das meiner Macht entströmte. Ich wusste, wo ich auf die Erde einwirken und sie gegen unsere Feinde verformen musste; ich wusste, wo ich sie für unsere Leute unangetastet lassen musste.

Je mehr ich mich darauf konzentrierte zuzuschlagen, desto anstrengender wurde die Wildwut. Ich hätte stundenlang weitermachen können, wenn ich einfach alles nur verformt und so meine Leute zugleich mit den Raben außer Gefecht gesetzt hätte. Aber Feinde und Verbündete gleichermaßen im Blick zu behalten, fügte eine neue Ebene der Erschöpfung hinzu und sorgte dafür, dass ich meine Magie nicht lange durchhalten konnte, ohne mich auszuruhen.

Ich stieß tiefer hinab. Jede Aufwallung von Magie riss Teile des Magnus-Lagers auf, schmetterte Steine gegen Wachen, ließ diejenigen stolpern, die zu fliehen versuchten, und Bäume auf Kutschen stürzen.

All das Chaos steigerte sich noch, sobald ich ins Licht des Lagers trat.

Stor brüllte seinen Wachen Befehle zu, als der Boden sich neigte, schwankte und in zerklüftete Stücke zerbrach.

Seine Augen erspähten mich. Ich grinste und führte meine Hand quer über meine Brust. Eine gezackte Spitze aus Fels und Erde drang aus dem Boden hervor. Der Mann war plump und widerlich, bewegte sich aber immer noch wie ein Krieger.

Aus dem Augenwinkel erhaschte ich einen Blick auf Ari, der einen Schwerthieb gegen eine Wache führte. Als Fechter war er seinem Gegner unterlegen, doch es dauerte nicht lange, bis dieser sich den Schädel hielt und schrie, ihn würde irgendein Ungeziefer in den Kopf stechen.

Ari wandte sich mir befriedigt zu, ein grausames Lächeln im Gesicht. Rufe ertönten aus dem Wald, als unsere Leute ins Lager stürmten. Stahl schrammte über Stahl. Ächzen und Geschrei erfüllten die Nacht, als Magnus' Leibwache sich unserer Überzahl gegenübersah.

»Da!« Herja zeigte auf das entfernte Zelt.

Die Wachen um das Zelt herum hatten sich zerstreut und ließen uns den Weg dorthin frei. Gemeinsam rannten wir durchs Lager und wichen Klingen aus. Ich drängte mich hinein und prallte gegen einen kräftigen Körper in Rüstung. Eine Wache stand im Eingang eines schmalen Gangs vor einem größeren Raum, ganz wie in Herjas Zelt.

Der Mann riss für einen halben Atemzug die Augen auf und griff dann nach seinem Schwert. Er bekam keine Gelegenheit, nach mir zu schlagen, bevor ich schon den Dolch, den

Stor Magnus mir angeboten hatte, von unten durch sein Kinn gerammt hatte.

Während er würgte und durch das Blut prustete, stieß ich ihn beiseite und stürmte ins Zelt.

»Du willst wieder weggehen!«, schrie mir eine junge, aber tiefe Stimme entgegen.

»Nein, Gunnar.« Herja drängte sich an mir vorbei und schoss hinein. »Nein, er tut uns nichts.«

Etwas juckte in meinem Kopf, ein tiefes, lästiges Bedürfnis, mich auf dem Absatz umzudrehen und dieses Zelt zu verlassen. Ich rieb mir den Schädel und sah mich um.

Herja stand auf den Zehenspitzen, die Arme um die Schultern eines hoch aufgeschossenen Jungen gelegt – mindestens sechzehn Umläufe alt.

Seine leuchtenden braunen Augen waren unverwandt auf mich gerichtet, drohten mir stumm. Er hatte den gleichen finsteren Blick wie meine Schwester, da war jede Verwechslung ausgeschlossen, aber seine scharf geschnittenen Gesichtszüge gehörten zu jemand anderem.

Einem Mann, den ich gern irgendwann treffen wollte.

Hinter den Beinen des Jungen spähte ein blasses, unschuldiges Gesicht hervor. Ein kleines Mädchen mit den gleichen großen Augen, aber goldenen Haaren wie Elises.

»Laila.« Herja schluchzte und drückte das Mädchen an ihren Körper. Freude zeichnete sich in sämtlichen Gesichtszügen meiner Schwester ab. »Ich werde es nie müde werden, eure Namen laut auszusprechen.«

Ich war ein Eindringling in einem privaten, liebevollen Augenblick, aber wir hatten keine Zeit.

»Herja«, sagte ich.

Zur Ehre des Jungen sei gesagt, dass er sich, als er meine

Stimme hörte, vor seine Schwester und meine stellte. Tapfer. Wie seine Mutter.

»Gunnar«, sagte Herja und berührte seinen Arm. »Das hier ist mein Bruder. Valen.«

Der Junge zog die Augenbrauen hoch und musterte mich mit etwas sanfterem Blick. »Dein Bruder?«

»Der Nachtprinz von Etta. Erinnerst du dich, wie ich euch von ihm erzählt habe?«

Gunnar nickte langsam. »Aber … wie …«

»Wir haben keine Zeit, das zu erklären«, sagte ich. »Junge, kannst du kämpfen?«

Er zögerte nicht. »Gib mir einen Bogen, dann verfehle ich mein Ziel nicht.«

Ich hatte keinen Bogen, warf ihm aber den Dolch zu. »Eine Klinge wird vorerst reichen müssen. Wir kämpfen uns bis in den Wald durch.«

»Gunnar«, sagte Herja. »Offenbare dein Talent nicht.«

»Maj, ich werde …«

»Tu es nicht. Nicht hier«, herrschte sie ihn an.

»Du verfügst über Wildwut?« Ich trat näher.

Der Junge öffnete den Mund, um zu antworten, doch Herja stellte sich vor ihn. »Er gehört nicht zum Nachtvolk, verfügt aber über seltsame Magie. Wie man mir sagt, nennt man ihn einen Al …«

»Alver«, unterbrach ich sie und musterte den Sohn meiner Schwester. »Ich habe mehrere kennengelernt. Du hast etwas mit mir gemacht, nicht wahr?«

»Ich hatte gerade erst angefangen.« Er lächelte selbstgefällig, mit der gleichen Arroganz wie meine Schwester.

Ich wusste wenig über die Magie des Ostens, aber laut Junius konnte sie Körper so manipulieren wie das Nachtvolk die Erde. Ich rieb mir die Stelle, an der mir der Kopf noch immer wehtat.

»Lass sie ihn nicht benutzen, Valen. Sie ist schmerzhaft für ihn und kostet ihn zu rasch all seine Energie.«

»Maj.« Gunnars jugendliches Alter war ihm anzumerken. Obwohl ringsum Kampfgeschrei ertönte, brachte er es fertig, seiner Mutter etwas vorzujammern. »Ich werde stärker. Ich kann sie benutzen.«

»Kämpf mit einer Klinge«, wies ich Gunnar an. »Gib ihnen keinen anderen Grund, dich gefangen zu nehmen. Herja, nimm das Mädchen, lauf zu den Bäumen. Wenn wir getrennt werden, such nach Elise. Meiner Frau.«

Ein schwaches Lächeln umspielte die Lippen meiner Schwester, als sie ihre Tochter in ihre Arme zog. »Wie es scheint, haben wir einander beide viel mitzuteilen, kleiner Bruder.«

Oh, ich hatte viele Fragen. Die drängendste war, wer der Vater dieser Kinder war und wie ich ihn finden konnte.

Gunnar nahm auch noch Herjas Messer entgegen. Sie hielt ihre Tochter fest. Ich nickte meinem Neffen ein einziges Mal zu, dann verließen wir das Zelt mit erhobenen Klingen.

Blaues Feuer erhellte draußen die Nacht. Thor und Halvar arbeiteten Seite an Seite, um ihre Wildwut das Magnus-Lager verschlingen zu lassen. Aber es waren mehr Wachen als noch gerade eben da – die Raben, die wir vorhin entdeckt hatten, waren eingetroffen. Mehr, als wir gedacht hatten.

Mein Blut erhitzte sich in meinen Adern. Mein erster Gedanke galt Elise. Wo war sie? Als würde sie meine Verzweiflung spüren, trug ihre Stimme bis zu den Sternen. »Beschützt den König! Beschützt die Prinzessin!«

Blut und Tod durchzogen das ganze Lager. Gefallene Wachen lagen noch warm zu meinen Füßen, aber ich grinste, als ich sie sah.

Wildheit und Grausamkeit hatten von der Kvinna, die sonst so leise sprach, Besitz ergriffen. Sie zeigte von ihrem Standort zwischen Siv und Casper in meine Richtung. Dunkles Blut besudelte die kurze Klinge in ihren Händen, und ihre eisblonden Zöpfe waren feucht vor Schweiß und Blut.

Sie war eine verdammte Königin.

Und ihr Befehl zeigte Wirkung. Die Leute aus Ruskig veränderten ihre Stellung, trieben eine Reihe von Wachen vor sich her, weg von uns, während wir weiter auf den Rand des Lagers zuhielten.

Der leise Aufschrei des kleinen Mädchens holte mich in die Realität zurück, dass meine Schwester unbewaffnet war und alles an unseren Plänen sich in dem Augenblick geändert hatte, als die Kinder mit in die Schlacht hineingezogen worden waren.

Ich musste sie außer Sichtweite bringen, in Sicherheit.

Ich hatte schon eine große Menge Wildwut eingesetzt. Mehr zu verwenden, würde mich untauglich machen, ein Schwert zu führen. Aber ich durfte sie nicht ins Herz dieses Kampfes mitschleifen.

Ich legte eine Hand um Gunnars Nacken und zog ihn zu mir heran. »Bring deine Mutter und deine Schwester zu den Bäumen. Keine Magie, verstanden?«

Er nickte knapp, ohne Zweifel etwas überwältigt von dem Wahnsinn, der ringsum tobte.

»Los jetzt. Schnell.«

Gunnar wandte sich seiner Mutter zu, nahm ihren Arm. Herja warf mir einen besorgten Blick zu. So viele Worte hingen unausgesprochen zwischen uns, Fragen, Geschichten, Erinnerungen. Wir würden bald genug Zeit haben, unsere Verbindung neu zu knüpfen.

Wir *mussten* Zeit haben.

Als sie losrannten, erschien ein Rabe. Dann noch einer und

noch einer. Je mehr ich den Sachs schwang, desto heftiger schmerzten meine Schultergelenke, aber es funktionierte. Stück für Stück wurde es ruhig im Lager. Stor Magnus war nirgends zu sehen. Ich hatte Pläne für den Mann.

Elise kämpfte sich näher heran. In mir regte sich das Bedürfnis, Wildwut zu benutzen, um sie zurück zwischen die Bäume zu drängen, geschützt und bewacht. So, wie ich uns schon einmal voneinander getrennt hatte, gleich nachdem der Fluch gebrochen gewesen war. Aber es ließ sich kaum entscheiden, was ich mehr fürchtete: die Gefahr, in der sie schwebte, oder ihren Zorn.

Sie ist Königin, rief ich mir wieder und wieder ins Gedächtnis, unsicher, wie mein Vater es je überlebt hatte, meine Mutter in den Kampf ziehen zu sehen, ohne vor Angst den Verstand zu verlieren.

Während ich sie im Blick behielt, kämpfte ich mich so auf sie zu wie sie auf mich. Halvars Unterricht machte sich bezahlt. In ihren Schlägen lag ein neuer Ingrimm. Nicht perfekt, aber wirksam.

Doch mit einem Mal geriet die Welt aus dem Gleichgewicht.

»Nachtprinz!«

Eine vertraute, erbärmliche Stimme ertönte über das Lager hinweg. Ich musste nicht erst hinsehen, um zu wissen, dass unsere Pläne sich gleich noch mehr ändern würden. Langsam drehte ich mich um und wandte mich dem Rand des Lagers zu. Jarl Magnus stand neben seinem Vater, Reihen über Reihen von Raben hinter sich.

Aber der einzige Anblick, der eine Rolle spielte, war, dass er Herjas Haare gepackt hielt und Messer auf die Kehlen ihrer Kinder richten ließ.

Ich ließ mein Schwert fallen und hob die Hände. »Lass sie frei, sonst begrabe ich uns alle. Dieser Krieg wird enden, bevor er wirklich begonnen hat. Ich habe die Kraft dazu, und ich werde es tun.«

»Du würdest es nicht tun. So viel habe ich immerhin über die Lücken in deiner Rüstung herausgefunden – dein Blut, deine Familie, wird immer deine Schwäche sein.« Jarl sah die Reihe hinab zu der Wache, die Herjas Tochter festhielt. »Töte zuerst das Mädchen.«

»Nein!«, schrien Herja und Gunnar wie aus einem Mund.

»Du willst das nicht tun«, rief Gunnar, aber er wurde schwächer. Er beugte sich vor, fast so, als wäre er nahe daran, sich zu übergeben. »Du … willst es nicht tun.«

Eine Pause trat ein, als würde die Wache zögern. Ein Geschenk der Schicksalsgottheiten, und ich würde es nicht verschmähen. Wir waren jetzt eindeutig in der Unterzahl. Die Wildwut hatte uns ohne jeden Zweifel geschwächt, und Elise, meine Schwester, ihre Kinder und unsere Leute würden nicht sterben. Nicht, wenn ich es verhindern konnte.

Mit erhobenen Händen ließ ich mich auf die Knie sinken. »Lasst sie frei, dann könnt ihr mich haben. Kein Kampf. Kein Widerstand.«

»Valen.« Elises Schrei drang mir in die Brust, aber ich hatte Jarls Aufmerksamkeit.

Er hob eine Hand, um den Raben aufzuhalten, der kleinen Laila etwas anzutun. »Was ist das? Eine Kapitulation?«

»Die Kinder und die Frau werden freigelassen. Elise und meine Leute ziehen von hier ab, ohne dass man ihnen ein Haar krümmt, und ihr bekommt im Gegenzug mich.«

»Nein.« Elises Stimme kam näher, war aber gedämpft. Gut. Jemand aus meiner Gilde hatte den Verstand, sie zurückzuhalten. Dennoch hörte ich ihre Wutschreie, als sie um sich schlug, zutrat und sich zu mir vorkämpfte. »Valen Ferus, du verdammter Narr. Was machst du da? Tu es nicht.«

Jarl lachte in sich hinein und wies den Raben an, die Klinge weiter an Lailas Hals zu lassen. Das kleine Mädchen wimmerte, schrie aber nicht auf. Sie ballte die winzigen Fäuste. Tapfer für ein Kind.

»Es ist ein gerechter Tauschhandel«, sagte Jarl, »doch ich weiß, wer die Frau ist, Nachtprinz. Ich kann nicht einfach die Zweitgeborene des Hauses Ferus freilassen.«

»Sie ist eine Frau, nicht mehr als das«, beharrte ich, setzte ihren Wert in ihren Augen absichtlich herab. »Ihr wollt unsere Wildwut? Nehmt mich. Herja kann euch keine geben.«

»Aber sie hat das Blut eures Hauses.«

»Sie bleibt hier, sonst gibt es keine Verhandlung, kein Geschäft, und viele Leben werden verloren gehen. Hoffentlich auch deines.« Er würde sterben. Langsam. Schmerzhaft. Irgendwie würde diese Schlange, der es immer gelang, mir durch die Finger zu gleiten, für das sterben, was sie Elise angetan hatte und nun meiner Schwester anzutun drohte.

»Sie kann mit einer Klinge umgehen. Wenn sie frei herumläuft, ist sie eine zu große Gefahr.«

Ich schnaubte. »Es muss eine Entscheidung gefällt werden, Jarl Magnus. Ich habe die Bedingungen festgelegt. Wählt klug.«

Alle Arroganz verflog. Jetzt zeichnete sich auf seinem hässlich verzerrten Gesicht blinder Hass ab. Jarl Magnus war in die Ecke gedrängt, und es war gefährlich, einen Mann wie ihn in solch eine Lage zu bringen.

»Sie ist vom Blut der Ferus«, rief er, mehr an sich selbst als an irgendjemanden sonst gerichtet. Das Dilemma köchelte in seinem Schädel.

»Dann nehmt mich«, verlangte Gunnar.

Verdammte Höllen. Mein Lächeln verblasste.

»Gunnar, hör auf«, flehte Herja.

Er ignorierte sie. »Ihr wollte Ferus-Blut mit Magie? Nehmt

mich und lasst meine Mutter und meine Schwester frei. Ich habe die Magie, die Ihr wollt. Ich habe die Abstammung, die Ihr wollt.«

»Halt den Mund, Junge«, knurrte ich. Dummer, *dummer*, leichtsinniger Narr.

Jarl legte den Kopf schief, jetzt völlig auf Gunnar konzentriert. Er übergab Herja in die Hände seines Vaters und stolzierte auf ihren Sohn zu. »Ist das wahr? Ein kleiner Ferus-Welpe?«

»Sie sind ihre Bastarde«, sagte Stor nickend.

Jarl lachte, ein tiefes Dröhnen aus seiner Kehle. »Und wer ist der Vater?«

»Irgendein Mystiker aus dem Osten.«

»Also fließt Wildwut durch diese Adern. Interessant. Zweifelsohne wertvoller als eine Frau ohne jeden Hauch von Wildwut.«

»Lasst ihn in Ruhe.« Herja rammte den Ellenbogen gegen Stors Rippen und fing sich einen Schlag ins Gesicht ein.

»Rühr sie noch einmal an, dann findest du heraus, was Wildwut dir antun kann, bevor du stirbst«, stieß ich mit zusammengebissenen Zähnen hervor.

Ich war nicht der Einzige, der die Hände erhoben hatte, um die Prinzessin zu verteidigen. Am Rand meines Gesichtsfelds sah ich Ari, der vor Erschöpfung keuchend die Hände ausgestreckt hatte. Stieg und Halvar neben ihm warteten nur auf meinen Befehl, um zuzuschlagen.

Jarl runzelte die Stirn, schnippte aber mit den Fingern, also zogen die Wachen Gunnar vorwärts.

»Nein!« Herja rang mit Stor. Sie hätte sich fast losgerissen, doch zwei Raben schmetterten die Griffe ihrer Klingen auf ihren Kopf.

Eine zerklüftete Felsnadel durchtrennte die Wirbelsäule eines der Krieger. Stille senkte sich über das Lager herab, als sie mich verblüfft anstarrten.

»Ich habe doch gesagt, dass ihr sie nicht anrühren sollt.«

»Maj.« Gunnars Stimme brach. »Lass es sein.«

Jarl betrachtete finster den toten Raben. »Lasst die Frau los.«

»Sie kann zu gut mit einer Klinge umgehen«, wandte Stor ein.

»Das können wir auch.« Jarl kniff die Augen zusammen. »Wir haben das Blut der drei Ferus-Erben. Das ist alles, was gebraucht wird.« Er wandte sich ab, überließ Gunnar seinen Raben und schritt über die Freifläche auf mich zu. Auf den Knien sah ich ihm in die Augen. Sein Lächeln war verschwunden, seine Stimme gesenkt. »Ich habe auf diesen Augenblick gewartet, Nachtprinz. Jetzt wird dein armer Bruder nicht mehr der Einzige sein, der die Bürde meines Unmuts zu tragen hat.«

Mein Kiefer spannte sich an, als Jarl befahl, mir Bindefesseln anzulegen, die meine Wildwut blockierten.

»Nein«, sagte ich. »Ich lasse mich nicht fesseln, bis meinen Leuten freies Geleit zugesichert worden ist, damit sie abziehen können.«

Jarl seufzte frustriert, nickte aber ruckartig mit dem Kopf. »So sei es. Lasst die Verräter abziehen. Für den Augenblick.«

»Die Walküre gehört mir«, warf Stor ein.

»Und der Nachtprinz gehört deinem König. Du wirst dich nicht einmischen.« Jarl stand jetzt im Rang über seinem Vater.

Der Dreckskerl hatte keine Wahl, als die Zähne zusammenzubeißen.

»Valen!«, schrie Elise ihre Angst heraus, als die Raben auf mich zukamen und ich nichts tat. »Kämpft für den König, ihr verdammten Narren.«

Ihre Stimme sorgte dafür, dass unsere Leute sich in Bewegung setzten.

»Bring meine Braut zum Schweigen, Nachtprinz«, sagte Jarl. »Sonst nehme ich sie auch noch mit, und dann verlässt sie mein Bett nicht mehr, bis sie zu atmen aufhört.«

Wildwut tobte in meinem Blut. Wie ich mich danach sehnte, seine Knochen mit der Last der Erde zu zerquetschen! Ich hob das Kinn und rief: »Auf Geheiß Eures Königs werdet ihr den Kampf einstellen. Ihr werdet abziehen.«

Das brachte den Angriff ins Stocken. Elise wurde noch zorniger, als Thor Anstalten machte, sie fortzuziehen. Ari und Stieg sahen mich an, als wären sie sich nicht sicher, ob ich es ernst meinte. Ich nickte Halvar zu. Er schmetterte sich die Faust auf die Brust und drängte die anderen dann, den Rückzug anzutreten, während er zu Herja ging.

Ich hielt den Atem an, wartete, bereit, die Erde in einem letzten Kraftakt einstürzen zu lassen, falls Stor und seine Wachen meiner Schwester etwas antaten.

Stumme Tränen liefen Herja übers Gesicht, als sie ihre Tochter in ihre Arme zog und zuließ, dass Halvar sie dicht an seiner Seite hielt, bevor sie den langsamen Rückzug in den Wald antraten.

Die Raben warfen Gunnar zu Boden. Sein Blick zuckte zu mir herum. Angst stand darin, aber er sagte nichts. Ich sah ihm unverwandt in die Augen, versicherte ihm wortlos, dass ich über ihn wachen, bei ihm sein würde.

Herja schrie seinen Namen. Elise schrie meinen.

Mit mörderischem Blick wehrte sie sich gegen Thor. »Valen, du hast es mir versprochen. Tu es nicht.«

Übermächtige Furcht war bei allen Männern, allen Frauen zu spüren, die mit uns gegen das Lager gezogen waren. Ich konnte nicht zu ihr gehen, aber ich konnte sprechen.

»Heb Truppen aus, Elise. Führ sie an!«, rief ich ihr nach, als sie in die Schatten der Nacht davongezerrt wurde. Unsere

Leute folgten ihr zwischen die Bäume hinein, letzte Blicke trafen mich und speisten die Hitze unter meiner Haut. »Verneigt euch vor eurer Königin! Für Etta. Erhebt euch für Etta!«

Elises Schreie verklangen, als Thor und die Schattengilde ihre Königin zwangen, mich zurückzulassen.

Ich sank vornüber. Das hier war nicht das Ende. Das hier war ein Missgeschick. Eines, das uns trennen würde, gewiss. Aber wie versprochen würde ich nicht ruhen, bis ich mich zu ihr zurückgekämpft hatte.

Raben legten meinen Handgelenken und Gunnars Bindefesseln an. Sie würden nichts gegen sein Alverblut ausrichten, doch ein heißes Brennen versengte mir die Handgelenke, dort wo die Silberringe mir in die Haut bissen. Sie hoben mich unter den Achseln hoch und stellten mich auf die Beine.

Jarl wandte sich mir lächelnd zu. »Ich freue mich auf unsere gemeinsame Zeit, Nachtprinz.«

»Ich mich auch.« Ich erwiderte das Grinsen. Ein stummes Versprechen, all die Pläne in die Tat umzusetzen, die ich auch mit ihm hatte.

Mein Herz ging mit Elise, wie auch meine Ängste, meine Hoffnungen, meine Liebe. Ich füllte die Leere mit düsterem Blutrausch und malte mir jede mögliche Art aus, auf die ich die vergoldete Welt des falschen Königs über seinem Kopf zusammenstürzen lassen würde.

Ich hatte nicht damit gerechnet, dass es so dazu kommen würde, aber wir würden auf den Rabensporn gelangen. Sols Wunsch würde in Erfüllung gehen.

Ich kam nach Hause, um ihn zu besuchen.

TEIL 3

Meine Freundin,

ich fürchte, der Kampf ist verloren. Unser Zufluchtsort ist bis zum Bersten gefüllt. Eli hat seine Forderungen gestellt. Ich weiß nicht, was ich noch tun kann. Wenn ich mich ihm verweigere, werden meine Söhne, mein Mann und meine Tochter sterben.

Aber wenn ich annehme, leiden sie dennoch, und meine Seele stirbt. Vielleicht wird der Tod für uns alle süßer sein. Wenigstens werden wir dann alle zusammen mit den Göttern speisen. Ich weiß, dass du gesagt hast, dass wir überleben müssen – um dieses Land zu retten, müssen wir überleben, aber du verlangst zu viel.

Ich werde nicht zusehen, wie sie leiden. Und ich werde nicht die Geliebte eines Verräters und falschen Königs werden.

Wenn ich mich ihm verweigere, wird das das Ende der Herrschaft des Hauses Ferus sein. Versteh mich nicht falsch, ich werde dafür sorgen, dass wir alle bis zum Morgen tot sind, bevor sie Gelegenheit bekommen, meine Familie zu foltern oder ihr auch nur ein Haar zu krümmen.

Leb wohl, meine Freundin. Gehab dich wohl. Bleib sicher.

Lili

KAPITEL 18

PRINZESSIN AUF ABWEGEN

Wie betäubt. Kalt. Nichts.

Ich starrte leer den samtigen Himmel über mir an und wiegte mich sanft mit dem Ruckeln des Karrens, den wir benutzt hatten, um zu dem Lager zu fahren.

Obwohl ich vor Zorn hätte toben sollen, war ich still.

Obwohl ich hätte weinen sollen, waren meine Tränen ausgetrocknet.

Ich erkannte die Gesichter derjenigen, die ich liebte, um mich herum, doch meinen Kopf füllte nur Valens Gesicht aus.

Ein Teil von mir hasste ihn. Ein Teil von mir trauerte um ihn. Ein Teil von mir liebte ihn so innig, dass ich das Gefühl hatte entzweizubrechen. Aber ich sagte nichts, tat nichts, starrte einfach die lautlosen Sterne über meinem Kopf an, allein und wie betäubt.

Kalt.

Nichts.

Als der Karren durch das Tor in den Wällen von Ruskig rollte, ruhte auf einmal eine Hand auf meiner Schulter.

»Elise.« Mein Blick wandte sich Thor zu. Er würde es wissen, er würde es verstehen. Sein *hjärta* war für ihn auch verloren. Ein heftiger Schmerz durchzuckte mein Herz und riss es aus seiner Erstarrung. Tränen traten mir in die Augen, sodass Thors Gesicht verschwamm. Er drückte mir die Schulter und schüttelte den Kopf. »Nein. Noch nicht. Nicht hier. Behalt einen kühlen Kopf, meine Königin, und denk gründlich über alles nach.«

Woher Thorsten wusste, was ich hören musste, konnte ich nur vermuten. Schnell wischte ich mir mit der Hand über die Augen, verbarg so das Brennen der Ergriffenheit und erhob mich von der Ladefläche des Karrens. Meine Gedanken überschlugen sich. Was war als Nächstes zu tun? Wie sollten wir zu Valen vordringen? Wo schlugen wir zu?

»Ein Schritt nach dem anderen, Elise.« Jetzt drang Halvars Stimme durch meine stumme Hysterie.

»Ein Schritt.« Ich ließ mehrere Fingerknöchel knacken. Alle Augen wandten sich mir zu. Verstörte, verzweifelte, verängstigte Menschen setzten ihre Hoffnung nun auf mich.

Der Druck drohte mich zu zermalmen.

Ich nickte mit dem Kopf niemandem im Besonderen zu, den Blick auf die Rückseite des Karrens gerichtet. Herja Ferus war am Leben. Sie wiegte ein schlafendes Kind in ihren Armen. Ihre Augen waren von stillen Tränen geschwollen. Sie war schwach, zu mager; sie zitterte in einem dünnen Nachthemd aus Leinen.

Ich leckte mir die Lippen und wandte mich an Halvar. »Bring die Prinzessin ins Langhaus. Besorg ihr etwas zu essen, sorg dafür, dass sie sich aufwärmen.«

Halvar nickte beifällig. »Wie du wünschst.«

Ich beschleunigte meine Schritte und ging in dieselbe Richtung. Bald genug war ich von Siv, Brant, Ari und der ganzen Schattengilde flankiert, bis auf Halvar, der bei Kari und Herja blieb.

»Haltet alle, die nicht zum inneren Rat des Königs gehören, aus dem Langhaus fern«, wies ich Stieg und Casper an.

Sie neigten die Köpfe, eilten zu den Türen und fuhren Neugierige an, die auf der Suche nach Antworten kamen. Ich würde unser Volk sehr bald vorbereiten müssen. Wir würden kämpfen. Wir würden den Krieg auf den Rabensporn tragen. Wie und wann – ich hatte keine Ahnung. Aber so sicher ich war, dass ich atmen musste, wusste ich auch, dass der Krieg unmittelbar bevorstand.

Ari hielt mir die Tür auf, und ich stürmte in den großen Saal.

»Ich brauche einen Augenblick«, stieß ich hervor und eilte ins Schlafzimmer.

Allein presste ich mir eine Hand aufs Herz. Ich keuchte durch ein Schluchzen hindurch, das sich meiner Kehle entrang. Auf den hölzernen Regalen lagen immer noch Valens Kleider. Ich griff nach einer seiner schwarzen Tuniken und hielt sie mir vors Gesicht, atmete den Holzrauch und Valens frischen Duft ein. Seine Streitäxte, die er zurückgelassen hatte, um nicht erkannt zu werden, waren poliert und ordentlich auf einem Tisch neben unserem Bett bereitgelegt. Meine Finger zeichneten die gebogenen Klingen nach.

Früher hatte ich diese Waffen verabscheut, jetzt wollte ich nichts lieber, als ihn hier zu sehen, wie er sie sich an den Gürtel schnallte, lachte oder mich aufzog. Alles, solange er nur hier war.

»Eine Frau hat mir gesagt, dass ich sie hierherbringen soll.«

Ich wirbelte herum. Herja stand an dem Pelzvorhang, der die Tür verdeckte, den Kopf ihrer kleinen Tochter auf der Schulter. Mit wütenden Handbewegungen wischte ich mir die Tränen von den Wangen und deutete aufs Bett. »Ja, hierher. Nimm das Bett für euch beide.«

Aus der Nähe erkannte ich die Ähnlichkeit zwischen Herja, Sol und Valen. Sie gehörte nicht zum Nachtvolk, also waren ihre Ohren abgerundet wie meine, aber ihre Haut hatte ein sanftes Kastanienbraun wie die ihrer Brüder. Ihr Haar wirkte wie Sommerbeeren im Sonnenschein, und ihre Augen wie frisch gepflügte Erde.

Ihre Wangen waren eingefallen, und sie hatte dunkle Ringe unter den Augen, aber Herja Ferus war von unbändiger Schönheit.

»Kleidung.« Ich wühlte in den Regalen mit meinen eigenen Kleidern und Tuniken. Herja war mindestens einen halben Kopf größer als ich und hatte längere Arme und Beine. Ich nahm das längste Kleid, das ich besaß, und legte es mit zitternden Händen auf den Tisch. »Ich … ich werde mehr auftreiben. Und Essen. Du solltest essen. Ich hole dir …«

»Elise.« Herjas Hand setzte meinen unbeholfenen Bewegungen und meinem Geplapper ein Ende. »Wir werden ihn zurückholen.«

Mein Kiefer mahlte. Hitze stieg mir in den Hals, kroch mir langsam und zart ins Gesicht. »Er wollte zum Rabensporn. Ich will ihn dafür anschreien, denn ich weiß nicht, ob er das hier mit Absicht gemacht hat.«

»Warum sollte Valen zum Rabensporn wollen?«

Mein Körper zitterte, doch ich war wie Stein. »Der Sonnenprinz. Wir glauben, dass er etwas herausgefunden hat, aber … Wir hatten Pläne, den Sonnenprinzen zu uns zu holen, statt Valen hinter die Mauern des Rabensporns zu schicken.«

»Pläne ändern sich oft. Wir wären getötet worden, wenn er nicht getan hätte, was er getan hat.«

Ich wollte es nicht hören, ich wollte nicht die Begründung eines Königs, der die beste – vielleicht die einzige – Wahl für sein Volk und seine Familie getroffen hatte. Ich wollte ihn hier, um ihn anzubrüllen, anzuschreien und festzuhalten. Lebendig und warm. In Sicherheit.

Ich wandte mich vom Bett ab und starrte wieder die Sterne an, als würden sie irgendeine Form von Antwort bergen.

»Du bist Timoranerin«, sagte Herja nach einer langen Pause.

»Stört dich das?«

»Liebst du meinen Bruder um seines Herzens und nicht um seiner Krone willen?«

Heiße Tränen schossen mir in die Augen. Ich wünschte sie weg, aber sie leisteten erbitterten Widerstand. »Valen Ferus hat mir Herz und Seele gestohlen, bevor ich seinen wahren Namen kannte. Er könnte ein Bettler sein, und mein Herz würde dennoch so heftig für ihn bluten, wie es das jetzt tut. Um die Wahrheit zu sagen, würde ich den Bettler dem König vorziehen, von dem der Rabensporn mich ständig zu trennen versucht, weil er eben der König ist.«

»König.« Sie schnaufte mit einem Anflug von Unglauben. »Wie lange hat er den Thron schon inne?«

»Seit Frühlingsanfang.«

Ein Schatten legte sich auf Herjas Gesicht, und eine Furche bildete sich zwischen ihren Augenbrauen, als würde ihr ein Gedanke durch den Kopf gehen. Es war ein Ausdruck, der im Nu wieder verschwunden war, so schnell, dass ich mich fragte, ob ich ihn mir nur eingebildet hatte. Als ich wieder hinsah, umspielte ein schwaches Lächeln ihre Lippen. »Was nun deine Frage angeht: Das Blut in deinen Adern stört mich nicht.«

»Ich bin die Urenkelin König Elis.« Ich verstand nicht, warum alle üblen Einzelheiten über meine Abstammung aus mir heraussprudelten. Vielleicht aus dem verzweifelten Bedürfnis heraus, die brüchigen Stücke ans Tageslicht zu bringen, aus dem Wunsch heraus, nichts zu verbergen, von der einzigen Ferus, die ich bei mir hatte, akzeptiert zu werden.

»Aha. Soll ich dich deshalb hassen? Ist es das, worauf du hinauswillst?« Sie schüttelte den Kopf. »Ich nehme an, ich sollte dann auch meine Mutter verabscheuen. Sie war schließlich seine heiß geliebte Freundin. Wahrscheinlich kannte sie den Dreckskerl besser als irgendjemand sonst. Oh, und sie war Timoranerin. Wie furchtbar selbstsüchtig von ihr.«

Drei. Es gab jetzt drei scharfzüngige Ferus in meinem Leben. Ich hätte lächeln müssen, wenn mein Herz nicht ein Haufen Asche in meiner Brust gewesen wäre, aber dass sie meine Ängste einfach so abtat, trug dazu bei, die Anspannung zu lindern, die meine Muskeln zu Knoten verkrampfte.

»Auf Folgendes kommt es mir an: Wenn du meinen Bruder so liebst, wie du es zu tun behauptest, dann werde ich mit jedem Schlag meines Herzens darauf vertrauen, dass du uns zu ihm und zu meinem Sohn zurückführst.«

Ich blinzelte, unsicher, was ich sagen sollte. Alle Worte erschienen mir unangemessen. Ich schwieg.

Sie wandte sich ab, deckte ihre Tochter mit den Pelzen zu und gab dem Kind einen sanften Kuss auf die Stirn. Herja hielt inne und streichelte ein paar Atemzüge lang die Wange des Mädchens.

»Ich konnte ihr in ihrem Leben bisher nur wenige Male einen Gutenachtkuss geben.«

Mein Herz zog sich zusammen. »Sie haben dich von ihr ferngehalten?«

»Von meinen beiden Kindern. Vielleicht habe ich einmal alle zehn Tage ein paar kostbare Augenblicke mit ihnen bekommen. In der Lage zu sein, hier bei ihr zu sitzen und sie zu halten, bis sie eingeschlafen ist – ich weiß kaum, was ich machen soll.«

Ich hielt mir den Bauch, die Augen geschlossen. »Das mit deinem Jungen tut mir leid.«

Herja versteifte sich. »Er ist zu kühn. Ganz der Vater.« Sie warf einen Blick über ihre Schulter, ein leeres Lächeln auf den Lippen. »Ihr Vater ist nicht so, wie du vielleicht vermutest.«

Ein Freier. Ein Vergewaltiger. Wenn nicht das, was sollte er sein? Wo war er? Ich hatte keine Gelegenheit, die Fragen zu stellen oder überhaupt nachzuhaken, bevor der Pelzvorhang vor der Tür zurückgeschlagen wurde.

Thor und Halvar betraten das Zimmer.

Herja sprang auf und stürmte auf sie zu. Sie legte beiden zugleich die Arme um den Hals. »Endlich habe ich einen Moment, um Luft zu holen. Lasst mich euch beide ansehen. Bei den Göttern, ich hätte nie gedacht, dass ich euch lebendig wiedersehen würde.«

Sie küsste Halvar auf die Wange. Er grinste sie an, wie ein Bruder es vielleicht getan hätte. Bei Thor hielt Herja inne, ihre Hand an seiner Wange. »Thorsten. Sol …«

»Ja, ich weiß. Ich war genauso erstaunt«, sagte Thor mit heiserer Stimme.

Herja atmete zittrig aus und umarmte ihn noch einmal.

»Es ist gut, dass wir dich wiederhaben, Viper«, äußerte Halvar.

Ein raues Lachen brach aus der Prinzessin heraus. »Bei den Höllen, wie lange ist es her, dass ich den Spitznamen zuletzt gehört habe?«

Halvar sah mich an. »Wir wussten nie, wann Herja aus den Schatten hervorspringen und uns angreifen würde, alles nur, um zu üben und zu beweisen, dass sie die bessere Kämpferin war. Wir haben angefangen, sie Viper zu nennen.«

Ich zwang mich zu einem Lächeln, aber so entzückend ihr

Wiedersehen auch hätte sein können, mein Herz war verschorft, rau und kalt.

»Elise«, sagte Thor leise. »Ich verstehe, dass das hier belastend ist, aber du bist Königin und wirst gebraucht. Der Rat wartet.«

Bei den Himmeln, ich wünschte, Valen wäre hier. Seine Gegenwart spendete mir Kraft. Eine Kraft, die ich jetzt selbst würde heraufbeschwören müssen. Für ihn. Für unser Volk. Für Etta. Ich machte mir nicht die Mühe, mir Blut und Kajal, die mir über die Wangen gelaufen waren, aus dem Gesicht zu waschen, sondern folgte ihnen durch die Tür in den Saal.

Überreizte Gesichter füllten den Raum aus. Der Älteste Klok hielt die Arme hoch und versuchte, all das Geschrei und die verzweifelten Meinungsäußerungen, wie wir nun vorgehen sollten, zum Verstummen zu bringen. Stieg und Casper standen neben Brant, Mattis und Kari in der Nähe meiner Tür. Sie versteiften sich, als ich den Saal betrat, und sahen mich an, als erwarteten sie einen Fingerzeig von mir. Ich hatte keinen zu bieten.

Die einzige Person, die entspannt *wirkte*, war Ari. Er trank auf dem Sitzplatz neben Valens.

Auf den ersten Blick hätte es so wirken können, als hätten die Ereignisse der Nacht nicht die geringste Wirkung auf den ehemaligen König, aber wenn man sich die Zeit nahm, genauer hinzusehen, bemerkte man das unberührte volle Trinkhorn auf dem Platz des Königs. Als könnte er jederzeit hereinkommen und sich einen Schluck gönnen. Man hätte auch bemerkt, dass Ari in sich zusammengesunken war und sich ins Trinken flüchtete.

»Wir müssen sofort handeln!«

Mein Magen verkrampfte sich, als ich die Stimme hörte. Stave, rot im Gesicht und zornig, schrie den Ältesten Klok an, als der alte Mann alle aufforderte, still zu sein.

»Wir gehen heute Nacht nirgendwo hin.« Es überraschte mich selbst, dass meine Stimme das Durcheinander übertönte.

Staves schiefergraue Augen nagelten mich an der Wand fest. Wilde, brodelnde Frustration zeichnete sein Gesicht. Er hielt mich dort in seiner Verachtung mehrere Atemzüge lang gefangen, bevor er wieder Klok ansah. »Wir sollten sofort handeln, sonst verlieren wir den König aufs Neue an den Rabensporn. Die Prinzessin ist Kriegerin, sie kann uns anführen …«

»Die Königin«, murmelte Ari durch einen Schluckauf hindurch. »Ich glaube, du meinst die Königin.«

Aus dem Augenwinkel sah ich Herja hereinkommen. Sie lehnte sich an die Wand und beobachtete die Auseinandersetzung stumm. Würde sie mich beiseitedrängen und hier die Führung übernehmen, wenn genug Leute es wünschten?

Valens Bitte an mich war gewesen, diese Leute in den Kampf zu führen. Ich kannte seine Schwester nicht, wusste nicht, ob ihr der Sinn nach der Krone stand. Aber während Stave erneut in seine Tirade über sofortiges Handeln ausbrach, blieb Herja stumm. Ihr Blick kam auf mir zu ruhen. Ein leichtes Lächeln lag auf ihren Lippen. Fast so, als fragte sie sich, was ich als Nächstes tun würde.

Stave kniff die Augen zusammen und sah Ari an; dann richtete er den Blick auf mich. Mutig. Töricht. »Ich diene dem Haus Ferus. Sein Blut bringt diesem Land das Leben, und es ist von den Göttern erwählt, Etta zu heilen. Nicht eine Prinzessin unserer Feinde.«

Zu viele Monate lang hatte ich zugelassen, dass Stave und seine hasserfüllten Blicke mir unter die Haut gingen, dort brodelten und zu den Schichten von Minderwertigkeitsgefühlen beitrugen, die dafür sorgten, dass ich mich der Krone nicht würdig fühlte. Heute Nacht brannte mein Blut vor solchem Zorn, dass der ganze Saal in scharlachrote Hitze getaucht war.

In einem Anflug von Wahnsinn bemerkte ich den Dolch in meiner Hand kaum, aber ich ließ ihn fliegen. Die Spitze sauste durch das kurze Stück Luft zwischen uns und drang tief in die Wand, um Haaresbreite von Staves Ohr entfernt. Ich durchquerte den Raum, immer noch im selben Strudel der Wut verloren, und setzte ein anderes Messer, das ich quer über dem Kreuz getragen hatte, an die weiche Haut seiner Kehle.

»Es reicht, sonst schneide ich dir die Fähigkeit zu sprechen heraus.« Jedes Wort kam rau über meine Lippen. »Ich höre mir deine Widerworte nicht länger an; es ist höchste Zeit für dich zu entscheiden, wo du stehst, und deiner Königin zu dienen.«

Es wurde still im Saal.

Zum ersten Mal sah Stave mich mit einem Anflug von Respekt, vielleicht auch Angst an, aber er biss die Zähne zusammen.

Ich zog das Messer zurück, eine Linie von frischem Blut unter seinem Kinn, und wandte mich dem fassungslosen Rat zu.

Fassungslos bis auf Ari. Er zeigte nicht die geringste Verblüffung und grinste, während er noch einen tiefen Zug aus seinem Horn trank.

»Ich bin die Königin von Etta, und meine Krone steht nicht zur Debatte. Ihr steht hinter mir, oder ihr seid nichts als Schlangen im Gras, deren Kopf ich zertreten werde.« In barschem, grimmigem Ton wandte ich mich wieder an Stave. »Die Abtrünnigkeit hat jetzt ein Ende! Wir werden handeln, wir werden den Rabensporn wenn nötig in Schutt und Asche legen, aber sag mir jetzt: Stehst du hinter deiner timoranischen Königin, die für dieses Land und seinen König blutet? Oder siehst du in meinem Gesicht nichts als deine Feindin?«

Ein Atemzug. Zwei. Noch mehr. Anspannung ballte sich zusammen wie ein Sturm am Horizont.

»Verneigt euch vor der Königin«, brüllte Halvar. Er ließ sich als Erster auf ein Knie nieder. Thor folgte ihm sofort. Sie neigten die Köpfe, die Fäuste über ihren Herzen gekreuzt.

In einer Welle sanken fast alle auf die Knie. Mattis, Siv. Als Nächste Kari, Brant, die Schattengilde.

Herjas Lächeln wurde breiter. »Ich stehe genauso hinter dem Haus Ferus, wie der Narr dahinten.«

Ich verabscheute den Gedanken, Valens Schwester zu töten, aber wenn sie uns jetzt verriet, würde ich nicht zögern. Wenn es darum ging, ihn zu befreien, konnte ich mir kein zusätzliches Risiko leisten.

Doch Herja richtete ihr spöttisches Lächeln auf Stave. »Ich stehe hinter *meiner Schwester*, Elise Ferus. Der *hjärta* meines Bruders. Meine Loyalität würde niemandem sonst gelten. Und du hast Glück, dass du solch eine nachsichtige Königin hast. Hättest du auf die Art mit mir gesprochen, würde die Spitze dieses Messers in deiner Kehle stecken, nicht in einem Stück Holz.«

Damit sank auch Herja auf ein Knie. Es dauerte nicht lange, bis auch der Rest des Saals das Knie beugte. Stave senkte den Kopf, wie ich hoffte in einer gewissen Beschämung.

Nachdem der Saal ein paar Herzschläge auf Knien verbracht hatte, ließ ich mich auf das Feuer in meinem Blut ein und nickte. »Erhebt euch. Und lasst uns beginnen.«

Ich bellte dem Rat Befehle zu, unsere Waffen zu sammeln und unsere Krieger auf eine Schlacht vorzubereiten. Eine neue Welle des Selbstbewusstseins ergriff mich. Die furchterregende Stärke, die Valen oft an den Tag legte, kam in mir zum Vorschein, und ich kostete sie aus. Ohne verlässlichen Plan würde ich meinen Mann nicht wiedersehen. Und ich weigerte mich, dieses Ergebnis zu akzeptieren.

Bei den Höllen, ich weigerte mich, es zu akzeptieren.

»Halvar«, sagte ich.

»Meine Königin?« Sein Ton war schelmisch, aber aufmerksam.

»Du wirst uns als Stratege anführen. Arbeite mit Brant, Stieg und Mattis zusammen. Entwickelt einen Plan für unsere Aufstellung um den Rabensporn. Beschließt, wo wir zuschlagen, welche Waffen wir einsetzen, um welche verdammte Tageszeit wir vorrücken. Ich will alle Einzelheiten festgehalten und aufgeschrieben haben. Ich will, dass jeder Grashalm auf den Rasenflächen der Burg abgedeckt ist.«

Halvar neigte den Kopf.

Ich hatte eine letzte Bitte. »Ari, Casper. Ihr werdet noch heute Nacht an Bord eines Schiffs gehen. Segelt in aller Eile zu unseren Freunden im Osten. Nutzt Wasserwildwut, bis ihr euch nicht mehr aufrecht halten könnt, bis ihr keine Luft mehr bekommt – es ist mir gleich. Aber begebt euch unverzüglich zu Junius.«

Ari erhob sich sofort. »Welche Botschaft überbringen wir?«

Ich hatte schon begonnen, meine Weisung auf einem abgenutzten Stück Pergament festzuhalten, aber noch während ich schrieb, wiederholte ich die Nachricht laut. »Sag ihr, dass wir sie jetzt brauchen. Sag ihr, dass wir auch den brauchen, den sie den Nachtspalter nennt. Sein Schicksal liegt hier bei uns, also endet unser Kampf vielleicht endlich … wenn seiner beginnt.«

KAPITEL 19

DER NACHTPRINZ

In der vergitterten Kutsche auf der Nase zu liegen, hatte dafür gesorgt, dass Teile meines Gesichts taub geworden waren, aber so, wie ich Jarl Magnus kannte, hatte ich eigentlich damit gerechnet, den ganzen Weg bis zum Rabensporn hinter den Rädern hergeschleift zu werden.

Neben mir lag Gunnar auf dem Bauch. Zum ersten Mal, seit ich meinen Neffen kennengelernt hatte, wirkte er schrecklich jung auf mich. Allein hier im Dunkeln, umgeben vom Gestank des Erbrochenen früherer Gefangener auf den Brettern, entfalteten seine knabenhaften Gesichtszüge ihre Wirkung auf mich. Jedes Zusammenzucken vor Furcht, jedes Stirnrunzeln, wenn ein Rabe gegen die Gitterstäbe schlug, weckte in mir den heftigen Drang, den Sohn meiner Schwester zu beschützen.

»Gunnar.« Ich wartete, bis er die Augen öffnete. »Wenn wir am Tor ankommen, sprich nicht mit ihnen, aber wenn es doch sein muss – sag ihnen, dass du über Wildwut verfügst. Unsere Magie.«

»Ich habe keine Fae-Züge.«

Die Ohren. Verdammt. »Dann behauptest du, dass du gelogen hast, was deine Begabung betrifft, um deine Mutter zu retten. Lass dir nicht anmerken, dass du einer von diesen Alvern bist.«

»Sie werden mich umbringen.«

»Sie werden dir kein Haar krümmen.«

»Meine Maj hat mir von den Bindefesseln an deinen Handgelenken erzählt. Ich weiß, dass sie deine Magie unterdrücken. Was kannst du schon tun?«

»Eines musst du über unsere Familie wissen: Wir kämpfen füreinander. Ich werde für dich kämpfen. Bindefesseln werden mich nicht aufhalten, Junge. Das schwöre ich.«

Die Kutsche kam zum Stillstand. Blut schoss mir in den Kopf. Allein hätte ich wenig Angst gehabt. Ich hätte Sol gesucht, und gemeinsam hätten wir uns aus diesen verdammten Mauern hervorgearbeitet. Jetzt mussten wir die Bürde tragen, Gunnar am Leben zu halten, dessen Magie im Osten einen guten Preis erzielen würde.

»Richte dich nach mir«, beeilte ich mich zu sagen. »Sie sind wie verdammte Hunde und werden deine Furcht riechen. Sie werden sie gegen dich verwenden, Gunnar. Jetzt musst du stark sein.«

Er nickte knapp und ballte in den Ketten hinter seinem Rücken die Fäuste.

»Sie werden uns in Verliese bringen. Sei auf Schmerz gefasst, aber du schaffst das schon. Du bist Herja Ferus' Sohn. Du bestehst aus einem Material, das nicht leicht bricht.«

Gunnar spannte sich sichtlich an, als die Tür hinten aufgerissen wurde und gierige Hände an seinen Armen und Beinen zogen. Sie stellten den Jungen auf die Füße. Stolz schnürte mir die Brust zu, dass er sofort seine Belastbarkeit bewies. Vor den Raben knickte er nicht ein. Sein Kopf war hocherhoben – der Junge war von königlichem Geblüt, und das zeigte er.

Drei Raben griffen nach mir. Sie waren alles andere als sanft, als sie mich an den Beinen aus der Kutsche zogen. Mein Kopf prallte auf den Boden, und eine Wache versetzte mir einen Tritt gegen die Hüfte, zum Zeichen für mich aufzustehen.

Bevor ich es tun konnte, kamen zwei dicke Stiefel vor mein Gesicht getrampelt.

Jarl ragte drohend vor mir auf. »Willkommen zu Hause, Nachtprinz.« Ich wappnete mich, weil ich wusste, dass ein Feigling wie er mich treten würde, um seine Dominanz zu zeigen, doch der Schmerz, den sein Stiefel auslöste, durchlief dennoch meinen ganzen Körper. »Steh auf.«

Jarl war kleiner als ich, packte aber dennoch eine Faustvoll von meinem Haar und zog mich nahe zu sich heran. »Ich sehe so viel von Legion Grey in dir, dem Mann, den ich unbedingt beeindrucken wollte. Für wie gerissen du dich doch halten musst. Ein ganzes Königreich hinters Licht zu führen. Aber du weißt nichts von den wahren Geheimnissen, die der Rabensporn hütet. Du weißt nicht, was wir schon wissen.«

Ich grinste boshaft. »Ich versichere dir, als du mich als Brautpreisunterhändler kanntest, warst du weder meine erste Wahl für die Kvinna noch hast du mich beeindruckt.«

Er versetzte mir einen Fausthieb gegen den Kiefer. Was für ein verdammter Narr. Zeigte, wie ihm meine Worte unter die Haut gingen, indem er auf ein paar bissige Bemerkungen hin den Kopf verlor.

»Ich glaube nicht, dass es dich stört, dass ich ein Königreich hinters Licht geführt habe«, sagte ich und spuckte dabei Blut. »Es stört dich, dass ich *dich* hinters Licht geführt habe.«

Seine Augen verdüsterten sich. Ich war noch nicht fertig. Wenn dieser Dreckskerl es auf Macht abgesehen hatte, aber unter Worten zusammenbrach, würde ich seine Innereien mit jeder nur erdenklichen Provokation und spitzen Bemerkung zerfetzen, bis er seinem eigenen fragilen Verstand nicht mehr entkommen konnte.

Ich senkte die Stimme. »Aber was dich wirklich stört, ist Elise. Eine Frau – in deinen Augen ein geringerer Mensch – hat nicht dich erwählt. Trotz meiner Lügen hat sie sich für mich entschieden. Du wirst sie *nie* gewinnen.«

»Ich werde sie brechen, und ich werde dich zwingen, dabei zuzusehen.«

Anders als Jarl hatte ich gelernt, meine Reaktionen zu verbergen. Obwohl seine Drohung in den tiefsten Tiefen meiner Seele brannte, hielt ich mein Gesicht selbstgefällig und unnahbar. »Das bezweifle ich. In der Königin von Etta ist dir jemand begegnet, der dir gewachsen ist, Jarl Magnus. Du kannst sie nicht brechen, aber sie wird zweifelsohne dich brechen.«

Jarls bleiche Wangen brannten nun vor Röte, doch er richtete seinen Zorn auf Gunnar. »Wusstest du schon, dass deine Mutter tot ist, Junge? Deine kleine Maus von Schwester auch.«

Gunnar wurde blass.

»Er lügt«, sagte ich zu ihm.

»Wirklich?« Jarl lachte leise. »Wir haben sie nicht mehr gebraucht. Eine direkte Verbindung zur Prinzessin war mehr als genug. Warum hätten wir das Risiko eingehen sollen, dass sie ihre Klingen wieder auf uns richtet? Sie ist tot, an einem Baum aufgehängt. Nackt. Damit das ganze Königreich sehen kann, was für eine erbärmliche leere Hülle von einer Frau aus der legendären Herja Ferus geworden ist.«

Gunnar mache Anstalten, sich auf Jarl zu stürzen, aber ein Rabe schwang den stumpfen Griff einer Waffe gegen seinen Bauch. Ich knirschte mit den Zähnen, als er sich krümmte.

»Du glaubst mir nicht, Nachtprinz?«, fragte Jarl.

»Überhaupt nicht.« Ehrlich gesagt war ich mir nicht sicher.

Sie konnten durchaus die anderen verfolgt haben, nachdem man uns weggebracht hatte.

»Dann bist du ein Narr. Bringt sie in die Zelle.«

Eine ganz Einheit Raben umstellte uns und führte uns unter dem Fallgatter hindurch in den Haupthof. Gunnar wischte sich den Mund ab. Qual sprach aus seinen jungen Zügen. Ich stieß seine Schulter an. »Er hat deine Schwäche gefunden. Sie werden jetzt deine Mutter und deine Schwester gegen dich verwenden. Lass das nicht zu.«

Seine Stimme brach. »Was, wenn sie …«

»Bei den Höllen«, zischte ich. »Kennst du deine Mutter denn kein bisschen? Glaubst du, sie würde nicht eine halbe Einheit niedermetzeln, um deine Schwester zu beschützen? Der einzige Grund, dass sie vorhin nicht zu den Waffen gegriffen hat, war der, dass du den großen Verteidiger spielen und dich in Ketten wiederfinden musstest.«

»Das sagt der Richtige! Du hast dich auch gefangen nehmen lassen«, grummelte er.

»Begrab deine Ängste.« Ich knurrte die Worte geradezu. »Ich werde dich nicht noch einmal warnen.«

»Ich habe schon mein Leben lang mit dem Rabensporn zu tun. Ich brauche keine Warnungen.«

»Soll ich etwa beeindruckt sein? Du hast einen fetten Krieger außer Dienst überlebt. Das hier ist die verdammte Schlangengrube. Jetzt halt den Mund.«

Mir ging das Herz schon vor Zuneigung zu diesem Jungen über, den ich gerade erst kennengelernt hatte. Aber er würde Feuer mit Feuer begegnen müssen. Ich würde ihn nicht verhätscheln, nicht, wenn sein Leben von List und Kampfgeist abhing.

Gunnar nahm mich beim Wort und presste die Lippen zusammen, während er stumm auf den Turm zustapfte.

Burg Rabensporn war weniger eine Burg aus Stein und Ziegeln, sondern bestand vor allem aus Holz und Flechtwerk, aus denen hohe und breite Türme errichtet waren. Sie hatte von meinen Urgroßeltern bis zu den falschen Königen alles wechselvolle Schlachtenglück überstanden.

Eli hatte einen Großteil des Geländes umbauen lassen, um seine unzähligen Geliebten und Ehefrauen unterzubringen.

Die Grasflächen, die einst offen und mit lieblichen Gärten, die meine Mutter so sehr geliebt hatte, gestaltet gewesen waren, waren heute von Villen und Langhäusern übersät. Damals hatte es große Freiflächen gegeben, auf denen wir Pferde reiten, Waffenübungen abhalten oder, um dieses Land mit Magie und der Macht der Götter zu speisen, Wildwut einsetzen konnten.

Ich erkannte die Burg nicht wieder.

Goldenes Sonnenlicht war hinter einem grauen, düsteren Wolkenhimmel begraben. Üppiges Gras und Wildblumen waren verwelkt, sodass nur noch kalte, nasse Erde blieb. Einst hatte dieses Gelände nach süßen Blüten geduftet. Jetzt verströmten die Holzvertäfelungen und der Schlamm unter unseren Füßen ständig den beißenden Geruch von stehendem Wasser und Moder.

Verdorrte Mondfahnenzweige waren kaum noch lebendig, bis ich vorbeischritt.

Mir entging das Getuschel unter den Raben nicht, als die silbernen Blüten erwachten; die Zweige schienen sich zu strecken und ein Spalier für uns zu bilden, während wir in den Turm geschafft wurden.

»Rauf. Beweg dich.« Ein Rabe versetzte mir einen Stoß gegen die Schulter, als ich mich den unteren Geschossen des Turms zuwandte.

Rauf? Warum sollten sie uns in den oberen Stockwerken

unterbringen? Bei den Höllen, ich verabscheute es, nicht zu wissen, was diese Dreckskerle vorhatten. Ich konnte für eine Weile eine tapfere Miene aufsetzen, aber Jarl hatte die Wahrheit gesagt: Der Rabensporn – besser gesagt: Calder – spielte ein Spiel, dessen Regeln nur er allein kannte.

Ein Rabe packte Gunnars Arm und drehte ihn zu hoch auf den Rücken des Jungen. »Beweg deine Füße.«

Es ging schnell. Eine einfache Verlagerung meiner Haltung, meiner Arme in Ketten, und schon hatte ich die schwere Eisenfessel um den Hals des Wachkriegers gelegt. Seine Kameraden zielten mit einem Dutzend kurzer Klingen auf meinen Rücken.

»Rühr den Jungen nicht wieder an«, zischte ich dem Raben ins Ohr. »Wenn du glaubst, dass ein paar Ketten mich davon abhalten, dir das Genick zu brechen, irrst du dich.«

Die Spitze einer Klinge stach mir in den Rücken. »Lass von ihm ab, Nachtprinz.«

»Haben wir eine Abmachung?« Ich sah die mutige Wache hinter mir an.

»Lass ihn los. Niemand wird dem verdammten Jungen etwas tun.«

Ich lächelte höhnisch und löste die Ketten vom Hals des Raben, bevor ich zurücktrat. »War das so schwer?«

»Vorerst«, setzte der Rabe hinzu. »Der Junge wird vorerst in Frieden gelassen.«

»Wie auch ihr in Frieden gelassen werdet. Vorerst.«

Gunnar richtete sich ein wenig höher auf. Ein schwaches Lächeln lag auf seinen Lippen, während die Raben einen gehörigeren Abstand von uns hielten und uns zum höchsten Raum im Turm führten.

»Die Fenster sind mit einer Magie gesichert, über die du nicht verfügst, kleiner Prinz«, sagte die befehlshabende Wache an der Tür. »Dächer, Türen – alle gesichert, und du kannst deine Erdwildwut nicht benutzen, um herauszukommen. Versuch es gar nicht erst. Wir werden es merken.«

»Aha. Schlau von euch. Findest du nicht auch?« Ich warf Gunnar einen Blick zu. »Sie sind mit ihren kleinen Spielereien ja so eindrucksvoll.«

Ich würde noch einmal geschlagen werden, aber ich würde es wieder und wieder sagen, wenn es dieses breite Lächeln auf das Gesicht meines Neffen lockte.

Der Befehlshaber der Raben musterte mich mit all seiner Verachtung, als er die Tür aufschloss.

Ich prägte mir im Geist schnell alles ein. Wärme. Es musste drinnen wohl einen Ofen oder ein kleines Feuer geben. Dicke Mauern. Wir würden nicht in der Lage sein zu hören, was in den Türmen oder Gängen vorging. Ein flackerndes Licht. Es konnte von Laternen oder dem Feuer stammen. Sie hatten nicht vor, uns mittels Dunkelheit und Kälte zu foltern. Dann würde es wahrscheinlich durch Schmerz geschehen.

Ich konnte den Blutrausch in mir heraufbeschwören; ich konnte Schmerzen ertragen. Es war Gunnar, um den ich Angst hatte.

Eine letzte Einzelheit. Der Türschlüssel – ein Runenstein. Einer, den ich nicht lesen oder verstehen konnte. *Verdammt.* Der Rabe sagte die Wahrheit, und es war keine Wildwut, die diese Mauern bewachte. Fremde Magie oder manipulierte Wildwut aus den Experimenten in den Steinbrüchen hielt uns hier fest.

Aber was die Raben nicht wussten, war, dass wir einen Alver auf unserer Seite hatten. Ich konnte das Ausmaß von Gunnars Fähigkeiten nicht einschätzen, doch vielleicht konnte er irgendwie helfen.

Zu meiner Überraschung – nein, meinem Misstrauen – drehten die Raben mich um und lösten die Ketten um meine Handgelenke und Knöchel. Die Bindefesseln blieben, aber ich trug keine Handschellen mehr. Was für Spiele spielten sie?

»Rein mit dir, und dann tu uns allen einen Gefallen und sei brav, kleiner Prinz.« Der Rabe lachte leise und schlug die Tür hinter sich zu.

Ich verstand das alles nicht. In all den Umläufen meiner Gefangenschaft bei den Timoranern hatte ein warmes, behagliches Zimmer ohne Ketten nie zu ihrer Strategie gehört.

Eine feuchtkalte Zelle unter der Erde wäre mir vertrauenerweckender erschienen.

Gunnar und ich standen ein paar Herzschläge lang Schulter an Schulter, ohne uns zu rühren, bevor Gelächter mich aus meiner Verwirrung riss.

Als ich einen Blick über meine Schulter warf, sackte mir das Herz in die Hose. »Sol.«

Ein Lächeln auf dem Gesicht, ein schelmisches Funkeln in den Augen, erhob mein Bruder sich von der Kante eines breiten Betts.

Mit fünf langen Schritten durchquerte ich das Zimmer und warf mich in Sols ausgebreitete Arme. Ich war immer breitschultriger gewesen, während Sol der Längste war, aber meine Umarmung schien ihn vollkommen zu verschlingen. *Bei allen Göttern.* Ich kniff die Augen zu; meine Stirn sank gegen seine Schulter.

Sols große Hände umklammerten meine Tunika. Wir klopften einander immer wieder auf den Rücken. Das Geräusch war eine ständige Erinnerung daran, dass das hier wirklich echt war. Er war echt. Nicht mehr nur ein Gesicht, das ich in der Ferne sah. Hier schämte ich mich kein bisschen meiner brennenden

Tränen. Als ich mich von Sol löste, wischte sogar er sich das Gesicht und lachte verlegen.

»Bei den Höllen, Valen.« Er legte mir die Hand in den Nacken, zog meine Stirn an seine, wie unser Vater es immer getan hatte. »Ich habe dich vermisst, Bruder.«

»Wirklich? Anscheinend lebst du doch hier ganz gut, während wir in Ruskig erfrieren.«

Sol ließ den Blick durch das große Zimmer schweifen. »Ein Zug in ihrem Spiel. Einfach nur ein neuer Zug. Dich hat es in einen goldenen Käfig verschlagen.«

Ich räusperte mich und tätschelte seine Wange.

Sol verlagerte seine Haltung, schniefte und unterdrückte seine Ergriffenheit. »Und gut gemacht. Du musst ja doch ein bisschen klug sein, wenn du hinter meine Botschaft gekommen bist. Allerdings bist du ein Idiot und ohne eine höchst notwendige Spielfigur gekommen. Wo ist Herja?«

»In Sicherheit. Bei Elise.«

»Großartig. Warum zu den Höllen ist sie nicht hier?«

Ich deutete auf Gunnar, der immer noch an der Tür stand und von einem Fuß auf den anderen trat. »Weil ihr Sohn den gleichen Drang zum Heldentum hat wie du und ich.«

»Sohn?« Sol starrte mich mit offenem Mund an und sah dann wieder zu Gunnar. Er machte ein paar Schritte durchs Zimmer, bis die Wahrheit ihn mitten ins Gesicht traf. Sol war der Bruder, der am besten liebte. Er war der glücklichste, freundlichste, wahrscheinlich an manchen Tagen auch der schelmischste gewesen. Aber wenn seine Familie oder sein *hjärta* je bedroht gewesen waren, war der älteste Ferus auch zum tödlichsten geworden. »Was weißt du über den Dreckskerl, der ihn gezeugt hat? Wo ist er?«

»Wir werden ihn finden.«

In Gunnars Augen blitzte ein Zorn auf, den ich bei ihm noch nicht gesehen hatte. »Mein Daj ist nicht wie diese anderen Männer. Ich weiß, dass ihr glauben müsst, dass er Maj etwas angetan hat, aber das hat er nicht. Sie haben einander viele Umläufe lang geliebt, und jetzt haben sie ihn gefangen genommen.« Gunnars Atemzüge wurden tiefer und unregelmäßiger. »Alles, was er wollte, war, uns zu beschützen, und ... sie haben ihn gefangen genommen.«

Sol stand am nächsten bei ihm und legte dem Jungen vorsichtig eine Hand auf die Schulter. »Wer hat ihn gefangen genommen?«

Gunnars Augen waren gerötet, aber er kämpfte mit aller Macht darum, seine Stimme am Zittern zu hindern. »Mein Vater ist ein Alver. Aus dem Osten. Sie haben ihn gezwungen, um die Walküre zu kämpfen, aber er hat nur so getan, als täte er es. Er hat mir immer erzählt, dass er sich in jener ersten Nacht in Maj verliebt hat. Sie hat ihn angehört, hat ihn nicht getötet, und stundenlang war alles, was sie getan haben, einander kennenzulernen, obwohl Maj nicht sprechen konnte.«

»Herja konnte nicht sprechen?« Sol sah mich an.

Ich hatte keine Antworten, also zuckte ich nur die Schultern.

»Es ist erst wenige Monate her, dass ich zum ersten Mal die Stimme meiner Mutter gehört habe. Etwas hat sich verändert, das haben wir alle gespürt, und ihre Stimme ist zurückgekehrt«, sagte Gunnar.

Sol sah mich an. »Genauso war es bei mir. Ganz plötzlich konnte ich wieder klar denken, und ihre Manipulationen begannen zu scheitern. Was hat sich verändert?«

Ich zermarterte mir das Gehirn, versuchte nachzudenken. »Nichts. Nachdem wir dich hier zurückgelassen haben, als ich Elise befreit habe, sind wir nach Ruskig zurückgekehrt, und ich nehme an, der einzige Unterschied war, dass ich …« Ich brach ab und riss die Augen auf. »Ich habe den Thron bestiegen.«

Ein halbes Lächeln umspielte Sols Mund. »Das Land hat dich erwählt. Es gibt viel über die Wildwut dieser Erde zu sagen. Die Flüche, mit denen wir belegt waren, konnten ihr vielleicht nicht widerstehen. Etta wehrt sich, Valen.«

Erregung durchlief mein Blut. Wenn das stimmte, dann hatten wir die Macht der reinsten Wildwut auf unserer Seite. Die verdammte Macht der Schicksalsgottheiten selbst.

Sol sah unseren Neffen an. »Junge …«

»Mein Name ist Gunnar«, murmelte er. »Bist du der Sonnenprinz? Mein anderer Onkel? Maj hat uns oft von euch beiden erzählt. Sie wollte immer, dass wir über unsere Geschichte, unser Volk Bescheid wissen.«

»Der bin ich«, sagte Sol. »Aber erzähl uns von dir. Wie alt bist du jetzt?«

»Seit dem letzten Sommer sechzehn.«

»Du verfügst über Magie?«

»Ja. Ich … Ich kann den Verstand manipulieren.«

»Keine Erdmagie?«

»Alver«, begann ich, »haben Magie, die auf den Körper einwirkt.«

»Faszinierend«, flüsterte Sol. »Was kannst du mit dieser Manipulation ausrichten?«

»Leute überzeugen, Dinge zu tun. Ihrem Verstand Ideen einpflanzen«, sagte Gunnar. »Aber … es tut weh. Ich kann es nicht lange durchhalten.«

Ich erinnerte mich an das Jucken in meinem Schädel, als wir uns kennengelernt hatten, meinen Wunsch, das Zelt zu verlassen. Er hatte mir gesagt, dass ich gehen wollte, und ich *hatte* gehen wollen.

»Aber ich kann kämpfen«, betonte Gunnar. »Mit einem Bogen kann ich besser umgehen als Maj. Ich verfehle kaum jemals, wenn überhaupt, mein Ziel.«

Sol lachte. »Ich habe keine Zweifel, dass deine Begabungen sehr nützlich sein werden.«

»Mag sein. Ich will ihn allerdings nicht dem falschen König preisgeben.« Ich verschränkte die Arme vor der Brust. »Ich will mehr über deinen Vater wissen. Du hast gesagt, er war ein guter Mann? Herja war ihm wichtig?«

»Ja. Sie sind seit fast achtzehn Umläufen zusammen. Sie haben die Scharade, er hätte die Stumme Walküre besiegt, so gut gespielt, dass Magnus Daj zweimal pro Umlauf gestattet hat, zu Besuch zu kommen.«

»Hat Magnus euch etwas angetan?«

»Die Familie meines Vaters gehört im Osten dem Adel an, und ich glaube, Stor Magnus treibt mit ihr Handel. Er hat uns nicht geschlagen oder gefoltert, aus der Furcht heraus, dass ein Wort von meinem Vater ihre höflichen Geschäfte ruinieren würde.«

»Wenn er solche Macht hat, warum hat er euch dann nicht befreit?«

Gunnars Kiefer zuckte. »Er hat es versucht. Mein Leben lang hat er es versucht. Ich kenne den Osten nicht gut, aber er hat gegen seine Leute und gegen unsere hier gekämpft. Die beste Abmachung, die er aushandeln konnte, war, dass Laila und ich unversehrt bleiben und nie verkauft werden sollten. Er hat versucht, seine Magie einzusetzen, um die Bande zu brechen, die Maj gefangen hielten. Als sie es herausgefunden haben, habe ich ihn für einen ganzen Umlauf nicht gesehen. Er gehört zum Adel, aber er ist nicht so frei, wie ihr denken mögt.«

Das hätte mich nicht überrascht, wenn dieser Mann ein

Alver war. Junius hatte angedeutet, dass im Osten ebenso brutal wie hier Jagd auf Magie gemacht wurde.

»Aber als Daj vor Monaten zurückgekehrt ist, hatte meine Mutter ihre Stimme wieder. Sie hat ihm erzählt, dass sich etwas verändert hatte. Hat ihn angefleht, uns wegzubringen. Sie wusste, dass im Land etwas Gefährliches vorging. Er hat versprochen zurückzukehren, um sie zu holen, aber wir haben es nur bis zum Nordfjord geschafft, bevor sie uns wieder eingefangen haben.

Er hat nicht zugelassen, dass ich mein Mesmer benutze – so nennt er es. Er wollte nicht, dass sie erfahren, dass ich Alver bin, und hat dafür gesorgt, dass sie es nicht bemerkt haben. Seine Alvermagie besteht darin, andere Alverbegabungen mit einem bloßen Gedanken zu blockieren und auszulöschen. Ich hätte ihn beschützen können.« Gunnar schloss die Augen und schüttelte den Kopf. »Ein Mann aus dem Osten war dort am Hafen, fast so, als hätten sie im Voraus gewusst, dass wir fliehen würden. Ich … ich glaube, es war sein Vater. Sie sahen sich ähnlich. Mein Daj hat mir gesagt, dass alles gut sein würde, aber ich weiß, dass es das nicht ist. Er schreibt uns sonst immer, doch seit er fort ist, haben wir nichts gehört. Wir wissen nicht, wo er ist.«

Das war … unerwartet. Ein Teil von mir fragte sich, ob dieser Mann Gunnar nur gezeigt hatte, was er ihn sehen lassen wollte. Seinen Kindern mochte er als hingebungsvoller Liebender erscheinen, aber vielleicht war er grausam, wenn er mit Herja allein war. Doch das passte nicht. Herja hätte ihm nie erlaubt, am Leben zu bleiben oder in die Nähe ihrer Kinder zu kommen, wenn er bösartig gewesen wäre.

Ich sah Sol an. »Magnus hat so getan, als würde er den Mann nicht näher kennen, ihn einen Mystiker aus dem Osten genannt. Wenn sie miteinander korrespondieren, könnten wir ihn vielleicht aufspüren.«

Sol kratzte sich am Kinn. »Also steht auf der Liste von Aufgaben, die wir noch erfüllen müssen, jetzt auch, Herjas Geliebten zu finden. Ein Name wäre hilfreich, Gunnar.«

»Hagen Strom«, sagte er und musterte uns voller Argwohn.

»Weißt du irgendetwas über sein Leben und seine Familie?«

»Nicht viel. E… er hat nicht gern über seine Heimat gesprochen, aber er hat einmal erwähnt, wenn wir je in den Osten kämen, würde er uns einer einzigen Person vorstellen. Einer jüngeren Schwester, doch er hat ihren Namen nie genannt. Alles, was ich weiß, ist, dass sie eine Alver ist und dass er gezögert hat, von ihr zu sprechen. Er hat gesagt, sie gehöre einem jener kostbaren Alverschläge an, die man verkaufen würde, wenn irgendjemand wüsste, wozu sie in der Lage sind.«

»Das ist nicht viel, aber immerhin etwas, wonach man suchen kann«, sagte Sol.

Gunnar rang die Hände und verknotete seine Finger. »Ihr … ihr würdet wirklich dabei helfen, ihn zu finden?«

»Was habe ich dir gesagt?«, fragte ich. »Diese Familie kämpft füreinander. Wenn dein Vater Herjas *hjärta* ist, dann bedeutet das sehr viel.« Ich schloss die Augen, um nicht an Elise zu denken. Eine Aufgabe nach der anderen. »Das macht deinen Vater zum Familienmitglied. Wenn wir dieses Land zurückgewinnen – und das müssen wir –, werden wir tun, was wir können, um ihn zu finden.«

»Der Meinung bin ich auch«, pflichtete Sol mir bei. »Doch für den Augenblick gibt es Dringenderes. Hast du Elises Titel offiziell gemacht?«

»Sie ist Königin. Warum?«

»Ich weiß es nicht, aber ihre Schwester und der falsche König hatten große Angst davor, dass Elise den Titel einer Königin annimmt. Ich verstehe es nicht, und jetzt wird ihre Schwester sie mehr als jeden anderen in ihre Gewalt bringen wollen.«

»Du hast Elise zur Zielscheibe gemacht?« Meine Stimme war ein dunkles, tiefes Grollen.

»Ich? Du hast das Ehegelöbnis gesprochen. Hast du es nur auf mein Wort hin getan, oder liebst du die Frau?«

Ich ließ ein paar Fingerknöchel knacken. Der Wortwechsel wurde hitzig, aber ich musste ruhig Blut bewahren. Ich hatte schon vorgehabt, das Ehegelöbnis abzulegen, bevor wir Sol gefunden hatten. »Tut mir leid. Ich kann es nicht ertragen, dass ich sie zurückgelassen habe, um diesen Kampf allein zu führen.«

»Aber wird sie das tun?«, fragte Sol. »Sie ist eine Frau, die die Bürde, Königin zu sein, wie unsere Mutter tragen wird?«

Ich feixte. »Elise wird dieses Königreich bald genug in Schutt und Asche legen.«

»Gut. Ich freue mich darauf, die Furcht im Gesicht ihrer Schwester zu sehen.«

»Was weißt du, Sol? Warum war es dir so wichtig, dass ich herkomme?«

Mein Bruder zögerte. »Als mein Verstand zu mir zurückgekehrt war, habe ich es mir eine Weile nicht anmerken lassen und den Wahnsinnigen gut gespielt. Ich habe viele Dinge belauscht, Valen. Achtlos unter den Wachen gesprochene Worte, solange sie dachten, ich könnte sie nicht verstehen. Der falsche König wollte dich unbedingt in die Falle locken, deine Macht hier haben, wo er sie bewachen kann. Er wusste erst nicht, dass Herja noch lebt, aber als er die Wahrheit herausgefunden hat, hat er mich holen lassen.«

»Wie hat er erfahren, dass sie am Leben ist?«

»Ich vermute, als unsere Flüche gebrochen waren, konnte

sie ihre Abstammung nicht länger verbergen, und man hat den Rabensporn benachrichtigt. Sind seltsame Dinge um sie herum geschehen, als ihre Stimme zurückgekehrt ist?«, fragte Sol Gunnar.

Der Junge holte Luft und nickte dann. »Ja. Jetzt, da du es erwähnst … Das Land um das Gutshaus, in dem man uns festgehalten hat, herum hat sich verändert. Die Blumen haben sich ihr immer zugewandt – das heißt, sie haben sich bewegt, wenn wir vorbeigekommen sind.«

Ich lachte leise. »Das Land hat ihr Geheimnis verraten. Es liegt daran, dass die Wildwut dieses Landes das Haus Ferus vor langer Zeit dazu auserwählt hat, hier zu herrschen. Du wirst sehen, dass sie das Gleiche für uns tut.«

»Magnus hat sie unter Druck gesetzt, als es ihnen aufgefallen ist«, sagte Gunnar in ausdruckslosem Ton. »Es war eines der wenigen Male, dass er ihr wehgetan hat. Sie haben mich angekettet, aber ich konnte hören, wie sie versucht hat, sich gegen ihn zu wehren, bis sie Laila mitgenommen und damit gedroht haben, meiner Schwester die Ohren abzuschneiden. Maj hat am Ende ihren wahren Namen verraten. Bis dahin war sie als Breeta bekannt gewesen. Nur wir kannten sie als Herja Ferus.«

Angesichts des finsteren Blicks, den Sol auf mich richtete, brauchte es nicht viel, um mich erraten zu lassen, dass ihm die gleichen Gedanken wie mir durch den Kopf gingen. Haus Magnus würde für das brennen, was es unserer Schwester angetan hatte.

»Der falsche König lebt in seiner verdammten Bibliothek«, sagte Sol nach einer Pause. »Er verbringt seine Tage damit, Prophezeiungen und Sagas zu durchsuchen. Vielleicht ist er selbst in einen gewissen Wahnsinn abgeglitten.«

»Was hat er getan?«, fragte Gunnar. »Du hast gesagt, dass er dich geholt hat, als er erfahren hat, dass meine Mutter noch lebt.«

Sol fuhr sich mit einer Hand durchs dunkle Haar. »Er hat mich angeschrien, hat mir gesagt, er wisse, dass mein Verstand wiederhergestellt sei. Er sagte, die Flüche seien Tod, und hat darauf bestanden, dass ich ihm erzählte, was ich über ein Grab wusste, und ihm erklärte, wie das Land sterben würde, wenn wir starben. Dieses eine Mal hatte ich keine Ahnung, wovon er redete.« Sol rieb sich eine Stelle auf seiner Brust. »Kein Maß an Folterungen hat ihm Antworten gegeben.«

Ich schloss die Augen. Wie lange hatten sie meinen Bruder misshandelt, weil ihr König sich in alten Schriften verlor? Aber leider verstand ich Calders Äußerungen bis zu einem gewissen Grade.

Ich hasste das Schicksal. Es machte einem den Lebensweg nie einfach. »Es gibt ein Grab, das ich kenne. Das Schwarze Grab, und es ist ein elender Ort, Sol.«

Er riss die Augen auf. »Du warst schon dort?«

»Ich bin dort gestorben. Beinahe zweimal.«

Sol zog eine Augenbraue hoch. »Die Geschichte erwarte ich später noch von dir, aber erst einmal müssen wir uns einen Plan einfallen lassen, wie wir dorthin gelangen können. Der falsche König behauptet, dass unsere Mutter machtvolle Wildwut in dem Grab versteckt hat und nur das Blut ihrer Erben in der Lage sein wird, die Türen zu öffnen. Wenn sie es nicht tun, wird das Land mit der Zeit allmählich sterben, und unsere Flüche werden auf die Timoraner übergehen.«

»Und Calder glaubt daran.«

Sol lächelte finster. »Mehr, als er an seinen eigenen Namen glaubt. Bevor er wusste, dass mein Verstand nicht mehr verdüstert war, hat der falsche König stundenlang geschimpft und seinen toten Vater dafür verflucht, dass er ihm nichts über die Wildwutgeheimnisse erzählt hat, die zwischen den timoranischen Königen weitergegeben wurden. Er entdeckt im Laufe der Zeit eine Wahrheit nach der anderen und wird dadurch geschwächt.«

»Es sei denn, es gelingt uns nicht, die Antworten vor ihm zu finden«, sagte ich. »Das Schwarze Grab ist böse. Wir wollen nicht dorthin gehen.«

Ich hasste das Schwarze Grab. Es war selbst zu einem verdammten Fluch geworden. Aber das hier ergab keinen Sinn. Ich war schon zu oft für eine Lebensspanne an der Grabstätte gewesen, doch es gab dort keine große Tür, die mit Wildwut gesichert war. Allerdings war der verdammte Ort von der düstersten, tödlichsten Wildwut erfüllt, mit der ich es je zu tun gehabt hatte. Wer konnte schon einschätzen, ob es dort nicht noch größere Geheimnisse gab?

»Wir haben vielleicht keine Wahl«, sagte Sol. »Wenn das der Spielzug des falschen Königs ist, müssen wir ihm zuvorkommen.«

Ich schüttelte den Kopf. Ein Schmerz baute sich hinter meinen Augen auf. »Was hat er doch gleich noch über die Erben erwähnt?«

Sol nickte. »Er hat von den Erben unserer Mutter gesprochen. Ihr Blut kann die Wildwut des Grabes aufschließen. Wir sind die Erben – sag mir, dass ich da nichts falsch interpretiere.«

»Wenn er drei Erben mit Wildwut will, dann ja«, sagte ich. »Er weiß nicht, was dort verborgen ist?«

»Nein, zumindest danach zu urteilen, dass er immer aussieht, als wäre er drauf und dran, sich selbst die Kehle durchzuschneiden, wenn er versucht, Antworten zu bekommen. Ich glaube nicht, dass der falsche König eine Ahnung, hat, was sich in diesem Grab befindet. Aber es erklärt, warum man uns am Leben gehalten hat«, beharrte Sol. »Sie fürchten uns, doch sie brauchen uns verdammt noch mal aus irgendeinem Grund. Entweder um uns davon abzuhalten, etwas zu entdecken, oder um uns zu benutzen, ihnen dabei zu helfen, es sich zu nehmen. Ich spüre es in den Knochen, Bruder – wir sind die Einzigen, die öffnen können, was Maj versteckt hat.«

Ich warf einen Blick auf meinen Neffen, der ernst an der Wand stand. »Gunnar hat Herjas Blut. Meinst du, das wird ausreichen?«

»Das kann ich nicht sagen«, räumte Sol ein. »Aber wir müssen es versuchen. Mach dich darauf gefasst, dass er dich holen lässt, Valen. Er will Antworten, und er wird dir wehtun, um sie zu bekommen.«

Ich wappnete mich, als könnte Calder jederzeit erscheinen. Wir wurden von einem Klopfen unterbrochen. Ich erstarrte und rechnete mit dem König, aber ein breitschultriger Leibeigener öffnete die Tür. Kein Ettaner und ein Mann, den unsere Mienen kaum zu berühren schienen, als er einen Servierwagen mit Essen hinter sich her ins Zimmer zog. »Der König und die Königin bestehen darauf, dass ihr bei Kräften bleibt.«

Ich starrte meinen Bruder mit offenem Mund an. »Der Rabensporn gibt seinen Gefangenen mittlerweile etwas zu essen?«

Zweifelsohne würde es zu Versuchen kommen, uns zu vergiften.

Sol rollte die Schultern und klopfte mir auf den Arm. »Mach dich bereit, Bruder. Die Spiele haben begonnen.«

Meine Freundin,

was du vorschlägst – könnte das wirklich funktionieren? Hast du solche Macht? Was wird aus meiner Familie werden?

Verzeih die vielen Fragen, aber ich verstehe diese Wildwut nicht. Du bestehst darauf, dass der falsche König Teil dieses Landes bleiben muss, dass er dazu beitragen wird, vier Königinnen des Schicksals hervorzubringen. Ich verstehe nicht, welchen Zweck vier Königinnen haben, aber wenn der falsche König am Leben bleiben soll, stößt mir der Gedanke sauer auf. Nach all dem Leid, das er verursacht hat, wäre mir nichts lieber, als ihn grau und blutleer auf einem Schlachtfeld zu sehen. Doch wenn ihn am Leben zu halten bedeutet, dass meine Familie neue Sonnenaufgänge sehen wird, dann lass ihn leben, bis er nur noch aus brüchigen Knochen besteht.

Ich werde heute Abend am Treffpunkt sein. Wir reden noch weiter.

Lili

KAPITEL 20

PRINZESSIN AUF ABWEGEN

»Darf ich mich zu dir gesellen?«

Ich schaute von dem kryptischen Brief auf. Herja stand hinter mir. »Ja, bitte.«

Ich deutete auf den freien Platz auf dem Baumstamm und rutschte beiseite.

Sie machte es sich neben mir bequem und starte auf den sanft plätschernden Bach. Neun Tage in Ruskig hatten ihr mehr Farbe auf den Wangen und mehr Fleisch auf den Knochen verliehen. Sie war stark und geschmeidig. Ich verstand die vielen Geschichten über Herja Ferus und ihre Klinge, als sie es übernahm, unsere Krieger auszubilden, während Halvar über grobe Landkarten und Zeichnungen von Burg Rabensporn gebeugt unsere Strategien entwickelte.

»Was liest du da?«

Ich musterte die groben Federstriche. In der Reihenfolge der Briefe sprach Liliannas Verzweiflung aus jedem neuen Schreiben deutlicher. Ich reichte Herja den Brief. »Von deiner Mutter. Ihre Schriften spenden mir Trost. Das haben sie schon immer getan.«

Herja las die Seite. Eine Falte bildete sich über ihrer Nase. »War das, als sie in Elis Turm eingesperrt war?«

Ich zuckte die Schultern. »Ich weiß es nicht.«

»Ich möchte annehmen, dass es so ist. Er hat sie von uns getrennt gehalten, gefordert, dass sie seine Geliebte wird. Er hat gedroht, mich zu nehmen, wenn sie sich nicht fügen würde. Bis ich seine Wachen umgebracht habe.« Sie schnaufte verbittert. »Danach fand er es, glaube ich, klüger, mich weggesperrt zu halten und mich nicht anzurühren.«

»Erkennst du die Freundin, an die sie schreibt?«

Herja schüttelte den Kopf. »Nein. Sie hatte viele Freunde überall im Land. Das war die große Stärke meiner Mutter: Ihre Fähigkeit, Leute trotz aller Differenzen zu vereinen. Der Einzige, den sie nicht überzeugen konnte, war König Eli.«

Ich faltete das Pergament und schob es behutsam zurück in eine Tasche an meinem Gürtel. Tränen ließen mir alles vor den Augen verschwimmen. In ruhigen Momenten, wenn die Sterne den Himmel erhellten, gestattete ich es meinen Gedanken, sich Valen zuzuwenden, seinen sanften Berührungen, den leisen Worten, die er nur zu mir sprach. Dann, wenn die grelle Sonne jeden Tag wieder aufging und die zärtlichen Gedanken zu bloßen Träumen wurden, verfiel ich wieder in düstere Verzweiflung darüber, dass wir getrennt waren.

Ohne jeden Zweifel wurde er gefoltert.

»Elise«, sagte Herja, eine Hand auf meinem Arm. »Wir machen Fortschritte.«

»Das ist nicht genug. Nicht, bis Valen frei ist.«

»Halvar ist listig, was die Aufstellung unserer Truppen um die Burg herum betrifft, und wenn deine Männer mit Verbündeten zurückkehren, werden sie ein unschätzbarer Gewinn für uns sein. Ich kenne mich schließlich ein bisschen mit Alvern aus.«

Ich starrte meine Hände an. »Du sprichst von Lailas und Gunnars Vater.«

»Genau. Alver sind durchtrieben, wie Fae, aber manchmal noch furchterregender. Ihre unterschiedlichen Gaben sind wirklich erschreckend und wunderbar zugleich. Glaub mir, wenn deine Verbündeten Alver sind, werden wir im Vorteil sein, wenn sie sich mit dem Nachtvolk und der schieren Willenskraft der Ettaner zusammentun.«

»Wo ist er? Dein Geliebter, meine ich. Würde er nicht gern erfahren, dass du frei bist?« Ich hatte meine Zweifel, was den Mann betraf. Vielleicht war es ihm lieber, wenn seine Familie in Gefangenschaft war. Solange sie eingesperrt war, war sie schließlich nur von ihm allein abhängig.

Doch ich zweifelte wiederum an meinen Zweifeln, als Herjas Gesicht blass wurde. »Ich befürchte, ihm ist etwas Schreckliches zugestoßen. Wildwut, die wir nicht verstanden, hielt mich in den Händen von Stor Magnus. Umläufe lang haben Hagen und ich versucht, die Magie zu brechen, die mich festgehalten hat, aber nichts hat je funktioniert. Als meine Stimme wiederkehrte, nachdem ich so lange mit dem Fluch der Stummheit gelebt hatte, wusste ich – tief in mir –, dass etwas im Land sich veränderte. Etwas Gefährliches.

Ich habe Hagen gezwungen, mit unseren Kindern zu fliehen. Bei den Höllen, der Mann kann streiten, und er hat mir bis zum Schluss widersprochen. Doch er liebt auch seine Kleinen heiß und innig, und sie zu befreien, war ihm jedes Risiko wert.«

»Aber welches Risiko? Warum konnte er sie nicht von Anfang an zu sich nehmen?«

Herja spielte einige Augenblicke lang mit ein paar Grashalmen. »Manche Alver leben vielleicht das Leben von Adligen, wie Hagen, aber sie bewegen sich immer auf Messers Schneide, wenn ihre Begabungen selten sind oder wenn sie auch nur im Geringsten aus der Reihe tanzen. Im Osten werden sie verkauft und zum Vergnügen eingesetzt, besonders die Frauen. Aber auch Alvermänner werden gefangen genommen, und nach allem, was Hagen beschrieben hat, werden sie in Monster verwandelt. Das ist der Grund dafür, dass er überhaupt ausgesandt wurde, damit er um die Walküre kämpfte. Wenn er gewann, würde seiner Familie angesichts dieses Siegs ein neues Maß von Ansehen zuteilwerden, und in solch einer Stellung würden sie der genauen Musterung durch Alverjäger entzogen sein.«

»Also hat er sich auf das Spiel eingelassen.« Ich presste die Lippen zu einer schmalen Linie zusammen. »Und er hat offensichtlich gewonnen.«

»Nein, er hat nicht gespielt. Ich war bereit, ihn zu töten, sobald er das Zelt betrat, aber was er sagte, hielt mich auf: ›Können wir einfach eine Weile reden, bevor du mich umbringst?‹« Herja lachte leise. »Stumm seit Umläufen, und endlich wollte jemand mit mir sprechen.«

»Aber er ist immer wiedergekommen.«

»Ja. Er hat gesprochen, ich habe Antworten niedergeschrieben.« Sie betrachtete die Bäume und lächelte melancholisch. »Ich habe mich in ihn verliebt.«

»Doch sie wollten ihn nie bei seiner Familie bleiben lassen?«

Sie schüttelte den Kopf. »Als er die erste Nacht überlebt hatte, sind sie davon ausgegangen, er hätte mich besiegt. Als erster – und einziger – Sieger durfte Hagen zweimal pro Umlauf zurückkehren. Nachdem unsere Kinder zur Welt gekommen waren, hat Hagen darum gekämpft, dass wir alle freigelassen wurden. Bei den Höllen, wie viel Geld er Magnus dafür gezahlt hat, den Gedanken auch nur in Erwägung zu ziehen! Allerdings solltest du bedenken, dass er nur sehr begrenzt etwas tun durfte, wenn er es nicht riskieren wollte, in seinem eigenen Königreich gefährlich vom rechten Weg abzuweichen.«

Herja entließ einen bebenden Atemzug und schlang die Arme um sich. »Bis ich ihn *gezwungen* habe, so weit davon abzuweichen. Er hatte vor, mit den Kindern in den Süden, den Westen zu fliehen, irgendwohin, damit sie in Sicherheit wären. Und jetzt ist er in sein Land zurückgeschafft worden und … Ich befürchte das Schlimmste, Elise. Ich habe Angst, dass ich ihn zu einem Leben in Schmerzen und Gefangenschaft verdammt habe.«

Mit einer raschen Handbewegung wischte sie sich Tränen von den Wangen. »Wenn du jemanden brauchst, der Verständnis dafür hat, wie es ist, nicht zu wissen, wo die andere Hälfte des eigenen Herzens ist, hast du mich. Ich weiß, dass du meinen Bruder so liebst, wie ich Hagen liebe. Aber wir müssen daran glauben, dass wir sie wiedersehen werden, sonst wird der Kampfgeist in uns verdorren und sterben. Ich werde nicht aufgeben, was Hagen betrifft, und du darfst nicht in Hoffnungslosigkeit wegen Valens Abwesenheit verfallen.«

Ich packte ihre Hand und drückte sie, Tränen auf den Wangen. »Ich werde kein Leben akzeptieren, in dem wir sie nicht wiedersehen.«

»Dann kämpf weiter, meine Königin.« Sie lächelte sanft. »Wir sind kurz davor.«

Herja Ferus musste etwas von einer Visionärin im Blut stecken, denn in den Stunden vor der Morgendämmerung verkündete Hörnerschall, dass Schiffe sich den Wällen des Zufluchtsorts näherten. Ich hatte Laila und Herja das Bett überlassen und mir einen Platz auf dem Teppich dicht bei der Feuerstelle des Langhauses gesucht. Ich erinnerte mich nicht, eingeschlafen zu sein, aber als das Horn ertönte, war ich schlagartig wieder wach, begraben unter einem dicken Bärenfell.

Ich trug inzwischen kaum noch Nachthemden. Wenn der

Krieg an die Tore klopfte, erschien es einem klüger, Klingen und Stiefel in Reichweite zu behalten.

Der Gürtel mit meinem Sachs und meinem Dolch war gerade erst festgeschnallt, als die Tür krachend aufflog und die Schattengilde in den Saal strömte.

»Schiffe«, stieß Halvar atemlos hervor und zog seinen eigenen Gürtel zurecht.

»Ari?«

»Sieht so aus«, sagte Thor und reichte mir meinen silbernen Stirnreif.

»Elise, sind sie gekommen?« Herja schlug, halb angekleidet, den Pelzvorhang zurück.

»Wir werden es gleich herausfinden.«

»Ich begleite dich.«

»Ich bleibe bei dem Kind.« Kari erschien hinter Halvar und trat ins königliche Langhaus.

Bei den Höllen, waren alle vollständig bekleidet und jederzeit einsatzbereit? Es war, als verfügten meine vertrautesten Freunde über eine Wildwut, die sie binnen weniger Atemzüge an meiner Seite erscheinen ließ, wenn sich auch nur das Geringste änderte. Um die Wahrheit zu sagen, spendete es mir einen gewissen Trost, zu wissen, dass sie immer da waren.

Auf dem Weg zu den Wällen schlossen Stieg, Mattis und Siv sich uns an. An den Palisaden, die dem Meer zugewandt waren, sprach Brant mit den Bogenschützen auf dem Wehrgang und winkte uns dann zum Ufer durch. Jenseits der Wälle füllte die weite Fläche des Schicksalsozeans die beginnende Dämmerung aus.

Im schwachen Morgenlicht steuerten vier schnelle Langschiffe in den Fjord. Das stetige Dröhnen von Trommeln verkündete ihr Näherkommen. Meine Brust schnürte sich zu. Auf dem vordersten Schiff stand Ari am Bug und stieß in ein gebogenes Widderhorn. An seiner Seite trieb Casper die Wellen an, damit sie die Schiffe schnell ans Ufer trugen.

Je näher sie kamen, desto mehr Leute aus Ruskig strömten herbei, um die Flotte zu begrüßen.

Erst jetzt fiel mir etwas anderes ins Auge. Hinter der Schiffsformation zog eine pechschwarze Wolke her. Dunkler als eine mondlose Nacht glitten Knäuel von Schwarz über das Wasser wie Seeschlangen.

»Was ist das?«, hauchte Siv.

Das würden wir gleich herausfinden. Ich eilte ans Ufer, als das erste Schiff anlandete und Ari auf den steinigen Strand prang. Ohne Zögern fiel ich ihm um den Hals. »Ich flehe dich an, uns gute Neuigkeiten zu bringen.«

Er lachte und strich mir tröstend mit einer Hand über den Rücken, bevor er sich von mir löste. »Ich bringe dir faszinierende Neuigkeiten, meine Königin. Und alte Freunde.«

Ich sah zu dem zweiten Schiff, als es auf die glatten Steine des Strands glitt. Ein Mann sprang an Land. Auf seiner dichten Mähne aus braunrotem Haar trug er eine Kappe ohne Krempe. Ein Leinwandmantel lag um seine Schultern, und an seinem Gürtel steckten zwischen drei Messern Reihen von Beuteln und Fläschchen.

Er atmete tief durch die Nase ein. »Hier stinkt es nicht nach Pisse.«

Herja prustete vor Lachen, während wir beobachteten, wie er sich wieder dem Schiff zuwandte. Gut aussehend. Jung. Ständig ein verschmitztes Lächeln im Gesicht. Der Mann langte nach oben und streckte eine Hand aus.

Ich quietschte vor Entzücken wie ein Kind, als Junius seine Hand nahm und sich von ihm ans Ufer helfen ließ.

»Junie!« Ich stürmte auf sie zu und schloss sie in die Arme. »Schau dich nur an! Du siehst …«

»… wohlgenährt aus?« Sie zog schelmisch eine Augenbraue hoch. Es stimmte: Sie wirkte gesünder als früher. Zwei Silberringe zierten ihre Wangen in den Grübchen, die sich bei ihrem Lächeln bildeten, und ihr langes, glänzendes schwarzes Haar war mit Goldketten durchflochten. Sie trug eine fließende Tunika und silberne Armreifen an den Handgelenken. Eine ganz andere Frau als die, die ich zuletzt gesehen hatte.

Ich umarmte sie noch einmal. »Jetzt, da du hier bist, atme ich leichter.«

»Elise«, sagte sie streng. »Wir hätten längst hier sein sollen, bevor Valen gefangen genommen wurde. Bei den Höllen, ihr seid alle so verdammt starrsinnig und habt zu Hause reichlich Unfrieden verursacht. Ich musste meine eigene Schlacht ausfechten, um Niklas im Zaum zu halten. Keine leichte Aufgabe, da der Mann sich schon in diesen Kampf stürzen wollte, seit ich zurück bin.«

Sie blickte sich nach dem Mann um, der ihr vom Schiff geholfen hatte, während er sich ein seltsames Band aus etwas, das nach Goldringen aussah, auf die Finger schob, diese dann ein paarmal bewegte, bis die Ringreihe blieb, wo sie war.

Sie traten mit mir beiseite, während die drei Schiffe Männer und Vorräte abluden. Die meisten ihrer Leute waren wie Niklas gekleidet. Weniger Pelze und Tuniken als hier, dafür mehr Hosen, Gürtel aus gekochtem Leder und schwere Stiefel.

Ich behielt die näher kommenden Schatten misstrauisch im Auge und lauschte den gespenstischen Trommelschlägen. Zweifelsohne waren die meisten dieser Leute Alver, wenn sie mit Junius zusammenlebten, aber es löste dennoch ein gewisses Unbehagen aus, als die Wolke nahte.

»Nik«, riss Junius' Stimme mich aus meinen Gedanken. »Darf ich dir Elise Lysander vorstellen? Die neue Königin hier.«

»Ferus«, verbesserte ich.

»Ach, stimmt ja. Euer Ehegelöbnis. Das, zu dem ich nicht eingeladen war«, sagte Junie schmollend.

»Ich bin mir sicher, dass du schon viel von mir gehört hast.« Ihr Mann trat vor. »Den eindrucksvollen Gildemeister der berüchtigten Falkyn von Skítkast.«

»Ich habe ein bisschen gehört«, bestätigte ich lächelnd.

»Nur ein bisschen? Hat Junie keine großen Geschichten darüber erzählt, wie brillant ich bin?« Niklas zwinkerte und küsste mir den Handrücken. »Ich vermute, es ist besser, es mit eigenen Augen zu sehen. Du hast geholfen, meiner Frau das Leben zu retten, kleine Königin, also kannst du dir meiner Dankbarkeit und meiner Loyalität gewiss sein.«

Junius lachte leise und versetzte ihm einen Stoß mit dem Ellenbogen. »Denk daran, dass der Titel nicht der Etikette entspricht. Sie ist eine verdammte Königin, mein Liebster.«

»Tut mir leid, von Etikette verstehe ich nicht viel«, sagte Niklas, eher an mich gewandt. »Das Königreich der Falkyn besteht aus dem elendesten aller Elendsviertel.«

Ich grinste. Zum ersten Mal, seit Valen gefangen genommen worden war, durchströmte mich Hoffnung. »Etikette kümmert mich wenig. Ihr könnt euch meines Danks dafür gewiss sein, dass ihr unserem Ruf gefolgt seid.«

»Bei den Höllen, ein Kampf um eine verdammte Krone«, sagte Niklas und reckte die Arme über den Kopf. »Wie könnten wir uns da weigern?«

»Wie gesagt, er bittet mich schon die ganze Zeit, hierher zurückzukehren.« Junies Lächeln verblasste. »Erzähl uns von Valen.«

Ich schloss die Augen. »Es gibt so viel zu erzählen. Kommt mit ins Langhaus, dann erklären wir euch alles.«

Ein weiteres Horn ertönte im Wind. Mein Blut wurde eiskalt. Ich hatte einen Moment lang den Blick gesenkt, und jetzt umfingen die Schatten das Ufer. Unsere Leute stoben auseinander, aber da waren sie nicht die Einzigen.

Sogar Niklas scheute zurück und verschränkte die Arme vor der Brust. »Er kann es einfach nicht lassen, einen großen Auftritt hinzulegen. Allmählich glaube ich, dass er die Aufmerksamkeit genießt.«

»Was ist das?«

Junius sah mich an, als hätte ich den Verstand verloren. »Der Nachtspalter. Wie du es verlangt hast.«

Auf ihr Wort hin zogen sich die Schatten zu einem Mittelpunkt zusammen, als würde ein Wirbelsturm sie umherwehen. Zwischen ihnen erschien ein dunkles Langschiff, auf dem zwei Kinder Rohledertrommeln schlugen und nur wenige Mannschaftsmitglieder Klingen und Bogen abluden.

Als der letzte Hauch Schatten erstarb, trat ein Mann daraus hervor, als hätte sein Körper die Dunkelheit in sich aufgenommen. Ich war mir sogar sicher, dass er es getan hatte.

In eine Kapuze gehüllt und ganz ins Schwarz gekleidet, bahnte er sich einen Weg durch alle am Ufer. Seine Bewegungen waren schnell, selbstsicher und fordernd. Ich hielt den Atem an, zu gebannt, vielleicht auch zu verängstigt, um mich zu rühren. An meiner Seite gingen Herja, Thor und Halvar in Stellung, um mich zu beschützen, als der Nachtspalter auf uns zukam.

Zwei Schritte entfernt blieb er stehen. Die Kapuze verhüllte die obere Hälfte seiner Gesichtszüge, aber sein Mund war zu einer scharfen, harten Linie zusammengepresst.

Für zwei, zehn, ein Dutzend Atemzüge blieben wir so stehen.

Bis er am Ende sprach. Seine Stimme war leise, gespenstisch und heiser. »Bist du die Königin, die dumm genug ist zu glauben, dass sie mein Schicksal kennt?«

»Es wäre klug von dir, etwas Respekt zu zeigen«, sagte Thor drohend. »Du sprichst schließlich mit einer Königin.«

Der Nachtspalter lachte leise. Es lag wenig Zuneigung darin. »Nicht mit meiner. Ich diene keinem Mitglied eines Königshauses und werde es auch nie tun.«

»Ich bin Elise«, sagte ich und legte Thor eine Hand auf die Brust, als er nach seiner Klinge griff. »Ich gebe nicht vor, dein Schicksal zu kennen. Aber ich werde auch nicht so tun, als ob deine Existenz mir nicht von einer Schicksalssprecherin enthüllt worden wäre. Jede Prophezeiung, die sie ausgesprochen hat, ist in Erfüllung gegangen.«

»Und du glaubst, dass ich in eurem Krieg eine Rolle zu spielen habe?«

»Ich weiß es nicht, aber du bist hergekommen. Du musst dir die Frage selbst bis zu einem gewissen Grad gestellt haben.«

Wenn überhaupt noch möglich, wurde sein Stirnrunzeln noch tiefer, doch er zeigte auf die kleine Rumpfmannschaft seines Schiffs. »Ich bin hergekommen, weil die Mehrheit meiner Gilde dafür gestimmt hat. Man hat mich überstimmt. Wie gesagt, in unserer Welt steht niemand über dem anderen.«

Er hasste mich. Oder alle. Aber wir mussten ja keine befreundeten Verbündeten werden. Wir mussten einfach nur einen Weg finden, zusammenzuarbeiten, um den König zu retten. Dann konnte er wieder in seine Schatten verschwinden. »Sagst du mir, warum man dich den Nachtspalter nennt?«

Er stutzte. Wie viel er wohl unter seiner Kapuze sehen

konnte? Es fühlte sich jedenfalls so an, als würde er mit Augen, die ich nicht erkennen konnte, meine tiefsten Gedanken bloßlegen.

»Ich könnte dich töten«, sagte er. »An Ort und Stelle. Ohne mich zu bewegen.«

Thor und Halvar traten vor, aber ich hob eine Hand, als der Nachtspalter lachte.

»Dank ihnen«, sagte er mit einem Nicken zu den beiden Schatten hinüber. »Sie haben Angst um dein Leben. Ich könnte ihre tiefsten Ängste Wirklichkeit werden lassen. Du. Tot.«

»Liebenswürdig wie stets, mein Freund«, erwiderte Niklas und verdrehte die Augen.

Freund? Wenn ich den Nachtspalter ansah, erschienen mir Freundschaft, Bündnisse, all das unmöglich. Er strahlte Misstrauen und Verachtung für jeden, der atmete, aus.

»Bist du ein Alver? Ich dachte, ihre Magie hätte nur mit dem Körper zu tun.«

»Speist Angst sich nicht aus unseren tiefsten Emotionen? In Reaktion auf Umstände und Erfahrungen? Es sind diese Impulse, diese Gedanken, diese Adrenalinstöße, in denen meine Macht liegt. Ich kann in deine tiefsten Ängste einbrechen und sie Wirklichkeit werden lassen. Weißt du, wie die Leute im Osten mich nennen? Meinen Alverschlag, meine ich?«

Stumm schüttelte ich den Kopf.

Er trat die letzten Schritte auf mich zu. Seine Nähe ließ mich erstarrten, als er seine Kapuze zurückschlug. Welliges, braunes Haar, das ihm zerzaust in die Stirn und über die Ohren fiel. Aber es waren seine Augen, die mich schockierten. Kein Hauch von Weißem, nichts als schieres Tintenschwarz.

»Einen Unhold«, flüsterte er. »Das ist mein Schlag. Niederträchtig, bösartig, aus Dunkelheit geschaffen. Bist du dir so sicher, dass du mein Schicksal mit deinem verflechten willst, *Königin*?«

Er stellte mich auf die Probe. Ich hatte genug gelernt, um zu wissen, dass Leute wie er von ihren Verbündeten das gleiche Maß von Selbstbewusstsein erwarteten. Schwäche und Zerbrechlichkeit würden den Nachtspalter binnen eines Augenblicks wieder vertreiben. Ich rammte meine Brust gegen seine. Es war, als wären wir am Ufer allein. Nichts anderes spielte in diesem Moment eine Rolle – nur, diesen dunklen Magier zu überzeugen zu bleiben.

»Es ist mir gleich, ob die Höllen selbst dich ausgespien haben. Wenn du anzweifelst, wie weit ich zu gehen bereit bin, um meinen Mann zu retten, dann hast du noch nie so geliebt, wie ich es getan habe – wie ich es noch tue.«

Ein kleines Zucken seiner Wange verriet, dass irgendetwas an dem, was ich gesagt hatte, ihn durchaus traf. Aber er überspielte es gut und sorgte dafür, dass ich mir weitere Fragen stellte, auch wenn ich bezweifelte, dass ich die Antworten darauf je bekommen würde.

Der Nachtspalter betrachtete mich, musterte mich prüfend, und schloss dann die Augen in einem überlangen Blinzeln.

Ein kleines Keuchen entschlüpfte mir, bevor ich es aufhalten konnte. Wo eben noch wirbelnde schwarze Tinte in seinen Augen gestanden hatten, erwiderte nun strahlendes Gold meinen Blick. Augen, die ihn vollkommen normal aussehen ließen – abgesehen von ihrer Traurigkeit, der schweren Bürde, die auf ein hartes Leben hindeutete.

»Wir tun nichts für nichts.« Er kniff die Augen zusammen. »Wir sind keine Krieger, wir sind Leute, die Geschäfte abschließen. Sorg dafür, dass das hier unsere Zeit wert ist, dann kannst du davon ausgehen, dass die Gilde von Kryv bereit ist, sich deine Pläne anzuhören.«

»Ihr wollt bezahlt werden?« Ich zog eine Augenbraue hoch. Das hier war ein Krieg, kein verdammter Handelsabschluss.

Der Mund des Nachtspalters zuckte. »Ich tue nichts für nichts. Ich tue sehr viele Dinge, wenn sie meinen Geldbeutel prall werden lassen.«

»Es ist dein Ernst.«

»Willkommen im Osten, Elise«, flüsterte Junius, kaum erstaunt über das Feilschen. Sie nickte dem Nachtspalter zu, der viel zu zufrieden mit sich selbst wirkte.

Ich schnaufte und sah Thor an. »Sorg dafür, dass die Gilde von Kryv und der Nachtspalter gut für ihre Mühen entlohnt werden.«

»Wir nehmen Waffen, Geld und alles, was sich gut als Handelsware eignet«, sagte der Nachtspalter mit einem Augenzwinkern. Es war nicht verschmitzt – es war arrogant. Als hätte er uns genau in die Lage gebracht, in der er uns haben wollte.

Er wandte sich ab, um zu seiner Gilde hinüberzugehen, aber ich hielt ihn auf. »Wenn wir das hier tun, meinst du dann nicht, dass ich deinen wahren Namen kennen sollte? Vertrauen beginnt mit den einfachen Dingen, Nachtspalter.«

Sein Gesichtsausdruck war unverändert, aber im Gold seiner Augen trat ein Funkeln offen zutage, das er zu verstecken versuchte. »Wir sind hergekommen, um in deinem Krieg zu kämpfen, Königin. Nicht, um einander zu vertrauen.«

Unser Gespräch war vorerst beendet. Der Nachtspalter ließ uns stehen und kehrte zu seiner Gilde zurück.

»Elise, bist du dir sicher?«, fragte Thor.

»Nein.« Das stimmte. Ich wusste nicht, was der Nachtspalter oder die Falkyn für uns tun konnten, aber ich würde darauf vertrauen, dass das hier die Person war, die Calista in Trance gemeint hatte. Ich würde darauf vertrauen, dass das hier der Weg war, den das Schicksal für uns gewählt hatte.

Niklas lachte leise und tätschelte mir den Arm. »Mach dir nicht zu viele Gedanken über ihn, kleine Königin. Er mag dich.«

»Ach, wirklich? Hat er deshalb davon gesprochen, mich zu töten?«

Das brachte Junies Mann nur noch heftiger zum Lachen. »Er hat gezwinkert. Von einem wie ihm ist das schon geradezu eine liebevolle Umarmung.«

»Können wir ihm vertrauen?«, fragte Halvar.

Niklas sah zur Gilde von Kryv hinüber, während er sich eine Reisetasche aus Leinwand über die Schulter hängte. »Ihr müsst wissen, dass die Falkyn und Kryv nicht ehrenhaft sind, nicht auf die Art, wie ihr es seid, da bin ich mir sicher. Im Osten bedeutet ein Alver zu sein, dass man von den Reichen gefangen genommen und ausgenutzt wird, bis man stirbt. Was für ein Handwerk können die schon ausüben, denen es gelingt, der Gefangennahme zu entgehen? Sie sind Diebe. Schmuggler. Kriminelle. Oder reiche Dreckskerle, die Schweigen erkaufen können. Könnt ihr auch nur einem von uns vertrauen? Na ja – wenn ihr glitzernde Sachen habt, reißen wir sie uns vielleicht unter den Nagel. Aber wenn wir sagen, dass wir für euch kämpfen, dann ja. Darauf könnt ihr vertrauen. Wir werden hinter euch stehen. Nur werden wir euch dabei wahrscheinlich gnadenlos ausrauben.«

Mit einem letzten Augenzwinkern nahm Niklas Junies Hand. Sie versetzte Halvar einen Stoß gegen die Schulter und lachte leise über sein Stirnrunzeln.

Herja war die Einzige, die amüsiert wirkte. Sie verschränkte die Arme vor der Brust und beugte sich dicht an mein Ohr, um zu flüstern: »Das deckt sich mit dem, was Hagen mir immer über sein Heimatland erzählt hat. Aber was meinst du?«

»Ich glaube, unsere neuen Diebesfreunde werden ziemlich empört sein, wenn sie herausfinden, dass wir nichts von echtem Wert haben, womit wir sie bezahlen oder was sie stehlen könnten.« Ich prustete und hakte mich bei ihr ein, während wir den Weg zurück zum Wall einschlugen.

KAPITEL 21

NACHTPRINZ

Ich hatte mich geirrt.

Sogar in einem behaglichen, warmen Zimmer mit reichlich Essen war es immer noch Folter.

Wir waren noch nicht näher daran, einen Weg aus welcher Wildwut auch immer die Mauern unseres Turms sicherte, hinauszufinden, als wir es vor zehn Sonnenaufgängen gewesen waren.

Sogar Sol war entmutigt. Er war dazu übergegangen, für lange Zeit ausdruckslos aus dem Turmfenster zu starren.

Im Laufe der Tage erzählte ich Sol zwischen unseren Versuchen, Pläne zu schmieden, von dem Fluch. Davon, dass meine Erinnerungen daran, wer ich war, für mich die ganze Zeit über verloren gewesen waren. Von den Umläufen des Umherschweifens, in denen ich in einen grausamen Blutrausch verfallen war wie ein tollwütiger Wolf im Wald.

Vom Schwarzen Grab, von der Geschichtenerzählerin und von der Rolle, die sie auf meinem Weg zu Elise Lysander gespielt hatte.

Es war nicht viel, aber Sol fand einen gewissen Trost darin, dass ich Calder und Runa gekannt hatte, bevor sie ihr wahres Gesicht vor mir als dem Nachtprinzen verborgen hatten. Mir war gar nicht klar gewesen, wie viele Eigenheiten mir aufgefallen waren, als ich für sie noch niemand anderes als Legion Grey gewesen war.

Nicht, bis Sol sie ans Tageslicht holte.

Calder war machtversessen. Er liebte nichts und niemanden bis auf seinen eigenen Ehrgeiz. Aber seine Schwäche bestand in seinem Lotterleben und seinem Bedürfnis, gelobt zu werden. Wenn sein Volk ihn nicht als den Hund mit dem schärfsten Biss sah, würde es dem falschen König zu schaffen machen.

Kvin Lysander war ein Narr ohne Rückgrat, der jedem folgen würde, der gerade auf dem Thron saß. Wenn ich vor Monaten die Krone an mich gerissen hätte, wäre er mir genauso treu ergeben gewesen, wie er es jetzt Runa gegenüber war. Schwach, und in meinen Augen keine Bedrohung.

Runa dagegen war gefährlich ehrgeizig. Vielleicht mehr als ihr Mann. Ich hatte immer geglaubt, sie würde ihrer Schwester eine gewisse Zuneigung entgegenbringen, aber im Laufe der Zeit war ich zu dem Schluss gelangt, dass Runa Elise nur geduldet hatte, weil sie keine Bedrohung für sie dargestellt hatte.

Jetzt war meine Frau die größte Bedrohung für sie. Und ich war Elises Schwäche. Runa würde mich gegen sie einsetzen.

Jarl Magnus hatten wir bisher noch nicht gesehen. Auch nicht Calder oder sogar Runa. Es verstörte mich. Ich hatte damit gerechnet, dass sie es genießen würden, unser Blut zu vergießen, uns endlos zu foltern, aber das Spiel, was sie durch ihre Abwesenheit spielten, war verwirrend. Ich wusste nicht, wie ich kontern sollte. Und ich hasste die Hilflosigkeit mehr als alles andere.

Als die Sonne am elften Tag verblasste, trat ich zu Sol ans Fenster.

»Ich war mir so sicher, dass uns etwas einfallen würde, Valen«, sagte er mit rauer Stimme. »Ich wusste in tiefster Seele, dass deine Anwesenheit hier der Schlüssel dazu sein würde, den Rabensporn von innen zurückzuerobern. Jetzt ist mir klar, dass ich einfach dafür gesorgt habe, dass mein Bruder – der König – in Gefangenschaft geraten ist.«

Ich schnaufte. »Immer geht es dir nur um dich.«

Zum ersten Mal an diesem Tag gestattete Sol sich ein Lächeln. Schwach, aber immerhin war es da. »Erzählst du mir von Thorsten? Wie es ihm wirklich geht?«

Bis jetzt hatte er nicht danach gefragt, und ich hatte ihm nichts aufgedrängt. Ein wundes Herz musste behutsam behandelt werden.

»Übellaunig wie eh und je.« Eine Schulter an die Wand gelehnt, fuhr ich fort: »Allerdings auch loyal wie eh und je. Zu wissen, dass du am Leben bist, hat den Thorsten, den ich von früher kannte, hervorgelockt.«

»Stur. Tödlich.« Sol grinste mit einem Anflug von Sehnsucht. »Entschlossen.«

»Ja. Er wird sich weigern, diese Welt zu verlassen, solange er dich nicht wenigstens noch einmal berührt hat.«

»Ich muss immer wieder daran denken, wie Thorsten und ich uns als Jungen immer über Daj lustig gemacht haben, weil er so viel von Maj gesprochen hat. Damals waren Liebe und Herzensangelegenheiten natürlich nur etwas für Schwächlinge.«

»Natürlich.«

Sol rieb sich den Nacken und betrachtete den goldenen Sonnenuntergang. »Daj hat uns immer große Geschichten darüber erzählt, dass seine Liebe zu ihr ihn in mehr als einer Hinsicht gerettet habe. Er hat mir immer gesagt, dass er sich nichts mehr wünschte, als dass seine Kinder jemanden finden würden, den sie so lieben könnten, wie er seine Königin liebte.«

Ich durchforstete mein Gedächtnis nach meinen eigenen Gesprächen mit meinem Vater. Er hatte auf andere Art ganz ähnliche Dinge zu mir gesagt. Aber so war er nun einmal gewesen.

Arvad Ferus hatte mit jedem von uns Kindern auf eine Weise gesprochen, die unsere Individualität berücksichtigte. Während Sol die wilde Jagd liebte, focht ich Übungskämpfe gegen meinen Vater aus. Herja unternahm mit ihm Ausritte in die Berge auf ihren Lieblingspferden.

»Ich glaube, er würde sich freuen«, sagte Sol, »wenn er wüsste, dass wir alle diese Liebe gefunden haben. Sie wird das sein, was uns jetzt durchhalten lässt. Wir kämpfen für die, die wir lieben, und sie kämpfen für uns.«

»Liebe hat immer die Stärke von Etta gespeist.« Ich drückte seine Schulter. »Das wird sie auch immer tun.«

»Jemand kommt.« Gunnar zog sich eilig von der Tür zurück. »Lasst mich Mesmer verwenden. Ich muss es noch einmal versuchen.«

»Nein. Das letzte Mal hat uns nur eine Wache mehr und zusätzliche Bindefesseln eingetragen.« Ich hielt meine Handgelenke hoch, die jetzt von jeweils zwei brennenden Silberringen umschlossen waren.

Vor Tagen waren wir auf den Gedanken gekommen, Gunnar einen der Leibeigenen überzeugen zu lassen, uns zu befreien. Es hatte funktioniert. Als Nächstes hatte er die Wache manipuliert, doch seine Magie brannte so heftig in seinem Kopf, dass er sich fast übergeben hatte.

Niemand vom Rabensporn wusste genau, was passiert war, aber sie hatten den Verdacht, dass einer von uns die Bindefesseln durchbrochen hatte, also hatten sie unser Turmzimmer sofort noch stärker gesichert.

Danach war Gunnar für einen ganzen Tag blass und geschwächt gewesen.

Gunnar fluchte kaum hörbar und wünschte sich zum hundertsten Mal seinen Vater herbei. Laut dem Jungen hatte Hagen Strom ihm etwas über seine Magie beigebracht. Ein Grund mehr, den Mann zu finden. Sein Sohn brauchte ihn.

Unser abendlicher Leibeigener war jedes Mal ein anderer. Heute erschien eine magere Frau mit schwarzen Locken, die den Blick auf den Boden gerichtet hielt, aber als sie aufschaute, musste ich blinzeln. Ihre Augen hatten schlitzförmige Pupillen wie die einer Katze und waren grüner als Frühlingsgras. Ihre Ohren liefen nicht spitz zu, doch vielleicht steckte ein Hauch von Nymphe oder Waldfae in ihrem Blut.

»Ihr werdet heute Abend zum Essen am hohen Tisch verlangt«, sagte sie.

Aha. Das Spiel veränderte sich.

Mir stellten sich die Nackenhaare auf, aber ich verbarg meine Unruhe unter einem verschlagenen Lächeln. »Und wenn wir uns weigern?«

»Ich bin gehalten, Euch zu sagen, dass es keinen Spielraum für Widerrede gibt.« Ihr Blick huschte zu Gunnar. »Es sei denn, Euer Neffe ist Euch gleichgültig. Darf ich jetzt gehen?« Ihre Stimme war klar wie ein Lufthauch.

Die beiden Raben, die an unserer Tür standen, ließen der Frau keine Wahl, sondern stießen sie einfach beiseite und bauten sich im Durchgang auf. »Wie lautet deine Wahl, Nachtprinz? Ich hoffe, du weigerst dich; ich würde gern an dem Jungen experimentieren. Wir haben neue Methoden, die wir schon seit einer Weile ausprobieren wollen.«

Ich biss die Zähne zusammen. Nicht aus Angst vor diesem verdammten Narren, sondern gegen die Aufwallung düsterer

Gewaltbereitschaft, die meine Wünsche in etwas Unheimliches verwandelte. Bei jedem neuen Sonnenaufgang brodelten die Überbleibsel meines Fluchs dichter unter der Oberfläche. Wie aus einem langen Schlaf erwacht, wurde das Verlangen – das Bedürfnis – zu töten mit jedem harten Wort, jeder Drohung heißer.

Dieser Rabe war wie andere in meine Gedanken eingeschlossen, und ich malte mir ein Dutzend Arten aus, ihm einen Schrei zu entlocken. Mehr als alles andere fürchtete ich den Blutrausch. Würde ich, wenn das hier irgendwann vorbei war, immer noch der Mann sein, den Elise liebte, oder wieder eine Bestie, die für Tod und Hass lebte?

Am oberen Ende der Treppe gesellten sich fünf weitere Raben zu den beiden, die schon da waren. Sie umstellten uns in einer engen Formation, die es erschwerte, bei dem langen Weg die Turmstufen hinab niemandem auf die Zehen zu treten.

Wir blieben stumm. Zweifelsohne rätselten wir alle drei über das, was vorging, und machten uns auf alles Mögliche gefasst. Runa und Calder unternahmen hinterhältige Spielzüge, aber wir hatten bis jetzt überlebt. Mittlerweile würde es viel erfordern, uns zu brechen.

Der große Saal war leer. Hölzerne Läden waren vor die oberen Fenster dicht unter dem Dach gelegt. Licht spendeten nur die paar Fackeln in den Ecken und die Kerzen auf dem wuchtigen Tisch in der Mitte des Raums. Es standen schon Teller mit Speisen bereit, und ich verabscheute es, wie mein Körper auf den würzigen Duft von gebratenem Fleisch und den warmen von heißem Brot und klarem guten Bier reagierte.

Bis jetzt hatten uns Körnerbrot und gekochtes Wurzelgemüse am Leben gehalten.

Ich runzelte die Stirn, fast enttäuscht. Wenn Speisen und

gute Dinge die beste Manipulation waren, die ihnen einfiel, dann würden der falsche König und die Königin einen anderen Trumpf ausspielen müssen. Sol und ich verstanden uns darauf, wochenlang nur von geschmolzenem Schnee und Baumrinde zu leben.

Türen schwangen am hinteren Ende des Saals auf.

Mir drehte sich der Magen um. Auf diesen Moment hatte ich gewartet. Bei den Höllen, ich hatte mich danach gesehnt, wenn auch nur, um unsere Feinde etwas besser einschätzen zu können. Dennoch kam mir beim Anblick von Calder und Runa jeder vernünftige Gedanke abhanden, und alles, was ich sah, war Hass.

Es half nicht gerade, dass Runa Lysander ihrer Schwester sehr ähnlich sah.

Calder trug eine protzige Krone und einen schwarzen Pelzumhang, der hinter ihm herschleifte. Runa war in Gold gehüllt. Vom Glanz ihres Kleids bis zu dem Stirnreif, der von Zöpfen auf ihrem Haar gehalten wurde. Seit wir uns zuletzt gesehen hatten, hatte Calder seinen Bart wachsen lassen, der ihm nun über das Kinn hinausreichte, und Runas Augen hatten noch mehr Gefühl verloren.

Leider waren der falsche König und die Königin nicht allein.

Jarl Magnus schritt in den Saal, gefolgt von Leif Lysander und einem halben Dutzend Frauen, die vornehme Wollkleider trugen. Ohne Zweifel Hofdamen oder Mätressen des Königs.

Bei meinem Anblick tuschelten einige von ihnen miteinander und kicherten, als sie ihrem König folgten.

»Ich hatte fast erwartet, dass ihr uns eine Absage erteilen würdet«, sagte Calder. »Ihr habt unsere Gastfreundschaft bisher ja nicht gerade zu schätzen gewusst.«

»Das Zimmer ist ein bisschen eng.« Sol trat vor. Zwar war

ich der König, aber er würde immer der ältere Bruder sein. Ein angeborenes Bedürfnis, seine Familie zu beschützen, floss in seinem Blut, und ich hatte den Eindruck, dass er mir, wenn ich ihn aufzuhalten versuchte, eine Kopfnuss verpassen würde, wie er es immer getan hatte, als wir noch Jungen gewesen waren.

Calder lachte leise ohne den geringsten Humor. »Wäre dir deine alte Zelle lieber, Sonnenprinz?«

Sol zuckte nicht mit der Wimper. »Mein werter falscher König, du willst nicht wissen, welche Dinge mir lieber wären.«

Für einige Augenblicke senkte sich Schweigen über uns herab, und bei aller Kürze reichte es aus, Unbehagen im Saal zu erzeugen.

Calders Lippen zuckten. Er deutete auf den Tisch. »Setzt euch. Bitte. Ihr seid heute Abend unsere Gäste.«

Wir hatten kaum eine Wahl – Raben beobachteten jede unserer Bewegungen – und nahmen auf Stühlen Platz, die so weit wie möglich von dem timoranischen König entfernt waren. Jarl saß zur Rechten des Königs, zwischen uns verteilt die Hofdamen.

»Also«, raunte eine Frau mir zu, »seid Ihr gar nicht Hersir Legion.«

Ich musterte ihr Gesicht. Sie sah mich mit vollkommener Aufrichtigkeit an. Vermutlich waren die Bindefesseln an meinen Handgelenken, die Spitzen meiner Ohren und die Wachen, die mit Klingen auf meinen Rücken zielten, noch nicht verräterisch genug.

»Heute nicht, De Hän.«

Die Frau brachte es fertig zu kichern, als wäre das hier vergnüglich für mich. »Ich kann es kaum fassen. Ihr seht ihm so ähnlich.«

»Weil er Legion Grey war, du verdammte Idiotin«, zischte

Runa der Frau zu, was dafür sorgte, dass die Mätresse beschämt den Kopf hängen ließ.

»Es reicht mit dem Gerede über Vergangenes. Esst. Genießt es«, sagte Calder zu allen. Sein Grinsen war grausam und verzerrt, als er ein Glas in die Luft hob. »Wir werden schließlich von Mitgliedern eines anderen Königshauses beehrt.«

Seine Hofdamen sträubten sich nicht dagegen, Befehle zu befolgen. Aber wir rührten uns nicht. Ich starrte den Tisch entlang zu Runa, die mich im Blick behielt. Kvin Lysander betrachtete seinen Teller, doch alle paar Atemzüge ließ er seinen Blick zu Sol, zu mir und manchmal auch zu Gunnar huschen.

Calder bemerkte es und schnaubte in sein Bier. »Ich glaube, du weckst Unbehagen in meinem Schwiegervater, Nachtprinz.«

»Das ist die beste Nachricht, die ich den ganzen Tag gehört habe.« Ich warf Elises Vater einen bedeutungsschwangeren Blick zu.

»Aber ich nehme an, er ist auch dein Schwiegervater.« Calder grinste spöttisch, als Leif blass wurde. »Nicht wahr?«

»Nein.«

»Nein?« Calder schürzte die Lippen. »Ich war mir sicher, dass du widerrechtlich das Ehegelöbnis mit meiner armen, umnachteten Schwester gesprochen hättest. Ich dachte, du wärst ein Narr, aber vielleicht bist du doch klüger, als ich angenommen habe.«

»Versteh mich nicht miss, falscher König«, sagte ich. »Elise ist meine Frau, *meine* Frau …« Ich wiederholte es nur, um zuzusehen, wie Jarl eine Hand auf dem Tisch zur Faust ballte. »Aber sie hat sehr deutlich gemacht, dass sie keinen Vater hier hat. Also wirst du mir verzeihen, wenn ich ihn nicht mit solch einem Titel ehre.«

»Ich verstehe.« Calder lächelte höhnisch. »Nun, jedenfalls

wollten wir dich heute Abend wegen deiner sogenannten Frau sprechen.«

An meiner Seite verlagerte Sol seine Haltung. Mein Inneres wurde unempfänglich für alle Lügen, die sie mir über Elise erzählen würden. Sie war tot – ich würde es nicht glauben. Sie war gefangen – ich würde einen Beweis dafür verlangen.

Calder kniff die Augen zusammen. »Nachtprinz, ich werde nicht lange um den heißen Brei herumreden. Dein Bruder und der Sohn deiner Schwester werden im Austausch für Elise freigelassen.«

Ich hatte keine Zeit, auch nur Luft zu holen, bevor Sol lachte. »Was für ein erbärmliches Angebot. Es kränkt mich, dass ihr euch nicht die Zeit genommen habt, etwas über das Haus Ferus in Erfahrung zu bringen. Hättet ihr es getan, dann wüsstest du, dass dieser Handel nie zustande kommen wird, falscher König.«

»Ich lasse mich gegen niemanden eintauschen«, bekräftigte Gunnar.

»Da habt ihr es.« Ich wies auf meinen Bruder und meinen Neffen. Loyalität, Liebe und Ehre waren uns schon in die Köpfe gepflanzt worden, als wir noch kleine Jungen gewesen waren, und es war offenkundig, dass Herja ihren Kindern das Gleiche beigebracht hatte. »Wir opfern unsere Familie nicht. Tut, was ihr wollt. Elise wird nie Teil der Abmachung sein.«

Calder seufzte und ließ sich auf seinem Stuhl zurücksinken. »Ich hatte gehofft, ihr würdet nicht so schwierig sein. Wir haben euch doch sehr gut behandelt.«

»Gut?« Sols Tonfall wurde düster. »Zehn Tage mit einem Bett und etwas zu essen reichen bei weitem nicht aus, um die Jahrhunderte voller Flüche und Blutvergießen aufzuwiegen, nachdem Euer Volk dieses Land gestohlen hatte. Bei den Höllen, der einzige Grund dafür, dass es noch blüht, ist der, dass unser Haus noch lebt. Du solltest uns die Füße küssen, du Dreckskerl.«

Raben kamen näher, und eine kleine Welle des Aufkeuchens lief um den Tisch herum, aber Calders erhobene Hand gebot Schweigen im Saal.

»Was würden deine Leute denken«, sagte ich leise und rau, »diejenigen, die im Winter hungern und frieren, während ihr euch an solch einem Festmahl gütlich tut, wenn sie wüssten, dass das Land nur überlebt, weil ihre Könige die wahren Herrscher die ganze Zeit über gefangen gehalten haben?«

Calder schlug mit der Faust auf den Tisch. »Das sind Lügen. Du schwingst kühne Reden, aber wie würden diese Leute reagieren, wenn sie wüssten, dass derjenige, der ihnen ihre Waren und Vorräte geraubt hat, der Nachtprinz von Etta mit seiner Diebesbande ist?«

Ich warf einen Blick in die Runde der neugierigen Hofdamen. Klatsch und Tratsch blühten am timoranischen Hof. Ich würde dafür sorgen, dass sich nach diesem Abend Gerüchte wie ein Lauffeuer verbreiteten.

»Denkt gut an die seltsamen Vorgänge zurück, die ihr mit angesehen habt. Einst öde Landstriche dieses Königreichs blühen nun vor Leben. Der Sonnenprinz ist Jahrhunderten der Kontrolle durch den Rabensporn entkommen, und die Prinzessin hat ihre Stimme wiedergewonnen, nachdem sie die ganze Zeit über stumm und gefangen war.« Ich erhob mich langsam, beugte mich über den Tisch und stützte mich auf die Fingerspitzen. »Wüsstet ihr gern, warum?«

Die Frau neben mir schien unfähig zu sein, ihre Stimme im Zaum zu halten, und hauchte: »Ja.«

Ich sah nirgendwohin als in Calders kalte Augen. »Die Wildwut, die lange in diesem Boden geschlummert hat, ist erwacht, als wieder ein Ferus den Thron bestiegen hat.«

Calders Kiefer pulsierte. »Du verdrehst die Wahrheit. Oder hast du vergessen, dass ein anderer König einen anderen Thron bestiegen hat? *Ich* habe Timoran aus den Schwächen meines Vaters emporgehoben, einen blühenden Handel wiederhergestellt; ich habe dieses Land von seinen nutzlosen, törichten Regelungen und Gesetzen befreit. Ich habe Timoran *gerettet.*«

»Doch du lässt uns immer noch am Leben. Deine Feinde, die größten Bedrohungen für diesen Thron.« Ich bleckte die Zähne. »Warum gehst du das Risiko ein? Gib es zu, falscher König, du lässt uns weiteratmen, weil du weißt, dass dein Volk, wenn unser Blut vergossen wird, in die eisige Ödnis der Kindheit meiner Mutter geworfen sein wird, sobald die Wildwut dieses Land für immer verlässt.«

Brutalität blitzte in Calders Augen auf. Einen Moment lang dachte ich, dass ich ihn vielleicht zu sehr provoziert hatte und er meine Behauptung als falsch entlarven würde, indem er uns an Ort und Stelle niedermetzeln ließ. Zu meiner Überraschung und zu meinem Misstrauen legte Runa Calder indes eine Hand auf den Arm. Sie lächelte, auf den ersten Blick ein freundliches Lächeln, doch unter ihrem hübschen Gesicht verbarg sich eine Bösartigkeit, die grausamer und niederträchtiger als die ihres erbärmlichen Mannes war. »Sag es ihm, Gemahl. Der Nachtprinz sollte es wissen.«

Calder zögerte, aber bald wurde sein Gesichtsausdruck weicher. Er küsste Runas Handrücken, nur in der Art, wie sie einander ansahen, lag keine Liebe. »Meine Königin hat recht. Da das Haus Ferus ja Prophezeiungen und Wendungen des Schicksals so zu schätzen weiß, möchtet ihr vielleicht erfahren, dass ihr nicht die Einzigen wart, die in uralten Zeiten von der Geschichtenerzählerin mit einem Fluch belegt worden sind.«

Calder schnippte mit den Fingern, und ein Leibeigener trat eilig vor, ein hölzernes Tablett in den Händen. Von dem Tablett nahm Calder eine Tasche aus Schweineleder. Er ging behutsam damit um, zog aber alte Pergamenthüllen daraus hervor, die mit dünnem Leder geschützt und zusammengebunden waren.

»Ettaner und Nachtvolk haben ihre Sagas, doch wir haben ebenfalls welche. Über das Leben König Elis. Anscheinend hat auch er Vorhersagen über sein Schicksal erhalten.«

»Warum sollte mich ein toter falscher König kümmern?« Ich hasste König Eli. Verabscheute ihn. Erinnerte mich an ihn. Die Art, wie er gelächelt hatte, wie er meine Mutter begehrt hatte, an seine Brutalität.

»Weil dieser tote König sehr viel mit unserer derzeitigen Notlage zu tun hat – und mit ihrem Ausgang, wenn wir nicht irgendeine Übereinkunft erzielen.«

»Das ist es also?«, fragte Sol mit einem verbitterten Schnaufen. »Eine Friedensverhandlung? Bruder, ich glaube, wir haben sie in Angst und Schrecken versetzt, obwohl wir noch nicht einmal zu den Waffen gegriffen haben.«

Calder musterte den Sonnenprinzen stirnrunzelnd. »Das ist unser letzter Versuch, unnötiges Blutvergießen zu verhindern – an eurem Volk.« Er sah mich an; sein Tonfall war ungewohnt sanft. »Ihr glaubt, dass wir um Elise bitten, weil wir ihr Schaden zufügen wollen. Wir bitten um sie, um sie zu retten, Nachtprinz. Sie wird diesen Kampf nicht überleben.«

Seine Finger berührten flink die Pergamente. Bei den Höllen, es war mir zuwider, dass meine Neugier geweckt war.

»Valen«, sagte Sol warnend. »Sie lügen.«

»Seht selbst.« Runa stand mit den Pergamenten in der Hand

auf. »Wir haben die Schriften der Schicksalshexe von damals. Vielleicht erkennt ihr einige davon wieder.«

Sie kam auf unsere Seite des Tisches herum. Jarl stand auf, die Hand an seiner Klinge. Ich machte keine Anstalten, Runa auch nur anzusehen, als sie die Blätter vor mich legte.

»Was ist das?«, fragte Gunnar nach einer langen Pause.

Mit verkrampftem Kiefer blinzelte ich, während ich neugierig das modrige Pergament betrachtete.

Scharfe, eilige Schrift war auf die Seiten gekritzelt. Mit der Zeit verblasst, aber noch lesbar. Das Herz blieb mir fast stehen, als könnte mein Körper nicht funktionieren, während ich die Worte las. Worte, die ich in den Nächten im Kopf hörte. Albtraumhafte Worte.

»Der Fluch, den sie für mich geschrieben hat. Aber auch Sols und Herjas Flüche. Wir waren alle verflucht.« Blutrausch. Schweigen. Wahnsinn. Warum?

Vielleicht verfügte Calder über ein wenig Magie und konnte Gedanken lesen, denn er lachte und deutete auf die Pergamente. »Eli hatte einen brutalen Verstand. Er hat euer jeweiliges Leid gewählt. Wusstet ihr das? Der Krieger unter den zwei Prinzen …« Er zeigte auf mich. »Du würdest dich in dem Blut suhlen, das du vielleicht gegen ihn vergossen hättest. Ich glaube, seine ursprüngliche Hoffnung war, dass du seine Wildwut-Waffe sein könntest, aber du hast dich nie gefügt, oder, Nachtprinz?«

»Nicht, wenn es solchen Spaß gemacht hat, den toten falschen König zu verärgern«, blaffte ich.

Calders Blick wirbelte zu Sol. »Der kluge Prinz. Du solltest den Verstand verlieren. Und die Prinzessin – nun ja, soweit ich verstehe, hielt Eli nicht mehr viel von dem, was Frauen sagten, nachdem er so viel Zeit in Gesellschaft eurer Mutter und

Schwester verbracht hatte. Sie sollte still sein und lernen, dass ihr Platz auf ihrem *Rücken* ist.«

Gunnar schoss von seinem Platz hoch und schmetterte die Faust auf den Tisch. Sol packte ihn an der Schulter und drückte ihn wieder auf den Stuhl. Mein Bruder schüttelte den Kopf, ermahnte den Jungen stumm, sich ihre Grausamkeit gar nicht anzuhören.

Ich schob die Pergamente zu meinem Bruder und meinem Neffen weiter. Ich wollte sie keinen Moment länger vor Augen haben.

»Bis die Krone an Ort und Stelle ist«, flüsterte Sol. »So ist mein Fluch zu Ende gegangen. Herjas auch.« Sol warf das Pergament beiseite. »Der Beweis, dass die Thronbesteigung meines Bruders machtvoll genug war, diese seltsame Wildwut zu brechen.«

»Aber welche Krone ist gemeint?«, beharrte Calder. »Ich habe auch eine Krone aufgesetzt, und ihr habt König Elis Fluch nicht gelesen.«

Runa nahm sich die Freiheit, das letzte Blatt anzuheben. Sie legte es vor mich und beugte sich über meine Schulter. »Lies es laut vor.«

Ich hasste sie, aber ich erkannte meinen Fluch. Er war der echte. Diese Pergamente stammten von der Geschichtenerzählerin vor langer Zeit, und Neugier oder Verzweiflung, vielleicht auch beides, war zu stark, um zu widerstehen. »Aus Begehren und Gier wird dieses Land in einem gebrochenen Zustand der Schwäche leben. Das Königreich, das du gesucht hast, wird nie dein sein, bevor die Anderswelt dich heimruft.«

»Das war es nie«, unterbrach Sol. »Timoranische Könige unterdrücken dieses Land seit Jahrhunderten, und es stirbt.«

»Weiter«, sagte Calder und ignorierte meinen Bruder. »Lies weiter.«

Ich bedachte ihn mit einem finsteren Blick, sah dann aber das Pergament wieder an. »Durch das Blut der Erben aus dem Bund, den du zerschmettert hast, wird das Grab der Wildwut sich wieder öffnen. An dem Tag erhebt sich eine Königin, um eine andere niederzustrecken, und dann, wenn die zweite fällt, wird dein Königreich endlich sein.«

Calder erhob sich von seinem Stuhl. »Deshalb bist du unversehrt, kleiner Prinz. Folgendermaßen sorgst du dafür, dass deinem Bruder und dem Jungen nichts geschieht. Gib mir, was in dem Grab ist, und ich schwöre, sie nicht zu töten und Elise am Leben zu lassen.«

Die Erkenntnis traf mich jäh, und ich wusste nicht, ob ich lachen oder zornig sein sollte. Calder war beim Grab gewesen, oder doch jemand vom Rabensporn, als sie die Lysander-Flaggen dort aufgestellt hatten, um Elise ein Zeichen zu geben, dass der Rabensporn wusste, dass sie sich mit Verrätern eingelassen hatte.

Der Narr ahnte nicht, dass er die ganze Zeit über nahe an dem gewesen war, was er suchte.

Ich lehnte mich mit einem übertriebenen Seufzen auf meinem Stuhl zurück. »Vergib mir, falscher König, aber ich weiß nichts von diesem Grab.«

Calders Gesicht verzerrte sich zu hartem Stein. »Also musst du, wie dein Bruder, erst überredet werden zu sprechen.«

Ich lachte voller Gift. »Tu, was du willst. Meine Antwort wird sich nicht ändern.«

Calders Haut erhitzte sich zu einem tiefen Blutrot. Er raunte leise Jarl etwas zu; dieser wirkte recht erfreut, als er aufstand und den Saal verließ. Der falsche König wandte sich ab, ignorierte seine Frau und packte den Arm einer Mätresse, als er hinausstürmte.

Sol hatte recht – in seiner Verzweiflung unterliefen Calder Fehler.

Das würden wir ausnutzen.

Ich zuckte zusammen, als Runa das Pergament wegzog. »Mein Gemahl versteift sich auf den falschen Ansporn für einen Mann wie dich. Das hier ist doch offensichtlich der Teil, auf den es wirklich ankommt, oder?«

Nichts war offensichtlich. Es war, als hätte die Geschichtenerzählerin ein Dutzend Argumente ins Feld führen müssen und beschlossen, sich absichtlich vage auszudrücken. Ich ballte die Faust über einem Knie.

»Dann wohl nicht«, fuhr Runa fort. »Zwei Königinnen. Die zweite wird fallen, und das Königreich Elis wird aufsteigen. Die zweite Kvinna, die als Zweite gekrönt worden ist.« Runa beugte sich vor, ihre Lippen an meinem Ohr. Ein Dutzend gewalttätiger Gedanken erfüllte meinen Kopf. Sie grinste, als sie sprach. »Elises Blut wird dieses Königreich sichern, aber sie wird das Schlachtfeld nicht lebend verlassen.«

KAPITEL 22
PRINZESSIN AUF ABWEGEN

»Sie braucht zu lange.« Ich lief auf und ab, unsicher, warum ich so töricht war und auf Fremde, ja, auf Diebe hörte, wenn es um Strategie ging.

»Sie braucht genau die richtige Zeit.« Neben mir knabberte der Nachtspalter an ein paar Nüssen und Beeren. Er trug nicht mehr die dunkle Kapuze auf dem Kopf, und seine Augen zeigten weiter den strahlenden Goldton. Er musterte die leeren Schatten im Wald und wartete darauf, dass sein Gildenmitglied zurückkehrte.

Hinter uns blieb der Rest seiner Gilde in der Nähe, gab sich aber so unbesorgt wie er.

Ich verabscheute es. In meinen Adern tobte ein ständiger Aufruhr, der verzweifelte Drang anzugreifen, den König von Etta zurückzuholen, ihn anzuschreien, weil er so entschlossen gewesen war, den Helden zu spielen, und ihn dann zu küssen, bis tausend Vormittage vergangen waren.

Mein Blick huschte über die neuen Gesichter an unserem Zufluchtsort. Dutzende von Falkyn waren mit Junius und Niklas gekommen, aber zur Gilde von Kryv gehörten nicht einmal zehn. Und zwei waren verdammt noch mal Kinder.

Ich fragte mich, ob der Nachtspalter noch ganz bei Verstand

war, wenn er sich auf die Kleinen verließ. Herja hatte das Mädchen, Hanna, ins Herz geschlossen. Hanna benutzte nicht ihre Stimme, sondern ihre Hände, um zu sprechen. In all ihren Umläufen als Stumme Walküre hatte Herja ähnliche Gebärden verwendet. Der Junge, größer und magerer, hatte die Zeit, seit er hier angekommen war, damit verbracht, Laila und dem kleinen Ellis alles übers Messerwerfen beizubringen – und wie man es mit mehr Kunstfertigkeit tat, als ein Junge seines Alters sie hätte haben sollen.

»Warum hast du so viel Angst um deinen König?«, fragte der Nachtspalter und strich sich die Krümel von den Händen. »Ich kann mich kaum auf etwas anderes als deine Furcht konzentrieren, wenn ich neben dir stehe. Das ist lästig. Also sag schon. Ist dieser Mann untüchtig? Ein Schwächling? Bricht er unter der Folter zusammen? Was ist es, Königin?«

Ich würde den Kerl umbringen.

»Valen Ferus ist kein Schwächling. Ich habe Angst um ihn, weil ich ihn liebe, Nachtspalter. Eine Emotion, die du, wie ich gerade herausfinde, offenbar nicht begreifst. Und wenn irgendjemand nicht zusammenbrechen würde, dann er. Wenn er hier wäre, könnte er diesen Erdboden aufreißen und ihn dich verschlingen lassen.«

»Beeindruckend. Ich habe viel über euer Nachtvolk gehört. Nach allem, was man sich erzählt, ist er der einzige wahre Erdwirker seit tausend Umläufen, oder?«

»Ja. Aber es ist nicht seine Wildwut, die ihn groß macht. Er hat Flüche und Grausamkeit überlebt und ist dennoch nach wie vor der sanfteste Mann, den ich je gekannt habe.«

Er lachte leise. Ich ballte die Fäuste.

Wie konnte er so … *seelenruhig* sein, obwohl ein Mitglied seiner eigenen Gilde heute ein so großes Risiko einging?

»Dann hör auf, Angst um ihn zu haben«, sagte er mit Spott in der Stimme. »Sei wütend für ihn, hasse für ihn, sei um seinetwillen auf Blut und Knochen aus, aber bei den Höllen, Frau, hör auf, Angst um ihn zu haben. Wenn er all das ist, würde er sich schämen zu wissen, dass du ihn nicht für fähig hältst, das hier zu überleben.«

»Ich mag dich nicht.« Ziemlich kindisch von mir, aber ich konnte einfach nicht anders.

»Man hat mir schon viel Schlimmeres an den Kopf geworfen.« Sein spöttisches Lächeln vertiefte sich.

Ich verdrehte die Augen und richtete den Blick wieder auf die Bäume. Der Nachtspalter war jünger, als ich angenommen hatte. Nun ja – vermutlich konnte er auch uralt sein, soweit ich es einzuschätzen vermochte, da Alver die gleiche Lebensspanne wie das Nachtvolk hatten. Aber er wirkte jung. Ein paar Umläufe älter als ich vielleicht.

Doch er hatte die Begabung, mich zur Weißglut zu treiben.

»Ich verstehe nicht, warum das hier klug ist«, sagte ich am Ende.

»Elise.« Halvar trat zu uns, und ich atmete erleichtert auf.

Was der Nachtspalter nicht wusste, war, dass ich die Schwache war, nicht Valen. Ohne Herja, die Schattengilde, Siv, Kari und Ari, ohne meine Freunde, hätte ich jetzt nicht hier gestanden.

»Die Kryv-Frau hinzuschicken, war eine vernünftige Idee. Wir brauchen einen Überblick über alle Veränderungen, die sie womöglich im Innern der Burg vorgenommen haben. Und wir müssen wissen, wo sie ihn festhalten, bevor wir einen tragfähigen Plan schmieden, um ihn herauszuholen.«

»Hör zu, Königin«, sagte der Nachtspalter in forscherem Ton als zuvor. »Du magst mich vielleicht nicht, vertraust mir wohl nicht einmal, aber du hast verdammt noch mal verlangt, dass ich herkomme, und du wirst mich das hier auf meine Art tun lassen, damit meine Gilde den nächsten Sonnenaufgang noch erlebt.«

»Deine Gilde ist nicht das Einzige, was auf dem Spiel steht«, herrschte ich ihn an. »Ein ganzes Königreich könnte fallen. Vielleicht ist dir das gleichgültig und du siehst das hier nur als Spiel, aber es geht um unsere Zukunft und unsere Freiheit.«

Der Nachtspalter stutzte; ein Teil der Schatten kehrte in seine Augen zurück. »Du hast recht. Das hier ist ein Spiel, aber du solltest wissen: Niemand spielt Spiele so wie ich.« Er kam zu dicht an mich heran, doch ich wich nicht zurück. Ich veränderte meine Haltung nicht und sah ihm in die Augen. Der Nachtspalter senkte seine Stimme zu einem düsteren, heiseren Raunen. »Das hier tue ich. Intrigieren. Pläne schmieden. Stehlen. Für mich ist einen König zu stehlen nicht anders, als einen Beutel voller Gold zu stehlen, verstanden? Ihr plant die Schlacht; wir planen den Raubzug.«

Ich öffnete den Mund, um zu widersprechen, dass Valen kein Diebesgut aus dem Geldbeutel eines reichen Mannes war, schwieg aber, als einer der Kryv sich zwischen uns drängte.

»Sie kommt.« Er war hochgewachsen, mit gebräunter Haut wie Valen, und hatte kaum Hemmungen, mich beiseitezustoßen.

»Ich sehe sie«, sagte ein anderer Kryv, dessen Arme mit Narben übersät waren. Seine Finger zuckten an seinen Seiten, und nach allem, was ich von dem Mann gesehen hatte, war er ständig in Bewegung.

»Ich habe sie zuerst gehört.«

»Das stimmt nicht, Vali.«

Ich hatte keine Ahnung, was sie meinten. Zwischen den Bäumen war es leer. Ich hörte nichts und sah nur die verblassende Sonne.

Ein leises Lachen lenkte meine Aufmerksamkeit ab. Junius trat neben mich und betrachtete die streitenden Männer. »Vali und Rurik«, sagte sie. »Beide sind Alver, die man Profetik nennt. Ihr Mesmer verleiht ihnen übermenschliche Sinne. Vali hört noch das geringste Geräusch, während Rurik durch den dichtesten Nebel hindurchsehen kann. Allerdings haben sie auch ein höchst ausgeprägtes Bedürfnis, einander zu übertrumpfen.«

»Das ist eine Frage des Prinzips, Junie. Val soll wissen, dass mein Talent seines übertrifft und das auch immer so sein wird. Sonst steigt ihm das nur zu Kopf«, sagte der Mann, von dem ich annahm, dass es sich um Rurik handelte. Er rieb sich die Narben auf seinen Armen und zwinkerte seinem Mit-Kryv zu, der die Stirn runzelte und geradeaus starrte.

Das Knacken eines Zweigs durchbrach die Stille im Wald. Dann noch eines und noch eines, bis eine Frau zwischen den Brombeerranken hervortrat. Ihre dunklen Locken waren ihr aus dem Nacken hochgebunden, und ihre gespenstischen, katzengleichen Augen strahlten in der Sonne stärker. Sie zeigte zwischen ihren beiden Gildebrüdern hin und her. »Wer von euch hat mich zuerst entdeckt?«

»Ich«, brummte Vali.

»Bei den Höllen, das hast du nicht! Ich habe dich schon vor Längen gesehen, Tov«, hielt Rurik dagegen.

»Tova«, unterbrach sie der Nachtspalter fast träge. »Die Königin hatte allmählich ihre Zweifel an dir.«

Die Frau schnaufte und streckte die Hand aus, bis der Nachtspalter sie mit einigen seiner Nüsse und Beeren versorgt hatte. »Ich wäre ja gekränkt, aber ich habe die Unhöflichkeit dieser Burgwachen überlebt. Sie sind einfach unnötig taktlos.«

Der Nachtspalter schenkte ihr ein halbes Grinsen. Aha. Er konnte Belustigung zeigen. Seltsam.

Nach wenigen schnellen Schritten stand ich direkt vor der Frau, Halvar neben mir. »Hast du ihn gesehen?«

»Oh, ich habe ihn gesehen.« Tovas seltsame Augen funkelten. »Er sieht ziemlich gut aus, Königin. Recht scharfzüngig ist er noch dazu.«

»Und?«, knurrte Halvar. Wenn es um Valen, seine Familie, ging, war es nicht klug, ihn im Dunkeln zu lassen.

Tova steckte sich ein paar Nüsse in den Mund. »Er ist am Leben, unversehrt. Für den Augenblick. Das sind sie alle. Das Königspaar auf der Burg hält sie in einem warmen Turmzimmer fest und hat ihnen kaum ein Haar gekrümmt.«

Sie sind unversehrt? Das Herz ging mir vor Erleichterung über, aber auch vor Unglauben. Was hatten Calder und Runa mit ihnen vor? So weit entfernt zu sein, trieb mich in den Wahnsinn.

»Hast du ihn wissen lassen, wer du bist?«, fragte ich.

»Nein. Ich war dort, um seinen Aufenthaltsort auszukundschaften. Es hätte keinen Zweck gehabt, die verdammten Wachen darauf aufmerksam werden zu lassen, dass etwas nicht stimmt. Für sie war ich nichts als eine demütige Leibeigene.«

Ich rieb mir die Schläfen. »Ich verstehe nicht, was Runa da tut. Ich war mir ohne jeden Zweifel sicher, dass man sie foltern würde.«

»Die Dinge könnten sich noch ändern. Ich glaube, der Geduldsfaden deiner Schwester wird dünn.«

»Dann müssen wir zu ihm. Kein Warten mehr.« Ich drückte Halvars Arm.

»Da würde ich zustimmen.« Tova nickte und sortierte einige unappetitliche Dinge aus dem Essen auf ihrer Handfläche aus. »Sie haben irgendeine Prophezeiung erhalten, die anscheinend alle verstört und alles dringlicher gemacht hat. Auf Prophezeiungen habe ich selbst noch nie viel gegeben, aber ich hatte keine Zeit, noch länger zu bleiben und mir anzusehen, was dabei herauskommt. Alles, was ich weiß, ist, dass es etwas mit dir zu tun hat, Königin.«

»Mit mir?«

»Das habe ich doch gesagt.«

»Gibt es Gerüchte unter den Leibeigenen?«, fragte der Nachtspalter.

»Sehr viele.« Tova entwirrte ihre wilden Locken und ließ sie sich über die Schultern fallen. »Auf dieser verdammten Burg schwatzen die Leibeigenen unablässig, aber die gute Nachricht ist, dass die meisten ein hohes Maß an Loyalität zu deinem Mann empfinden. Die schlechte Nachricht ist, dass sie zu viel Angst und zu wenig Rückgrat haben, um ihn tatsächlich zu befreien.«

Ich schlang die Arme um mich und verdrängte den Gedanken. »Was hast du gehört?«

»Vor allem Gesprächsfetzen über irgendein Grab. Soweit ich weiß, ist der böse König zutiefst besessen davon. Sagt dir das etwas?«

Halvar und ich stöhnten beide.

»Das Schwarze Grab«, sagte ich. »Es ist ein schrecklicher, verfluchter Ort.«

Tova zuckte die Schultern. »Egal. Laut einer alten Leibeigenen in der Küche bekommt man das Innere nur zu sehen, wenn man mit dem Schicksal verbunden ist oder in eine Art … Fae-Schlaf fällt. Ich weiß nicht, was das ist, und ehrlich gesagt war sie auch nicht die zuverlässigste Quelle.«

Halvar zog eine Augenbraue hoch. »Ein Wildwut-Schlaf?«

»Ja.« Tova schnippte mit den Fingern. »So hat sie es genannt.

Ich habe sie sagen gehört, die Prinzen sollten schlafen und endlich Ruhe und Frieden im Grab finden.«

»Im Grab ist nichts«, sagte ich und sah Halvar an. »Im großen Hügel waren doch gar keine Gräber. Oder?«

»Keine, die wir sehen konnten«, antwortete er leise. »Elise, wenn dort schlafende Fae sind, könnte das der Grund dafür sein, dass es so schwer bewacht ist. Der Wildwut-Schlaf ist eine Strategie, die vor langer Zeit eingesetzt wurde. Ein Fluch trifft andere oder einen selbst zum Schutz gegen Feinde. Könige, Königinnen und Krieger des Nachtvolks ließen sich in den Wildwut-Schlaf fallen, um ihre tiefsten, gefährlichsten Geheimnisse vor Feinden zu verbergen. Es war ein Risiko, und gemeinhin hat niemand ihn mehr verwendet.«

»Warum?«, fragte der Nachtspalter.

»Es besteht eine gewisse Wahrscheinlichkeit, dass der Schlafende nie mehr erwacht. Ein wahrhaft ewiger Schlaf.«

»Jedenfalls«, fuhr Tova fort, »sind dein Mann, sein Bruder und der Junge am Leben, und inzwischen werden sie wahrscheinlich gefoltert. Das ist mein Bericht. Wenn du mich jetzt entschuldigen willst? Ich habe Hunger auf mehr als Vogelfutter.«

Sie wandte sich ab und ging, als hätten ihre Worte mir nicht gerade den Atem verschlagen. Jeder Austausch mit den Falkyn und der Gilde von Kryv machte mich sicherer, dass sie entweder wirklich keinen Respekt vor den Angehörigen eines Königshauses hatten oder tatsächlich nicht wussten, wie man sich ihnen gegenüber verhielt.

Halvar berührte mich am Handgelenk. »Das wird helfen. Ich muss mich um Mattis und Brand kümmern und unsere Schlachtreihen anpassen.«

»Geh«, sagte ich.

Allein mit dem Nachtspalter verfiel ich in ernstes Schweigen. Mit einem tiefen Seufzen trat ich an seine Seite. Der Mann sagte nichts, während er zu den fernen Wällen starrte.

»Hilft ihr Bericht dir?«, fragte ich nach einer langen Pause.

»Es ist zu früh, um das zu wissen. Ich habe weitere Fragen, aber es gilt, Pläne zu schmieden.«

Er machte Anstalten davonzugehen, doch ich packte ihn am Arm. Sein Blick richtete sich auf die Stelle, an der ich ihn berührte. Sollte er ruhig finster dreinsehen, ich würde mich deutlich ausdrücken. »Ich vertraue dir mein Herz und das Leben meiner Leute an. Warum bist du gekommen? Warum tust du das hier? Hilf mir, dich zu verstehen, damit ich dir vollends vertrauen kann.«

Er kniff die Augen zusammen. »Gewöhn dich an Enttäuschungen, Königin. Ich schulde dir keine Erklärung. Vertrau mir oder nicht, mir ist das so gut wie gleich. Man hat mir eine Aufgabe übertragen, und die werde ich erledigen. Kommst du jetzt mit zu Tisch? Niklas und dein mürrischer Kriegerfreund wollen bestimmt auch auf den neuesten Stand gebracht werden.« Er schüttelte mich ab. »Wir kommen voran. Bist du dabei oder nicht?«

KAPITEL 23

PRINZESSIN AUF ABWEGEN

Ich war dabei. Natürlich war ich dabei. Junius war eine Freundin, der ich vertraute. Wenn sie ihrerseits der Düsternis und Übellaunigkeit des Nachtspalters vertraute, würde ich es auch tun.

Obwohl mir am nächsten Tag die endgültigen Pläne eher wie eine Laune, ein Schuss ins Blaue und schierer Wahnsinn erschienen, nicht wie ein echtes Vorhaben. Mit großen Schritten ging ich auf dem Boden des Langhauses auf und ab, den Daumennagel zwischen den Zähnen, und hörte nur halb zu, wie Thor und Niklas sich über die Einzelheiten stritten. Halvar war schon damit beschäftigt, eine Schlacht auszuarbeiten, aber die Pläne der Alver – nein, ihre Ränke, Winkelzüge, alles andere als echte Pläne – würden zuerst in die Tat umgesetzt werden.

Auf Valens Stuhl am Kopfende des Tisches lümmelte der Nachtspalter und musterte mich mit belustigter Miene. »Was macht dir am meisten zu schaffen, Königin? Dass dir das hier nicht früher eingefallen ist, oder dass du keinen Einfluss darauf hast, wie es ausgeht?«

Ich ignorierte ihn und warf einen Blick auf seine Gilde, die sich in der Nähe herumdrückte. Sie waren so wenige, dass ich mich fragte, wie sie sich mit Fug und Recht eine Gilde nennen konnten. Wie hatten sie alle zusammengefunden? Sie wirkten so unterschiedlich; so seltsam, dass sie dennoch eine Familie von Dieben bildeten.

An der Feuerstelle neben Tova stand ein kräftiger Kryv, der mich mit seinem ständigen Stirnrunzeln sehr an Thor erinnerte, aß Fladenbrot und raunte der Frau etwas zu.

Eine weitere Zweiergruppe hielt sich in der Nähe des Nachtspalters auf: ein rothaariger Mann und ein Mann, dessen Stirn von einer Narbe durchzogen war. So, wie sie miteinander tuschelten und einander berührten, kam mir der Gedanke, dass sie vielleicht ein Liebespaar waren. Ich fragte nicht; es war mir gleich.

In einer Ecke drehte der Junge – Ash, so nannten die Kryv ihn – ein Messer in der Hand und beschrieb es Ellis in allen Einzelheiten. Hanna kicherte stumm mit Laila über Mondfahnenblüten. *Kicherte.* Wie Kinder es tun sollten, aber das Mädchen gehörte einer verdammten Gilde an. Eine Diebin in Ausbildung.

Ich beugte mich über den Tisch und senkte die Stimme, damit nur der Nachtspalter mich hörte. »Kinder? Du hast vor, Kinder als Erste hineinzuschicken? Wie zu allen Höllen soll das uns weiterhelfen?«

Er warf einen selbstgefälligen Blick auf die Kleinen. »Unterschätz nie ein Kind, das verzweifelt ums Überleben kämpft.«

»Sie sind *Kinder.*«

»Und tüchtig. Hast du je auch nur gefragt, über welche Art Mesmer Ash und Hanna verfügen? Warum sie nützlich sein könnten, um den kleinen Jungen zu beschützen, wenn er sich hineinwagt?«

Ich presste meine Lippen zu einer Linie zusammen.

»Ash … Er kann einen Mann von innen nach außen zerbrechen«, sagte er mit einem Hauch von Giftigkeit. »Seine Knochen zerschmettern, seine Lunge mit Blut füllen. Seinen Schädel zertrümmern. Hanna … Nun, die ist einzigartig. Sie kann Magie blockieren. Sie einfach zum Stillstand bringen. Wir haben es mit eurer Wildwut hier ausprobiert. Täusch dich nicht: Wenn dein König hier wäre, könnte er die Erde nicht aufreißen, solange Hanna in der Nähe ist. Ich habe in meinem ganzen Leben nur einen einzigen anderen Alver mit dem gleichen Talent getroffen.«

Der Nachtspalter lehnte sich wieder auf dem Stuhl zurück und verschränkte die Finger über seinem Bauch. »Nun, findest du nicht, dass ein Kind, das Körper zerstören kann, und ein weiteres, das jegliche Flüche, Zaubersprüche, dunkle Wildwut oder Mesmer zu blockieren vermag, an der Seite des kleinen Ellis da nützlich sein könnten, gerade, weil sie unauffällige Kinder sind?«

Es war erschreckend und faszinierend zugleich, von den Fähigkeiten der Alver zu erfahren. »Aber warum Ellis?«

»Der Junge behauptet, dass der König ihn erkennen würde. Er muss erfahren, dass wir kommen, und auf den Rest des Plans vorbereitet sein.«

»Sie sind Kinder«, wiederholte ich.

Der Nachtspalter sprang auf. »Und sie haben ein Leben geführt, das ihnen abverlangt hat, dass sie lernen zu überleben. Es kann gut sein, dass die Kinder in deinem Land ein bequemes, verhätscheltes Dasein haben. Aber im Osten, kämpfen Alverkinder von ihrem ersten Atemzug an um ihre Freiheit. Unterschätz sie nicht, und glaub nicht, dass ich irgendjemanden aus meiner Gilde, allen voran Ash und Hanna, einem Risiko aussetzen würde, wenn ich mir nicht sicher wäre, dass sie Erfolg haben.«

»Du bist furchtbar unfreundlich.«

»Dir gegenüber, ja. Ich bin es nicht gewohnt, dass jemand von solchen Zweifeln an mir erfüllt ist.«

»Ich kenne dich nicht. Da darf ich meine Zweifel haben. Wir ziehen in den Krieg, Nachtspalter.«

»Und du wirst im Vorteil sein, wenn uns das hier gelingt.«

Wenn. Ich wollte keine Möglichkeiten. Ich wollte keine Wahrscheinlichkeiten. Doch es gab keine Garantien – es würde nie welche geben.

»Du bist dir sicher, dass deine Leute Valen gesehen haben?« Mir wurde wieder flau im Magen. Ein verstörender Bericht, dass es mit Valens Annehmlichkeiten auf dem Rabensporn ein Ende hatte.

Der Nachtspalter sah zu Vali und Rurik hinüber, die gerade mit Mattis und Brant sprachen. Er nickte langsam. »Sie haben den Platz und die Martergestelle gesehen, an die man sie gefesselt hat. Ich verstehe, dass es nicht das ist, was du hören wolltest, aber es ist besser, dass er im Freien festgehalten wird. Die Kinder werden ihn so einfacher erreichen.«

Den ganzen Tag über waren Rurik und Vali fort gewesen. Mir hatte man nur gesagt, dass sie in die Hügel unweit des Rabensporns geschickt worden waren, um alle Vorgänge auszukundschaften, die in Bezug auf Valen, Sol oder Gunnar von Bedeutung sein mochten. Die Entfernung betrug mindestens zwanzig Längen. Ich verstand ihr Mesmer nicht ganz, aber sie hatten keinen Fuß in die Stadt Lyx gesetzt und dennoch so Bericht erstattet, als hätten sie im Burghof gesessen.

Blut wurde vergossen.

Die Zeit zu handeln war jetzt für uns gekommen. Vertrauen hin oder her. Für Valen würde ich, wie ich dem Nachtspalter gesagt hatte, alles riskieren.

Ich verschob die Pergamentblätter, auf die unsere Pläne und unsere Schlachtordnung vor dem Grundriss von Burg Rabensporn und des ihm vorgelagerten Schwarzen Grabs aufgezeichnet waren. »Musst du dir die hier noch einmal anschauen?«

Um die Wahrheit zu sagen, hatte ich ihn kein einziges Mal auch nur einen Blick auf die Pläne werfen sehen.

Er klopfte sich gegen die Schläfe. »Ich kenne meine Zielpunkte.«

Ja – so beschrieben Junius und Niklas jeden Schritt. Als würde hier eher ein Tanz als eine bevorstehende Schlacht geplant. Wir mussten alle die richtigen Zielpunkte erreichen.

Erstens war das ein Fingerzeig, um den Nachtprinzen wissen zu lassen, dass seine Leute kamen. Überbracht von Ellis. Es war mir zuwider, aber ich hatte keine andere Wahl.

Zweitens fiel Niklas, Junius und Tova die schwere Aufgabe zu, einen Weg zu finden, Valen an den Wachen vorbei und vom Rabensporn zu bringen. Niklas verfügte über die gleiche Magie wie Bevan. Er war Elixist, ein Hersteller von Giften, Zaubern und Tränken, die helfen oder schaden konnten. Tova war irgendeine Art Heilerin, was hieß, dass sie glaubten, dass Valen der Heilkunst bedürfen würde. Der Gedanke steigerte meine Übelkeit noch.

Drittens würden wir auf dem Schlachtfeld aufeinandertreffen und unser Königreich zurückerobern.

Einfach. Zumindest in der Theorie.

Warum drehte sich mir dann bei jedem Durchsprechen dieses Plans wieder der Magen um?

Wir hatten etwas nicht beachtet; ein Problem war uns entgangen. Calder mochte Pläne haben, die wir einfach nicht voraussehen konnten.

Ich fuhr mir mit den Fingern durchs Haar und starrte das

Pergament an. Als ich schon dachte, dass meine Knie vielleicht unter mir nachgeben würden, berührte eine Hand sanft meine Schulter.

Herja nahm meine Hand. »Elise, du hast Angst. Wie auch ich. Aber ich spüre in meinem Herzen, dass es zu bemerkenswerten Dingen führen wird, Alver und Nachtvolk zu vereinen. Ich weiß, dass du anders als ich keine Erfahrung mit ihrer Magie hast, aber sie ist etwas Besonderes.«

Ich drückte im Gegenzug ihre Hand. »Wenn wir doch nur die Geschichtenerzählerin bei uns haben und die Macht des Schicksals in unseren Dienst stellen könnten! Dann würde ich vielleicht nicht vor Sorge aus der Haut fahren.«

»Halt dich an dem Wissen fest, dass der Rabensporn uns die ganze Zeit über am Leben gehalten hat. Sie brauchen Valen und Sol. Und sosehr ich den Gedanken verabscheue: Gunnar ist ein Alver und entstammt dem Haus Ferus. Sie werden glauben, dass sie auch ihn brauchen.«

Eine Träne schimmerte in ihrem Augenwinkel. Herja war still geworden, als sie den Bericht über die Behandlung der Gefangenen auf dem Rabensporn gehört hatte. Ich hätte sie gern getröstet und ihr gesagt, dass dem Jungen nichts geschehen würde, aber ich wusste es nicht.

Auf ihre Worte hin erhob sich der Nachtspalter. Er bewegte sich wie ein Schatten, und ich hörte kaum ein Geräusch, bis seine Schulter mich streifte, als er an mir vorbeiging. Aber sein Blick war auf Herja gerichtet. »Was hast du über deinen Sohn gesagt? Er ist ein Alver?«

Sie nickte. »Ich dachte, das wüsstest du.«

»Ich hatte es noch nicht gehört. Was ist seine Begabung?«

»Sein Vater hat ihn einen Hypnotik genannt. Er kann Gedanken verändern, aber es bereitet ihm schreckliche Schmerzen.«

»Weil er nicht gelernt hat, wie man sich darauf einlässt. Sein Vater ist ein Alver?«

Herja verzog wehmütig das Gesicht und nickte.

»Wo ist er? Tot?«

»Ich … Ich weiß es nicht. Man hat ihn zurück in den Osten gebracht.« Sie zeigte lächelnd auf Hanna. »Das Kind … Sie tut, was er tun konnte. Er konnte alle Arten von Magie blockieren.«

Ich rechnete mit seiner üblichen Gleichgültigkeit, aber stattdessen wurde der Nachtspalter blass und riss die Augen auf. Rasch trat er einen Schritt auf Herja zu. »Wie ist sein Name?«

Sie wich zurück. »H …Hagen Strom.«

Hatte er mir nicht gerade eben erzählt, dass er nur einen einzigen anderen Alver kannte, der Magie so wie die kleine Hanna verwenden konnte? Meine Finger gruben sich ins Fleisch meiner Handflächen. Bei allen Göttern – was, wenn er Hagen kannte? Was, wenn das hier zum Plan des Schicksals gehörte? Den Osten mittels machtvoller Magie mit dem Norden zu verbinden?

Mindestens fünf Atemzüge lang starrte der Nachtspalter sie sprachlos an, ohne sich zu rühren.

»Kennst du ihn?« Herja ergriff seinen Arm. »Bitte, wir müssen ihn finden.«

»Strom«, flüsterte er. Mit einem frustrierten Aufschrei riss er sich los, einen finsteren Ausdruck im Gesicht, und stürmte davon.

Herjas leere Hand zitterte. Der Nachtspalter kannte ihren Geliebten, da war ich mir sicher. Ich machte einen Schritt vorwärts, wollte ihm zurufen, ihr zu helfen, und sei es auch nur, indem er ihr sagte, dass Hagen tot war; das wäre immer noch besser gewesen, als sich zu fragen, was aus ihm geworden war. Doch die Schatten hatten den Nachtspalter verschluckt.

Im nächsten Augenblick spielte das schon keine Rolle mehr. Im Langhaus senkte sich Stille herab, als Halvar sich erhob, in die Hände klatschte und Schweigen forderte.

»Auf diesen Augenblick haben wir gewartet. Einen Aufstand, den zunächst Ari Secondar angeführt hat.«

Unter tosendem Applaus hob Ari ein Trinkhorn. Er war wie so viele andere in eine lederne Kampfmontur und Rüstung gekleidet. An seiner Taille waren Klingen aufgereiht; ein Schild lehnte an seinem Bein. Sein goldenes Haar war in mehreren Zöpfen zurückgeflochten. Mit einem Nicken zu mir schlug Ari sich mit der Faust aufs Herz.

Gemeinsam würden wir auf dem, wie ich hoffte, letzten Schlachtfeld stehen.

»Wir bringen ihn mit unserer Königin zu Ende.« Halvar trat beiseite und nickte mir zu, meinen Platz einzunehmen.

Mein Pulsschlag pochte in meinem Schädel, aber ich würde keine Schwäche zeigen. Nicht jetzt. Nicht hier.

Hocherhobenen Hauptes baute ich mich vor der Menge im Langhaus auf. »Wir ziehen in diesen Kampf für das alte Etta – das Land der Fülle unter der Herrschaft von König Arvad und Königin Lilianna. Wir holen uns zurück, was uns gehört, was allen Leuten gehört. Wir holen uns unseren König zurück! Unsere Heimat. Unsere Wildwut. Und wir schwächeln nicht. Wir fallen nicht. Zusammen werden wir uns für die versklavten unter uns und jenseits des Meeres erheben. Wir erheben uns für die von den Göttern gesegnete Magie. Wir erheben uns für die Freiheit!«

Ich riss den Dolch hoch, den ich zu meinem Ehegelöbnis erhalten hatte. Gebrüll ließ die Wände erzittern. Klingen glitten aus den Scheiden.

Ein Lächeln umspielte meine Lippen. *Wir kommen.* Ich

sandte ein Gebet zur Decke hinauf, in der Hoffnung, dass Valen es spüren würde.

Endlich war es so weit.

Der Krieg rief.

KAPITEL 24

NACHTPRINZ

Nachdem sie mir meine Tunika abgestreift hatten, befassten sich die Raben damit, meine Handgelenke an die Pfähle zu fesseln, sodass meine Arme an meinen Seiten ausgestreckt waren. Durch die Bindefesseln meiner Wildwut beraubt, waffenlos und von einem halben Dutzend Wachen umstellt, konnte ich kaum etwas tun, als es zuzulassen.

Calder stand grinsend zwei Schritte von mir entfernt. »Das hier könnte aufhören, Nachtprinz. Sag mir, was du über das Grab weißt, und es ist vorbei. War gestern nicht genug?«

Die offenen Wunden in meinem Rücken kochten immer noch vor Schmerz. Sol neben mir war blass, während man ihn zwang, sich auf ein Brett zu legen, die Arme seitlich abgespreizt, Verbrennungen auf der Brust.

»Ich weiß nichts über dieses Grab«, log ich. »Doch wenn ich es täte, glaubst du wirklich, ich würde es dir erzählen?«

»Legt ruhig noch einmal los, ihr verdammten Dreckskerle«, blaffte Sol, wie um mein Argument zu unterstreichen. »Wir haben gerade erst angefangen.«

»Wenn es das ist, was ihr wünscht.« Calder winkte mit einem Finger, und fünf Raben machten sich an die Arbeit.

Sol hob den Kopf. Mein Körper wurde taub. Während der

gesamten Folterung gestern war der falsche König sehr stolz darauf gewesen, dass er Gunnar gezwungen hatte zuzusehen, wie Sol und ich misshandelt wurden. Sie hatten den Jungen verhöhnt, gelacht, wenn er zusammengezuckt war, und hatten ihn herumgestoßen, doch nicht sein Blut vergossen.

Ohne Zweifel eine Taktik, um Gunnar zu brechen. Sie hielten ihn für schwach, und er bewies ihnen das Gegenteil.

Aber jetzt hoben sie ihn von der schmalen Bank hoch, auf der er angekettet gesessen hatte, und schleiften ihn zu dem Podest in der Mitte des Hofs.

»Was tut ihr da?«, stieß Sol hervor, unfähig, den Mund zu halten.

Calder ging um Sols Tisch herum und stützte sich mit einem Ellenbogen auf den Rand. Entspannt genoss er jeden perversen Augenblick. »Oh, ich glaube nicht, dass es gerecht ist, den Jungen weiter aus dem ganzen Spaß herauszuhalten.«

Die Raben stießen Gunnar auf die Knie. Sein Kiefer spannte sich an, aber als ich genau genug hinsah, erkannte ich, dass ein ganz leichtes Zittern sein Kinn ergriff. Gewaltsamer als nötig streckten zwei Wachen seine Arme und banden seine Handgelenke so an einem Brett fest, als würde er über eine Tischplatte greifen. Das Knallen einer Lederpeitsche machte mich mit allen Sinnen auf einen Raben aufmerksam, der auf meinen Neffen zutrat – und auf die geflochtenen Bänder aus gegerbter Schweinehaut, die ihm aus einer Hand hingen.

»Gunnar, sieh mich an.« Ich wartete, bis seine goldenen Augen sich auf mich gerichtet hatten. »Wir sind bei dir. Du hast die Tapferkeit beider deiner Eltern. *Beider.*«

Ich kannte seinen Vater nicht, aber der Junge schätzte ihn, und er hatte die Gefangennahme in Kauf genommen, um seine Familie zu retten. Er war tapfer, und Worte waren wichtig. Gunnars Kinn hörte zu zittern auf. Er nickte und sah Calder aus zusammengekniffenen Augen an. »W… wir geben dir nichts.«

»Was für ein tapferer kleiner Ferus.« Calder lachte, kam an meine Seite geschlendert und tätschelte mir das Gesicht.

Meine Wange zuckte. »Ich liefere meine Frau nicht aus. Dieses Grab, das du willst, bleibt geschlossen. Wir werden unseren Kampf nicht aufgeben. Und du wirst mich nicht töten, weil du deine eigenen Drohungen nicht glaubst und Konsequenzen befürchtest, wenn wir sterben. Also hör auf, alles hinauszuzögern. Mach schon.«

Ein Schatten aus Hass legte sich auf Calders scharfe Gesichtszüge. »Nun gut.« Der falsche König nickte zu einer Stelle hinter mir. »Versuchen wir es noch einmal und stellen fest, ob wir diesen Blutrausch hervorlocken können, Nachtprinz. Mir gefällt die Vorstellung ziemlich gut, eine stumpfsinnige Bestie zu meiner Verfügung zu haben.«

Ich würde nichts mehr sagen. Ich würde verdammt noch mal keinen Laut von mir geben.

Dieselben Drohungen waren gestern schon ausgestoßen worden. Die Hoffnung Burg Rabensporns war, die köchelnde Gewaltbereitschaft in meinem Blut so lange aufzureizen, bis ich mich wieder in meinem eigenen Verstand verlor. Tatsächlich ließ es einen düsteren Nebel in meinem Gehirn aufsteigen, Sol und jetzt auch Gunnar leiden zu sehen. Den Wunsch, jedem einzelnen Raben langsam die Gliedmaßen auszureißen. Zu dumpfe und brutale Gedanken, um sie je laut auszusprechen, galten Calder. Runa. Jarl Magnus.

Als hätten meine Gedanken ihn aus dem Nichts herbeigezaubert, kam der Hauptmann der Raben näher. Ich hatte mir den Klang seiner Schritte eingeprägt. Schwere Schritte, bei denen er die Zehen leicht schleifen ließ. Auf dem Tisch zu meiner Linken waren Waffen aller Art aufgereiht. Schnitzmesser, Klappmesser, Eisenstacheln, Ketten.

»Valen«, sagte Sol. »Du bist hier König. Das Land hat dich erwählt. Die Wildwut wird dich durchhalten lassen.«

Mein Bruder schloss die Augen, als Jarl die Waffen betastete.

Er packte mit der Faust eine Handvoll von meinem Haar und riss meinen Kopf zurück, sodass ich ihm in die Augen sah. »Ich wollte derjenige sein, der deine Strafe für deine Verbrechen an Timoran vollzieht. Es ist mir eine Ehre, dir den Gefallen zu tun, Nachtprinz.« Er führte seinen Mund an mein Ohr. »Wenn dieser Krieg endet, wenn deine Leute ausgelöscht sind, wird das Recht Elise als meine Frau anerkennen. Wenn sie überleben sollte, dann – das schwöre ich dir, Nachtprinz – werde ich mich sehr gut um sie kümmern.«

Äxte in sein Herz.

Dolche in seinen Hals.

Vielleicht würde ich ihm jeden Finger einzeln abschneiden.

Ich schloss die Augen und stellte mir jeden köstlich blutigen Anblick vor.

Dann setzte der Schmerz ein.

Jarl ging bei seiner Folterung methodisch vor. Sie erregte ihn. Die Art, wie Körper sich gegen die Qual anspannten und verkrampften, steigerte seine Brutalität nur noch.

Ich schloss die Augen und ballte die Fäuste. Jedes Eindringen seines Messers riss die verblassten Narben meines Lebens als Blutgeist auf. Heiß brannte der durchdringende Geruch von Blut in meiner Nase, füllte meine Lunge aus. Galle stieg mir in den Rachen.

Endlose Stiche, Schnitte, Hiebe verschiedener Klingen schlitzten mir Rücken, Arme, Beine auf. Er schnitt mir ein Stück aus dem Ohr heraus. Verbrannte mir die Handflächen.

Als eines der Messer zurückgezogen wurde, krampften meine Muskeln. Ich keuchte auf und spuckte Blut auf die Holzbretter. Währenddessen hatte sich eine Menschenmenge versammelt, um zuzusehen, war aber widerlich still geblieben. Sie sehnten sich nach Schluchzern, den Schreien der Gefolterten.

Die Befriedigung würde ich ihnen nicht schenken.

Jarl trat vor, die Hände von meinem Blut überströmt. Mit vorsichtigen Bewegungen zog er die Spitze eines blutigen Klappmessers an meinen Fingern entlang. »Du bist Schmerz gewohnt. Aber deine Rüstung bricht auf, wenn diejenigen, die du liebst, verletzt werden, nicht wahr? Das lässt deinen Verstand vor Wahnsinn, vor *Blutrausch* durcheinandergeraten.«

Haare klebten an dem Schweiß in meinem Gesicht, doch durch die Lücken dazwischen starrte ich ihn finster an. Messer. Zerbrochene Zähne. Feuer.

So viele Arten, ihn zu töten.

Sols Stöhnen zerschmetterte meine Träume von einem Gemetzel. Mein Bruder zuckte zusammen und knirschte mit den Zähnen, als Jarl glühende Brandeisen auf seine von Blutergüssen übersäte Brust presste und seine Haut mit Symbolen des Rabensporns brandmarkte.

»Sol«, stieß ich heiser hervor.

Ich war mir nicht sicher, ob es eine Reaktion auf den Schmerz oder eine Antwort an mich war, aber mein Bruder schüttelte den Kopf, brachte mich zum Schweigen.

Ein Schrei ertönte. Der erste, und er wurde schnell unterdrückt. Als die geflochtene Peitsche ein zweites Mal knallend herabsauste, sah ich, wie Gunnar den Mund öffnete und sich krümmte. Ein Rabe schlug wieder, wieder und immer wieder auf seine Unterarme ein. Striemen traten hervor. Der Junge kniff die Augen zu. Er versuchte, still zu bleiben.

Sol und ich wussten, was wir von Burg Rabensporn zu erwarten hatten. Vielleicht wusste Gunnar es bis zu einem gewissen Grade auch, aber er war bei Stor Magnus nie gefoltert worden. Isoliert, von seiner Mutter und seinem Vater weggesperrt, das ja. Das hier war jedoch seine erste Erfahrung mit körperlichem Schmerz.

Mehr als mein Bruder und ich selbst tat mir der Junge leid. Ich raste seinetwegen vor Zorn. Mein Körper stemmte sich gegen meine Fesseln wie in einem Reflex, mich zwischen ihn und die unaufhörliche Auspeitschung zu stellen.

Er konnte dem hier mit seiner Magie ein Ende setzen. Er konnte die Wünsche des Raben verändern. Aber Gunnar hatte geschworen, seine Magie nicht zu offenbaren. Zweifelsohne würde das Leben noch schlimmer werden, wenn der Junge enthüllte, dass er kein Fae, sondern etwas ganz anderes war.

Bis Gestank die Luft erfüllte, als Gunnars Haut schließlich aufplatzte.

Nein.

Dieses verdammte übelriechende Alverblut. Obwohl er seine Macht nicht eingesetzt hatte, war er entlarvt. Blut tropfte über seine Handgelenke und am Tisch hinab in einem stetigen Rinnsal auf die Bretter des Podests. Übelkeit erregend süßlich umgab ihn ein durchdringender, unangenehmer Geruch.

Der Rabe hielt sich die Nase mit der Rückseite seines Arms zu, schniefte und hob dann erneut die Peitsche.

Er war nicht der Einzige, der etwas bemerkte. Ringsum rümpften Leute die Nasen. Sogar der falsche König. »Kommt das von seinem Blut?«

»Valen«, sagte Sol mit einem Aufkeuchen. Niemand achtete

auf uns; alle warfen neugierige Blicke auf den stark riechenden Jungen. »Maskiere ihn. Tu es. *Bitte.*«

Hektischer Eifer krampfte sich immer stärker in meiner Brust zusammen. Durch den Blutverlust verschwamm mir alles vor den Augen, aber ich folgte Sols Blick. Rings um den Hof wuchsen schwächliche Mondfahnenblumen.

»Das Land hat dich erwählt«, flüsterte Sol. Seine Haut war so wund, so aufgerissen, doch er ließ sich nicht brechen. Bis sein Leben nur noch am seidenen Faden hing, würde der Sonnenprinz nicht nachgeben.

Das Land erwählte seinen König. Wildwut, stark genug, den Fluch meiner Familie zu brechen, hatte uns hergebracht.

Ich trug Bindefesseln gegen Wildwut.

Es gab nichts, was ich tun konnte.

Die Wahrheit hinderte mich nicht daran zu betteln. Im Geiste, im Herzen, flehte ich die Wildwut an, die die Götter vor langer Zeit in diesen Boden gelegt hatten, auf meine Rufe zu antworten. Sol konnte die Erde töten, aber ich konnte sie erblühen lassen.

Mein Körper verkrampfte sich. Wildwut, die in meinen Adern gefangen war, brannte. Ich stieß einen frustrierten Schrei aus, als ich gegen die Bindefesseln ankämpfte und um einen Funken Magie bettelte. Folter konnte ich überleben. Aber das hier – dieser Schmerz, als ich mich durch heftige Magie grub und nach einem Faden suchte, den ich trotz der Ringe an meinen Handgelenken festhalten konnte, ließ meine Energie und meinen Willen, wach zu bleiben, schneller als alles andere zur Neige gehen.

Wie viele Augenblicke vergingen, bis mein Körper nichts mehr zuzusetzen hatte, wusste ich nicht.

Mein Kinn sank auf meine Brust, als nach Luft geschnappt

wurde, und mein Herz klopfte zu schnell, zu wild gegen meine Rippen. In meiner Benommenheit hörte ich die schrille Stimme einer Frau, die sich über die Menge erhob.

»Alle Götter, seht nur!«

»Bei den Höllen.«

Weitere Stimmen ertönten, doch ich hörte sie wie durch eine Wasserwand.

Was auch immer begonnen hatte, war nicht annähernd so wichtig wie Schlaf. Oder der Tod. Ich hätte beides genommen. Meine Beine konnten mich nicht länger tragen. Ich sackte zusammen, und die Stricke um meine Handgelenke ließen einen Ruck durch meine Gelenke gehen, als mein Körper vornüberfiel.

»Seht euren wahren König!«, brüllte Sols Stimme. »Verneigt euch vor eurem göttererwählten König!«

»Bringt ihn zum Schweigen«, zischte Jarl.

Ich öffnete ein Auge einen Spaltbreit.

Das Podest war nicht mehr wie zuvor. Die Tische voller Waffen, die Stricke um unsere Körper, die ganze Fläche der blutigen Bodenbretter war von wuchernden, wachsenden, blühenden Ranken silberner Mondfahne bedeckt.

Wie spindeldürre Finger hatten die Zweige sich gestreckt und das Martergerüst überzogen. Mondfahne schlang sich um jedes Stück Holz, jeden Tisch, jeden Pfahl. Dornige Zweige hatten einen Kokon um die Waffentische gebildet und alle Messer und sonstigen Klingen bedeckt, sodass man sie nicht mehr anfassen konnte.

Jede Blüte öffnete sich vollständig, ließ den milchig süßen Duft in die Luft aufsteigen, überdeckte Gunnars Blut und richtete sich auf mich aus, während ich darum rang, bei Bewusstsein zu bleiben.

Ein Rabe ging zu Sol und stopfte ihm ein schmutziges Leintuch in den Mund, um ihn zu knebeln.

Calder und Runa standen am Kopfende des Podests und starrten das Wildwutschauspiel böse an. Ihre Leute gafften etwas ungläubig, voller Zweifel.

Ich grinste oder versuchte es zumindest.

»Rottet sie aus«, scholl Calders düsterer Befehl über das Martergerüst. »Lasst die drei heute Nacht hier draußen. Heilt keine Wunden.«

In den nächsten Augenblicken ging alles ganz schnell. Raben gossen Tintenschwarz auf die Zweige – etwas von dem manipulierten Gift, das sie gewonnen hatten, indem sie Sol gefoltert hatten.

Sofort verwelkte die Mondfahne; die Blüten starben. Andere Wachen scheuchten die Leute vom Platz, forderten sie auf, in ihr Alltagsleben zurückzukehren. Jarl riss seine Waffen aus den toten Dornranken hervor. Bevor er ging, flüsterte er: »Bis morgen, Nachtprinz.« Er schlug mir ins Gesicht, sodass meine Zähne in meine Wange drangen und mir noch mehr Blut vom Kinn tropfen ließen.

Aber als es vorbei war, als wir dort blutend und schmerzend zurückgelassen wurden, fand ich etwas Frieden. Endlich konnte ich mich ausruhen.

Ein Ruck ging durch meinen Körper, und als ich blinzelnd die Augen öffnete, war es dunkel. Die eisigen Winde von den nördlichen Berggipfeln tosten. Ein Schauer lief mir über den Rücken.

»Sol.« Meine Stimme brach.

Er stöhnte. Am Leben. Gunnar zuckte und richtete die verstörten Augen auf mich. Am Leben. Wir waren am Leben.

Ich versuchte, mich von den Knien hochzustemmen, aber die zerfetzte Haut meiner Schultern und meines Rückens protestierte. Ich zuckte zusammen und versuchte, etwas mehr Druck auf meine Knie statt auf meine gefesselten Arme zu verlagern. Getrocknetes Blut überzog meine Lippen, und ich hatte einen ekelhaften Geschmack im Mund. Bei den Höllen, ich sehnte mich nach einem Tropfen Wasser.

»Weg da, Junge.« Ein Rabe trat mit ausgestreckter Hand vom Podest weg. »Ab nach Hause mit dir.«

»Ich will ihn doch bloß sehen. Ich hasse ihn so sehr. So sehr.«

Lachten die Raben? Oder knurrten sie eher denjenigen an, der sich näherte?

»Das tut uns ja leid, Junge, aber es ändert nichts.« Das Gleiten von Stahl aus seiner Scheide half mir, mich zu konzentrieren. »Weg da, habe ich gesagt.«

Drei Kinder umstanden die Wachen. Es mochte sein, dass ich mir auch nur etwas einbildete. Nein. Sie waren wirklich da, und sie waren mutig. Soweit ich es einschätzen konnte, hatten sie vor, unsere Köpfe mit verfaultem Obst zu bewerfen.

»Lasst mich ein einziges Mal werfen, Hersir, bitte. Nur das eine Mal«, sagte ein Junge.

Die Raben um das Podest herum lachten und bedeuteten den Kleinen, zu gehen. Sie rührten sich nicht.

»Habt ihr Ohren?« Etwas frustriert machte der Wachkrieger, der am nächsten bei den Kindern stand, einen Ausfallschritt auf die Kleinen zu und stieß dann einen schrillen Schmerzensschrei aus.

Er brach auf dem Boden zusammen und hielt sich das Bein. Die anderen drei Raben eilten zu ihm.

»Hersir, Ihr solltet vorsichtiger sein. Hier kann man sich bei einem falschen Schritt die Knochen brechen«, sagte ein Junge mit einem boshaften Grinsen. Er war blasser als der Mond, mit Haar wie Rabenschwingen.

Die Wachen drängten sich um ihren Mitraben und waren kurz abgelenkt genug, um einem aus dem Trio Zeit zu lassen, aufs Podest zu rennen. Ich machte mich auf den fauligen Matsch gefasst, den sie uns sicher in den Mund stopfen wollten, aber der vorlaute Junge kniete sich vor mich.

»Wir haben nicht viel Zeit, mein König …«

Die Stimme kannte ich. »Ellis?«

Der Junge sah mir in die Augen. Sein Grinsen wurde reichlich schelmisch, als er mir ein gerolltes Stück Pergament in die Hand drückte und etwas hochhielt, das nach einer gerösteten Nuss aussah. »Keine Zeit, etwas zu erklären. Esst das.« Bevor ich Gelegenheit hatte zu protestieren, drückte der Junge die Nuss gegen meine Lippen und zwang mich, den Mund zu öffnen. »Esst sie.«

Ich hustete und versuchte, den Klumpen zu schlucken, während ein bitterer, fauliger Geschmack mir in Zunge und Kehle sickerte.

»Gut«, sagte Ellis knapp. »Geht sicher, dass sie Euch zurück in Euer Turmzimmer bringen, wenn es einsetzt.«

»Wenn was einsetzt? Ellis, was ist …«

Ein Pfiff des blassen Jungen ließ Ellis aufspringen. »Ihr werdet keine gute Nacht haben, König Valen. Aber die Königin kommt – das ist etwas Gutes, woran Ihr denken könnt, schätze ich.«

»Komm schon.« Der fremde Junge zog an Ellis' Arm. Ich kannte ihn nicht, aber er nahm sich einen Moment Zeit, mir in die Augen zu sehen. »Ich hoffe, du überlebst. Ich will sehen, wie dein Mesmer den Boden aufreißt.«

Mesmer? Ein Alver. Hatte Elise Alver zusammengezogen?

Sie waren fort, bevor ich danach fragen konnte. Ein paar Raben schrien ihnen etwas nach, aber auf das Stöhnen der verletzten Wache hin ließen sie die Kinder entkommen.

Meine Haut kribbelte vor fiebriger Hitze. Ich schüttelte das Unbehagen ab und hob das Pergament in meinen Fingern genug, um die wenigen Worte lesen zu können. Ein Lächeln trat auf meine Lippen.

Triff dich auf dem Schlachtfeld mit mir, mein Liebster.

E

»Valen«, durchbrach Sols schwache Stimme die Nacht. »Was ist?«

»Das Blut hat gerufen«, sagte ich heiser. »Unsere Leute sind dem Ruf gefolgt.«

KAPITEL 25

PRINZESSIN AUF ABWEGEN

Kriegslärm tönte durch die Hütten von Ruskig.

Für einige hieß das Schmerz, Tod, Angst. Für mich … Ich ließ mich voll und ganz darauf ein. Ich schritt mit größerem Selbstbewusstsein einher, mit einem stärkeren Wunsch vorzurücken, als ich es mir je hätte vorstellen können. Im Wald, unmittelbar jenseits unserer Schutzwälle, kratzte im Dunkeln Stein über Stahl, während Männer und Frauen ihre Klingen schärften. Dickes Holz stieß krachend aneinander, als Casper, Stieg und Ari die Stapel von Schilden verschoben und sie an unsere Krieger zu Fuß verteilten.

Sogar die Gerüche in der Luft waren anders.

Statt der frischen Würze des Waldes stieg nun Holzrauch aus kleinen, privaten Opfern an die Götter auf. Es duftete nach Leder und durchdringend nach dick aufgetragenem Kajal. Schweiß und ein Hauch von Furcht überdeckten den frischen Regen auf Blättern und Boden.

Von unserem Standort aus ließ der Hang die fernen Lichter von Burg Rabensporn sehen.

Ich schloss den Griff fester um eine von Valens Streitäxten. Bald würde ich sie in seine Hände zurückgeben. Das war der einzige Plan, der mich mit dem nötigen Adrenalin versorgte, alles durchzuführen. Ich war schwer bewaffnet und bereit, den Pfad des Schicksals zu beschreiten. Beide Dolche, Eis und Asche, aus unserem Ehegelöbnis steckten in Scheiden an meinem Kreuz. Seine Streitäxte trug ich an der Taille und einen Sachs an der linken Hüfte.

Hinter mir wiesen Halvar, Brant und Kari den Kriegern ihre Stellungen zu. Bogenschützen, Krieger zu Fuß, diejenigen, die über den Fluss vorrücken und die Rückseite des Rabensporns abriegeln würden. Niklas sprach mit einem seiner Falkyn, einem hoch aufgeschossenen Mann mit einem Hauch Rot in seinem goldenen Haar. Der Falkyn umfasste Niklas' Unterarm, nickte und wandte sich dem Rest der Gilde zu.

Die Alver würden an unserer Seite kämpfen. Sie würden ihre seltsame Magie einsetzen, und ich wusste nicht, ob ihr Wunsch einer Liebe zum Kampf oder ihrer Loyalität zu ihren Gildenoberhäuptern entsprang.

»Wir kämpfen denselben Kampf.« Seine leise, düstere Stimme ließ mich zusammenzucken.

Der Nachtspalter erschien an meiner Seite. Seine Augen waren mit Kajal umrandet. Rote und schwarze Streifen verliefen über sein Gesicht. Die Kapuze, unter der er sich verbarg, war über seinen Kopf gezogen, und ein paar Nebelschwaden aus Schatten wehten ihm wie ein dunkler, durchscheinender Mantel nach.

»Wie bitte?«

Er deutete auf die Alvergilden, die ihre Waffen bereitmachten. »Du hast zweifelnd dreingesehen. Ich bin davon ausgegangen, dass du wieder einmal versucht hast dahinterzukommen, warum wir hier sind und unsere Hälse für Leute riskieren, die wir nicht kennen. In einem Kampf, der nicht auf unserem Land stattfindet.«

»Aufmerksam, Nachtspalter. Was meinst du damit, dass wir denselben Kampf kämpfen?«

Er setzte einen Fuß auf einen umgestürzten Baumstamm, beugte sich vor, indem er die Ellenbogen auf sein Knie stützte, und starrte in die Nacht hinaus. »Worauf das hier hinausläuft, ist doch, dass dumme Leute die Magie dieses Landes fürchten und versuchen, ihr einen Maulkorb anzulegen. Oder sie, im Fall deines Königreichs, zu stehlen und den Thron zu behalten. Zu Hause ist das genauso.«

»Angesichts eurer Macht, Körper zu zerstören, frage ich mich, warum ihr Alver nicht längst die Macht im Osten übernommen habt.«

Er schnaufte. »Angesichts eurer Macht, Berge einstürzen und Fluten auflaufen zu lassen, ja, über den Boden zu gebieten, auf dem wir stehen, frage ich mich, warum das Nachtvolk sich nicht schon längst den Thron zurückgeholt hat.«

Das war ein Argument. »Ihr habt Anführer, die diejenigen verfolgen, die Magie haben?«

Der Nachtspalter senkte den Blick auf seine Fingernägel, auch wenn ich bezweifelte, dass er sich wirklich für sie interessierte. Eines wusste ich inzwischen über den Mann: Er sprach nicht gern über sein Heimatland, solange er es nicht für notwendig hielt.

»Zu Hause wird Mesmer – Magie – zu einem einträglichen, schillernden Handel genutzt. Aber lass dich nicht täuschen: Es gibt Alver in Machtstellungen. Vor aller Augen verkaufen, manipulieren und foltern sie ihre eigenen Leute. Mesmer wird studiert wie eure Wildwut, doch zugleich wird ihm in einer Art perverser Unterhaltung gehuldigt, um diejenigen, die es besitzen, reich zu machen und ihnen die Macht zu verleihen, nach einem Weg zu suchen, die Gaben der Schicksalsgottheiten für sich einzuspannen.«

Ich runzelte die Stirn. »Glaubst du das? Dass die Nornen des Schicksals Macht in unserer Welt verleihen?«

»Ich halte nichts von mystischen Wesen, die die Schreie ihrer Leute ignorieren.« Sein Blick huschte zu mir. »Doch wenn ich es täte, würde es einen gewissen Sinn ergeben. Seit Jahrhunderten wird Magie studiert, gefoltert, ausgenutzt, damit gewisse Leute sich die Chance stehlen können, das Schicksal selbst zu kontrollieren, und es nimmt kein Ende.«

»Wir können es ein Ende nehmen lassen. Hier. Heute.«

Er schnaufte noch einmal und warf einen Blick zurück in die Nacht. »Vielleicht in eurer Welt. Ich hoffe, die Fae erheben sich hier und die Magie eures Königreichs regiert künftig. Ich mache mir kaum Hoffnungen, dass es im Osten dazu kommen wird.«

»Was ist dein Kampf dort? Wogegen kämpft ihr?«

Der Brecher von Nacht und Angst beginnt seinen Kampf, wenn eurer endet.

Ich hatte kaum Zweifel, dass der Nachtspalter nicht an Calistas Prophezeiung glaubte. Allerdings gab es Momente, in denen sein Blick abwesend wurde und er aussah, als würde er über etwas nachdenken, das er nicht laut aussprechen wollte. Als wüsste er mehr darüber, warum er in diesen Kampf verwickelt worden war, als er sich anmerken ließ. Seine Augen nagelten mich fest, als er mich wieder ansah. »Die Masque av Aska.«

»Die … was?«

»Hast du je die Geschichte von den vier Königinnen gehört?«

Mir wurde flau im Magen. Hatte Lilianna nicht etwas über vier Königinnen an ihre geheimnisvolle Freundin geschrieben? »Nein«, gestand ich. »Ich weiß nicht, was das ist.«

»Eine volkstümliche Erzählung«, sagte er. »Vier Königinnen, die eines Tages das Gleichgewicht zwischen allen Gaben der Schicksalsgottheiten wiederherstellen würden: Wahlfreiheit, Ergebenheit, Ehre und List.«

»Das sind die Gaben der Schicksalsgottheiten?«

»Die Sage lässt die bösartigen Nornen sanft klingen, nicht wahr?« Er lächelte spöttisch. »Laut der Geschichte sind diese Königinnen die rechtmäßigen Göttererwählten, könnte man sagen. Also werden im Osten die Alver in jedem Umlauf zu Darstellern bei einer großen Maskerade gemacht, um die Legende zu feiern. Man sagt, dass jede Gabe eine Reliquie oder ein Zeichen hat, zum Beweis, dass die wahre Königin sich erhoben hat. Vielleicht etwas so Einfaches wie das Erblühen eines toten Landes.«

Ich riss die Augen auf, als er auf einige Mondfahnenblüten wies. Ich hatte es bisher nicht bemerkt, aber sie richteten ihre silbrigen Blütenblätter auf … mich.

Der Nachtspalter schnalzte mit der Zunge und fuhr fort: »Unsere Reichen haben daraus einen Wettbewerb gemacht, in dem Frauen eine einfache Aufgabe ausführen müssen, und wenn es ihnen gelingt … Nun, dann müssen sie die Königin der Legende sein.«

»Ich vermute, keine hat je gewonnen?«

»Da hast du recht.« Er verlagerte seine Haltung und ließ seine Fingerknöchel knacken. Das Thema verstörte ihn, und ich wollte wissen, warum. Der Nachtspalter hatte sehr viele Geheimnisse, aber dieses Gespräch schien ihn in das größte Unbehagen seit seiner Ankunft zu versetzen.

»Wenn niemand je gewinnt, warum hält man die Maskerade weiter ab?«, fragte ich.

»Weil es eine glanzvolle Feier ist. Ein schöner Albtraum. Über die Umläufe hat man geglaubt, dass unter denen mit starkem, einzigartigem Mesmer diejenige sein könnte, die irgendwann die Krone gewinnt. Also werden Alver gefangen genommen, kontrolliert, als Marionetten für ein luxuriöses Fest eingesetzt. Auf den ersten Blick scheint man ihnen zu huldigen, Vergnügen an ihnen zu haben, aber die Alver, die von der Maskerade vereinnahmt werden, werden zu treuen Hunden gemacht, die bereit sind, für ihre Herren zu töten.

Unser Königreich ist kein Königreich. Nicht wirklich. Wir haben vier Regionen, die alle in unterschiedlichem Maß von Gier beherrscht werden. Wie hier ist es der Thron, um den sie kämpfen. Aber nicht auf dieselbe Art. Sie kämpfen darum, ihn unbesetzt zu halten. Jene alten Sagen und Prophezeiungen machen den Mächtigen Angst vor dem, was geschehen könnte, wenn eine unserer einzigartigen Alver den Thron bestiege. Was ist die beste Art sicherzustellen, dass es nicht so weit kommt?«

»Sie zu töten?«

Er zuckte eine Schulter. »Das wäre vielleicht ein Weg. Doch im Osten hat man herausgefunden, dass es recht lukrativ ist, jene sonderbaren Alver zu nutzen, um sich den eigenen Geldbeutel zu füllen.«

»Ihr könntet den Aufstand proben, wie wir es tun. Ihnen ihren Handel nehmen.«

»Unser Land ist nicht so wie hier, wo die Grenzen zwischen Nachtvolk und denen an der Macht klar abgesteckt sind. Das hier ist ein Kampf zwischen Magie und Sterblichen, oder? Dort, wo ich herkomme, kämpfen die mit Magie gegen andere mit Magie. Treue Hunde, die für ihre Herren töten, schon vergessen? Wenn ein Alver auch nur ein halbes Leben führen will, ist es besser für ihn, sich an die Unterwelt zu halten, an Diebe wie uns.«

»Deshalb also kämpft ihr hier?«

Seine Lippen kräuselten sich. »Wir können in unserem Land nicht gewinnen, aber vielleicht können wir eurem Volk helfen, einen Teil der Magie der Schicksalsgottheiten zu befreien. Womöglich können einige dann in dem Frieden leben, den wir nie kennenlernen werden. Und …« Er machte eine Kunstpause. »Wie Junius immer sagt, wird es von Nutzen sein, mit einem König und einer Königin verbündet zu sein.«

Der Moment war so ruhig, dass ich fast gelächelt hätte, es fast wagte, das Gespräch auf das zu lenken, was er über Herjas Geliebten wusste, aber ein Räuspern unterbrach uns.

»Königin Elise.« Stave stand vor uns, von Kopf bis Fuß wie ein Krieger gekleidet. »Wir fangen jetzt an. Die Alver machen sich zum Aufbruch bereit.«

Ich nickte, und Stave konnte sich gar nicht schnell genug davonmachen.

»Er fürchtet dich«, flüsterte der Nachtspalter.

»Gut«, war alles, was ich sagte, während ich meinen Gürtel festzog.

»Mehr als andere.« Die Schatten um seine Augen verdichteten sich. »Er fürchtet von dir den Tod.«

»Er war einst nur meinem Mann treu ergeben, nicht mir.«

Der Nachtspalter kniff die Augen zusammen. »Willst du, dass ich seine Furcht Wirklichkeit werden lasse? Es wäre schnell vorbei.«

Ich prustete vor Lachen. »Nein. Ich habe Stave meinen Standpunkt deutlich gemacht, und ich bezweifle, dass er jetzt noch so töricht wäre, seiner Königin gegenüber nicht loyal zu sein.« Ich warf einen Blick auf ihn, als wir auf die Versammlung in der Mitte der Lichtung zugingen. »Du kannst wirklich ausgehend von Furcht Leute töten?«

»Ich kann viele Dinge tun, außer zu töten.« Die Schatten,

die ihn umgaben, verdichteten sich. So machtvolle Dunkelheit, dass ich sie schmecken konnte. Dann wichen sie zurück. »Illusionen – die eine Begabung, die alle, die über Magie verfügen, quer durch alle Königreiche zu verbinden scheint.«

»Ich habe immer gedacht, es sei eine Fae-Begabung.«

»Ich würde vermuten, dass die Leute im Süden, im Westen und überall ein paar Illusionen in ihrer Magie haben. Da meine Macht in heftiger Angst begründet liegt, kann ich sie benutzen. Zum Beispiel fürchten die Leute hier sich vor der Dunkelheit, also entstehen die Schatten durch Illusion. Ich habe Gebäude einstürzen lassen und monströse Anblicke erschaffen. Der Tod ist immer etwas, wovor man Angst hat, und diese Angst ist am einfachsten zu nutzen.«

»Dann bin ich froh, dass du an unserer Seite kämpfst, Nachtspalter.«

Er neigte den Kopf, und als wir uns zu den anderen in der Mitte der Lichtung gesellten, war jeder Hauch von Gold in seinen Augen schon wieder von der Nacht verschluckt worden.

Junius und Niklas wurden damit fertig, Beutel an ihre Gürtel zu schnüren. Zweifelsohne war jeder der Lederbeutel mit irgendwelchen von Niklas' Tränken gefüllt. Er hatte mir wieder und wieder versichert, dass seine Magie eindrucksvoll und er selbst mehr als ein Giftmischer war. Ich betete, dass er genau das bald unter Beweis stellen würde.

Ellis, Ash und Hanna waren vor Stunden zurückgekehrt. Die beiden Jungen wiederholten Niklas mehrfach, was sie zu Valen gesagt hatten, fast so, als ob der Falkyn sie immer wieder aufs Neue bat, das Bild heraufzubeschwören, um ihn besser zu meinem Mann zu führen.

Mein Herz zog sich tief in meiner Brust zusammen. Kinder hatten manchmal kein bisschen Feingefühl, und auf Ellis' drastische Schilderung des Zustands des Nachtprinzen hin hatte ich gewürgt, als niemand mehr in meiner Nähe gewesen war.

Dann kam der Bericht über seine Großtat mit der Mondfahne.

Das Land erwählte Valen Ferus. Es reagierte auf ihn, sogar wenn er gefesselt war und blutete. Ich musste daran glauben, dass es auch jetzt auf unserer Seite stehen würde.

»Bereit?« Ich sah Junius an. Sie war in dunkle Roben gehüllt, aber darunter trug sie ein schlichtes Wollkleid.

Junius nahm meine Hand und drückte sie. »Wir sind bereit. Haltet Ausschau nach unseren Signalen, Elise.«

Ich nickte und sah ein Gesicht nach dem anderen in der Runde unserer Krieger an. »Unsere Freunde gehen unseren König befreien. Wir werden da sein, um ihn zu begrüßen, mit gezogenen Klingen, um für ihn und für unser Volk zu kämpfen.«

Schwerter wurden auf Schilde geschlagen. Ich blinzelte gegen das Brennen der Tränen an und suchte diejenigen, an denen mein Herz hing, als wäre es vielleicht der letzte Blick, den ich auf sie erhaschte. Mattis zog Sivs Gürtel zurecht und küsste dann ihre Handfläche. Kari hielt Halvars Gesicht umfasst, während er ihr etwas zuflüsterte, das ihr Lächeln hervorlockte. Stieg, Casper und Brant verbrannten ein paar Runen für die Götter.

Ari stand neben Thor. Sie wurden gerade damit fertig, ihre Klingen zu befestigen. Er zwinkerte mir zu, lächelte aber nicht.

Ich trat an Herjas Seite. Die Prinzessin von Etta war furchteinflößend. Sie hatte ihre schlanke Gestalt in Schwarz gekleidet, sich die Haare aus dem Gesicht geflochten und sich mit mehr Messern bewaffnet als irgendjemand sonst.

Es brach mir das Herz, als sie vor Laila in die Hocke ging. Die Augen des Mädchens waren feucht vor dicken Tränen, als ihre Mutter mit den Händen über die kindlichen Wangen fuhr und alle Ängste fortküsste.

Der Nachtspalter sah das Mädchen an, dann die Kinder neben ihm. »Ash, Hanna. Ihr passt auf die Kleinen dieses Landes auf, ja?«

»Wir können kämpfen«, entgegnete Ash steif und schmollte. Hanna nickte stumm.

Der Nachtspalter sah aus, als wäre er nahe daran zu lächeln, würde aber dagegen ankämpfen. »Wer sagt, dass ihr nicht kämpfen werdet? Was rate ich euch immer?«

Ash versetzte ein paar Kieselsteinen einen Tritt und schnippte immer wieder mit den Fingern. »Auf alles vorbereitet zu sein.«

»Und das ist auch richtig. Seid vorbereitet. Auf euren Schultern lastet die Bürde, für diese Leute auf ihre Kinder achtzugeben. Werdet ihr sie enttäuschen?«

In meinen Augen war das ein hohes Maß an Verantwortung, um es einem Kind aufzulegen, aber Ash warf sich in die knochige Brust und ließ mit den schlanken Fingern ein Messer aus schwarzem Stahl wirbeln. »Das werde ich nicht.«

Ellis, Laila und die anderen Kinder von Ruskig würden dem Ältesten Klok, Ash, Hanna und allen anderen anvertraut werden, die nicht in der Lage waren, eine schwere Klinge zu heben. Sie würden hinter den Wällen bleiben, und wenn das Signal kam, würden sie das Nordkönigreich auf den Schiffen verlassen, die am Ufer zurückgeblieben waren.

Bei den Göttern, ich hoffte, dass das Signal nie kommen würde. Wenn sie an Bord eines Schiffs wegfuhren, würde das vor allem eines bedeuten – dass wir gescheitert waren.

Herja gab Laila einen letzten Kuss auf die Stirn, bevor die Kleine mit den anderen Kindern in den Wald trottete und in der Nacht verschwand. Ich legte Herja eine Hand auf den Arm.

Sie sah mir in die Augen und nickte knapp. »Heute Abend holen wir uns unseren König zurück.«

»Wir holen uns unser Königreich zurück.«

Der Nachtspalter trat wieder an meine Seite. »Deine Einheiten sind zu den Flüssen vorgerückt, die Bogenschützen sind unterwegs zu den Bergen, und Junius, Tova und Niklas brechen jetzt auf.«

»Es ist so weit«, flüsterte ich. Mein Inneres verkrampfte sich.

»Bereit, Königin?«

Ich sah den Nachtspalter an. Solch eine einfache Frage, auf die es ein Dutzend Antworten gab. Ich grinste grimmig. »Ich bin schon lange bereit.«

Ich packte meine Klinge, bereit, mit den übrigen Fußkriegern in Stellung zu gehen.

Wir würden das Gelände des Rabensporns stürmen. Wir würden das meiste Blut vergießen, den meisten Tod sehen. Ich würde Valen dort treffen. Eine Schlacht zwischen unseren verschiedenen Völkern würde mein Herz mit seinem wiedervereinen.

Das Schicksal hatte mich hergeführt, und jetzt war es an der Zeit, mich den bösen Plänen zu stellen, die es womöglich mit mir hatte.

KAPITEL 26

NACHTPRINZ

Fieber tobte durch die Nacht. Schmerzen, Krämpfe, Delirium. Ich stöhnte und wünschte, die grausamen Götter würden mich auf der Stelle töten. Ich klammerte mich an Ellis' Worte. *Die Königin kommt.*

Elise. Ich musste Elise wenigstens noch ein einziges Mal sehen, bevor ich in die Anderswelt einging. Zu viele Worte mussten noch gesprochen werden.

Ein Stiefeltritt gegen die Rippen ließ mir einen brennenden Schmerz die Wirbelsäule heraufschießen.

Jarl Magnus stand über mich gebeugt, das Messer in der Hand, das er benutzt hatte, um die Fesseln an meinen Handgelenken zu durchschneiden.

Während der Nacht hatte Raureif den Boden und die rutschigen Bretter des Marterpodests überzogen. Obwohl ich fieberte, zweifelsohne sogar im Sterben lag, ließ sein Anblick blendenden Zorn durch meine Adern laufen.

»Er sieht aus, als wäre er schon halb in den Höllen.«

»Besorgt?«, krächzte ich und versuchte, den Kopf zu heben, aber die Anstrengung war zu viel. Ich schloss die Augen und ließ die kühlen, blutigen Bretter des Podests die Hitze meiner Haut lindern.

»Bestellt Mediks her.« Jarl stieß ein grausames Lachen aus. »Bringt sie in den Turm hoch. Wir dürfen sie nicht sterben lassen. Noch nicht.«

Jarl bedeutete den Raben, uns hochzuheben. Es brauchte über ein Dutzend Wachen, um unsere übel zugerichteten, halb erfrorenen Körper in die Hitze des Burgturms zu schleifen. Wir stolperten. Ich konnte mich nicht auf eine einzelne Stelle konzentrieren; alles wirbelte in einem Strudel aus Nebel und Dunkelheit um mich. Als sie uns endlich wieder in den oberen Raum warfen, um auf ein Treffen mit dem König zu warten, kämpfte Sol sich zu mir herüber.

»Valen.« Er legte sich einen meiner Arme über die Schultern. »Alle Götter, du brennst wie eine Flamme. Bei den Höllen, wann bist du so verdammt schwer geworden?«

Ich dachte, ich hätte vielleicht gelacht. »Neidisch auf meine Kraft, Bruder?«

»Niemals.« Sol legte mich auf die Pelze des Betts und wischte mir behutsam die Stirn ab.

»Wird er es überleben?« Gunnars Stimme klang leise und gequält.

»Ja«, sagte Sol voller Gewissheit. »Fieber wird dem Nachtprinzen nicht den Garaus machen.«

Ich schnaufte. Das Zimmer drehte sich. »Ich glaube, es lässt sich mit Bestimmtheit sagen, dass der kleine Ellis mich vergiftet hat.«

Sols Kiefer pulsierte, als er mich mit den Pelzen zudeckte und versuchte, meinen glühend heißen Körper dazu zu bringen, nicht länger zu zittern.

Zu dem Zeitpunkt, als allmählich Sonnenlicht in die Nacht einsickerte, wurde das Fieber noch stärker. Die Raben hatten uns allein gelassen und waren nicht mit timoranischen

Mediks zurückgekehrt. Wahrscheinlich eine andere Form der Folter.

»Stirb nicht, Valen.« Sols Flüstern flatterte gegen meine Wange.

Irgendwo inmitten von Schweißausbrüchen und Schüttelfrost musste ich eingeschlafen sein. Ich lächelte mit aufgesprungenen Lippen; ein schwaches Auflachen entrang sich meiner trockenen Kehle. »Wenn ich doch s… sterbe, erzähl allen, dass es in einem r… ruhmreichen Kampf geschehen ist, der dir das L… Leben gerettet hat.«

Sol und Gunnar eilten an meine Seite. Mein Neffe sah noch blasser als zuvor aus; das getrocknete Blut, das die Peitschenhiebe auf seinen Armen hinterlassen hatten, hob sich rot und schorfig von ihnen ab. Aber Sols blaue Augen erhellten sich wie ein Sommermorgen. »Vielleicht erzähle ich ja auch allen, dass du wimmernd im Bett gestorben bist.«

»Das w… würdest du nicht wagen.«

»Doch, und das weißt du.«

Ich schnaubte schwach, aber es war ein Lachen im Delirium.

»Was ist so witzig?« Gunnar lief neben dem Bett auf und ab. Seine Stimme brach. »Du darfst nicht sterben. Du darfst nicht.«

»Ach, Valen, ich glaube, unser Neffe mag dich.«

Ich erschauerte, zwang mich aber zu einem Grinsen, obwohl mein Kopf benebelt war. »Junge, wenn wir d… damit aufhören, einander aufzuziehen, wird es Zeit, sich S… Sorgen zu machen, dass einer von uns stirbt.«

Das stimmte. Während der Eroberung waren die einzigen Augenblicke, in denen ich wirklich Angst um Sol gehabt hatte, die gewesen, in denen er aufgehört hatte, mich zu beschimpfen, um stattdessen von meinen guten Eigenschaften zu sprechen.

Jene Momente hatten bedeutet, dass er geglaubt hatte, dass uns die Zeit ausging.

Die Türklinke klickte und ließ alle Gespräche einen raschen Tod sterben. Sol stellte sich beschützend vor das Bett, als zwei Raben sich ins Zimmer drängten, aber ihnen folgten zwei andere Leute: eine Frau mit einem schmutzigen Wollrock und einer Schürze und ein Mann mit einer Pfeife, einem dicken Stoffbeutel und einer scharfen Zunge, die die beiden Wachen zur Zielscheibe machte.

»Ich meine ja nur, dass ihr uns verdammt noch mal schon längst hättet herbestellen sollen. Ich wirke keine Wunder, und wenn er schon mit einem Bein in der Anderswelt steht, ist das Einzige, was wir noch tun können, ihm alles Gute zu wünschen. Es wäre besser, wenn ihr uns nächstes Mal holt, bevor der Schüttelfrost einsetzt.«

Einer der Raben schürzte die Lippen. »Tu deine Pflicht, Medik. Und das schnell.«

Der Mann mit der Pfeife verschob seine Kappe ohne Krempe und stellte seinen Beutel auf die Bettkannte. Seine Augen waren dunkelbraun wie frisch gepflügter Erdboden. Seltsame Augen. Nicht timoranisch. Und dieser Anflug von einem Akzent in seiner Stimme, den ich nicht ganz einordnen konnte …

»Sieht scheußlich aus.« Der Medik seufzte tief und klatschte dann in die Hände. »Na, dann wollen wir mal keine Zeit verlieren.«

Ich vertraute timoranischen Mediks nicht, aber ich hatte weder genug Energie noch den Wunsch, mich gegen ihn zu wehren. Um die Wahrheit zu sagen, hätte Sol mir das auch niemals gestattet.

Aber der Medik trat nicht auf mich zu. Mit fiebrigen Augen sah ich verschwommen und voller Entsetzen, vielleicht auch mit einem Anflug von Ehrfurcht, wie der Medik den Kopf schief legte und auf die beiden Raben zustürmte.

Mit einem geschickten Griff verdrehte der Medik den Hals einer Wache, bis ein widerliches Knacken ertönte. Der Leichnam des Raben sackte auf dem Boden zusammen. Im selben Augenblick hatte die Frau schon einen silbernen Dolch in der Hand und begrub ihn in der Kehle des zweiten Raben.

Sie sah zu, wie er an seinem Blut erstickte.

Der Medik holte tief Luft und grinste mordlüstern. »Gut gemacht, Tov.«

Sol baute sich vor dem Bett und Gunnar auf, den ganzen Körper angespannt. »Bleibt zurück.«

Der Medik – von dem ich, selbst in meinem fiebrigen Kopf, nicht mehr glaubte, dass er ein echter Medik war – lachte leise. »Wenn du möchtest, dass ich ein Gegenmittel zu dem Elixier verabreiche und ihm ein bisschen Erleichterung verschaffe, willst du bestimmt, dass ich nahe herankomme.«

Sol rührte sich nicht vom Fleck.

Mit einem gereizten Seufzen legte der Mann den Kopf schief. »Hast du diese kleinen Wachen besonders gemocht? Tut mir leid, wenn dem so ist. Aber ich dachte, es würde beweisen, dass wir nicht hier sind, um euch etwas zu tun, sondern sogar gekommen sind, um euch zu helfen.«

Sol musterte sie argwöhnisch, lenkte jedoch ein. Gerade eben. Er blieb in der Nähe, als der Mann eine Phiole von seinem Gürtel löste, während die Frau zum Fenster sauste und das Mondlicht mit einem Glasstück einfing, das sie hin und her bewegte.

Ich hob den Kopf, so gut ich konnte. Kurz darauf riss sie sich die Schürze ab und schlüpfte aus ihrem Kleid. Darunter trug sie eine fleckige Tunika und eine pechschwarze Hose. An ihr Bein waren zwei weitere Dolche geschnallt, quer über ihre Schultern ein Bogen. Als sie sich uns wieder zuwandte, bemerkte ich die grünen Katzenaugen sofort.

»Die Leibeigene«, murmelte ich, ob nun laut oder nur im Kopf, wusste ich nicht.

»Er ist noch bei klarem Verstand«, sagte sie. »Aus dem Weg, wir müssen ihn schnell heilen. Bei den Höllen, Niklas, wie viel hast du ihm gegeben?«

»Oh, verdammt noch mal, entschuldige«, sagte der Mann, Niklas, bissig. »Ich wusste ja nichts über seine Statur und musste raten. Ich habe mir einen ziemlichen Riesen vorgestellt, so leid es mir tut.«

»Ihr werdet meinen Bruder nicht anrühren, solange ich nicht weiß, wer und was ihr seid«, zischte Sol.

»Füg uns eine Schnittwunde zu, dann riechen wir ganz ähnlich wie er«, sagte die Frau und zeigte auf Gunnar. Sie setzte sich über Sol hinweg und stieg von der anderen Seite her aufs Bett.

»Alver?«, fragte Sol.

»Ja«, bestätigte Niklas. »Wie ist dein Mesmer, Junge? Schmerzhaft?«

Gunnar zögerte, nickte aber dann.

Niklas wühlte in dem Beutel herum und warf ihm eine kleine Phiole zu. »Nimm das. Es wird dir helfen, dich zu konzentrieren, und den Schmerz lindern. Ich gebe dir mehr, wenn das hier erledigt ist. Leider hat dein Schlag mit den Gedankenspielchen mit entsetzlichen Kopfschmerzen zu kämpfen.«

»Was ist das?«, erkundigte sich Gunnar.

»Besondere Kräuter, ein paar zerstoßene Wurzeln und eine Menge Brän-Bier.« Er schlug Gunnar auf die Schulter. »Hinunter damit! Betrink dich ein wenig.«

Ich lachte leise und erinnerte mich, wie ich damals als Legion

Grey Elise mit dem brennenden Getränk bekannt gemacht hatte. Ich hatte meinen Namen noch nicht gekannt, aber die Erinnerung an diese Augenblicke war eine der ersten daran, dass es mich überwältigt hatte, wie sehr ich in der Gesellschaft der Kvinna hatte bleiben wollen.

Die Frau schmiegte sich an meinen Rücken, schob ein Knie unter meine Hüfte und drehte mich auf eine Schulter. Sie stieß einen Fluch hervor. »Die haben dich ja ganz schön aufgeschlitzt.«

»Kümmere dich darum, Tov«, sagte Niklas. »Ich ziehe das Ettrig-Gift aus ihm hervor. Du wirst dich bald besser fühlen, König.« Er tätschelte mir die Schulter und hielt mir die Phiole mit der trüben, rauchartigen Substanz unter die Nase. »Der alte Bevan lässt schön grüßen.«

»Wartet«, sagte Sol. »Sagt mir, wie es euch gelungen ist, euch als Mediks auszugeben.«

»Ganz einfach«, sagte Niklas, ohne aufzuschauen. »Du wärst erstaunt, was man erreichen kann, indem man ein paar gierige Leute besticht. Glaubst du, dass Mediks besonders viel Vergnügen daran haben, die Gefolterten des Rabensporns zu heilen? Ich habe dem Dreckskerl ein paar Münzen gegeben, und er hat mir mit Freuden seine Robe überreicht.«

Einfallsreich. In gewisser Weise faszinierend. Kein Blutvergießen. Einfach nur Schläue.

Der durchdringende Geruch von Ahornlaub und angelaufenem Stahl weckte mein Gehirn und ließ einen Ruck durch meine Sinne gehen. Ich hustete. Das Brennen in meiner Lunge verscheuchte das Fieber. Auf entsetzliche Art. Ein langsames Zischen ging von meiner Haut aus. Giftige Wolken weißen Rauchs stiegen zart aus meinen Poren auf und nahmen die Schmerzen, die Benebelung, das Krankheitsgefühl mit.

Was hatte dieser Mann … Hatte er Bevan erwähnt?

»Elixist?«, fragte ich mit rauer Stimme. Der alte Mann hatte seine Talente oft eingesetzt, um mich gesund zu halten, während ich unter dem Fluch gestanden hatte, und er hatte sich einen Elixisten genannt.

»Genau, Fae-König. Um ehrlich zu sein, ein ziemlich brillanter.«

Die Frau schnaufte, während ihre Finger sanft meinen Rücken berührten. »Du bist der Einzige, der das sagt.«

»Stimmt nicht.« Er kratzte sich am Kinn. »Junie findet mich bemerkenswert und sagt mir das auch oft.«

»Junius.« Ich stützte mich blitzschnell auf einen Ellenbogen.

»Stillhalten«, forderte die Frau.

Ich ignorierte sie. »Du kennst Junius?«

»Das will ich doch hoffen.« Er lüpfte seine Kappe. »Niklas Tjuv. Ich schulde dir großen Dank dafür, dass du dafür gesorgt hast, dass meine Frau noch atmet.« Niklas stand auf und sah die katzenäugige Frau an. »Was meinst du, Tova?«

»Bei den Wunden könnte ich ein bisschen Hilfe gebrauchen.«

Ich schrie auf, als ihre Hände bestimmte Stellen berührten und ein verstörendes Ziehen meiner Haut bis in die Mitte meines Rückens verlief. Als würden hundert kleine Nadeln mit Faden meine Haut wieder zusammennähen.

»Was tust du da?«

»Heilen.« Sie ächzte. »Allerdings bin ich mit meinem Mesmer nicht allzu geschickt.«

Ich zuckte zusammen und erschauerte unter dem widerlichen Gefühl, das die ziehende, schnell heilende Haut in mir auslöste. Während Tova arbeitete, sah ich Niklas an. »Wo ist Elise?«

»Oh, wenn deine Königin ihr Ziel erreicht hat, wird sie dieser verdammten Burg in Kürze den Krieg erklären.«

Sol versteifte sich. »Sie kommen. Heute Abend?«

»Oh ja.« Niklas klang, als würde er sich nicht die geringsten Sorgen machen, ja, als wäre alles amüsant. Vielleicht tat er es für uns; er tötete so gut wie nur irgendjemand. Wenn er dabei lächelte, sollte er doch.

»Valen, wir müssen zum Grab gelangen.«

Meine Haut tat nicht mehr weh, und bevor Tova mir die Erlaubnis dazu erteilen konnte, rückte ich von ihr ab. »Heile Gunnars Arme.«

»Nein.« Gunnar wich zurück. »Das hier ist nichts, was ich vergessen möchte. Ich will mich an die Leute erinnern, die meiner Maj übel mitgespielt haben. Aber gib mir den Bogen da. Ich schieße nicht daneben.«

Er zeigte auf den Bogen über Tovas Schultern.

»Er ist ja ziemlich überzeugt von seinem Können«, bemerkte Sol. Mein Bruder hatte keine Vorbehalte dagegen, sich heilen zu lassen, und nahm von Niklas eine stark riechende Salbe für die Verbrennungen und Striemen an seinem Oberkörper und seinen Rippen entgegen.

»Das wirst du auch sein, sobald du es gesehen hast.« Gunnar grinste, und ich erkannte darin einen Hauch von Herjas Verschmitztheit.

Bei meinem nächsten Schritt ließ ein donnernder Knall die Mauern des Turms und um den ganzen Hof herum erzittern.

»Das muss Junie sein.« Niklas klatschte in die Hände. »Wir müssen los, König. Der Krieg kommt.«

»Was war das?« Ich folgte Niklas zu seinem Beutel.

»Elixierpulver. Explosiv, aber wir müssen den richtigen Zeitpunkt signalisieren – warum also nicht gleich die verdammten Tore sprengen, wenn wir schon dabei sind?« Er lächelte spöttisch und wühlte in dem Beutel herum. »Deine entzückende Königin meinte übrigens, du könntest die hier haben wollen.«

Mir schnürte sich die Brust zu, als er meine Streitäxte hervorholte. Ich nahm sie mit einer gewissen Ehrfurcht entgegen; in meinen Handflächen baute sich eindeutig Hitze auf. Niklas reichte Sol einen Sachs und einen Dolch. Tova trat Gunnar ihren Bogen und ihren Köcher mit Pfeilen ab. Gunnar zupfte grinsend an der Bogensehne.

Lärm vor dem Turm holte uns ins Hier und Jetzt zurück. Niklas runzelte zum ersten Mal die Stirn. »Mittlerweile werden die Wachen einen Verdacht gegen uns hegen. Es wird Zeit, dass wir uns in Bewegung setzen. Wie ich höre, kannst du auf das anstehende Gestein einwirken. Ich hätte großes Interesse daran, dass du die Fähigkeit nutzt, um uns hier herauszuholen.«

»Wir tragen Bindefesseln«, sagte ich und ließ eine Axt herumwirbeln, während Sol mir meine blutbefleckte Tunika zuwarf.

»Ach ja, wie töricht von mir, solch eine wichtige Einzelheit zu vergessen.« Niklas zog einen Runenstein aus seinem Beutel. »Handgelenke ausstrecken. Ich hätte gleich hiermit anfangen sollen.«

»Wie kommt es, dass du den Schlüssel zu den Bindefesseln hast?« Sol starrte ihn mit offenem Mund, die Handgelenke ausgestreckt, an.

»Keinen Schlüssel. Noch ein Trick von mir. Den habe ich hergestellt, nachdem Junie mir berichtet hatte, wie euer Mesmer – eure Wildwut – was auch immer hier gefesselt wird. Da wir an der Seite der Fae in den Krieg ziehen, dachte ich, es könnte euch nützlich sein. Ich habe noch viele davon. Wir haben im Osten etwas Ähnliches, das Mesmer blockiert, also haben wir uns vorbereitet.«

Seine Magie konnte Bindefesseln entgegenwirken? Es war

nicht der richtige Zeitpunkt, zu lange darüber nachzudenken. Niklas fuhr mit dem glatten Stein über die silbernen Ringe. Die Hitze löste sich auf, und meine Wildwut schoss in meine Adern. Sol und ich krümmten uns beide, aber es gelang uns zu verhindern, dass wir uns übergeben mussten.

»Es zahlt sich aus, Verbündete zu haben, findet ihr nicht?« Niklas zwinkerte. »Jetzt müssen wir uns an der rückwärtigen Mauer treffen.«

»Nein.« Sol packte mich am Arm. »Wir müssen zum Grab, Valen. Was immer dort ist, könnte helfen, das hier zu beenden. Für Elise. Für Thor.« Er sah Gunnar an. »Für Herja.«

Ich schloss die Augen, die Fäuste um meine Äxte geballt. Alles, was ich wollte, war, Elise beizustehen, an ihrer Seite zu kämpfen. Doch irgendetwas am Schwarzen Grab juckte mich im Schädel. Wenn es uns einen Vorteil verschaffen konnte, mussten wir das ausnutzen.

Ich stieß einen frustrierten Schrei aus. »Na, dann kommt. Es liegt nur wenige Längen von hier.«

»Wartet«, sagte Niklas. »Was macht ihr da? Wir müssen zum Zielpunkt.«

»Es ist starke Wildwut verborgen«, erwiderte ich, ohne stehen zu bleiben. »Wir brauchen sie, um diesen Krieg zu gewinnen.«

Tova schüttelte den Kopf. »Er wird erzürnt sein.«

»Wer ist er?« Ich öffnete die Tür einen Spaltbreit und sah mich auf dem Gang nach Raben um. Schritte unter uns deuteten darauf hin, dass uns nur wenige Augenblicke blieben, bis sie die Treppe hinaufkommen würden.

»Der Nachtspalter. Er kämpft an der Seite deiner Frau«, sagte Niklas. »Der Brecher von Furcht und Nacht, wie deine Leute ihn beschrieben haben. Das hier ist sein verdammter Plan, und er wird schnell gereizt, wenn seine Pläne fehlschlagen.«

Ich riss die Augen auf. Es gab ihn wirklich. Ein Teil von mir hatte ihn für einen Mythos, einen falschen Ausdruck oder sonst irgendeinen Versprecher gehalten. Es spielte keine Rolle. Ich schlich mich auf den Gang hinaus. »Dann muss er eben gereizt sein.«

»Das habe ich mir schon gedacht.« Niklas schloss sich mir an. Er bewegte sich wie ein Schatten. »Junius wird am Tor sein. Kränk den Nachtspalter, so viel du willst, aber wir werden uns die Zeit nehmen, meine Frau zu holen.«

Ich nickte. Blick nach vorn. Raben polterten die Treppe herauf. Ich nahm beide Äxte in die linke Hand und hob die freie Rechte. Die Wildwut wurde machtvoll. Jeder Herzschlag ließ mehr Magie in meinem Blut pulsieren.

Die Mauern bebten. Der Stein und das Holz, aus denen die Grundmauern des Rabensporns bestanden, bekamen Risse und barsten.

Tova betete zu den Göttern, die Hand an die Wand gestützt. Niklas lachte schurkisch.

Binnen weniger Augenblicke begann das Treppenhaus zusammenzubrechen. Raben schrien auf, riefen bereits auf halbem Weg nach oben zum Rückzug. Ein Wachkrieger hatte schon fast das obere Ende der Treppe erreicht, als er mir in die Augen sah. Ich verzog die Lippen. Sein Gesicht wurde blass, als ich die Faust schloss und das Getöse von Stein und zusammenbrechenden Trümmern die Schreie der Männer übertönte, die unter allem zermalmt wurden.

Staub bedeckte das blutige Durcheinander aus Knochen und Fleisch, aber Sol und Gunnar ließen sich nicht lange bitten, sondern stürmten vorwärts und sammelten alle Klingen auf, die noch zu sehen waren.

Ich holte tief Luft, ließ die Wildwut von mir Besitz ergreifen. Düstere Kampfeslust packte mich wie ein greifbares Wesen.

Heute Abend war mir der Blutrausch willkommen.

KAPITEL 27

NACHTPRINZ

Was auch immer Niklas für ein Pulver verwendet hatte, um die Explosionen auszulösen, es setzte auf Burg Rabensporn helle Panik frei.

Unter uns stießen Raben mit Leibeigenen zusammen, während die einen versuchten, sich zu sammeln, um die Mauern zu verteidigen, und die anderen bestrebt waren, in Deckung zu flüchten.

Wir stiegen über die Trümmer der Treppe hinab. Dabei benutzte ich meine Wildwut, um auf weitere Mauern einzuwirken und andere Teile der Burg zu zerstören, bis wir auf sicherem Boden standen.

»Sie werden die Bogenschützen auf den östlichen Hügeln aufstellen«, sagte Niklas und informierte uns über Halvars Schlachtstrategie, während wir vorwärtskletterten. »Wir sollten ihnen vom Südtor aus entgegengehen, aber das ändert sich offensichtlich gerade.«

»Was ist mit Elise?«

»Und Thor?«, hakte Sol nach.

»Die Königin führt mit Ka… Ich meine, mit dem Nachtspalter, den Angriff zu Fuß von den nördlichen Wäldern aus an. Die Bogenschützen werden erst zielen. Aber es gibt Pläne für deinen Geliebten, älterer Prinz. Wie man mir gesagt hat, kann er gut mit Feuer umgehen.«

Sol lächelte selbstgefällig. »Nur gut? Er ist furchteinflößend.«

Niklas brummte und half Tova über die letzte Barriere aus Stein und Schutt. »Gut. Dann führt euer Wasserfae Schiffe flussaufwärts. Wir werden die Burg von allen Seiten umstellen. Bis auf unseren fehlenden Zielpunkt natürlich.«

»Wie viel Zeit haben wir?«

»Nicht viel«, sagte Tova. »Sie werden auf Junius' Signal hin losmarschiert sein. Wir wollten nicht, dass diese Dreckskerle auf der Burg zu viel Zeit haben, sich zu sammeln.«

Bei den Göttern, wir taten es wirklich. Wir waren im Krieg. Für zu lange Zeit war der Gedanke eher eine Fantasievorstellung als eine Möglichkeit gewesen. Und ich konnte ein Zittern vor Furcht angesichts von König Elis letzter Prophezeiung nicht unterdrücken. *Verdammt sei Runa. Verdammt sei Calder.* Gewiss hatten sie mir die Geschichte nur erzählt, um mich mit Zweifeln zu verwirren.

Elise würde hier nicht fallen.

Runa. Ich würde sie auf ihrem Thron töten, bevor sie auch nur einen Fuß auf das Schlachtfeld setzte. Ich öffnete den Mund ein Stück weit, um vorzuschlagen, die falsche Königin zu suchen, als eine halbe Einheit Raben an der zerstörten Treppe vorbeistürmte.

Zuerst schien es so, als würden sie nicht einmal in unsere Richtung sehen, bis der vorletzte Wachkrieger rief: »Verdammte Götter!«

Beim nächsten Atemzug hatte ich schon eine Axt in seinem Hals begraben. Sol setzte den letzten Krieger außer Gefecht. Mein Bruder hatte sich nie so sehr wie ich für Klingen interessiert, aber das minderte seine Fähigkeit zu töten kaum. Der

Rabe keuchte auf, Blut auf den Zähnen, als Sols Dolch seitlich in seine Kehle drang.

Doch es waren die Pfeile, die ich nicht ignorieren konnte.

Schnell. Treffsicher. Tödlich. Ein Pfeil durchbohrte einen Raben zwischen den Augen, und bevor ich noch einmal Luft holen konnte, steckten zwei weitere schon tief in den Herzen zweier anderer Raben. Als ich herumwirbelte, hatte Gunnar bereits den vierten Pfeil angelegt und zielte.

Er erledigte die letzte Wache und sah mich an. »Ich habe dir doch gesagt, dass ich nicht danebentreffe.«

»Bei den Höllen«, sagte Sol. »Hat dein Vater dir das beigebracht?«

Niklas schlug Gunnar auf die Schulter. »Ich glaube, es sind zwei verschiedene Fähigkeiten. Eine von den Fae, eine von den Alver. Du kontrollierst all die wunderbaren Erdelemente in den Pfeilen *mit deinem Kopf*, Junge. Zumindest vermute ich das. Ich würde es gern näher erforschen, um es sicher zu wissen. Allerdings später. Krieg, Schlacht und Blutvergießen nahen.«

Ich hatte nie in Betracht gezogen, dass Gunnar vielleicht zwei Formen von Schicksalsmagie haben könnte. Herja gehörte nicht zum Nachtvolk, aber die Hälfte ihrer Familie. Sie trug das Blut der Fae in sich, genau wie ihr Geliebter das Blut der Alver in sich trug.

Gunnar rannte neben mir her, neues Selbstbewusstsein in seinen Bewegungen, als wir durch die Gänge des Rabensporns hasteten. Die Rufe der Einheiten, die sich draußen sammelten, sorgten dafür, dass die inneren Mauern frei für uns blieben, um davonzulaufen.

Eine Stimme ließ mich jedoch innehalten. Durch ein offenes Fenster hörte ich, wie Jarl Magnus seinen Einheiten seine Forderungen und Befehle zurief. Kampfbereit hielt er eine kurze

Klinge fest umklammert und trug eine Axt am Gürtel. Der Narr plante, gegen Elise anzutreten. Vor meine Augen legte sich ein roter Schatten. Ich schloss die Fäuste fester um meine Äxte. Ein Gedanke durchdrang mein Gehirn: wie sein Leben unter meinen Klingen aus seinen Augen wich.

»Valen.« Sol versetzte mir einen Stoß gegen die Schulter. »Nicht jetzt. Nimm ihn dir später genüsslich vor.«

Ihn in Frieden lassen? Wie? Das heftige Bedürfnis, ihn niederzumetzeln, ließ mich verharren, wo ich war.

Sol murmelte neben mir etwas und versetzte mir noch einen Stoß gegen die Schulter. Im nächsten Augenblick kroch düsteres Schwarz wie eine Schlange durchs Gras vom Fenster auf die Rasenflächen, auf Jarls Einheiten zu. Überall, wo das Schwarz sie berührte, verwandelte die Erde sich in etwas Verwittertes, Vertrocknetes und Totes.

»Bewegt euch!«, rief Jarl, als er der sirupartigen Verderbnis gewahr wurde.

»Nein!«, schrie ich meinem Bruder zu. »Er gehört mir.«

Sols Augen verdüsterten sich, je mehr er seine Wildwut vorantrieb. Er ignorierte mich, während er zusah, wie Jarl mit seinen Einheiten aus meinem Blickfeld verschwand.

Die Nachhut seiner Wachen hatte nicht so viel Glück. Mein Blutrausch verging, als Jarl außer Sichtweite war und Sols Gift sich unter die Füße der Krieger schlängelte.

Sie keuchten auf und fassten sich an die Kehle, als sich schwarze Adern über ihre Haut ausbreiteten. Ihre Augen verloren die Farbe, verblassten zu seinem seidigen Dunkel, bis sie keinen einzigen Atemzug mehr tun konnten.

Tot. Wie die Erde unter ihnen.

»Faszinierend.« Niklas schüttelte lächelnd den Kopf.

Sol verpasste mir eine Kopfnuss, sobald wir unseren Lauf

zum Hintertor fortsetzten. »Behalt verflucht noch mal einen kühlen Kopf. Bring das hier zu Ende und such dann deine Königin, Bruder. Sei der verdammte König.«

Obwohl wir viele Umläufe lang getrennt gewesen waren, verstand er sich immer noch besser als jeder andere darauf, mich zurechtzuweisen.

Fackeln erhellten die Nacht. Rauch von Freudenfeuern stieg über den Türmen des Rabensporns und den äußeren Toren auf.

Wir schlängelten uns zwischen Satinbaldachinen hindurch, unter denen Tische voll süßer Früchte und Beerenwein nun verlassen standen. Das Hintertor lag versteckt zwischen den Gärten, jenseits der Hintertüren des alten Schulhauses, in dem ich mich in eine Timoranerin verliebt hatte.

»Niklas!«

Der Alver atmete voller Erleichterung aus und setzte sich an die Spitze. Aus den Schatten trat Junius hervor, gekleidet in eine blaue Tunika, die dunklen Haare aus dem Gesicht zurückgeflochten. Ihre sanften braunen Augen hellten sich auf, als sie die rasche Umarmung ihres Mannes erwiderte.

Ich trat vor und zog sie an mich, sobald er sie losließ. In meinen Armen lachte sie leise. »Ich hätte nie gedacht, dass du zu solcher Wärme neigst.«

»Ich freue mich, dich zu sehen«, gestand ich.

Junius trat zurück, eine Hand an meinem Gesicht. »Ich bin froh, dass du dir endlich selbst den verdammten Kopf zurechtgerückt und die Krone angenommen hast. Ich habe dir ja immer gesagt, dass du das tun sollst. Niklas kann dir bestätigen, dass es klug ist, einfach sofort auf mich zu hören.«

Ich lächelte. Zum ersten Mal, seit ich von Elise getrennt war, lächelte ich allen Ernstes.

»Das werde ich mir merken.«

»Gehen wir«, jammerte Tova.

»Wo ist dieser Ort, von dem ihr unbedingt wollt, dass wir ihn aufsuchen?«, fragte Niklas.

»Ein paar Längen entfernt zwischen den Bäumen hindurch.« Ich nutzte die Spitze meiner Axt, um die Richtung zu zeigen. Niklas erklärte Junius in aller Eile, dass wir die Pläne ändern würden, die dieser Nachtspalter gemacht hatte, und wir wagten uns in die Schatten des Waldes.

»Valen«, rief Junius. »Wie hast du vor, an diesen Geschöpfen vorbeizukommen, die niemand außer dir sehen kann?«

»Geschöpfen?«, fragte Sol mit einem Aufkeuchen und beschleunigte seine Schritte.

»Wildwut-Wächter«, sagte ich. »Wesen, die dazu verflucht sind, das Grab zu verteidigen. Sie sind diejenigen, die mich verdammt noch mal getötet haben. Natürlich haben sie dadurch meinen Fluch gebrochen, aber als wir noch einmal zurückgekehrt sind, konnten nur Elise und ich sie sehen.«

»Perfekt«, knurrte Sol.

Gunnar packte ihn an der Schuler. »Dachtest du etwa nach allem, was schon geschehen ist, das hier würde einfacher werden, Onkel?«

Hinter unserem Rücken verklangen die Schreie vom Rabensporn in der Nacht. Der Rauch der dortigen Feuer verdeckte das Mondlicht, aber als wir das dornige Bollwerk aus Mondfahne und Runenpfeilern erreichten, verschlang uns die Stille. Als wären wir die Einzigen, die es im Land noch gab, erstarb der Kriegslärm. Alles, was blieb, war die Düsternis des Schwarzen Grabs.

Die Grabhügel wurden von Fackeln erhellt. Zerfetzte Fahnen mit dem Lysander-Wappen waren vom Wind abgerissen und auf dem dichten Gras verteilt worden.

Ich hob eine Faust und brachte die anderen hinter mir zum Stehenbleiben. Meine Augen suchten die sanfte Hügellandschaft des Grabs ab. Den Kreis aus Stein und Blut. Er wirkte fast friedlich, als würde dieser Ort nicht nach dem Tod rufen.

»Elise hat mehrere der Gräber betreten«, sagte ich und zeigte auf eines fast in der Mitte. »Doch der Rabensporn hat die Geschichtenerzählerin in dem da festgehalten.«

»Das Mädchen?« Sol trat an meine Seite. »Sogar in meinem Wahnsinn habe ich viel Zeit mit ihr verbracht. Bei den Höllen, die konnte reden!«

»Hat sie irgendetwas über das Grab gesagt?«

Er hielt inne und nickte dann. »Sie hat von ihrem anderen Käfig gesprochen. Hat es ein wohlbewachtes Grab genannt.« Sol rieb sich die Schläfen. »Es ist schwierig, das alles zu durchforsten – ich habe sie nicht immer bewusst wahrgenommen, aber sie hat oft davon gesprochen, dass es ihr Angst machte. Einmal hat sie mir erzählt, dass sie etwas gespürt hat, nachdem man sie im Dunkeln zurückgelassen hatte.«

»Was denn?«, flüsterte Tova, während sie sich nach vorn drängte und, das Messer in der Hand, in die Hocke ging.

»Ich weiß es nicht. Wohl so, als wäre sie dort drinnen nicht allein, und das hat ihr Angst gemacht, weil sie nichts gesehen hat. Das Kind war eine von vielen Geschichtenerzählerinnen und kannte uns nur in unserem gegenwärtigen Zustand. Sie wusste nicht viel über den Krieg zwischen uns und König Eli.«

»Dennoch hat sie uns zu diesem Augenblick geführt«, sagte ich.

Sol lächelte spöttisch. »Sie war keine Freundin des Rabensporns. Ich weiß nicht, ob sie es getan hat, weil sie ein gutes Herz hatte, oder ob sie alle dort nur ärgern wollte.«

Mir war es gleichgültig, was Calistas Motive waren. Sie hatte mitgeholfen, die Wildwutflüche zu brechen, und uns dabei unterstützt, diesen Kampf Wirklichkeit werden zu lassen.

»Ein guter Ort, um den Anfang zu machen, würde ich sagen«, bemerkte Niklas. Ein leises, stetiges Dröhnen von Trommeln durchbrach die Stille. Sein Kiefer zuckte. »Und wir beeilen uns besser. Unsere Freunde kommen. Ich habe die feste Absicht, an der Seite meiner Gilde zu kämpfen.«

Ich hatte die genauso feste Absicht, an der Seite meiner Frau zu kämpfen.

Die Äxte in der Hand rollte ich die Schultern. »Macht euch auf die Wildwutwächter gefasst. Wenn ihr blind für sie seid, tue ich, was ich kann, um euch um sie herumzuführen.«

»Blind kämpfen«, murmelte Tova kaum hörbar. »Meine Lieblingsart zu kämpfen.«

Gunnar legte einen Pfeil an und trank einen Schluck von dem Elixier, das Niklas ihm in der Phiole gegeben hatte. Die Alver machten ihre Klingen bereit, Niklas darüber hinaus ein paar Fläschchen, und Sol stand mit gezogener Waffe dicht neben mir.

Nachdem wir zwei Schritte ins Schwarze Grab hinein getan hatten, erwachten die Schreie der Wächter.

»Seht ihr sie?«, rief ich.

»Ich sehe sie«, sagte Sol mit zusammengebissenen Zähnen.

»Lauft zum Grabhügel. Er erfordert Blut«, sagte ich, während die schattenhaften Wächter tobten. Sie erhoben sich in gespenstischer Gestalt, die goldenen, feurigen Klingen gezogen. Ihre Schreie waren erbarmenswert, verzweifelt, bösartig.

»Los!« Niklas warf einen seiner Beutel in ein düsteres Knäuel aus Schattenwächtern.

Ein gleißend heller weißer Funke ließ einen zischenden Nebel auf dem Gräberfeld aufwallen. Die Wächter kreischten und verblassten. Keine Zeit zu staunen, keine Zeit, Fragen zu stellen. Alles, was ich tun konnte, war, den Schicksalsgottheiten dafür zu danken, dass sie uns fintenreiche Verbündete mit einer Magie, die mit unserer mithalten konnte, gesandt hatten.

Schatten lösten sich unter den Schlägen unserer Klingen und den Spitzen von Gunnars Pfeilen auf, aber sie erschienen ohne Unterlass neu.

Ich hasste diesen verdammten Ort.

Nachdem er auf zu viele eingeschlagen hatte, verfluchte Sol die Götter und ließ seine Klingen fallen. Verderbnis überzog seine Handflächen. Das Gift füllte die Zwischenräume zwischen den Wächtern aus, verschlang Mondfahne, Gras und Bäume, aber auch die Wildwut, die die Wächter weiter angreifen ließ.

Ihre schrillen Schreie hallten in meinem Schädel wider, aber ich lachte. Sols Verderbnis verschlang sie genauso, wie sie die Erde auffraß.

Da ich nun genug Atem schöpfen konnte, um zu handeln, griff ich nach Gunnars Hand und schlitzte sie mit der Schneide meiner Axt auf.

»Was tust …«

»Blut.« Ich tat das Gleiche mit meiner Hand. »Niklas, wir laufen zur Tür. Halt sie zurück, wenn Sol abbricht.«

Der Alver sammelte Phiolen und Beutel und reichte sie Tova und Junius. »Beeilt euch und sperrt uns verdammt noch mal nicht aus.«

Ich atmete langsam aus und war konzentriert. Uns blieben nur Augenblicke. Ein paar Herzschläge.

»Sol! Jetzt.«

Mein Bruder senkte die Hände, sodass die Verderbnis verblasste, und wirbelte herum. Gunnar eilte neben mir her, während Sol uns einholte. Ich prallte gegen die Tür des Grabhügels, den Elise einst betreten hatte. Mein Blut tropfte in das Becken neben der Tür. Gunnar breitete seine blutige Handfläche neben meiner aus. Farben und Feuer explodierten um die Wächter, als die Alver die Elixiere einsetzten, um uns Zeit zu verschaffen. Sol nahm den dicken Dorn einer sterbenden Mondfahne, um sich die Hand aufzuschlitzen.

Die Wächter zischten und schleuderten uns ihren Zorn entgegen, als die schwere Tür beiseiteglitt und wir hineinpurzelten.

Niklas, Junie und Tova rannten zur Tür, dichtauf gefolgt von den Schatten. Als sie den Eingang erreichten, warfen sie sich ins Innere des Grabes und halfen uns, die Tür hinter uns zuzuschlagen.

Gunnar ließ sich an der Wand hinabrutschen, bis er auf dem Boden landete, und lachte nervös. »Dieser Ort ist wie ein Albtraum.«

Ich versetzte seinem Kopf einen Stupser. »Willkommen in der Welt des Volks deiner Mutter.«

Er prustete und nahm seinen Bogen wieder an sich. Niklas und Sol sahen sich aufmerksam um. Es gab einen kleinen Käfig aus Eisenstäben. Zweifellos hatte Calista darin viele Male geschmachtet.

»Wie haben sie sie ohne das richtige Blut hierhergebracht?«, fragte Sol, den Blick auf den Käfig gerichtet.

»Ich weiß es nicht, aber Elise hat die Tür einmal geöffnet. Wir dachten, es ginge um königliches Blut.« Vielleicht hatte es mit der Geschichtenerzählerin noch mehr auf sich, als wir wussten, oder vielleicht war es auch in der Vergangenheit von den falschen Königen getan worden. »Ich glaube ohnehin nicht, dass das die Tür ist, die in der Prophezeiung erwähnt ist.«

Wir fuhren mit den Händen über Wände, suchten nach

irgendetwas, das uns zu einer Tür führen könnte, etwas, das vielleicht verlorene Wildwut verbarg, von der meine Mutter gewollt hatte, dass Eli sie nie fand. Grassoden, Erde und gestampfter Lehm waren alles, was ich entdeckte.

Ich ballte die Fäuste und lockerte sie wieder.

»Klingen, Bücher, keine Tür.« Sol schlug ein ledergebundenes Pergamentbuch zu. »Wir haben uns vielleicht für den falschen Grabhügel entschieden.«

Trommeln dröhnten in der Ferne noch wilder. Was die Zeit betraf, waren wir auf der Verliererseite.

»Es sei denn, wir suchen nicht weit genug unten.« Tovas seltsame Augen sahen von der Stelle auf, an der sie auf dem Boden kniete. Sie schlug verstaubte Webteppiche zurück und enthüllte eine Reihe schwarzer Runensymbole, die in die Bodendielen eingebrannt waren.

Wir eilten zu der Stelle hinüber. Niklas und Sol rissen weitere Teppiche weg. Ein deutlicher Kreis umgab die Runen, aber er sah überhaupt nicht wie eine Tür aus. Keine Luke, keine Lücken im Holz. Aus einem Beutel an seiner Hüfte zog Niklas ein leeres Fläschchen. »Du sagst, dass Blut hier der Schlüssel ist. Beeilt euch.«

Er deutete auf die Öffnung des Fläschchens. Mehr musste er nicht erklären, bevor Sol, Gunnar und ich neue offene Wunden über den Flaschenhals hielten, bis der Boden mit unserem gemischten Blut bedeckt war.

Niklas ließ das Fläschchen kreisen und leerte es dann über den Runen aus. Ich hielt den Atem an.

Nichts.

Zunächst.

Ein paar stumme, quälende Momente vergingen, bevor rote Hitze aufflackerte und die Runenreihe erhellte. Wie an dem

Tag, als mein Fluch gebrochen worden war, wirbelte Blut über die Oberfläche des Holzes. Die Runen brannten heller. Ein schweres Ächzen durchlief den Grabhügel, der erzitterte; ich stieß einen Fluch aus, als die Bretter sich auflösten wie Sand am Ufer und einen unterirdischen Tunnel freigaben.

»Bei allen Göttern.« Junius starrte das Loch mit offenem Mund an.

Mein Puls raste in meinem Schädel. Ich packte eine Axt und sah meinen Bruder an. Mit einem Nicken tat Sol den ersten Schritt ins Halbdunkel. Ich folgte, Gunnar dicht auf den Fersen. Die Alver sahen sich misstrauisch um, als sie ein paar Schritte hinter uns hinabstiegen.

Eine kalte Wand aus erdigen Gerüchen, in die sich ein Unterton von Fäulnis mischte, verbrannte meine Lunge. Der Tunnel weitete sich zu einer Höhle. Kein Licht, keine Öffnungen, nichts als Stein und Erde. Niklas schlug etwas aneinander, das sich nach Glassteinen anhörte, und bald leuchtete am Rand einer seiner Glasphiolen ein Funken hellen Feuers auf wie eine Kerzenflamme.

Sol schnaufte. »Es ist klug, euch Alver immer dabeizuhaben.«

»Wir sind beeindruckend«, sagte Niklas ein wenig außer Atem, während er die Flamme hin- und herbewegte, um die Zeichen an der Wand zu studieren.

»Valen«, flüsterte Sol, als wir ein paar Schritte weit in die Höhle vorgedrungen waren. »Was ist das?«

Ich folgte seinem Blick. Das wenige Licht, das Niklas' Zauberkunst uns spendetet, enthüllte etwas in der Mitte des offenen Raums. Dunkle Umrisse, womöglich ein Tisch? Ich schnippte mit den Fingern und streckte die Hand aus, bis Niklas mir die Flamme reichte.

Gemeinsam gingen Sol und ich näher heran. Mein Fuß trat

auf eine Barriere, einen Steinring um die länglichen Umrisse herum. Vorsichtig stiegen wir über seinen Rand. Ein Teil von mir rechnete damit, dass eine neue Welle von Wächtern uns mit ihren Klingen durchbohren würde, aber nichts veränderte sich.

Bis Gunnar sich zu uns gesellte und ganz plötzlich ein heftiger Wind durch die langen Tunnel fegte, einen Ring aus Fackeln entzündete, die die Höhle erhellten und gespenstische Schatten warfen.

Mit brennender Wildwut sah ich mich, die Axt kampfbereit, um. Keine Wächter erschienen.

»Wer sind sie?«

Gunnars Stimme ließ Sol und mich wieder zum Mittelpunkt des Rings sehen. Es dauerte nur einen einzigen Herzschlag, bis mein Verstand akzeptierte, was ich vor mir sah. Ein plötzlicher Schmerz durchzuckte meine Brust, raubte mir alle Luft aus der Lunge. Es ging nicht mir allein so. Neben mir geriet Sol ins Stolpern. Er stützte sich auf meine Schulter, um auf den Beinen zu bleiben; ich lehnte mich an ihn.

»Alle … verdammten … Götter.« Die Worte brachen als leises, langsames Keuchen hervor.

Zwei Steintische waren in der Mitte des Rings aufgestellt. Ein goldenes Schimmern von Wildwut beschirmte die Oberfläche, fast wie ein funkelnder Baldachin über zwei Körpern.

»Was ist das?«, zischte Niklas.

Ich ging zu einem Tisch, Sol zu dem anderen. Mir schnürte sich die Kehle zu, erstickte jeden meiner Atemzüge. Ihr Gesicht war friedvoll, blass, besorgt. Das langsame Heben und Senken ihres Brustkorbs ergab keinen Sinn. Wie … Wie war all das hier möglich?

»Valen?«, hakte Gunnar sanft nach.

Ich schüttelte den Kopf und griff mit zitternder Hand durch

den flammenden Schild über ihrem Gesicht. Er küsste meine Haut mit schockierender Wärme, einer Wildwut, die zu meiner eigenen sprach.

Ich sah Sol an. Er lag auf den Knien, die Hände auf dem zweiten Tisch, und atmete abgehackt.

»Das wahre Königspaar«, flüsterte ich. »Das sind … unsere Eltern.«

Meine Freundin,

was du verlangt hast, habe ich getan. Man hat Illusionen Glauben geschenkt. Grausame Wildwut ist gewirkt worden. Meine Krieger, meine Freunde, werden den Eingang deinen Anweisungen gemäß versiegeln. Sie stehen bereit, für ihr Königreich Opfer zu bringen. Um den Zeitpunkt zu erwarten, zu dem sich die Göttererwählten erheben werden.

Meine Familie ist in alle Winde zerstreut, und alles Vertrauen, alle Hoffnung ruht nun auf dir. Deine Versicherung, dass ich eines Tages ihre Gesichter wiedersehen werde, bleibt mein einziges Licht. Ich hoffe, dass ein Tag kommt, an dem ich mit H durch die Gärten spazieren, bis Sonnenuntergang mit S lesen, bis mir das Herz wehtut mit V lachen und den Kuss meines Geliebten spüren werde. Aber wenn ich als Nächstes im großen Saal der Götter erwache, sei es so.

Ich gehe jetzt schlafen. Mögen die Schicksalsgottheiten mit dir sein.

Auf ewig deine Freundin
Lili

KAPITEL 28

NACHTPRINZ

»Eure Eltern?« Junius trat neben mich, die Augen auf das Gesicht meiner Mutter gerichtet.

Meine Mutter.

Sie atmete.

Sie lebte.

Aber sie rührte sich nicht. Gab durch nichts zu erkennen, dass sie wusste, dass dieser Zufluchtsort keiner mehr war. Meine Gedanken überschlugen sich. Wochenlang hatte ich die seltsamen Briefe meiner Mutter zusammen mit Elise gelesen. Als sie im letzten erwähnt hatte, schlafen zu gehen, war ich davon ausgegangen, dass sie damit den Tod meinte.

Heftige Panik stieg in mir auf und schoss mir ins Herz. »Nein.« Mein Kopf fuhr zu Sol herum. »Nein. Ich … Das ist böse Wildwut. I… ich habe den blutüberströmten Leichnam unseres Vaters zu meinen Füßen gesehen.«

Die Erinnerung war eine, die ich tief im hintersten Winkel meines Verstands begraben hatte.

»Valen«, sagte Sol in ernstem Ton. »Auch ich habe ihn gesehen, aber … er ist hier. Er atmet.«

Man hat Illusionen Glauben geschenkt.

Nein. Unsere Mutter, sie … Sie hätte uns doch nicht

getäuscht? Oder hatte sie damit gemeint, dass der falsche König getäuscht worden war?

Ich fuhr mir mit den Fingern durchs Haar und ging neben dem Tisch auf und ab. Was sollten wir tun? War das hier überhaupt möglich? Illusionen lebten von Wildwutstücken. Ich war nicht überzeugt, dass ich die Wahrheit sah.

»Nun gut.« Niklas hob eine Hand und hielt meine wütenden Schritte auf. »Lasst uns einen kühlen Kopf bewahren. Es tobt immer noch ein Krieg, und wir müssen handeln. Was tun wir?«

Ich schüttelte den Kopf und betrachtete wieder das Gesicht meiner Mutter. »So etwas habe ich noch nie gesehen.«

»Sie scheinen zu schlafen«, sagte Gunnar. Er musterte ebenfalls das Gesicht meiner Mutter. »Maj sieht ihr ähnlich.«

Ich hörte ihn kaum. Zu viele Gedanken überschlugen sich in meinem Kopf. Bis Sol sich räusperte. Das, *das hier*, war der Grund dafür, dass Sol die Krone verdiente. Seine Benommenheit dauerte nur ein paar Augenblicke an, dann fasste er sich und sah sich mit einer Ruhe, die ich nicht aufzubringen vermochte, in der Höhle um.

»Wildwutschlaf«, sagte er. »Dagar hat oft davon gesprochen. Eine gefährliche Strategie. Die Wildwut kann einen in solch einen Schlafzustand versetzen, dass man unfähig ist aufzuwachen, solange niemand das korrekte Element hat, das man ausgewählt hat, um den Schlaf zu beenden. Der Schlaf könnte endlos werden.« Sol ließ noch einmal den Raum auf sich wirken. »Sieh dir diesen Ort an. Achte darauf, was sie tragen. Ihre höfischen Gewänder und Umhänge. Sie sind zum Begräbnis hierhergebracht worden.«

»Von Eli?«, schlug ich vor.

»Ich weiß es nicht; er könnte gedacht haben, dass sie tot waren. Sie waren Feinde, aber ich habe keinen Zweifel daran, dass er Daj einen gewissen Respekt entgegenbrachte, genug, um ihn als König zu bestatten, und Maj eine Art verderbter Liebe.«

Die Vorstellung, dass König Eli meinen Vater am Leben gelassen hätte, ergab für mich nicht besonders viel Sinn; er musste geglaubt haben, es sei ihm gelungen, den ettanischen König zu töten, wenn er ihn hatte hierherbringen lassen. Wenn es je größere Feinde als Arvad und Eli gegeben hatte, wusste ich nichts von ihnen. Calista hatte von der Geschichtenerzählerin gesprochen, die mich verflucht hatte; wenn sie eine Rolle dabei gespielt hatte, dass mein Bruder und meine Schwester überlebt hatten, hatte das Schicksal vielleicht auch in das Leben meiner Eltern eingegriffen.

»Wir können spekulieren, oder wir können sie aufwecken und verdammt noch mal ein paar Antworten bekommen«, riss Tovas forsche Stimme mich aus meiner Benommenheit.

»Ich weiß nicht, wie«, blaffte ich. »Du hast gehört, was Sol gesagt hat: Wir brauchen ein Zeichen, ein Element, das dazu gedacht ist, solch einen Schlaf zu beenden.«

Das Dröhnen von Trommeln ließ mir einen Schauer über den Rücken laufen. Außerhalb des Grabes ließ ein Knall den Boden erzittern. Niklas warf einen Blick auf Junius. Ich verstand die Schatten, die in ihren Augen standen. Wir hatten keine Zeit mehr. Unsere Leute begannen ihren Kampf.

»Das hier ist die Wildwut«, sagte Sol leise. »Die weggeschlossene Wildwut. Sie hat gesagt, das Land würde sie erheben, wenn sie entfesselt würde. Valen, wenn die Erben die Tür öffnen! Wir können sie wecken.«

»Wie? Sag mir wie, dann tue ich es.«

Niklas seufzte und streckte die Hand aus. »Hände her. Reicht sie mir. Ja, ihr alle drei.« Er ließ ein kleines Messer zwischen den

Fingern wirbeln. »Wir können uns genauso gut an das halten, was bisher funktioniert hat. Blut.«

Blut der Erben. Als ich Sol ansah, verriet die kleine Andeutung eines Lächelns auf seinem Gesicht, dass er das Gleiche dachte wie ich.

Niklas sammelte Blutstropfen von uns und reichte mir die Phiole. »Ich bin mir nicht sicher, was man von jetzt an damit tun muss. Ich weiß, es ist kaum zu glauben, aber diese Art Magie ist etwas, das ich noch nie gesehen habe.«

Ich nahm die Phiole, so unsicher wie der Alver, was ich tun sollte. Mir zitterte die Hand, als ich die Phiole über den Schimmer von Wildwut hielt, der über dem Gesicht meiner Mutter schwebte. Ich sah zu, wie dicke Tropfen mitten hindurchfielen und ihr Gesicht befleckten.

Nach einer Pause reichte ich die Phiole an Sol weiter. Er tat das Gleiche bei meinem Vater.

Wir warteten.

Ich atmete kaum.

Sol fluchte. Gunnar starrte nach vorn, ohne zu blinzeln. Nichts veränderte sich, und schmerzliche Enttäuschung keimte in meiner Brust auf. Ich schloss die Augen und suchte verzweifelt nach einem neuen Weg. Blut musste die Antwort sein, da war ich mir sicher. Doch wie viel? Gab es einen Kelch, ein anderes Becken, das wir füllen mussten?

Ich würde …

Meine Gedanken lösten sich auf, als eine sanfte Berührung sich um mein Handgelenk schloss.

Ich riss die Augen auf. Die goldene Wildwut war verblasst, und ich sah mich dem scharfen Blau vertrauter Augen gegenüber.

Ein ersticktes Husten drang aus meiner Kehle.

Meine Mutter musterte mich, fast so, als würde sie mich nicht erkennen; dann begann allmählich ein vorsichtiges Lächeln ihre Mundwinkel zu umspielen. Ihre Hand ließ mein Handgelenk los und berührte meine Wange.

»Du bist ein schöner Anblick, mein Sohn.« Ihre Stimme war trocken und heiser.

Ich legte meine Hand auf ihre kalte, die an meiner Wange ruhte, und lächelte. »Wie ist das hier möglich?«

Sie antwortete nicht. Wir sahen beide zu dem anderen Tisch. Sol lachte. *Alle Götter.* Mein Vater hatte sich aufgesetzt, stützte sich auf einen Ellbogen, legte den anderen Arm um Sols Hals und zog ihn eng an sich.

»Arvad«, hauchte meine Mutter.

Sol trat beiseite, und sofort sahen meine Eltern sich in die Augen. Ihre Bewegungen waren langsam, vielleicht etwas schwach, aber binnen weniger Atemzügen fanden König Arvad und Königin Lilianna einen Weg zurück in die Arme des jeweils anderen.

Mein Vater sah immer wieder ihr Gesicht an, strich ihre Haare beiseite, als könnte sie verschwinden.

»Valen.«

Ich blinzelte und sah sie wieder an. Mein Vater betrachtete mich. Ich hatte die gleichen Augen wie er und die meisten Gesichtszüge mit ihm gemein. Er hatte mir beigebracht, eine Klinge zu führen, meine Mutter und meine Familie wertzuschätzen. Er hatte mich in meiner Wildwut unterwiesen. Und er war hier. Am Leben. Streckte die Arme nach mir aus.

Ganz wie bei meinem Bruder brauchte es nur wenige Augenblicke, bis sein Arm um meinen Hals lag und mich an ihn zog. Wir waren gleich groß, aber in dem Moment kam ich mir in hohem Maße wie ein kleiner Junge vor. Meine Hände klammerten sich an sein Rüstwams. Ich barg mein Gesicht an seiner Schulter.

»Du bist am Leben.«

»Dachtest du etwa, der Dreckskerl könnte uns töten?«, flüsterte er.

Ich schnaufte und löste mich von ihm.

»Herja.« Die Stimme meiner Mutter wurde kräftiger. »Wo ist Herja?«

»Am Leben«, sagte Sol und nahm ihre Hand. »Aber nicht bei uns.«

»Wie habt ihr dann …«

»Gunnar.« Sol winkte unseren Neffen heran, der bis an den Rand des Rings zurückgewichen war, einen erschrockenen Ausdruck im Gesicht. »Komm her.«

Meine Mutter musterte den Jungen, als er näher kam. Sie sah sein goldenes Haar, die hässlichen Striemen auf seinen Unterarmen, das Blut an seinen Händen.

»Herjas Sohn«, sagte ich. »Gunnar Strom.«

Jetzt war es an meinen Eltern, verblüfft zu sein. Mein Vater legte meiner Mutter eine Hand auf die Schulter, als sie nach Gunnars Wange griff wie zuvor nach meiner. »Herjas Sohn.«

»Maj hat von euch beiden gesprochen«, sagte er mit gesenkter Stimme. »Oft.«

»Ich habe mit einer Schlacht und Blutvergießen gerechnet, wenn ich je wieder aufwachen würde, aber nicht mit einem neuen Jungen, den ich lieben kann«, sagte meine Mutter und lächelte ihn an.

Niklas räusperte sich, den Blick auf mich gerichtet. Mit einem stummen Nicken holte er mich zurück in die niederschmetternde Realität, der wir uns gegenübersahen. Wir durften nicht hierbleiben.

»Es gibt auch eine Schlacht«, sagte ich. »Wir müssen los. Unsere Leute erheben sich gegen die Timoraner, während wir hier noch sprechen. Wir müssen zu ihnen.«

Mein Vater sah mich an. »Ihr habt Truppen ausgehoben?«

»Valen hat das getan«, sagte Sol mit einem Anflug von Stolz. »Er ist König.«

Hier herrschte nur die Unzulänglichkeit. Ich stand vor meinem Vater – dem wahren König – und meinem Bruder, dem erwarteten König. »Ich habe die Krone für dich poliert gehalten«, war alles, was ich sagte. »Aber sie brauchen uns.«

Mein Vater ergriff die Hand meiner Mutter und nickte ihr zu. »Das ist das letzte Gefecht, wie wir es immer vorausgeahnt haben.«

Sie drückte seine Handfläche an ihr Gesicht, Tränen in den Augen.

»Wie kommt es, dass ihr am Leben seid?«, fragte ich noch einmal, bevor ich die Frage unterdrücken konnte.

Mein Vater führte uns von den Steintischen fort. »Das ist eine sehr lange Geschichte voller Opfer. Die schnelle Erklärung? König Eli wurde zu stark; wir hatten zu viel Verrat erlitten. Wir mussten drastische Maßnahmen ergreifen, um unser Volk und unser Land zu schützen.«

»Eine Prophezeiung bei deiner Geburt, Valen, ist in Erfüllung gegangen«, sagte meine Mutter über ihre Schulter hinweg, als wir losliefen. »Dass das Land meiner Kindheit das Land meines Herzens zerstören würde, aber die Erben beider am Ende einen Weg finden würden, es zu heilen. Eine liebe Freundin mit der Begabung, das Schicksal zu verändern, hat den richtigen Weg geschrieben, um dem Krieg ein Ende zu setzen, und dann einen neuen Pfad verfasst, auf dem wir stärker in die Schlacht zurückkehren konnten. Aber das hieß, dass wir Eli überzeugen mussten, dass unsere Kinder nicht getötet werden durften; es hieß auch, ihn davon zu überzeugen, dass er der einzige König war. Dass euer Vater und ich tot waren. Sobald der Krieg vorüber war, würde dieses Land in einen Schlafzustand eintreten und darauf warten, dass die Wildwut sich wieder erhebt.«

Meine Mutter und mein Vater hatten all das hier in die Wege geleitet. Dieses komplizierte Spiel von Schicksal und Blut. Alles für diesen einen Augenblick, in dem die Erben beider Länder sich auf einem Schlachtfeld gegenüberstehen würden. Beide in dem Glauben, dass das Land ihnen gehörte.

Ich verdrängte meine Verblüffung. Wir hatten eine Schlacht zu gewinnen. Danach konnten immer noch weitere Fragen gestellt werden. »Sol, hast du die Kraft, deine Wildwut gegen die Wächter einzusetzen?«

»Es kränkt mich, dass du die Frage auch nur stellst, kleiner Bruder.«

»Nein.« Mein Vater hielt uns auf; das strenge, tiefe Grollen seiner Stimme war etwas, das ich gut in Erinnerung hatte. Ein Geräusch, von dem ich geglaubt hatte, ich würde es nie wieder hören. »Wir gehen zum Stein des Heiligtums. Diese Wächter – wir gehen nicht ohne sie.«

»Was?«

Ein listiges Lächeln umspielte seine Lippen. »Du willst ein Heer, König Valen? Du sollst eines haben. Beeil dich, wir werden alle fünf gebraucht, um diesen Ort von seinem letzten Fluch zu befreien.«

Niklas und seine Mitalver hatten wenig gesagt, aber sobald wir wieder über der Erde waren, gelangten sie als Erste zur Tür des Grabhügels. Er streckte eine Hand aus und raffte die letzten paar Beutel zusammen, die er noch an den Gürtel geschnürt trug. »Wir lenken sie ab. Rennt dorthin, wo ihr hinmüsst. Wir drängen sie zurück.«

»Sterbt nicht«, sagte ich zu Junius. »Es stehen noch zu viele Kämpfe bevor.«

»Wir würden nicht im Traum daran denken«, gab sie zurück. Mit einem stummen Nicken schlichen Niklas, Tova und Junius dann als Erste durch die Tür.

Die Bestie in mir atmete den durchdringenden Geruch von Blut ein, den der Wind herbeitrug, und ich sehnte mich danach, mich mit in die Schlacht zu stürzen. Wünschte mir, Elise zu sehen. An ihrer Seite zu kämpfen. Sie am Atmen zu halten. Noch nie hatte ich so heftige Sehnsucht nach jemand anderem empfunden wie nach Elise. Wie diejenigen, von denen ich jetzt umgeben war, war sie meine Familie. Mein Herz. Ich würde nicht ruhen, bis meine blutbefleckten Hände sie berührten. Und sei es auch nur noch ein einziges Mal.

Der leichte Wind war rauchgeschwängert. Der grelle Feuerschein flackerte hoch vor dem samtigen Nachthimmel. Sobald Niklas die Freifläche des Schwarzen Grabs betrat, ertönten die wütenden Schreie der Wächter. Ihre aschenen Körper erhoben sich aus den Schatten, aus dem Boden.

»Los!« Niklas warf einen seiner Elixierbeutel und löste ohrenbetäubendes Knallen und Explosionen aus, während die Alver sich in den Kampf stürzten.

»Schnell.« Mein Vater nahm die Hand meiner Mutter und rannte auf den Steinkreis am oberen Ende des Hanges zu.

Hinter unserem Rücken drangen die Schreie der Wächter auf uns ein. Die Alver versuchten, gegen sie zu kämpfen, sie aufzuhalten, aber mehr und mehr schlüpften an ihnen vorbei, hielten auf uns zu. Ich war schon zu oft zu dieser Stelle geeilt. Oft genug, um meine blutige Hand bereitzuhalten, um das Symbol zu berühren. Gunnar und Sol bluteten genauso sehr wie ich, und wir stutzten, als mein Vater meiner Mutter die Handfläche aufschlitzte, bevor er seiner eigenen einen Schnitt zufügte.

»Zusammen.«

Gleichzeitig drückten wir fünf unsere Handflächen auf den Stein. Schneller als in der Nacht, in der ich gestorben war, der Nacht, in der ich die Aufmerksamkeit der Wächter von Elise abgelenkt hatte, brach ein blendend heller Lichtblitz aus dem Stein hervor. Die Kuppel umgab uns und spaltete sich dann in Hunderte scharfer Lichtbündel auf. Jedes traf mit der Spitze einen Wächter dorthin, wo sich ein Herz hätte befinden können, wenn sie gelebt hätten.

Die Wächter klagten, schrien und verblassten dann in einem zweiten und letzten Aufflammen von Licht.

Die Wächter waren fort, und die Hügel, aus denen das Schwarze Grab bestand, brachen zusammen. Aber wir waren hier nicht länger allein.

Rings um Niklas, Junius und Tova lagen dunkel gekleidete Körper ausgestreckt im Gras. Als wäre hier binnen eines Augenblicks eine Schlacht ausgefochten worden, in der Hunderte gefallen waren.

Bis sie sich bewegten.

Stöhnen und Schnaufen stiegen vom Feld auf, während jede einzelne Gestalt erschauerte und sich langsam auf die Beine kämpfte. Männer. In Pelze gehüllt, mit Sachsklingen, Äxten und Dolchen an den Gürteln. Geschorene Köpfe mit einzelnen Zöpfen, die von den Schädeln hingen, oder auf die Kopfhaut tätowierten Runen. Einige mit spitzen Ohren, einige mit geflochtenen Bärten, die ihnen bis auf die Brust reichten.

Krieger.

Zwei Männer kamen auf uns zu. Sie trugen auf der Brust

das Symbol des Hauses Ferus. Lange Klingen schlugen gegen ihre Hüften. Ihre Augen waren pechschwarz, ihr Lächeln vertraut und weiß.

»Kjell«, hauchte Sol mit einem langen Atemzug. »Dagar.«

Thors Vater stellte sich vor meinen Bruder, zog ihn allerdings bald an seine Brust, ganz wie unser Vater es getan hatte. Da die beiden Geliebte waren, war Thorstens Familie genauso Sols, wie Thorsten zu unserer Familie gehörte.

Mir stand der Mund offen wie einem verdammten Narren, als Dagar Atra grinste und sich auf ein Knie niederließ, die Faust über seinem Herzen. »Nachtprinz. Es ist gut, dich wieder zu Gesicht zu bekommen.« Dann fing Dagar den Blick meines Vaters auf. »Arvad, Lili!« Er eilte zu ihnen und umarmte sie. »Bei den Höllen, es hat funktioniert!«

»Es hat funktioniert«, bestätigte mein Vater, eine Hand um Dagars Hals gelegt.

»Unsere Krieger … waren die Wächter?« Angesichts all der Wildwut, über die ich nichts wusste, bekam ich allmählich Kopfschmerzen.

Meine Mutter berührte meinen Arm. »Wenn wir diesen Tag je erreichten, würden wir ein Heer brauchen. Unsere Krieger waren bereit dazu.«

»Du hast das hier bewirkt, nicht wahr? Das alles.«

Sie schnitt eine Grimasse. »Ich habe keine andere Möglichkeit gesehen zu überleben, als das Land zu verfluchen. Ich habe versucht, so viele zu retten, aber … ich konnte nicht alle retten.«

»Die Königin hat den Hof geschützt«, sagte Dagar. »Große Opfer gebracht, damit eure Dynastie überlebt. Es war der einzige Weg, das, was von Etta noch übrig war, am Leben zu halten.«

»Indem sie es mittels Wildwut versteckt hat.« Mein Verstand

sperrte sich dagegen. Zweimal war ich schon an diesen verfluchten Ort vorgedrungen, zweimal war ich über meine Eltern unter meinen Füßen hinweggeschritten. Die ganze Zeit, all die Umläufe lang, waren unsere Leute am Leben und direkt vor unserer Nase versteckt gewesen. »Warum habt ihr uns dann angegriffen?«

Dagar lachte laut. »Wir hatten keinen Verstand, Nachtprinz. Nur Instinkt. Unseren König und unsere Königin vor der Entdeckung zu bewahren.«

»Die Flüche sind äußerst sorgsam gewirkt worden, Valen. Viele haben ihr Leben verloren, um uns eine Gelegenheit zu verschaffen, unser Land zurückzuerobern«, sagte meine Mutter. »Ich wusste, dass meine Kinder getrennt werden würden, habe aber voll und ganz darauf vertraut, dass ihr euch gemeinsam wieder erheben würdet. Etta musste für diese Schlacht überleben. Das Schicksal wollte, dass wir hier an eurer Seite kämpfen.« Sie sah Dagar und Kjell an. »Unser Nachtprinz hat ein Heer aufgestellt, das jetzt für uns kämpft. Hört die Trommeln.«

»Ein Heer?«, wiederholte Dagar. »Das woraus besteht?«

»Nachtvolk, Ettanern, Leuten aus dem Osten und ein paar Timoranern, die den Rabensporn verabscheuen«, sagte ich.

»Und wenn du hier bist, wer führt sie dann an?«

»Halvar und Thor.« Ich hielt inne. Sie nahmen die Namen ihrer Söhne unterschiedlich auf. Kjell grinste und sah Sol an, der nickte. Dagars Kiefer spannte sich an; er blinzelte zu viel, räusperte sich dann und richtete ein kleines Lächeln an das Gras. Ich trat näher und senkte die Stimme. »Sie führen es zusammen mit der Königin von Etta.«

»Der Königin?« Mein Vater zog eine Augenbraue hoch.

»Meiner Frau.« Ich schluckte das Kratzen hinunter, das der

Rauch in meiner Kehle auslöste. »Timoranerin von Geburt, Ettanerin im Herzen.«

Niemand sprach. Was dachten sie? Ob sie nach all dem hier das Heimatland meiner Mutter wohl zu sehr hassten, um Elise zu akzeptieren? Ich hatte sie gerade erst zurückbekommen, aber es gab keine Familien- und Blutsbande, die mich von meiner Frau fernhalten würden.

»Dann gehen wir zur Königin.« Meine Mutter trat vor, einen wissenden Ausdruck in den Augen, ein Lächeln, das hundert Dinge sagte, auf den Lippen. »Nun, mein Sohn – welche Worte richtest du als König an unser Heer?«

Berauschende Erleichterung entzündete ein neues Feuer in meinen Adern. Wildwut überzog meine Handflächen; ohne dass ich es darauf anlegte, bebte der Boden, als ich den Blick über das Feld und die Krieger schweifen ließ, die man einst für tot und von uns gegangen gehalten hatte, die jetzt aber bereitstanden, um wieder für Etta zu kämpfen.

Ich hob das Kinn und die Stimme. »Etta erhebt sich gegen das Volk von Timoran. Der Kampf tobt jetzt am Rabensporn! Greift zu den Waffen! Wir ziehen in den Krieg.«

KAPITEL 29

PRINZESSIN AUF ABWEGEN

Brant nahm die Hand seiner Schwester. »Kari. Wenn diese Nacht meine letzte ist, dann schick meinen Scheiterhaufen aufs Meer hinaus. Du sollst wissen, dass du stärker bist als ich und dass ich mich für dich freue, dass du Hal gefunden hast. Wenn du dich je gefragt hast, ob du den Segen deines Bruders hast, ihn zu einem ehrbaren Fae zu machen – den hast du.«

»Sei still, Brant«, bat Kari, ein leichtes Zittern in ihrer Stimme.

»Genau«, sagte Halvar. »Vom Tod wird nicht geredet, bis unsere Gedärme auf dem Schlachtfeld hervorquellen. Das ist poetischer und bedeutungsvoller.«

Brant nagelte ihn mit einem Blick fest. »Wie dem auch sei, du bist ehrenhaft, Halvar Atra, also versprich mir, dass du auf sie aufpasst, wenn ich es nicht kann.«

Mir drehte sich der Magen um. Ich verabscheute dieses Gesprächsthema, hasste den Gedanken, auch nur ein einziges Gesicht aus unseren Reihen zu verlieren, aber ich konnte mich nicht abwenden.

Halvars verschmitztes Lächeln verflog. Er umfasste Brants Unterarm in festem Griff und nickte. »Wenn Nachtleute lieben, dann für ein ganzes Leben. Sie ist diejenige, die ich liebe.«

Kari runzelte die Stirn, nicht über Halvars Worte, sondern

über ihren Bruder. »Es reicht. Wir konzentrieren uns. Wir kämpfen. Wir kehren zurück. Verstanden, ihr beiden?«

Kari ließ sie nicht ausreden, bevor sie sich abwandte und zurück in den Wald stürmte.

Ich schloss die Augen und spürte den heißen Blick des Nachtspalters in meinem Rücken. Er war zornig. Sie waren an die Stelle gegangen, an der Niklas, Junie und Tova sie mit Valen und den anderen hatten erwarten sollen.

Dort war nichts bis auf eine seltsame Kupfermünze gewesen.

»Ein Zeichen, das Niklas hinterlassen hat. Sie haben den Plan geändert«, hatte der Nachtspalter geknurrt, bevor er verstummt war, die Augen schwarz vor Schatten. Seitdem grollte er schweigend.

»Die Flüsse sind eingenommen worden.« Eine leise Stimme riss mich aus meinem kurzen Moment des Innehaltens. Rurik, der Kryv, der in die Ferne sah, trat neben mich, sein Gesicht angespannt. »Bei den Höllen. Nachtspalter, sie haben die Schiffe auf den Flüssen gesehen. Die Pläne müssen sich ändern.«

»Bist du dir sicher?« Ich straffte mich.

Rurik nickte. »Ich bin mir sicher, Königin.«

Der Nachtspalter fluchte. »Deshalb sollte Niklas doch am Zielpunkt sein. Sie sollten die Raben von den Flüssen ablenken.«

»Begeh nicht den Fehler zu glauben, dass der König keinen guten Grund hatte, von diesem Vorhaben abzuweichen«, sagte Ari in bissigem Ton.

»Es reicht«, rief ich laut genug, um ihre Streiterei zum Schweigen zu bringen. »Wenn sie nicht am Treffpunkt waren, dann gab es einen Grund, aus dem sie gezwungen waren, die Pläne zu ändern. Aber wir rücken vor. Wir helfen unseren Leuten an den Flüssen, wir beginnen diesen Kampf.«

Ich hatte lange genug darauf gewartet, meinen König zu sehen.

Die Bogenschützen wurden von Herja angeführt und waren schon auf den Bergen postiert. Sie würden Feuer auf Burg Rabensporn regnen lassen, und wir würden die Tore einnehmen. Ich hob mein Schwert und ließ mich auf die Hitze und die Energie des Heers in meinem Rücken ein.

Ich hätte einen kämpferischen Schlachtruf ausstoßen können, aber es gab keine Worte mehr zu sagen, die nicht schon ausgesprochen worden waren. Es wurde Zeit.

Ich nickte Thor knapp zu. Er schoss einen blauen Funken durch die Nacht, der mitten auf dem weitläufigen Gelände direkt neben einem Springbrunnen landete, der König Elis Bild zeigte. Thor winkte mit einer Hand, und sofort war die ganze Steinstatue in Wildwutfeuer gehüllt.

Bogenschützen schrien auf den Hügeln. Weitere brennende Pfeile flogen in hohem Bogen durch den Himmel. Tief im Wald, auf beiden Flanken, riefen Krieger laut, während das Feuer unter uns toste und die Flammen wie ein Leuchtzeichen, das uns vorwärtsführte, nach dem silbernen Mond züngelten.

Der Nachtspalter zog ein Schwert aus schwarzem Stahl und verdeckte seine schwarzen Augen mit seiner Kapuze.

Ich senkte mein Schwert. Noch bevor es meine Seite erreichte, wurde ich vom Ansturm unserer Krieger verschlungen.

Die Flut unseres Heers donnerte über den feuchten Erdboden. Auf der Burg ertönte Hörnerschall von den Türmen, warnte vor unserer Annäherung. Sie stellten ihre Einheiten auf, aber wir kamen schnell.

Eine weitere Welle brennender Pfeile brach über die Turmwachen und die auf den Mauern des Rabensporns aufgereihten Raben herein. Schreie mischten sich mit dem Stürzen von

Leichen von den Mauern. Ein Zusammenprall von Stahl und Blut explodierte zwischen den beiden Seiten.

Ich wappnete mich, den Sachs gezogen, und stürzte mich ins Getümmel. Mein Schwert traf auf die kurze Klinge eines Raben. Wir verkeilten uns ineinander, drehten uns und wichen aus, bis ich die Rückseite seines Beins aufschlitzte. In meinem Rücken erschien ein anderer. Und noch einer.

Richte deine Aufmerksamkeit nach vorn. Halvars Lektionen schossen mir durch den Kopf. Ich war kleiner, bewegte mich aber auch schneller als die meisten Raben in ihrer wuchtigen Schutzkleidung und ihren Rüstungen.

Das würde ich ausnutzen.

Meine Hiebe und Stiche trafen Rippen, Oberschenkel, die Sehnen an der Rückseite des Knies.

Binnen weniger Augenblicke war mein Gesicht mit heißem, klebrigem Blut befleckt, und meine pochenden Muskeln verlangten mehr.

Ari kämpfte in der Nähe. Raben stürzten vor Angst schreiend zu seinen Füßen nieder. Seine Wildwut verformte ihre Gehirne mittels Illusionen und machte sie schutzlos gegen Frey und Axel, die ihnen von hinten die Kehlen durchschnitten. Halvar, Thor – sie verwendeten zuerst ihre Klingen. Aber es würde immer ihre Strategie sein, sich ihre Wildwut bis zum letzten Moment aufzusparen.

Zweifelsohne würden sie dieses Schlachtfeld mit Wind und Feuer verbrennen, wenn es das letzte Mittel war.

Der Nachtspalter war immer noch wütend wegen Tova und der verschwundenen Alver. Sein Zorn zeichnete sich auf seinen markanten Gesichtszügen ab, aber er leistete uns gute Dienste. All seine Wut war für uns auf den Rabensporn ausgerichtet.

Die Klinge aus schwarzem Stahl in der Hand focht der Mann

mit einer Kunstfertigkeit, um die ich ihn beneidete. Als wäre das Kämpfen ihm in Fleisch und Blut übergegangen, mähte er Raben um Raben mit seiner scharfen Schneide nieder. In der Nähe verteilt bewies die Gilde von Kryv, warum sie nicht zahlenmäßig stark sein musste. Der muskulöse Kryv stand zehn Schritte entfernt. Aus dem Augenwinkel sah ich, wie er die Fäuste hob, sieben Rabenwachen ins Straucheln gerieten und dann hintenüberfielen, als wären sie plötzlich eingeschlafen.

Mit dem nächsten Schlag raubte er ihnen das Leben.

Rurik und Vali lachten. Sie *lachten*, während sie ihre Klingen führten. Als wären Kampf und Blutvergießen der großartigste Teil ihres Tages. Die Falkyn, die bei uns geblieben waren, kämpften auf eine ganz ähnliche Weise.

Alvermagie war aufregend, seltsam und tödlich.

Ein Ruf an den Toren brachte mich dazu, weiter voranzustürmen, und ließ dennoch im selben Augenblick mein Blut eiskalt werden.

Vom Rücken eines rotgrauen Pferdes aus schrie Jarl meinen Namen. *Bei den Höllen.* Halvar hatte mich vor diesem Moment gewarnt. Wenn der Herrscher oder die Herrscherin vom Schlachtfeld geholt wird.

»Bringt sie zu eurem König!«, rief Jarl.

Panik füllte meine Brust aus, als Raben in der Nähe nicht lange fackelten. Bald drangen ein, zwei und dann immer mehr Wachen auf mich ein. Thor kämpfte sich näher an mich heran. Halvar brüllte Befehle, die Königin zu verteidigen. Ari streckte die Hände aus und verstrickte einige der Raben in Illusionen, die sie blind umherwandern ließen, aber es kamen immer mehr.

Ohne Unterlass.

Der Platz, den ich zum Kämpfen hatte, wurde kleiner, als von allen Seiten Wachkrieger auf mich zustürmten. Einer schlug zu. Ich parierte. Ein anderer versuchte, mir die Beine unter dem Körper wegzuhauen. Ich hackte mit meinem Sachs in seine Schulter.

Wir mussten näher an die Tore kommen. Es waren noch mehr Kämpfe zu bestreiten, und, bei den Göttern, ich würde mich jetzt nicht von diesem Schlachtfeld entfernen lassen. Doch die Raben waren wie eine Krankheit, die sich unaufhaltsam immer weiter ausbreitete.

Sosehr meine Leute auch für mich kämpften, ich würde sie nicht für immer abwehren können.

Eine Klinge schnitt über meine Rippen. Ich schrie auf und geriet ins Stolpern. Ein Rabe packte mein Haar; ein anderer umklammerte mein Handgelenk.

Im nächsten Augenblick schlangen sich tintenschwarze Schatten um meine Beine, hüllten meinen Körper ein wie ein dunkler Umhang. Sie füllten den Abstand zwischen mir und den Raben aus. Das Herz blieb mir fast stehen. Ich sah mit einer Art entsetztem Staunen zu, wie der Nachtspalter näher kam. Seine Kapuze zurückgeschlagen, die Hände erhoben, seine Augen das schwärzeste Schwarz.

Die Schatten lösten sich von mir und schlängelten sich dann um Dutzende von Wachen wie dunkle Seile. Ein paar Raben schrien auf und versuchten sie wegzuschlagen.

Einen Moment lang tat der Nachtspalter nichts. Seine Augen musterten das Schlachtfeld, seine Dunkelheit, und er betrachtete es einfach. Er holte tief Atem, hob die Schultern – und dann war alles, was er tat, den Kopf schief zu legen.

Laut tönte das Brechen von Knochen durch die Nacht.

Raben rangen nach Luft und stolperten, Blut auf den Lippen, das Genick erbärmlich verdreht. Eine Welle von Leichen stürzte zu Boden.

Bei den Höllen. Er hatte … Er hatte mindestens zwei Einheiten Raben getötet. Womit? Mit einem Nicken? Zwanzig Schritte ringsum von mir tränkten tote Wachen mit ihrem Blut das Schlachtfeld.

Der Verlauf der Schlacht wandelte sich. Raben starrten ihre gefallenen Truppen voller Entsetzen an. Manche zogen sich bis an die Mauern des Rabensporns zurück. Aber Jarl befahl weiteren Einheiten vorzurücken.

Der Rabensporn würde sich sammeln, aber die Verblüffung verschaffte uns einen einzigen Augenblick, um die Oberhand zu gewinnen.

Unsere Front prallte gegen die Tore der Burg. Ich durchtrennte die Wirbelsäule eines Raben, ohne darauf zu achten, wie jung er war, und rannte zur ersten Mauer.

»Elise!«, rief Ari und zeigte mit seinem blutigen Schwert auf die rückwärtigen Tore.

Ein düsteres Lächeln umspielte meinen Mund. Die Bogenschützen über uns machten ihnen mit einer Pfeilsalve gegen die hinteren Reihen der Raben den Weg frei. Ari kam mit Frey und Axel an meine Seite. Sie halfen, Befehle zu brüllen, die Tore zu stürmen und einen Schildwall zu bilden, wie wir es vor nicht allzu langer Zeit in den Wildwutsteinbrüchen getan hatten.

Unsere Krieger sammelten sich zu kleinen kompakten Einheiten und beschirmten mit den Schilden Seiten und Köpfe, während Reihen unserer Leute mit Leitern und Stricken durch die Verschanzungen voranstürmten, um mit dem Erklettern der Mauern zu beginnen.

Die Raben oben auf der Mauer warfen Strohkugeln, die mit kochendem Teer und Flammen überzogen waren, und versuchten verzweifelt, diejenigen, die gegen die Mauern anrannten, davon abzuhalten, deren Krone zu erreichen.

Ich erspähte den Nachtspalter, der sich, ein Schwert in einer, ein krummes Messer in der anderen Hand vorwärtskämpfte.

»Du hast so viele getötet!«, rief ich mit einem wilden Lachen. »Und ich hatte mir schon Sorgen gemacht, du würdest dich als wertlos erweisen, Nachtspalter!«

»Ich bin zu viel wert, Königin. Angst ist machtvoll«, rief der Nachtspalter zurück. Er wirkte blasser, seine Augen waren wieder golden, und er drehte seinen schwarzen Stahl in seinem Griff.

»Ich bin dafür, dass er alle vom Rabensporn für uns niedermacht, während wir zusehen«, sagte Ari grinsend.

»Er ist jetzt geschwächt«, erwiderte ich.

Es war offensichtlich, dass der Nachtspalter nun seine Klinge einsetzte und keine Schatten übrig waren. Alvermagie laugte einen erkennbar genauso aus wie Wildwut.

Wir drangen zu den Mauern vor, aber wir waren nicht länger im Vorteil. Auf Jarls Befehl zogen die Raben sich in die Türme zurück und die Fallgatter wurden hochgezogen, um Hunderte von Kriegern durchzulassen. An der Spitze des neuen Ansturms: Runa und Calder.

Das falsche Königspaar erschien zu Pferde, Klingen an den ledernen Rüstwämsern. Ihre ersten Ritter hielten sich dicht neben ihnen und streuten ein abscheuliches schwarzes Pulver auf unsere vordersten Reihen. Dunkelgraue Adern breiteten sich über Gesichter und Hälse unserer Krieger aus. Ihre Augen wurden dunkler. Sie schrien und kratzten an ihrer Haut.

In einem Anflug von Wahnsinn schlugen sie um sich, ganz so wie die verfluchten Agitatoren, die im letzten Umlauf das Lysander-Herrenhaus angegriffen hatten.

Ihre Schreie gingen mir tief unter die Haut. Jahrhundertelang hatte der Rabensporn die Wildwut manipuliert und würde nun auch mit diesen Manipulationen kämpfen, bis die Hälfte unserer Leute an die umgewandelte Verderbnis verloren war.

»Die Reiter!«, brüllte Halvar mit gezückter Klinge und wandte sich den Bergen zu.

Pfeile flogen auf die Ritter zu, doch Rabenspornkrieger ritten mit erhobenen Schilden neben ihnen her.

Runa und Calder ließen ihre Truppen vorrücken. Calder war ein verdammter Narr, aber er konnte durchaus mit dem Schwert umgehen. Der falsche König holte sich brutal die Köpfe, Kehlen und Herzen von Ettanern, während er auf seinem Pferd durch unsere Reihen sprengte.

Ringsum stöhnten Männer und Frauen im Todeskampf. Wunden bluteten. Sie pressten die Hände auf ihre Bäuche, ihre Hälse, versuchten, auf den Beinen zu bleiben. Der Rabensporn kehrte zurück, um sie niederzumähen. Die niederschmetternde Wahrheit, dass wir in der Unterzahl waren, war nicht mehr zu übersehen.

»*Schlachtet* sie ab!«, brüllte Calder.

Eine neue Energie ergriff von den Raben Besitz. Sie kämpften grausam. Sie kämpften ohne Gnade. Ich stieß vor Frustration und Wut einen Schrei aus und stürmte vorwärts. Das Schicksal hätte uns nicht so weit kommen lassen, wenn wir jetzt hätten fallen sollen. Es würde nicht geschehen. Es durfte nicht geschehen.

Der Boden erzitterte.

Mein Herz schlug Purzelbäume in meiner Brust, aber nichts weiter kam. Hier prallten Heere aufeinander. Zweifellos hatte mein hoffnungsvolles Herz sich getäuscht.

Valen war nicht hier.

Auf der anderen Seite des Schlachtfelds begegnete ich dem eiskalten Blick meiner Schwester. Sie hatte kämpfen gelernt.

Nicht so gut wie Calder, aber in ihrer Zeit als Königin hatte Runa offenbar geübt, ein Schwert zu führen. Dennoch hielt sie sich auf ihrem Pferd zurück, während mein Vater vor ihr einen Sturmangriff anführte.

Leif Lysander war einst ein Mann wie Jarl gewesen. Ein Adliger, der Einheiten von Raben anführte. Er musste wissen, wie man kämpfte und wie man siegte. Ich hätte nie gedacht, dass ich mich auf so eine Art selbst ein wenig auf meinen Blutrausch einlassen würde, aber als ich sie jetzt beobachtete, wurde mir klar, dass ich noch nie so sehr jemanden hatte töten wollen.

Thor ließ einen Schwall Wildwutfeuer los. Ein Signal für Herja. Unsere Bogenschützen wurden hier stärker gebraucht als auf den Hügeln. Als die Flammen am Himmel verblassten, rannte ich auf meine Schwester zu.

»Königin!«, rief der Nachtspalter hinter mir. Er hatte wie Halvar und Thor darauf bestanden, dass wir dicht zusammenblieben, und nun änderte ich seine Pläne schon wieder. »Verdammt, Elise!«

Alles, was ich sah, war ein Kampf vor mir.

Ich schrie und führte meine Klingen gegen Raben, während ich mich näher an Runa und meinen Vater herankämpfte. Wenn ich fiel, würde ich dafür sorgen, dass auch Runa unterging.

In dem Moment, als ich eine Böschung betrat, stolperte ich vorwärts. Ein tiefer Riss ließ die Erde bebend aufklaffen.

Ein gespenstisches Zischen ging über das Schlachtfeld.

Der Boden erzitterte heftig. Meine Haut prickelte vor Vorfreude, und ein Lächeln trat auf meine Lippen. Ein kehliger Schrei von meinen Leuten stieg zu den stummen Sternen empor. Auf der Anhöhe am Südende des Schlachtfelds stand eine dunkle Gestalt allein.

Das Herz sackte mir in die Kniekehlen. Valen.

Er stand nur wenige Augenblicke lang allein da, bevor eine ganze Reihe von Kriegern hinter ihm aufmarschierte. Bei allen Göttern. Wo hatte er Krieger aufgetrieben? In den Steinbrüchen? Waren es unsere Leute vom Fluss? Es spielte eigentlich keine Rolle, und der Anblick ließ neue Luft in die Lungen unserer Kämpfer strömen. Die Schlachtrufe wandelten sich für ihren Nachtprinzen.

Das Heer hinter Valen brüllte zur Antwort.

Zum ersten Mal wirkten Calder, Runa und der ganze Rabensporn verängstigt.

»Ich vermute …« Der Nachtspalter tauchte etwas außer Atem hinter mir auf. »… das ist der König, den zu retten wir gekommen sind.«

Ich hob meine Klinge, unsicher, ob Valen mich aus solch einer Entfernung sehen konnte, und rief: »Für euren König!«

Auf die zweite Welle von Rufen hin ließ Valen die Erde beben und stürzte sich in den Kampf.

»Bei allen Göttern«, sagte Thor. »Er hat Sol bei sich und …« Er kniff die Augen zusammen. »Nein. Das ist … Das ist nicht möglich.«

»Was?«, fuhr ich ihn an. Wir hatten keine Zeit, uns unklar auszudrücken. »Sag, was du siehst.«

Thor blinzelte und richtete den Blick auf mich. »Neben ihm … Ich könnte schwören, dass ich Arvad gesehen habe.«

Was? Ich wandte mich wieder Valens Heer zu. Es hatte mittlerweile in den Kampf eingegriffen und war zu sehr mit Raben und Ettanern verschmolzen, um noch einzelne Gesichter erkennen zu können.

»Wer ist Arvad?«, fragte der Nachtspalter mit einem Knurren.

»Valens toter Vater.«

Der Nachtspalter sah mich an, als wäre ich verrückt geworden, und schüttelte den Kopf. »Ich verstehe dieses Land nicht.«

Das ging mir genauso.

Auf seine Weisung hin verließen einige andere Kryv zusammen mit ihm meine Seite und folgten Ari in einen Angriff von Reitern hinein, die mehr giftige Verderbnis bei sich trugen. Ich wollte jede ihrer Bewegungen verfolgen, wollte sehen, wie das Gift vernichtet wurde, zwang mich aber, mich wieder dem Kampf zuzuwenden.

Die Schlacht wartete auf niemanden.

Ein Rabe mit krummer Nase und zwei kurzen Klingen stürmte auf mich zu. Ich blockte seinen Schlag ab und drehte mich so, dass ich einem Schnitt im Rücken von seinem zweiten Schwert entging.

Seine Klinge bahnte sich einen Weg auf meine Brust zu. Ich lehnte mich zurück und entkam der Spitze nur knapp. Mein Dolch schnitt über seine Rippen; mein Stiefel trat von der Seite gegen sein Knie. Er drang weiter wütend auf mich ein, als würde er nichts spüren.

»Tochter!«

Ein bösartiges Lachen ertönte hinter dem Raben. Ich knirschte mit den Zähnen und schlug weiter auf die Wache ein, ignorierte, dass mein Vater sich an mich anschlich.

Angesichts seines Gesichtsausdrucks verkrampfte sich mein Inneres. All die Umläufe hatte ich getan, was mein Onkel verlangte. Ich hatte mich seinem Wunsch nach einer vorteilhaften Ehe gebeugt und war zu einem stummen Gesicht in unserem Haushalt geworden, alles nur, damit Leif Lysander seine Mediks behielt.

Hier stand er nun, gesund, grausam und ohne sich darum zu scheren, ob ich am Leben blieb oder starb.

Nein. Er beobachtete, wie ich gegen einen wilden Keiler von einem Mann kämpfte, einem Krieger mit mehr Können als ich. In Wahrheit glaubte ich, dass mein Vater es genoss zuzusehen. Zweifelsohne freute er sich auf den Moment, in dem mir die Klinge des Raben das Herz herausschneiden würde.

Der Wachkrieger schmetterte seine dicke Faust auf meinen Mund, schleuderte mich nach hinten. Ich hustete Blut und umklammerte meine Klinge, um sie ihm in die Brust zu rammen. Oder ihn wenigstens an einer Schwachstelle seiner Lederrüstung zu treffen und davonzulaufen.

Über das grausame Lachen meines Vaters hinweg streifte ein schneller Luftzug mein Gesicht. Prompt gefolgt von einem weiteren. Der Rabe ächzte. Ich wirbelte herum und sah, dass zwei Pfeile tief in die Kehle des Raben gedrungen waren. Er brach zusammen.

Ich lächelte. Zwischen den Bäumen stand Herja, den Bogen erhoben, und hatte schon einen weiteren Pfeil angelegt. Sie zwinkerte und schoss auf einen neuen Trupp Rabenspornkrieger, Pfeil um Pfeil.

Ich verlagerte meinen Griff um meine Klinge und fuhr herum, um die Waffe meines Vaters abzufangen. Das Klirren von Stahl zerschmetterte ein Stück meines Herzens. Das hier war ein Augenblick, mit dem ich nie im Leben gerechnet hatte. Blut kämpfte gegen Blut.

Ein erstaunter Ausdruck trat für einen ganz kurzen Moment in sein eines Auge, als die Schneiden unserer Schwerter aufeinanderprallten. Glaubte er etwa, dass ich immer noch so war wie früher? Ein gehorsames Mädchen, das seine Tage mit Büchern und unerreichbaren Träumen ausfüllte?

»Du hast gelernt, mit dem Schwert umzugehen«, stieß er ächzend hervor.

»Besser als du.« Ich zog die Schneide über seinen Körper, brachte ihn so dazu, zurückzutaumeln und auf die Klinge meines Dolchs zu treffen. Ich schlitzte ihm mit der kleineren Waffe den Arm auf.

Mein Vater zischte vor Schmerz und warf rasch einen Blick auf die Wunde. Er war flink auf den Beinen, als würde das Blut ihn anspornen. Bevor ich mich rühren konnte, hatte er schon die Hand um meinen Zopf geschlungen.

Verdammt. Törichte Elise. Unbeholfen bemühte ich mich, meinen Dolch fester zu fassen zu bekommen. Meine Finger rutschten ab.

»Elise!«, schrie Herja, aber es klang zu weit entfernt. Ich bezweifelte, dass sie schnell genug zielen würde.

Mein Vater riss mein Gesicht nahe an seines heran. »Du bist nicht meine Tochter. Du bist nichts.«

Die Worte taten mir nicht weh. Ich hatte mich damit abgefunden, dass ich in Timoran keine Familie mehr hatte. »Ich bin Valen Ferus' Frau. Ich bin eine verdammte Königin, du Dreckskerl.«

Ich rammte meinen Dolch in seinen Oberschenkel. Die Spitze riss seine Haut auf, aber eines musste man Leif Lysander lassen: Er gab nicht leicht nach. Sein Griff blieb bestehen; Schmerz zeichnete sich in seinem Gesicht ab. Doch er war zu stur, zu abscheulich, um klein beizugeben. Wenn überhaupt, packte er noch fester zu. »Nach dem heutigen Tag wirst du aus den Familiensagas gestrichen werden.«

»Götter, das hoffe ich«, stieß ich mit zusammengebissenen Zähnen hervor. Ich machte mich bereit, mich aus seinem Griff loszureißen, selbst wenn das bedeutete, eine Haarsträhne zu verlieren. Hier von der Hand dieses Mannes zu sterben, gehörte nicht zu meinem Schicksal. Ich weigerte mich, es zu akzeptieren.

Bevor ich mich rühren konnte, wurde Leif ruckartig zurückgerissen.

Ich ging mit ihm zu Boden, rollte jedoch sofort beiseite und beeilte mich, meine Klingen wieder in den Griff zu bekommen.

»Ich wollte dich unbedingt wiedersehen.« Die Stimme klang schärfer als gezacktes Eis.

Blut tropfte in mein Gesicht, aber ich sah deutlich genug. Sol Ferus ließ meinen Vater rückwärtsrutschen. Der Sonnenprinz wirkte stärker denn je. Hochgewachsen, breitschultrig, grausam. Er pirschte sich an meinen Vater an wie ein Wolf an einen verwundeten Hirsch.

Schwarze Wildwut entströmte Sols Händen.

»Für all die Nächte, in denen du mich im Kerker besucht hast«, sagte Sol, ein dunkles Grollen in seiner Stimme. »Betrachte das als meine Vergeltung dafür.«

Ich schauderte. War mein Vater derjenige gewesen, der Sol gefoltert hatte?

»Verbrenn ihn mit mir! Sol! Verbrenn ihn mit mir!« Thor drängte sich durch eine Rauchwolke und rannte auf seinen Geliebten zu.

Ein breites Lächeln huschte über Sols Gesicht. Erleichterung, Brutalität, Liebe. Alles prallte in einem schrecklich grimmigen Gesichtsausdruck zusammen. Thors Feuer flammte auf. Die Verderbnis wurde dunkler. Ich verfolgte alles mit einer seltsamen Ehrfurcht, als Leif Lysander seine Klingen fallen ließ, auf die Knie fiel und die Arme ausstreckte.

Seinem Schicksal ergeben.

Die beiden Arten Wildwut stießen zusammen wie damals in Ruskig. Das Donnern von Magie und Feuer explodierte und stieg in den Himmel auf. Ein paar Krieger flohen hastig vor dem Sonnenprinzen, während er und Thor ihre Magie zurückzogen und von Leif nichts als Asche übrig blieb.

Ich war wie betäubt. Ein Wirrwarr von Emotionen. Erleichterung? Ekel? Ich konnte das Gefühl, das mir die Brust zuschnürte, nicht einordnen.

Aber es dauerte nur einen halben Augenblick und drei Schritte, bis Sol die Hände senkte, zu Thor hinübereilte und ihn in seine Arme zog. Sie verschlangen einander in einer Umarmung. Thor hielt den Hinterkopf des Sonnenprinzen, küsste ihn seitlich auf den Hals, auf die Lippen. Nichts davon war sanft. Sie waren gierig und verlangend.

Sol umfasste Thors Gesicht, trat zurück und musterte ihn ein paar Herzschläge lang. Ein verkrampftes Lachen entrang sich seiner Kehle. Er küsste ihn. Dann ließen sie die Stirnen aneinander ruhen.

Es brach mir das Herz. Endlose Umläufe getrennt, und nun gehörte ein Hauch von einem Augenblick endlich ihnen.

Ich musste Valen finden.

»Elise!« Sols Stimme holte mich in die Realität zurück. Er deutete zu den Mauern hinüber. Runa hackte wie wild auf ein paar einzelne Krieger ein, die sich an ihrer Leibwache vorbeigeschlichen hatten. »Zwei Königinnen sind auf diesem Schlachtfeld. Nur eine verlässt es wieder. Sorg dafür, dass du es bist.«

»Wo ist Valen?«

»Wir haben alle unsere Rolle zu spielen. Bring das hier zu Ende, Elise«, sagte Sol. »Du kannst es zu Ende bringen.«

Uns ging die Zeit aus. Sol und Thor wurden wieder in den Kampf gezogen, als das heisere Brüllen eines Rabensporn-Hauptmanns einen wuchtigen Angriff auf den Sonnenprinzen einleitete. So wie beide Fae ihre Wildwut einsetzten, bezweifelte ich, dass die Raben lange durchhalten würden.

Ich ließ den Blick über das Schlachtfeld schweifen. Im Rauch verschwammen die Krieger. In der Ferne erspähte ich Jarl. Er stieg vom Pferd, die Augen fest auf eine bestimmte Stelle des Schlachtfelds gerichtet. Ich konnte nicht sehen, wohin er ging, aber mein Herz raste. Hatte er Valen gefunden?

Wir würden uns auf dem Schlachtfeld begegnen. Ich würde bei ihm bleiben. Doch der Sonnenprinz hatte recht.

Ich kniff die Augen zusammen und richtete meinen Blick unverwandt auf die falsche Königin.

Es waren zwei Königinnen auf dem Schlachtfeld. Nur eine würde es mit Luft in der Lunge wieder verlassen.

KAPITEL 30

NACHTPRINZ

Das Blut rief.

Während der Eroberung hatte unser Volk es nie auf ein Schlachtfeld wie dieses geschafft. Verrat hatte das alte Etta gestürzt, bevor wir die Gelegenheit gehabt hatten, uns gemeinsam dem Kampf zu stellen und unsere Wildwut zu entfesseln, wie wir es ursprünglich geplant hatten. Eli hatte unseren Hof auf die hinterhältigste Art überhaupt übernommen. Er hatte unsere eigenen Leute gegen uns eingesetzt. Ein unschuldiger Ritt in den Wald hatte damit geendet, dass mein Bruder, mein Vater, Thor, Halvar und ich gefangen genommen und in die Wildwutsteinbrüche geworfen worden waren. Herja und meine Mutter hatte man in die Türme gebracht, wo man sie mit der Aussicht gequält hatte, versklavt zu werden, damit der falsche König sie bis zu ihrem letzten Atemzug benutzen konnte.

Jetzt hier zu sein, mit Dagar, mit Kjell, mit all unseren Kriegern aus jenen dunklen Tagen, um für das Land zu kämpfen, das wir nie vergessen hatten, sorgte dafür, dass mein Blutrausch sich in mehr als Wut verwandelte. Mehr als die Reste eines Fluchs. Er machte mich trunken. Wurde zum Daseinszweck.

Aus jedem Winkel, von jeder Mauer, sang das Blut dem erbärmlichen Drang in mir sein Lied. Ich hatte Elise vor längerer Zeit in der Nähe der Mauern erspäht und sie seitdem im Gemetzel wieder aus dem Blick verloren.

In dieser Schlacht hatte ich zwei Ziele. So viele Raben wie möglich zu töten und meine Frau zu finden.

Niklas erwies sich als so furchteinflößend wie seine Frau. Der Elixist warf merkwürdige Pulver, versengte Haut und blendete Raben so lange mit grellen Blitzen, dass Tova und Junius von hinten ihre Klingen zum Einsatz bringen konnten.

Zu meinen Füßen hob ein Rabe die Hände und stammelte um sein Leben. Ich schmetterte meine Äxte in seinen Brustkorb.

Mit einem tiefen Atemzug durch die Nase richtete ich mich auf. Blut tropfte von der Krümmung meiner Klingen. Eine Explosion in der Nähe der Mauern ließ die Schlacht für einige Augenblicke wie betäubt zum Stillstand kommen. Schwarz und Blau stiegen wie eine Wand auf.

Ein wildes Grinsen breitete sich auf meinen Lippen aus. Sol und Thor hatten einander gefunden. Sie würden dieses Schlachtfeld sehr bald in Asche verwandeln.

Bei meinem nächsten Schritt schoss ein tiefer, heißer Schmerzfunke quer über meine Rippen. Ich stolperte und sah nach unten, wo mir ein Bolzen in die Seite gedrungen war. Blut strömte über meine Tunika. Meine Hand fuhr zu der Wunde, während meine Augen das Feld absuchten.

Verdammt.

Im selben Moment, in dem ich den gefühllosen Blick seiner blauen Augen erwiderte, riss ich mir den Bolzen aus der Seite und ignorierte das heftige Stechen. Ich ließ die Äxte in meinem Griff kreisen. Auf diesen Augenblick hatte ich gewartet.

Jarl war ein Feigling. Er stand zwanzig Schritte entfernt mit mindestens einem Dutzend Raben an seiner Seite. Wildwut brannte in meinen Händen, aber ich wollte seinen Tod auskosten. Ihn unter Stein zu zerquetschen, würde zu schnell vorbei sein.

Jarl blieb stehen. Seine Hände und sein Gesicht waren blutüberströmt, aber aus dem Gemetzel blitzten seine Zähne hervor. »Ich habe den törichten König gewarnt, dass es mit dem verdammten Ort mehr auf sich hat – und ich habe dich gewarnt, dass der Rabensporn Geheimnisse hat, Nachtprinz.«

»Geheimnisse, um die nicht einmal du wusstest, und zugleich Geheimnisse, aus denen ihr nicht den geringsten Vorteil zieht. Du hast die ganze Zeit geprahlt, dass ihr die Macht habt, diesen Kampf zu gewinnen. Wie es scheint, entscheidet er sich nun zu unseren Gunsten.«

Jarl runzelte die Stirn und hatte offensichtlich keine Erwiderung darauf. »Vergiss nicht, dass die einzige Möglichkeit, diejenige, die du wirklich liebst, in einem Stück von diesem Schlachtfeld zu holen, darin besteht, dich zu ergeben. Ich bin mir sicher, dass der König gnädig sein wird. Er wird euch eine Villa schenken, solange ihr dieses Land mit Wildwut speist. Ihr könntet lange, geruhsame Leben führen.«

»Als Sklaven eines sterbenden Landes. Es freut mich allerdings, dass du zugibst, dass dieses Land uns braucht. All das Abstreiten wurde allmählich ermüdend.«

Jarl drehte seine Klinge in seinem Griff. »Also kämpfen wir? Dir ist dieses Königreich wichtiger als deine Königin? Sie geht in den Tod, während wir hier sprechen. Geh zu ihr, lass mich davonkommen, oder kämpf jetzt. Bring es zwischen uns zu Ende und lass sie sterben.«

»Du redest zu viel, Jarl Magnus.« Ich ging in die Hocke, bereit, ihm die Zunge aus dem Kopf zu schneiden, wenn es sein musste.

»Sieh selbst.« Er zeigte mit dem Finger, und wie ein verdammtes Kind sah ich hin, weil ich nicht widerstehen konnte, wenn es um Elise ging.

Mein Herz wurde zu Eis. Auf der anderen Seite des Schlachtfelds bahnte sich Elise einen blutigen Weg auf die Mauern zu. Den Blick fest auf ihre Schwester gerichtet, aber sie bemerkte nicht – verdammt noch mal niemand bemerkte das –, dass Calder sie von hinten mit einer Einheit seiner besten Ritter verfolgte.

Der falsche König hatte seine Krone abgelegt und sich einem Krieger ähnlicher gemacht, um unauffällig zu bleiben, aber die Art, wie die Wachen sich dicht um ihn scharten, zeigte, dass er kein gewöhnlicher Kämpfer war.

»Lass mich gehen, Nachtprinz. Dann hast du eine Chance, sie aufzuhalten, sie vor dem Schicksal zu retten.«

Jarl Magnus war der schmierigste Scherge, dem ich in meinem ganzen Leben begegnet war. Wenn ich mich jetzt von ihm abwandte, würde er fort sein. Wenn ich es nicht tat, lief Elise Gefahr, in einen ungleichen Kampf gegen ihre Schwester und ihren Cousin verwickelt zu werden.

Ein Donnern ließ die Erde beben, als meine Wildwut tobte. Ich hatte eine Wahl. Und ich war nicht allein hier.

»Gunnar!«, rief ich. Meine Stimme erregte die Aufmerksamkeit meines Neffen. Er kämpfte in der Nähe, aber auch meine Mutter hob den Kopf. Eines, was ich vergessen hatte, war, wie furchteinflößend Lilianna Ferus in einer Schlacht kämpfte.

»Der falsche König.« Ich deutete auf das Schlachtfeld. »Eure Pfeile.«

Gunnar raunte dem Raben etwas zu, gegen den er bis eben gekämpft hatte. Der Mann war erstarrt und stand da wie in Trance. Als Gunnar dann fortging, nahm der Wachkrieger seine

Klinge und schnitt sich selbst die Kehle durch. Bei den Höllen, seine Magie war grauenvoll.

Ich hob die Handfläche und ließ den Boden erzittern, verzweifelt darum bemüht, Calder aus der Bahn zu werfen. Jarl floh nicht, wie ich es von dem Feigling erwartet hatte; er blieb. Aus dem Augenwinkel sah ich, wie er zum Angriff rief. Er hielt auf mich zu.

Ich verzog das Gesicht, als ich mich anstrengte, Wildwut in den Boden zu hämmern. Sie drang nicht bis zu Calder vor. Ich bezweifelte, dass Elise ihre Macht auch nur spüren konnte. Energie sickerte aus meinem Blut, und Jarl und seine Raben waren nur noch wenige Schritte entfernt.

Eine Hand stieß mich mit Gewalt zurück.

Mein Vater drückte mich von der Erde fort. Seine Augen blitzten vor seiner eigenen Magie. »Hör auf. Nimm die Klingen und kämpf, Valen!«

»Elise.« Vielleicht noch zehn Schritte, dann würde Jarl hier sein und uns beide erreichen. Calder würde Elise niederstrecken. Mir gelang es nicht, Worte zu formen. »Der falsche König.«

»Kümmer dich um deinen Kampf, dann stoß zu uns«, zischte mein Vater. Dann rannte er Gunnar nach, gefolgt von meiner Mutter.

Ich hatte keine Zeit, mich zu fragen, ob sie es auf Calder abgesehen hatten, keine Zeit, mich aufzuraffen und ihnen nachzujagen, bevor ich auch schon eine meiner Äxte hochriss und einen schnellen Schlag von Jarls Schwert abwehrte. Er schnitt mit dem Dolch quer über meinen Bauch. Ich versetzte ihm einen Tritt gegen das Bein, zwang ihn, zurückzuweichen und mir genug Zeit zu lassen aufzustehen.

Die Raben schlugen ohne Unterlass auf mich ein. Aber meine Umläufe als Blutgeist leisteten mir gute Dienste.

Ich setzte einen Fuß über Kreuz vor den anderen. Exakt. Sorgsam. Strategische Beinarbeit. Um mit so vielen Gegnern ohne sicheren Stand fertigzuwerden, brauchte es treffsichere Hiebe. Eine Klinge kam von vorn, eine von hinten. Ich ging zwischen ihnen in die Hocke. Eine meiner Äxte schlitzte den Knöchel eines Wachkriegers auf; mein Fuß trat dem anderen die Beine weg. Ein dritter Kämpfer versetzte mir einen Schnitt quer durch meine Bolzenwunde.

Ein Zischen drang zwischen meinen Zähnen hervor. Der Rabe versuchte, meine Brust zu treffen. Ich schwang meine Axt hoch und traf die Innenseite seines Beins. Sein Körper brach zusammen. Blut schoss bei jedem Schlag seines Herzens aus seinem Oberschenkel hervor.

Ich würde ihn leiden lassen.

So geschickt ich auch war, es waren zu viele Raben. Sollte ich meine Energie verausgaben, indem ich die Erde aufriss, und damit nutzlos für Elise werden? Oder kämpfen, bis ich kein Blut mehr hatte?

Die Wahl, die ich hatte, war hundserbärmlich, aber nur ein Weg zeichnete sich klar vor mir ab: mich zu ihr vorzukämpfen oder bei dem Versuch zu sterben.

Ich packte meine Äxte fester und fand mich damit ab, das hier zu Ende zu bringen, wenn das Schicksal mir zumindest noch einen einzigen Augenblick schenken würde, um ihr Gesicht zu sehen. Aber ich bekam keine Gelegenheit, zuzuschlagen.

Raben ließen ihre Klingen fallen. Sie kratzten sich im Gesicht. Blut tropfte über ihre Lippen, in ihre Bärte hinab, über ihre Rüstwämser. Aus ihren Ohren und ihren Augen überzogen Ströme von heißem, dunklem Tod sie wie Masken, bis sie zusammenbrachen.

Ich wirbelte herum, bereit, den Unhold abzuwehren, der angegriffen hatte.

Eine Gestalt – ein Mann, wie ich glaubte – kam näher. Vielleicht war er ein böser Geist aus den Höllen, ich wusste es nicht. Er war pechschwarz gekleidet, und tintengleiche Schatten ringelten sich um ihn wie ein Nebel aus Gewitterwolken. Sobald der letzte Rabe an seinem eigenen Blut erstickt war, senkte der dunkle Schatten die Hand, und die Schattenbänder versanken wieder in seiner Haut.

Jarl flüsterte Flüche.

Seine Wachen waren nicht mehr da. Er war allein.

»Ich würde das hier gern voranbringen, König.« Es war der Schattenmann. »Du willst ihn?« Er zeigte auf Jarl. »Er hat große Angst vor dir. Ich könnte ihm jetzt den Atem abschneiden, aber ich habe so eine Ahnung, dass du es gern selbst tun würdest. Beeil dich damit. Einige von uns möchten dieses verdammte Königreich gern wieder verlassen.«

»Kase! Oh, verdammt. Ich meine, *Nachtspalter*. Freut mich, dass du zu uns gestoßen bist, mein Freund.« Niklas winkte aus zwanzig Schritten Entfernung.

Der Nachtspalter. Brecher von Nacht und Angst.

Er war kein Mythos und wirkte zutiefst frustriert über den Elixisten. Es brauchte nicht viel, um aus seiner Grimasse und seinen geballten Fäusten zu schließen, dass er nicht erfreut darüber war, dass sein Name verraten worden war.

Mit dunkleren Augen, als das Nachtvolk sie hatte, nagelte er mich mit einem schwarzen Blick fest und machte eine ruckartige Bewegung mit dem Kinn. »Dein Ziel läuft davon, König.«

Jarl gab den Kampf auf und hielt auf den Wald zu. Ich kam in aller Eile auf die Beine und rannte ihm nach.

Zehn Schritte hinter seinem Rücken ließ ich eine Axt fliegen.

Eine Welle brutalen Entzückens durchströmte meine Adern, als die Schneide in seine Schulter drang. Jarl fiel vornüber. Er stöhnte und versuchte wegzukriechen, die Klinge im Rücken.

Ich trat auf seine Wirbelsäule. Ohne auf Schmerz oder Verletzungen Rücksicht zu nehmen, riss ich die Axt aus seinem Fleisch. Er schrie auf, ein kehliges Wimmern. Das hier würde nicht der langsame, qualvolle Tod werden, den ich wollte. Aber Elise zu erreichen, hatte Vorrang vor allen mörderischen Wünschen.

Ich versetzte Jarl einen Tritt, drehte ihn gewaltsam auf den Rücken.

Blut tränkte das Gras unter ihm, als mein Stiefel auf seine Kehle drückte.

»Du bist gescheitert«, sagte ich in barschem Ton. »Heute wirst du allein, ungeliebt, verachtet sterben und künftig in den Sagas und Geschichtsbüchern als Schlächter verschrien sein. Die Götter werden dich niemals an ihrer Tafel willkommen heißen.« Ich hob die blutbefleckte Axt neben seinem Kopf auf. »Fahr in die Höllen, du Dreckskerl!«

Beide Fäuste um den Griff geschlossen, begrub ich die Axtklinge in der Mitte seines Schädels.

Jeder Atemzug brannte, als würde er meiner Luge entrissen. Jarl war von seinem eigenen Blut getränkt, fast unkenntlich. Die Axt drang tief ein, und ich würde sie dort stecken lassen, um ihn auf dem Schlachtfeld zu markieren.

»Wir gehen zu den Mauern!«, rief ich und hob die zweite Streitaxt. »Wir kämpfen an der Seite der Königin!«

Ettaner fielen in meinen Ruf mit ein und stürmten hinter mir her den Hang hinab. Ich konnte Elise nicht sehen. Ich konnte Calder nicht sehen. Der Rauch und das Wildwutfeuer verdeckten alles. *Sie lebt. Sie muss am Leben sein.* Ich wiederholte denselben Gedanken immer wieder in meinem Kopf, während ich die Krieger vorwärtsführte.

Jarl war tot.

Nur Calder und Runa blieben in dieser Schlacht noch.

Und das Blut rief.

KAPITEL 31

PRINZESSIN AUF ABWEGEN

Rauch brannte mir in den Augen und ließ mir die Tränen kommen. Ich wischte mir mit dem Handrücken das Gesicht ab und verschmierte Blut und Schweiß. Runa blieb geschützt in der Nähe der Mauern, das Schwert in der Hand, aber auf ihrem Pferd unangetastet. Eine Feindin, die andere vergessen hatten. Die einzige, auf die ich mich konzentrierte.

Ich zwang meine Augen, offen zu bleiben, gegen das Brennen anzublinzeln.

Das hier war das Ende. Es war der letzte Schritt auf dem Pfad des Schicksals. Nur eine Krone für eine Königin würde heute gewonnen werden, und es würde nicht Runas sein.

Schlachtrufe verklangen. Nach und nach wurde das Schrammen von Stahl auf Stahl leiser. Statt Angriffsgebrüll hörte man nun eher Klagen über Schmerz und Erschöpfung. Ich wusste nicht, wie hoch unsere Verluste waren. Ich wusste nicht, wo Valen sich befand.

Bald würden Hörner zum Rückzug und zu einer Ruhepause blasen, aber ich würde nicht an einem anderen Tag zurückkehren, um zu kämpfen. Mein Weg endete bei meiner Schwester.

Das wusste ich bis in mein Innerstes.

Bei meinem nächsten Schritt durchzuckte ein gleißend helles Licht mein Gesichtsfeld. Mir dröhnte der Kopf, und ich fiel auf die Seite.

Getroffen. Ich war getroffen. Mir wurde schwindlig bis zur Benommenheit, und Halvars Kampflektionen wurden verschwommen, aber Valens Stimme bestand darauf, dass ich mich verdammt noch mal verteidigte. Wenn ich starb, würde er es nicht als Entschuldigung gelten lassen, dass ich zuvor einen Schlag auf den Kopf bekommen hatte.

Ich schloss die Finger um den Schwertgriff und kämpfte mich eilig auf die wackligen Beine.

In Verbindung mit Rauch und Asche erschwerte die Nacht es, Gesichter zu erkennen. Aber der Schein von Fackeln und Feuer beleuchtete die blassen, scharfkantigen Gesichtszüge meines Cousins. Calder warf eine dunkle Kapuze zurück, seine Miene versteinert.

Seine Augen zeigten nichts als Verachtung für mich.

»Töte sie!« Runas Schrei durchtrennte das letzte Band zwischen uns Schwestern. Sie tobte auf ihrem Posten und sah mit einer Art perverser Schadenfreude zu, wie ihr Mann mich umschlich.

»Ich habe versucht, dem hier Einhalt zu gebieten, Elise. Aber du hast ja darauf bestanden, diesen verdammten Unsinn fortzuführen. Dafür trägst du die Verantwortung«, sagte Calder. Er bewegte sich wie ein geschmeidiger Krieger. Geschickt und tödlich.

Ich umfasste mein Schwert fester, um das Zittern meiner Hände zu verbergen. Impulsiv verfolgte ich seine Bewegungen, behielt seine Beinarbeit im Auge. Calder würde starke Schläge führen. Er würde mich an den Seiten treffen, von oben her zuhauen. Ich atmete langsam aus, bereit, jeden einzelnen Hieb abzuwehren.

All die Unterrichtsstunden hatten mich nicht auf Feigheit vorbereitet.

Hände packten mich von hinten. Calders beste Ritter hielten meine Arme gut fest. Einer trat mir die Beine weg, zwang mich in die Knie. Ein Wachkrieger packte meinen Zopf und riss meinen Kopf in den Nacken. Mit Tritten beförderten sie meinen Sachs beiseite.

Die Arme ausgestreckt, das Herz ungedeckt, eine perfekte Zielscheibe für Calders Schwert.

Nein. Nein. Ich verfluchte die Schicksalsgottheiten, alle Götter. Was für eine grausame Wendung, mich so weit kommen zu lassen, mir so viel Hoffnung zu spenden, und alles mit einem schwachen Tod enden zu lassen.

»Hältst du so wenig von deinen eigenen Fähigkeiten mit der Klinge, dass du mich erst wehrlos machen musst, Cousin?«

Calder legte den Kopf schief. »Eine Königin verlässt heute dieses Schlachtfeld. Leider steht zu viel auf dem Spiel, um das Risiko einzugehen, dass du es sein könntest.« Ein paar Schritte entfernt hielt er inne. »Ich werde immer schöne Kindheitserinnerungen an dich haben, Elise. Das sind die, die ich behalten werde – als du noch nicht solch ein Stachel in meinem Fleisch warst.«

Er verringerte den Abstand zwischen uns, das Schwert erhoben. Ich wollte die Augen schließen, zwang mich aber, ihn anzuschauen. Er würde meine Augen sehen, bevor er mich durchbohrte.

Calder führte seinen Schlag.

Das Klirren von Klingen aufeinander hallte in meinem Hirn wider. Dort, wo ich geglaubt hatte, meinen Kopf zu verlieren, waren zwei Schwerter vor mir gekreuzt und hatten Calders Waffe so in der Zange, dass er sie nicht bewegen konnte. Ächzen und Keuchen folgte. Die Ritter, die mich festhielten, stolperten zurück, Pfeile in den Rücken.

Calder starrte ungläubig den hochgewachsenen, breitschultrigen Fae an, der mit seinen Schwertern die Schneide seiner Waffe eingeklemmt hatte. Der Mann warf einen Blick auf mich. Dunkle, weise Augen. Die Haut dunkelbraun. Sein Haar war aus seinem Gesicht zurückgeflochten, und zwei polierte Onyxsteine saßen in den Läppchen seiner spitzen Ohren.

Er sah Valen in so vielen Einzelheiten ähnlich, und ich wusste nicht, was ich davon halten sollte.

Das hier … Das hier konnte doch nicht sein *Vater* sein?

Eine gefühlte Ewigkeit musterten wir uns, doch es verging kaum mehr als ein halber Atemzug, bevor derjenige, von dem ich glaubte, dass er Arvad Ferus war, Calder aus der Klingenzange stieß.

»Du hast das Pech, für die Sünden vieler falscher Könige zu bezahlen«, sagte er mit gesenkter Stimme.

Das Gesicht meines Cousins war vor rasender Wut verzerrt. Er behauptete sich ein paar Schritte lang gegen die Schwerter, war aber unterlegen, was das Können und den Stahl betraf.

Ein Pfeil durchbrach den Dunst. Die Spitze drang dumpf in eine von Calders Schultern ein. Er schrie auf und krümmte sich zu einer Seite. Bald darauf traf ein zweiter Pfeil die andere Seite. Durch den Rauch trat Herja vor, ihren Sohn an ihrer Seite. Beide hatten die Bögen erhoben und Pfeile angelegt.

Calder brüllte vor Zorn und führte einen schwachen Hieb gegen Arvad. Dieser hätte ihm einen tödlichen Schlag versetzen können, tat es aber nicht. Stattdessen sah er zu, wie eine Frau sich von hinten näherte.

Ich riss die Augen auf. Helles Haar, mit dunklem Blut befleckt; sie war keine Ettanerin. Klein von Gestalt, kaum eine offensichtliche Bedrohung auf dem Schlachtfeld. Aber die Art, wie sie sich auf Calders breiten Rücken schwang, ihm von hinten einen Arm um den Hals legte und ihm das Messer an die Kehle setzte, ließ sie zur furchterregendsten Kriegerin auf dem ganzen Schlachtfeld werden.

»Sag Eli, dass wir gewonnen haben«, knurrte sie ihm ins Ohr, bevor sie ihr Messer über Calders Kehle zog.

Er rang drei Herzschläge lang nach Luft, brach dann in die Knie und fiel mit dem Gesicht voran ins Gras.

Tot.

Mehr als ein Rabe bemerkte es. Sie schienen dort, wo sie standen, zu erstarren. Einige ließen ihre Waffen fallen, andere rannten weiter gegen unser Heer an.

»Elise!«

Mein Herz machte einen Sprung. Valen. Ich sah ihn nicht, aber seine Stimme trug im Wind weit. Er atmete. Er kam. Er war am Leben.

Vielleicht war für die Raben mit dem König das letzte Wort gesprochen, doch der mordlüsterne schrille Schrei in meinem Rücken machte mir die Wahrheit bewusst. Ich wandte mich von den fernen Rufen meines Mannes ab, die Zähne zusammengebissen, und kam langsam auf die Beine.

Das hier würde nicht zu Ende sein, bis alle, die Anspruch auf den Thron Timorans erhoben, in den Höllen waren. Runa umklammerte ein Schwert. Ihre Augen blitzten vor Hass. Sie schrie meinen Namen und rannte dann die Böschung hinab auf mich zu.

Ich stand ihr an Geschwindigkeit in nichts nach. Kein Zögern, kein langes Überlegen.

Der Rest des Schlachtfelds verschwand. Wenn in meinem Rücken noch gekämpft wurde, wusste ich es nicht.

Mit einem erstickten Schrei landete ich einen Treffer auf der Schneide ihrer Waffe. Es war ein rascher Hieb, der uns fast so schnell wieder auseinandertrieb. Wir umkreisten einander. Das Vibrieren des Stahls kribbelte meine Arme herauf. Runas Augen blitzten wie ein Gewitter über dem Meer. Nicht mehr die Schwester, die ich kannte. Allerdings war ich meinerseits auch nicht mehr die stille zweite Kvinna unserer Vergangenheit.

Wir sagten nichts. Es gab nichts zu sagen.

Die Lysander-Töchter waren hier, um einander zu töten.

Ich stürmte wieder auf sie zu. Sie fing meinen Schlag mit einer Wildheit ab, mit der ich nicht gerechnet hatte. Meiner Schwester glückte ein Schnitt in meinen Arm. Die Wunde ließ mich rückwärtstaumeln. Adrenalin überdeckte den Schmerz, und ich parierte ihren von oben geführten Hieb mit mehr Kraft.

Ein Tritt gegen ihre Rippen. Ein Stoß in mein Bein. Wir drangen aufeinander ein. Es ging hin und zurück. Schlecht gezielte Schläge, verzweifelte Hiebe, wir kämpften mit einer Endgültigkeit in dem Wissen, dass dieser Moment die Zukunft dieses Landes für immer verändern würde.

Runa schmetterte ihr Schwert gegen meines und versetzte mir sofort einen Fausthieb gegen den Kiefer. Ich stolperte vorwärts, den intensiven Geschmack von heißem Blut auf der Zunge.

Richte dich auf, Elise. Sei bereit. Fall nicht hin.

»Elise!« Valen kam in Sicht. Er drängte sich durch die Massen, wich Hieben aus, kämpfte sich vorwärts.

Er war zu weit entfernt.

Furcht wohnte in seinen schönen Augen. Die Erkenntnis, dass er nicht in der Lage sein würde, mich sofort zu erreichen.

Doch diesen Kampf musste ich ohnehin allein beenden.

Ich hob mein Schwert und wandte mich meiner Schwester

zu. Ihre Atemzüge gingen schwer, ihr Gesicht war schmerzverzerrt. Doch auch mein Körper protestierte. Jeder Schritt war ein Hinken, meine Haut war mit brennenden Schnitten und Schrammen überzogen. Ich war mir sicher, dass ich mir mindestens drei Finger gebrochen hatte. Meine Schwertspitze schleifte im Gras, zu schwer, um sie hochzuhalten, solange noch kein Schlag kam.

»Du hast hier kein Königreich, Runa«, sagte ich. »Es ist vorbei.«

»Ich bin vom Schicksal erwählt! Du irrst dich.« Das war alles, was sie hervorstieß, bevor neuer Atem ihre Lunge füllte und sie wieder ihr Schwert schwang.

Die Klingen trafen aufeinander. Runa schrie, während sie versuchte, auf meinen Hals einzuhacken. Ich parierte und stieß sie fort.

Ein weiterer Hieb zielte auf meine Brust. Ich wich aus. Sie fing meinen Schlag über ihrem Kopf ab. Jeder Zusammenprall, jeder Schlag verlor gegenüber dem vorherigen an Kraft, gewann aber an Hass. Ein Hauch von Stahl streifte meine Lederrüstung, schlitzte sie auf.

Runas Stiefel prallte gegen mein Knie. Ich verfluchte sie und stolperte rückwärts. In der Benommenheit meines Geists trieben Valens wütende Rufe mich an. Runa führte einen schlecht gezielten Stoß nach meinem Herzen, aber ihre Schritte waren so unsicher, dass sie auf dem unebenen Boden ins Straucheln geriet.

Jetzt.

Ihr Körper krümmte sich nach vorn, aus dem Gleichgewicht geraten. In aller Eile verlagerte ich meinen Griff um das Schwert und senkte die Spitze. Sengend heiße Luft drang mir in die Lunge. Ich holte Schwung, stieß einen verzweifelten Schrei aus, richtete meine Schwertspitze waagerecht auf sie und zog sie ihr durch die Kehle.

Der Stahl riss ihr die Haut auf, besudelte sie mit dunklem Blut.

Runas helle Augen blinzelten vor Verblüffung, Bedauern, Hass. Bis ihr Licht immer schwächer wurde. Blut quoll noch immer aus ihrem Hals, und einen Moment lang stand Runa still. Sie runzelte die Stirn und verzog das Gesicht, als wäre sie nahe daran, eine Träne zu vergießen. Doch es kam keine, und dann fiel sie hintenüber, die blicklosen Augen starr auf den dunklen Himmel gerichtet.

Der Sachs rutschte mir aus der Hand. Mein Körper zitterte, und ich konnte nicht tief genug Luft holen. Unsichere Schritte führten mich von der reglosen Gestalt meiner Schwester weg.

Vorbei. Die Welt drehte sich in meinem Kopf. Es war vorbei.

Ganze Heere starrten das Blutvergießen an, starrten mich voller Entsetzen und Ehrfurcht an. Es war mir gleichgültig. Ich sah nur ein einziges Gesicht. Mein Bein pochte, mein Kopf schrie, aber ich beschleunigte meine Schritte und humpelte vorwärts.

»Valen.« Meine Stimme war ein Krächzen. Ich versuchte zu laufen und geriet nur noch mehr ins Stolpern.

Der Nachtprinz drängte sich durch die letzte Reihe von Kriegern und rannte zu mir. Beim nächsten Schritt fing er mich auf, als ich in seine Arme sprang. Ich schlang ihm die Beine um die Taille. Seine Umarmung wurde fester, drückte mir die Luft aus dem Körper.

Ich schmiegte die Nasenspitze an seinen Hals. *Alle Götter.* Ich atmete ihn ein. Real. Am Leben. Er war hier. Valen fasste mein Haar, meinen Hals an, drückte mir die Lippen auf die Haut, ließ die Hände über jede Oberfläche meines Körpers schweifen, als könnte auch er nicht fassen, dass wir beide noch aufrecht standen und atmeten.

Er trat zurück und strich mir das blutige, schweißgetränkte Haar aus dem Gesicht. Seine eigenen Züge waren mit Ruß und Prellungen befleckt, aber sein Lächeln überstrahlte alles.

Der Nachtprinz küsste mich.

Ohne Zärtlichkeit. Ohne Sanftheit. Dieser Kuss war rau, schmerzlich. Perfekt.

Ich war außer Atem, als wir uns voneinander lösten und ich die Stirn an seine lehnte. »Jetzt ist aber Schluss damit, dass du den Helden spielst, Valen Ferus. Von heute an lasse ich das nicht mehr zu. Du opferst dich gefälligst nie mehr für eine andere Person. Ich werde nicht mit ansehen, wie du stirbst; ich werde auch nicht mit ansehen, wie du gefangen genommen wirst. Du wirst der König sein, der sich auf seiner Burg versteckt, wenn der Krieg ruft. Hast du mich verstanden?«

Er grinste an meinem Mund. »Ich dachte, du liebst meine Heldentaten.«

»Ich hasse sie. Verabscheue sie. Ich will dich lebendig, atmend und in meinen Armen. Ich verlange es.«

Er küsste mich genüsslich; seine Stimme wurde sanft. »Einverstanden. Gegen solch eine Abmachung würde ich nie etwas einwenden.«

KAPITEL 32

NACHTPRINZ

Die Zeit verlor jede Bedeutung. Alles, worauf es ankam, war, Elise in den Armen zu halten und zu wissen, dass sie am Leben war.

Verdammte Prophezeiungen.

Runa und Calder hatten mehr auf eine Pergamentrolle vertraut als auf die Kraft von Elise Ferus. Die zweite Königin stand aufrecht, sie lebte, und durch sie würde das Königreich umso stärker werden.

Weil eine zweite Kvinna einer stumpfsinnigen Bestie vertraut hatte, war Etta geheilt.

Gewiss, ich hätte sie für immer in den Armen halten können. Doch meine Kraft hatte andere Pläne. Als mir die Arme abzufallen drohten, ließ ich Elises Körper widerwillig an meinem hinabgleiten. Ich umfasste ihr Gesicht und küsste sie noch einmal.

»Es lebe der Nachtprinz«, ertönte eine raue Stimme und erinnerte uns beide daran, dass ein großes Heer unerschütterlich hinter uns stand. »Es lebe unsere Herrin Elise.«

»Nicht König?«, flüsterte Elise.

Nun, da die Schlacht verstummt war, sank diese Wahrheit von Neuem in mein Herz ein. Ich zog an ihrer Hand. »Ich bin nicht König.«

Die Krieger beugten das Knie und schlugen mit den Fäusten auf ihre Herzen, als wir uns näherten. Aber es gab einige, die stehen blieben.

Niklas und Junius. Der Nachtspalter. Tova und ein paar Leute, die sich dicht bei ihnen hielten. Mir war gleichgültig, ob die Alver sich hier verneigten. Es kümmerte mich nicht einmal, ob irgendjemand sich jetzt verneigte; meine Aufmerksamkeit blieb auf die Gesichter meiner Familie gerichtet.

Herja ließ ihren Bogen fallen und rannte zu uns; sie legte die Arme um unsere Hälse.

»Es ist vorbei«, sagte sie mit vor Ergriffenheit belegter Stimme.

Sol kam näher. Sein Gesicht war blutverschmiert, aber sein Lächeln nahm kein Ende. Er packte meine Schulter. Ich sah ihm in die Augen und konnte kaum glauben, dass wir es geschafft hatten.

»Du bist gern bereit, auf mich zu hören, Elise«, sagte Sol. »Du hast meine Botschaft ausgerichtet, dafür gesorgt, dass dieser Narr darauf gehört hat, und darauf geachtet, die letzte Königin auf diesem Schlachtfeld zu sein. Ich glaube, du bist meine Lieblingsschwester.«

Herja versetzte ihm lachend einen Stoß gegen die Schulter. Elise lachte schwach, als mein Bruder sie in seine Arme zog. Ein leises »Danke« von seinen Lippen reichte aus, die letzte Anspannung in meiner Brust zu brechen. Über ihre Köpfe hinweg sah ich, dass meine Mutter und mein Vater warteten.

Ich räusperte mich und verschränkte meine Finger mit Elises. »Ich möchte dir … den König und die Königin von Etta vorstellen.«

Elise riss die Augen auf. Sie presste sich die Hand auf die Brust, als drohte ihr Herz sich daraus hervorzuhämmern. »Valen.« Sie wich zurück. »Wie … Ich … Wie ist das möglich?«

Ich gab ihr einen Kuss auf die Fingerknöchel. »Wir haben Zeit für Antworten.«

Meine Eltern standen Seite an Seite. Mein Vater überragte meine Mutter auf fast komische Art. Wir hatten meine Mutter oft mit ihrer geringen Körpergröße aufgezogen, aber was ihr an Länge fehlte, hatte sie schon oft durch Stärke wettgemacht.

»Mutter, Vater«, begann ich langsam und zog Elise an mich. »Das hier ist …«

Mir fehlten plötzlich die Worte. Bevor ich den Satz vollenden konnte, umarmte meine Mutter Elise schon fest. »Als Timoranerin geboren, aber mit einem Herzen aus Etta.«

Um die Wahrheit zu sagen, hatte ich meine Mutter immer als Ettanerin betrachtet. Doch neben Elise, mit ihrem ähnlichen Haar und ihrer hellen Hautfarbe, die sich unter dem Blut versteckte, war sie durch und durch Timoranerin.

Lilianna Ferus umfasste Elises Gesicht. »Die Erben beider Länder werden dieses Königreich heilen. Aus dem Blut des Hauses Eli, aus dem Blut des Hauses Ferus, wird Etta wiederhergestellt.«

Meine Brust war wie zugeschnürt. Hatte meine Mutter nicht von einer Prophezeiung bei meiner Geburt gesprochen? Die Erben beider Länder. Während ich das als Kampf zwischen den Erben interpretiert hatte, war ihre Vereinigung gemeint. Beide Seiten wurden gebraucht, um ein gespaltenes Land zu heilen.

Elise schluchzte erstickt. »Ich habe Umläufe damit verbracht, über euch zu lesen, und nun … seid ihr hier. Alle beide.«

»Wir freuen uns jetzt auf viele Umläufe, um dich kennenzulernen.« Meine Mutter umarmte sie noch einmal. »Danke dafür, dass du ihn liebst, dass du sie alle gerettet hast.«

Die Schlacht war zu Ende, aber das Leid, das sie mit sich brachte, hatte gerade erst begonnen. Wir machten uns an die Arbeit, gingen langsam zwischen den Toten hindurch, suchten nach unseren Lieben, nach Gesichtern, die wir nicht wiedersehen würden, bis wir dereinst in den großen Saal eingingen.

Elise umklammerte meine Hand, stumme Tränen auf den Wangen, als wir unsere Gefallenen für ihre Scheiterhaufen bereitmachten. Hinter uns folgten Ari, Siv und Mattis. Wir übernahmen die Mitte des Schlachtfelds, während Thor und Sol sich der einen und Herja und Gunnar der anderen Seite widmeten.

Wir hörten einen gequälten Aufschrei. Elise schnappte entsetzt nach Luft.

Zehn Schritte entfernt kniete Halvar bei Kari und streichelte ihr Haar. Unwillkürlich schloss ich die Augen. Brant lag still, sein Schwert schon auf seiner Brust, die Arme über dem Heft gekreuzt.

»Er wusste es.« Kari weinte an Halvars Brust. »Er hat diese Dinge gesagt, weil er es wusste.«

Eine Vorahnung? Mein Inneres verkrampfte sich, als ich mir vorstellte, dass er gewusst hatte, dass er in dieser Schlacht fallen würde, und dennoch ohne Zögern vorgetreten war.

Elise wischte sich die Tränen ab und ging zu den beiden. Sie umarmte Kari und flüsterte ihr etwas ins Ohr.

»Valen.« Stieg kam den Hügel heraufgestapft, eine Klinge in den Händen, blutüberströmt und erschöpft. Sein Gesicht war niedergeschlagen.

»Stieg«, sagte ich mit einem langen Atemzug. Ich hatte ihn auf dem Schlachtfeld nicht gesehen, aber nach allem, was Ari erklärt hatte, hatte er mit Casper die Flüsse besetzt, und … »Wo ist Casper?«

Stiegs Kiefer mahlte, und er reichte mir die Klinge. Eine, die ich mehr als einmal in Caspers Händen gesehen hatte. »Er hat tapfer gekämpft. Hat uns an den Flüssen gerettet. Hat die Hälfte der verdammten Raben ertränkt, bevor er selbst verloren gegangen ist. Er hat immer gesagt, dass seine verfluchte Wildwut zu schnell zu stark wurde.« Stieg lachte leise, aber es lag kaum Belustigung darin. »Verdammter, törichter Narr.«

Ich senkte den Kopf und hielt sein Schwert einige Augenblicke lang an meine Brust gedrückt, bevor ich die Spitze in die feuchte Erde rammte. »*Vi träffas vän.*« Bis wir uns wiedersehen.

Als Elise an meine Seite zurückkehrte, blieben wir, bis sie Zeit gehabt hatte, in Caspers Namen Runen für den Ruhm in der Anderswelt auf den Boden zu schreiben.

Wir gingen weiter und halfen mit, Waffen auf die Oberkörper der Gefallenen von Etta zu legen.

Elise blieb bei Jarls übel zugerichteter Leiche stehen. Sie schloss die Augen und verzog das Gesicht, als ich meine Axt aus seinem Schädel riss. Ihre Miene war undurchdringlich. Ich berührte sanft ihre Wange. »Er wird nie wieder Hand an dich legen.«

»Ich bin froh, dass du es warst«, flüsterte sie. »Von allen hattest du es am meisten verdient, ihn zu töten.«

Frey und Axel waren am Leben und beteiligten sich daran, Holz für die Scheiterhaufen zu sammeln. Ein paar Schritte entfernt standen Niklas und Junius ernst dicht nebeneinander, die Köpfe über eine Reihe regloser Leute gesenkt. Der Nachtspalter und seine Gilde standen neben ihnen und sprachen nicht. Wie undankbar war ich? Sie waren hergekommen, um für uns zu kämpfen, und ich ließ sie ihre Verluste – Verluste für ein Königreich, das nicht ihres war – wortlos allein betrauern.

»Niklas. Junius.« Ich berührte ihre Schulter.

Ihre Augen waren tränenfeucht. »Habt ihr viele verloren, Valen?«

Ich nickte. »Casper … Brant …«

Sie verzog das Gesicht, und eine stumme Träne zog ihre Bahn über ihre Wange. Sie zeigte auf einen Mann im Gras. Jung, aber er war mit einem Lächeln gestorben. Niklas hatte den Blick nicht abgewandt. »Sein Name war Söt. Er war für Niklas wie ein jüngerer Bruder.«

Ich wusste nur zu gut, dass keine Worte einem diese Art von Schmerz nehmen konnten. »Er wird immer in Erinnerung bleiben. Nennt uns die Namen all eurer Gefallenen, und sie werden hier zu ihren Ehren niedergeschrieben werden.«

Daraufhin hob Niklas den Blick zu mir und streckte den Arm aus. Wir umfassten gegenseitig unsere Unterarme und nickten uns voller Verständnis zu. Sie hatten für uns gekämpft. Wenn sie uns je brauchen sollten, würden wir für sie kämpfen.

Ich wandte mich dem Nachtspalter zu. Bei unserer kurzen Begegnung auf dem Schlachtfeld war er düster gewesen, schattengetränkt. Jetzt sah er aus wie ein gewöhnlicher Mann. Leuchtende Augen wie die untergehende Sonne, staubiges Haar, keine Schatten. Keine Magie.

»Habt ihr jemanden aus euren Reihen verloren?«

»Nein«, sagte er. »Nur, was die Falkyn verloren haben. Wir trauern mit ihnen.«

»Ich bin mir sicher, dass du weißt, was uns über dich gesagt worden ist.«

»Ich weiß es. Und ich verschwende immer noch nicht viele Gedanken darauf. Prophezeiungen haben es an sich, den Unschuldigen unübersehbare Zielscheiben auf den Rücken zu hängen.«

Es klang ganz so, als hätten seine Worte eine unterschwellige Bedeutung, aber jetzt war nicht der rechte Zeitpunkt, um danach zu fragen. Wenn es den je geben würde. Ein Mann hatte das Recht, seine Gründe und seine Geheimnisse zu haben.

»Ich hoffe, ihr bleibt noch eine Weile. Ihr alle. Wir möchten euch hier ehren. Ohne euch hätte ich nicht überlebt, und Elise auch nicht, wie man mir sagt. Bitte.«

Der Nachtspalter warf einen Blick auf seine müde Gilde. »Wir stimmen darüber ab und lassen es dich dann wissen.«

»Ich bin dafür, dass wir bleiben«, rief Tova. »Ich bin erschöpft, und ich habe auf der Burg da mehr als ein widerlich vornehmes Zimmer gesehen. Ich habe die feste Absicht, in einem jener Betten zu schlafen, bevor ich mit euch stinkenden Männern auf ein winziges Schiff gestoßen werde.«

Zum ersten Mal – wahrscheinlich in seinem Leben – lächelte der Nachtspalter. »Na, da hast du's. Tova hat für uns alle gesprochen.«

Die Scheiterhaufen der Toten erfüllten die Burghöfe und die Wälder um den Rabensporn mit dichtem Rauch und brannten bis lange nach Anbruch der Morgenröte. Einige Leute blieben wegen ihrer Gefallenen und erwiesen ihnen auf dem Weg in die Anderswelt die letzte Ehre. Andere blieben, um die Dämmerung schweigend zu erwarten.

Es war ein beeindruckender Anblick.

Kjell ließ seine Hand auf Thors Schulter ruhen. Ich kannte das Gefühl. Jemanden zu berühren, den man für tot gehalten hatte, machte alles echt und greifbar.

Zweifelsohne aus dem gleichen Grund hatte Thors Hand Sols noch nicht losgelassen.

Halvar und Kari waren von drei seiner Brüder umringt, die vor der Eroberung Ritter am Hof gewesen waren. Dagar betrachtete mit vor Stolz und Ehrfurcht glänzenden Augen, was von seiner Familie übrig war. Wer fehlte, waren Halvars Mutter und sein jüngster Bruder.

Nicht alle konnten überleben, nicht alle hatten gerettet werden können. Es schmerzte, und das heftig, aber wir ehrten die aus alten Zeiten, die in den ersten Schlachten um dieses Königreich gefallen waren.

»Und ich fand es schon verstörend zu erfahren, dass du am Leben bist«, murmelte Ari neben mir und rückte ein Schwert an seiner Hüfte zurecht.

Er würde sehr bald mit den anderen, die genug Kraft hatten, eine Klinge zu halten, in die Stadt Lyx aufbrechen. Wir durften keine Zeit verlieren, die Leute von Timoran zu sammeln und sie mit offenen Armen an unserem Hof zu empfangen oder diejenigen zu töten, die nicht bereit waren, in diesem neuen Königreich an unserer Seite zu stehen.

Ari nickte über den kleinsten Hof des Rabensporns hinweg zu meinen Eltern hinüber. Sie unterhielten sich mit Gunnar, Herja und Elise. Ihre lächelnden Gesichter strahlten, während sie mehr über zwei der neuesten Mitglieder unserer Familie herausfanden.

Ich verschränkte die Arme vor der Brust. »Du warst überrascht? Ich dachte, wir würden einen verdammten Zauber oder Fluch finden. Nicht sie.«

Ari schlug mir auf den Rücken und – Dreckskerl, der er war – lachte, als ich unter den Schmerzen zusammenzuckte.

»Wenn du mich fragst«, sagte er, »warst du ein großartiger König, solange du es eben warst.«

»Ich bin nichts gegen den König, der mein Vater ist.« Ich sah ihm in die Augen und senkte die Stimme. »Ich habe vor, ihm deinen Namen zu nennen, Ari. Du hast Etta mehr als jeder andere gedient. Du hast nie den Glauben daran verloren, was es werden könnte, und hast diesen Kampf begonnen. Ich hoffe, wenn er dich darum bittet, wirst du in Erwägung ziehen, an seinem Hof zu dienen.«

Ari schürzte die Lippen, die Hände in die Hüften gestemmt. Er räusperte sich. Alle Höllen, wenn es mit der ganzen Rührung nicht bald aufhörte, würde Sol mich bis zu meinem letzten Atemzug damit aufziehen, dass ich so weich war.

Als er seine Stimme wieder im Griff hatte, nickte Ari. »Es wäre mir eine Ehre.«

Er ging, bevor wir etwas tun konnten, das uns noch peinlicher gewesen wäre.

Die Alver fanden Plätze um einen großen Holztisch herum. Mit Stieg, Frey und Axel sangen Niklas und Junius ihre verlorenen Freunde in die Anderswelt hinüber. Sogar der Nachtspalter trank und hob ein Horn, um die zu ehren, die ihr Leben verloren hatten.

All das traf mich wie ein Schlag gegen den Kopf. Endlich hatten wir Frieden gefunden. Dauerhaften Frieden.

KAPITEL 33

PRINZESSIN AUF ABWEGEN

In der Mittagssonne wankte ich in die Säle des Rabensporns. Die Augen fielen mir vor Übermüdung fast zu, und mir knurrte der Magen, aber ich konnte nicht die nötige Energie aufbringen, auch nur ans Kauen zu denken.

Die Scheiterhaufen für die Toten waren heruntergebrannt, und die Ritter von König Arvads Hof waren mit ein paar anderen Leuten nach Lyx und in andere Städte des Königreichs aufgebrochen.

Weitere meiner Cousins und Cousinen waren in ihren vornehmen Villen und Landhäusern versteckt. König Zybens Geliebte lebten unter ihnen. Ich hatte sie seit Umläufen nicht gesehen, nicht einmal, als Calder für kurze Zeit die Macht ergriffen hatte.

Calders Mutter hatte meinem toten Onkel wenig Liebe entgegengebracht. Als Mädchen hatte ich keine Bedenken gegen Zybens dritte Konkubine gehabt. Aber was würde jetzt aus ihr, der Mutter des falschen Königs, werden? Wussten diejenigen, die von Zybens Familie noch übrig waren, überhaupt, was hier geschehen war?

Ich hatte kaum Zweifel, dass die Haushalte der Familie Lysander als Erste aufgesucht und darüber in Kenntnis gesetzt werden würden, dass sie nicht mehr zum Königshaus dieses Landes gehörten.

Einige waren gut; sie provozierten keine Gewalt, wie Zyben oder Calder es getan hatten. Ich hoffte, dass sie sich hier zu uns gesellen würden, hoffte, dass sie ein neues, gesünderes, lebenswerteres Land für sich und ihre Familien finden würden.

Doch es würde ihre Entscheidung sein.

Die Nachricht vom Fall Neu-Timorans würde sich herumsprechen. Es würde bekannt werden, dass Etta sich wieder erhob und das Nachtvolk in diesem Land frei war. Ettaner waren Timoranern gleichgestellt. Unser Volk würde auf eine Art vereint sein, wie Lilianna und Arvad es vor all jenen Umläufen herbeigesehnt hatten.

Diejenigen, die sich weigerten … Nun, ich würde es dem König und der Königin überlassen, über ihr Schicksal zu entscheiden.

Ich hielt mir den Handrücken vor dem Mund, um ein Gähnen zu verbergen. Irgendwo in all der Aufregung und Benommenheit hatte ich Valen verloren. Sosehr ich mich auch bemühte, ich war mir nicht sicher, ob ich mich noch viel länger auf den Beinen halten konnte, und so hatte ich das Fest verlassen, um einen Platz, um mich zu waschen, und dann einen zum Schlafen zu finden.

»Elise.« Herja beschleunigte ihre Schritte, um mich einzuholen. Sie hatte sich frischgemacht und trug einen langen Pelzumhang. Ihre Augen glänzten. Ihr langes Haar fiel ihr offen über den Rücken. »Wo willst du hin?«

»Zu den Flüssen, um mich zu waschen.« Ich deutete auf meine blutige Kleidung. Zweifelsohne war mein Gesicht, das immer noch mit Blut bespritzt war, furchteinflößend. »Und du?«

»Zurück nach Ruskig zu Laila und den anderen Kindern. Thor, Sol und einige der Alver werden mich begleiten. Ich hatte gehofft, der Nachtspalter würde sich uns vielleicht anschließen, aber er scheint mir um jeden Preis aus dem Weg zu gehen. Ich glaube, er kennt Hagen, Elise.«

Ich teilte ihren Verdacht, aber ich hatte inzwischen einige Dinge über unseren gerissenen Freund, den Nachtspalter, herausgefunden: Er ließ sich nicht so leicht Antworten aus der Nase ziehen. Ich umfasste ihre Hand. »Jetzt, da die Kämpfe vorüber sind, werden wir nach ihm suchen, Herja. Hier wird er in Sicherheit sein. Ihr könnt jetzt eine Familie sein.«

Ihr Kinn zitterte, obwohl sie lächelte. »An der Hoffnung werde ich mich festhalten. Bade übrigens lieber nicht im Fluss. Du und Valen sollt in seinen alten Gemächern untergebracht sein. Ist dir nicht bewusst, dass Burg Rabensporn wieder uns gehört?«

Sie wies mir den Weg zu den richtigen Korridoren, und ich fand heraus, dass Valen Ferus früher in denselben Gemächern gelebt hatte wie einige meiner jüngeren Cousins, bevor sie erwachsen geworden waren.

»Danke.« Ich umarmte sie, bevor sie ging. »Wenn du deinen jüngeren Bruder siehst, sag ihm, dass seine Frau nach ihm sucht. Nein – sag ihm, dass sie auf der Jagd nach ihm ist.«

Herja neigte den Kopf und lachte leise. »Es überrascht mich, dass es dir überhaupt gelungen ist, von ihm aus den Augen verloren zu werden.«

Ich lächelte und winkte, während sie sich am vorderen Burgtor Gunnar, ihrem Bruder, Thor und Junius anschloss.

Die Stille war willkommen, als ich durch die Tür trat. Eine Bibliothek, ein Arbeitszimmer, ein Waschraum und ein rundes Schlafgemach bildeten die Zimmerflucht. Behaglich, warm mit eigenem Ofen und offenem Feuer im Arbeitszimmer.

Erst als die Tür hinter meinem Rücken zugefallen war, ließ ich die Schultern sinken. Das Einzige, was an Behaglichkeit noch fehlte, war ein hinreißend gut aussehender Fae-Prinz.

Ich wollte mich noch lieber in seinen Armen verstricken, als ich schlafen wollte. So machtvoll war mein Verlangen nach Valen Ferus ohne die Bürde des drohenden Kriegs. Meine Schritte wurden schwerer, während ich mich zwang, zum Waschraum zu gehen. Aber als die Tür aufschwang, war mein Körper schlagartig wieder hellwach.

Valen warf mit nacktem Oberkörper einen Blick über seine Schulter. Er war damit beschäftigt, sich das Blut von der Haut zu waschen. »Aha. Ich habe mich schon gefragt, ob du früher oder später herfinden würdest.«

»Früher oder später.« Ich kniff die Augen zusammen. »Ich habe nach dir gesucht.«

»Ich habe auch nach dir gesucht.«

Ich schnaubte. »Ist das hier also unser Treffpunkt? Ein Waschraum?«

»Unser Waschraum, ja.« Er trat auf mich zu. Ich versuchte, die Striemen und offenen Wunden überall an seinem Körper nicht zu beachten. Ich wollte nicht daran denken, wie nahe wir beide der Anderswelt gekommen waren. Nicht heute. Vielleicht auch nie. Er schloss die Arme um meine Taille. »Denn, meine Liebste, im Waschraum trägt man gewöhnlich nur ein Mindestmaß an Kleidung, und im Moment klingt das *perfekt.*«

Ich sank an ihn und schlang meine Arme um seinen Hals. Ich küsste ihn. Dann streifte er mir die schmutzstarrende Tunika über den Kopf, wusch meine Haut sanft um die Wunden herum und hinterließ Küsse darauf. Ich wusch Blutspritzer von den Spitzen seiner Ohren, aus seinem Haar, holte sie unter seinen Fingernägeln hervor. Er streifte mir die Hose ab.

»Die Kleidung wird verbrannt«, sagte er lachend, als ich die Schnalle des breiten Ledergürtels um seine Taille löste.

Gemeinsam ließen wir uns in das große Becken mit erhitzten Steinen am Boden sinken. Die Wärme des Wassers verscheuchte die Schmerzen der Schlacht aus meinen Gliedmaßen. Die zärtlichen Berührungen meines Mannes verscheuchten die Angst aus meinem Herzen, ihn zu verlieren.

Wir hielten nur so lange durch, bis das letzte Blut von unseren Körpern abgewischt war.

Mit einem heißen Funkeln in den Augen hob Valen mich hoch und brachte mich ins Schlafzimmer. Er zog mich in seine Arme und wandte den Blick die ganze Zeit über nicht von meinen Augen ab, als unsere Körper sich ineinander verflochten.

Er bewegte sich sanft. Sein Mund berührte meine weiche Halsbeuge. Er hatte meinen Namen auf den Lippen und hauchte ihn gegen meine Haut. Meine Hände mieden seine Wunden, aber ich zog ihn enger an mich, als würde nichts je nahe genug sein.

Wir waren erschöpft und erregt, gebrochen und vollständig zugleich.

Ich konnte mich nicht an einen Zeitpunkt erinnern, zu dem seine Berührungen, seine Küsse und sein Körper mehr Liebe ausgestrahlt hatten als in diesem Augenblick.

Valen schlief tief und fest an meiner Seite. Ich rieb mit dem Daumen über die Sorgenfalte zwischen seinen Augenbrauen und löste mich dann langsam aus seinem Arm, den er mir über die Taille gelegt hatte.

Die Schränke waren mit Kleidern, Tuniken und Umhängen gefüllt, die bestimmt für Calders Geliebte gedacht waren. Ich beeilte mich und zog mir ein wollenes Kleid an, das mir zu groß war, und band mir als Gürtel einen kunstvoll mit Silberfäden bestickten Schal um die Taille. Gewaschen, befriedigt und warm konnte ich meinen nagenden Hunger nicht länger ignorieren. Wenn Valen aufwachte, würde er zweifelsohne ebenfalls einen Bärenhunger haben.

Ich kannte die Gänge der Burg, doch ich fühlte mich hier immer noch wie eine Fremde. Es würde eine gewisse Eingewöhnung erfordern.

Auf dem Weg in die Küchen kam ich an ein paar Ettanern vorbei, die wie Leibeigene gekleidet waren. Sie lachten und standen unbeschwert an die Wand gelehnt. Einige tranken Bier aus gekrümmten Hörnern.

Bei meinem Anblick versteiften die meisten sich, als könnte ich sie auffordern, wieder ihre alte Arbeit aufzunehmen, aber als ich nur den Kopf zum Gruß neigte, erwiderten sie die Geste.

Eine Frau kam an meine Seite und sagte: »Wir werden immer in Eurer Schuld stehen, Kvinna Elise.«

»Nein.« Ich bekam einen Kloß im Hals. »Es war ein Kampf, der von vielen gewonnen worden ist.«

Ihre Augen verdüsterten sich. »Das klingt jetzt vielleicht seltsam, aber mir ist nicht entgangen, dass Ihr Eure gesamte leibliche Familie in diesem Krieg verloren habt. Euer Herz muss schmerzen.«

Ich lächelte. »Ich habe meine Familie nicht verloren. Ich habe eine gewonnen.«

Die Gänge, die mit den Küchen verbunden waren, waren schwach beleuchtet; nur ein paar Talgkerzen steckten in Wandhalterungen. Ich ging leiser, als ich durch die Tür schlüpfte, um niemanden zu wecken, der vielleicht noch schlief, und schlich in die beheizte Küche.

»Konntest du auch nicht schlafen?«

Ich zuckte zurück; mein Rückgrat prallte gegen die Tür. »Oh, du hast mich erschreckt.«

Lilianna saß auf einem der Hauklötze und nippte ein dampfendes Getränk aus einer Tontasse. »Entschuldige bitte. Ich musste aufstehen und mich bewegen. Jahrhundertelang zu schlafen, hat leider dazu geführt, dass ich jetzt ziemlich rastlos bin.« Sie deutete auf einen hölzernen Hocker neben sich. »Setzt du dich zu mir? Magst du Nelken in deinem Tee?«

»Ich bin damit aufgewachsen.«

Ein typisch timoranisches Getränk. Scharfe Gewürze und Geschmacksrichtungen fanden immer ihren Weg in einen Kessel.

Lilianna goss mir eine Tasse ein und klopfte auf die Sitzfläche des Hockers. Wie kam es, dass ich nach den zahllosen Worten dieser Frau, die ich gelesen hatte, nun neben ihr sitzen und von Angesicht zu Angesicht mit ihr sprechen konnte? In gewisser Weise fühlte es sich so an, als würde ich sie schon mein Leben lang kennen; in anderer Hinsicht war sie für mich eine Fremde.

»*Elise.*« Lilianna sprach meinen Namen so aus, als würde sie einen Bissen von etwas probieren und in ihrem Mund herumschieben. »Man hat mir gesagt, dass du nach Eli benannt bist.«

Meine Wangen wurden heiß. »Ja. Er ist mein Urgroßvater.«

Ich dachte, sie würde mich vielleicht mit einem Anflug von Verachtung ansehen, aber Lilianna lächelte über den Rand ihrer Tasse hinweg. »Es ist solch eine Erleichterung, zu wissen, dass er etwas Wunderschönes hervorgebracht hat.« Sie stellte ihre Tasse ab und starrte auf den Tee darin hinab. »Ich sehe es in deinen Augen, aber du solltest dich nicht schämen, nach ihm benannt zu sein. Eli war irregeleitet, eifersüchtig und gierig. Früher jedoch war er einmal freundlich, tapfer und sogar *witzig*. Er war einst ein guter Freund. Du kommst nach den guten

Teilen des Mannes, der vom rechten Weg abgewichen ist. Du hast meine Familie gerettet.«

Ich schüttelte den Kopf. »Nein. Valen, Sol und Herja – sie sind diejenigen, die unverwüstlich waren.«

Sie lächelte. Lilianna hatte ein jugendliches Gesicht, in dem nur wenige Falten um die Augen darauf hindeuteten, dass sie oft lächelte und lachte. Ihr Haar war lang wie meines, wirkte aber eher wie Feuer als Eis, doch wir hatten ähnliche blaue Augen.

»Als Valen geboren wurde, lernte ich meine liebe Freundin Greta kennen. Sie war den weiten Weg aus den westlichen Königreichen hergesegelt, um uns ein Geschenk zu bringen. Zuerst hielt ich es eher für einen Fluch als für ein Geschenk. Sie sprach von Leid, warnte uns, dass Etta nicht frei bleiben würde. Als Eli unseren Hof unterwandern ließ und unser eigenes Volk sich gegen uns wandte, gingen ihre Warnungen mir nicht mehr aus dem Kopf.

Missversteh mich nicht: Wir kämpften. Wir kämpften, um die Plünderer aufzuhalten. Wir verloren so viele, aber als Arvad und meine Söhne gefangen genommen wurden, konnte ich ihre Vorhersagen nicht länger leugnen. Meine Familie würde leiden, bis das Blut der Erben die Spaltung des Landes heilte. Das Blut der Erben *beider* Länder.«

Lilianna prustete vor Lachen in ihre Tasse. »Das war natürlich nicht das, was ich zu dem Zeitpunkt hören wollte. Alles, was mit Eli und seinen Erben zu tun hatte, ließ mich recht gewalttätig werden.«

Ich schnaufte und starrte meine Hände an. Sie legte ihre Hand auf meine. Mir stockte der Atem.

»Doch du warst gemeint«, sagte sie. »Greta hat dich gesehen. Meine Kinder waren unverwüstlich, das ist wahr. Sie haben mehr als alle anderen gelitten, aber mach die entscheidende Rolle, die du im Krieg gespielt hast, nicht schlecht. Ich weiß, was du getan hast, Elise. Ich weiß um die Entscheidung, die Tapferkeit, die Liebe, die von dir verlangt wurden, um Gretas Flüche zu brechen. Ohne dich wäre Valen nicht der Mann, der er heute ist. Und Sol und Herja wären immer noch verloren.«

Ich rückte auf dem Hocker herum, um mich ihr zuzuwenden. »Wusstest du, wie ihre Flüche lauten würden?«

»Nein.« Ihr Lächeln verblasste. »Ich war gezwungen, Greta zu vertrauen und zu beten, dass sie ihre Worte äußerst sorgsam wählen würde. Denn Eli würde derjenige sein, dem die Entscheidung zufiel, wie jedes einzelne meiner Kinder verflucht werden sollte. Aber sie bestand darauf, es sei notwendig, als Teil irgendeines größeren, weltumspannenden Plans.«

Vier Königinnen des Schicksals. Ich schluckte ein Kratzen in meiner Kehle hinunter. »Etwas, das mit Königinnen zu tun hat?«

Lilianna starrte mich an und zog die Augenbrauen hoch. »Ja. Greta sprach oft in Rätseln und Mären, aber sie hatte angedeutet, dass die Nornen verärgert wären über den Umgang mit ihrer Magie in den Reichen der Sterblichen. Sie behauptete, dass Herrscherpersönlichkeiten mit ihren Gaben sich erheben würden, um sich ihre Macht zurückzuholen.«

Lilianna hielt inne. »Ich dachte, sie würde es sagen, um mir als Königin Mut zu machen. Aber als unsere Lage sich verschlechterte, beharrte Greta darauf, dass es notwendig sei, einen neuen Schicksalspfad zu schreiben. Er sollte den perversen Vorstellungen von Leid gerecht werden, das Eli meiner Familie zuzufügen gedachte. In gewisser Weise sollte er auch dafür sorgen, dass der Wille der Schicksalsgottheiten getan würde. Es war eine der schwierigsten Zeiten in meinem Leben, da ich meine Kinder wissentlich auf Gnade oder Ungnade Schmerz und Leid ausliefern musste. Seltsam, dich das erwähnen zu hören. Ich hatte die alten volkstümlichen Erzählungen schon fast vergessen.«

Ich trank einen Schluck von meinem Tee. »Ich glaube nicht, dass Greta die Einzige war, die an solch eine Geschichte geglaubt hat.«

Gedanken an das Östliche Königreich, an das düstere Fest, das der Nachtspalter beschrieben hatte, füllten meinen Kopf aus. Das Volk dort verwandelte die Folter und Versklavung von Magie in ein Spiel, und ich konnte den Gedanken nicht abschütteln, dass das etwas mit dem Kampf des Mannes zu tun hatte, den Calista verheißen hatte.

Aber ich hatte keine Antworten. Ich wusste nicht, ob diese vier Königinnen metaphorisch oder real waren. Ich zwang mich zu einem Lächeln und streifte meiner Stimme die Besorgnis ab.

»Wie hat Arvad überlebt?«, fragte ich. »Valen war sich so sicher, dass er Zeuge des Todes seines Vaters geworden wäre. Er war vollkommen überzeugt, dass ihr alle tot wart.«

Lilianna nickte. »Kjell. Die Bürde, alle Raben und König Eli zu überzeugen, dass unsere Familie gefallen war, lastete auf Kjells Schultern. Er ist der fähigste Illusionist, den ich je gekannt habe. Arvad wurde gefoltert, aber irgendwann währenddessen belegte Kjell die Wachen mit einer Illusion. Sie glaubten, Arvad wäre tot. Sie nahmen das, was sie für den Leichnam meines Mannes hielten, mit, um ihn seinen Söhnen zu zeigen. Doch es war ein anderer gefallener Krieger mit Arvads Gesicht. Während sie dadurch abgelenkt waren, brachte Kjell meinen Mann aus den Wildwutsteinbrüchen fort. Durch einige weitere Kunstgriffe konnte auch Eli mit eigenen Augen Arvads Leiche sehen, aber in Wirklichkeit lag Arvad im Wildwutschlaf. Dennoch war es genug, den falschen König zu überzeugen.«

»Und du?«

»Ich begab mich auch in den Wildwutschlaf, ja. Eli glaubte, ich hätte mir das Leben genommen. Gerüchte verbreiteten sich im Königreich, dass Herja und ich getötet worden wären, weil wir uns geweigert hätten, seine Konkubinen zu werden, aber die Prinzessin war zu dem Zeitpunkt schon weit von den Türmen des Rabensporns entfernt.

Dagar, Kjell und unsere Krieger erklärten sich bereit, sich verfluchen zu lassen, um den Ort, an dem wir schliefen, zu verteidigen. Das diente eher dazu, Elis Wachen zögern zu lassen, sich zu nahe heranzuwagen. Wenn zu viele Timoraner das Schwarze Grab bewacht hätten, wäre es für die Erben sogar noch schwieriger gewesen, es zu öffnen, verstehst du?«

»Sie haben sich bereiterklärt, sich verfluchen zu lassen?« Ich stieß die Worte als atemloses Flüstern hervor.

»Ich habe nie tapferere Männer und Frauen gekannt als unsere Krieger. Sie wussten, dass Etta genauso wie Alt-Timoran sterben würde, wenn wir nichts unternahmen, um den Krieg zu beenden.«

»Inwiefern wäre es gestorben? Ich weiß, dass es etwas mit der Wildwut zu tun hat.«

»Es hat mehr mit denjenigen zu tun, die vom Land erwählt werden, hier zu herrschen. Etta hatte Arvad erwählt, mich und unsere Kinder. Solange es niemand anderen erwählt, werden wir der Wildwut dieses Landes dienen und sein Volk anführen.

Uns zu töten, hätte die Wildwut von Etta getötet, solange sie nicht auf ein anderes erwähltes Königshaus übergegangen wäre. Eli wollte es erst nicht glauben, aber ich bin dankbar, dass

Greta ihre Überredungskünste hat spielen lassen. Sie überzeugte den König, dass die Erben des Hauses Ferus am Leben bleiben mussten, da die Wildwut noch nicht offiziell ausgewählt hatte, welcher der Erben den Thron ihres Vaters übernehmen sollte. Alle drei würden gebraucht, um die Wildwut schlummern, aber zugleich bestehen zu lassen. Allerdings durften sie natürlich für Eli keine Bedrohung seiner Krone sein. Also wurden sie verflucht und in alle Winde zerstreut. Zu dem Zeitpunkt hat Greta dann ihre letzte Prophezeiung verkündet.«

Ich spielte am Ärmel des Kleides. Greta war die erste Geschichtenerzählerin gewesen. Valens Zauberin. Eine Frau, die er als verschlagen und bösartig betrachtete, war eine vertraute Verbündete seiner Mutter gewesen. Jedes Wort, jede Tat war Teil einer großen Strategie gewesen, und die Vorstellung ließ mir schwindlig werden.

»Ihre letzte Prophezeiung hat sie Eli verkündet«, fuhr Lilianna fort. »Sie versicherte ihm, dass sein Königreich durch eine Königin aufsteigen würde. Eli hielt nichts von Königinnen. Nachdem eine Königin ihn abgewiesen hatte, war es ihm leider kein Anliegen, Frauen in seinem Königreich eine Stimme haben zu lassen. Greta verlor ihr Leben, nachdem alles vorbei war. Sie wusste, dass es so kommen würde, und kämpfte dennoch für uns.«

Ich zuckte zusammen. »Eli hat allerdings dennoch Jagd auf ihresgleichen gemacht. All die Umläufe über haben sie weiter Schicksalshexen ausgenutzt.«

»Aha! Er muss dahintergekommen sein, dass es ihm eigentlich ganz gut gefallen hatte, eine Schicksalssprecherin zu haben, nachdem er sie getötet hatte.«

»Die letzte Geschichtenerzählerin war noch ein kleines Mädchen. Aber sie war diejenige, die den ersten Fluch erweitert hat; sie wusste von mir und hat mich, wenn du so willst, in die Geschichte eingefügt.«

Lilianna grinste. »Es war alles ein Teil eines kunstvollen Netzes, Elise. Eines, das sich aufgelöst hat, um uns in diesen Augenblick zu führen, zu der Königin, die fallen und Etta auferstehen lassen würde.«

»Ich bin nicht gefallen.«

»Oh doch. Du bist von den Thronen von Timoran gefallen und zu den Thronen von Etta aufgestiegen. Und ich könnte gar nicht stolzer sein, dich zu kennen.«

Sie tätschelte meine Hand noch einmal, und wir blieben bis spät in die Nacht zusammen und sprachen von angenehmeren Dingen. Von einer Zukunft, von der wir endlich träumen durften.

KAPITEL 34

PRINZESSIN AUF ABWEGEN

Über eine Woche lang arbeiteten unsere Leute daran, das Königreich von noch bestehenden Bedrohungen zu befreien. Die meisten Timoraner leisteten kaum Widerstand. Andere konnten sich nicht mit der Vorstellung anfreunden, ihre Leibeigenen und den Handel mit dem Nachtvolk zu verlieren. Sie wurden in die Zellen in den Verliesen des Rabensporns geworfen, wo sie Arvads und Liliannas offizielle Rückkehr auf den Thron erwarten sollten, nach der ihre Strafe festgesetzt werden würde.

Diejenigen, die sich dafür entscheiden, zu den Waffen zu greifen, bekamen umgehend die Stärke unserer Krieger zu spüren.

Valen verbrachte Zeit mit Dagar, Halvar und den anderen Kriegern, ganz so, wie er es früher getan hatte. Kari als einstige Rabin war die erste Timoranerin, die ettanische Ritterin wurde. Halvar erging sich in unschicklichen Versprechungen darüber, auf welche Weise er ihr später am Abend zeigen würde, wie stolz er war.

Arvad und Lilianna hatten die Ämter an ihrem Hof noch nicht besetzt. Ich ging davon aus, dass sie damit warten wollten, bis ihre Kronen in aller Form wieder auf ihre Häupter gesetzt worden waren.

Ich half Tova und Niklas, die unsere Heiler bei den Verwundeten unterstützten. Die Alver waren unterhaltsam. Diebe, ja, vielleicht ein wenig schurkisch, aber mit gutem Herzen. Ich wollte nicht, dass sie abreisten. Noch nicht einmal der Nachtspalter, der manchmal unwillkürlich eine andere Seite an sich zeigte.

Als die Kinder zurückkehrten, war der Nachtspalter derjenige, zu dem Ash und Hanna sofort rannten. Hanna sprach nicht, aber vollführte mit den Fingern geschmeidige Bewegungen, und ich ertappte den Nachtspalter bei einem Lächeln, als er antwortete, indem er wortlos die Hände bewegte.

Seine Gilde lag ihm am Herzen.

Und ich teilte Herjas Eindruck. Er ging ihr aus dem Weg.

Ich glaubte nicht, dass es daran lag, dass er nicht über Hagen sprechen wollte; es war eher so, als hätte er Angst davor oder müsste noch über die richtigen Worte nachdenken.

»Ich weiß nichts«, sagte Tova, als ich sie nach einer Woche fragte. Der Nachtspalter hatte ausweichend auf Gunnars und Herjas Fragen reagiert, aber als Laila ihn gefragt hatte, ob er ihren Daj kannte, war der Mann geradezu aus dem Saal geflohen. Tova legte der verheilenden Wunde an der Schulter eines Kriegers einen neuen Verband an. »Er benimmt sich seltsam, wenn er den Namen hört, das gebe ich zu. Allerdings weiß ich ehrlich gesagt auch nicht viel über seine frühe Vergangenheit.«

»Ich dachte, eure Gilde sei wie eine Familie?«

»Na, meine Familie sollte ihre verdammte Nase besser nicht in bestimmte Teile meines Lebens stecken.« Tova schnaufte und sah mich mit ihren merkwürdigen Augen unverwandt an. »Ich kenne den Nachtspalter von Kindesbeinen an, doch seine jüngeren Umläufe vorher behält er für sich. Ich bohre da nicht nach. Ich muss nicht alles erfahren, um zu wissen, dass ich ihm mein Leben anvertrauen kann.«

Seine Gilde würde niemals seine Geheimnisse verraten, aber was eines betraf, konnte ich Tova zustimmen. Er mochte ja vielleicht ein krummer Hund sein, der undurchsichtige Geschäfte machte und raubte, aber auch ich vertraute dem Nachtspalter und den Alvern des Ostens.

Abends hielten wir uns im großen Saal des Rabensporns auf, speisten, lachten, schwelgten in Erinnerungen. Arvad und Lilianna wollten jede Einzelheit aus dem Leben ihrer Kinder und aus meinem hören. Sie waren fasziniert von den feinen Verästelungen von Valens Fluch, auch schmerzlich berührt, aber Sol und Herja zogen ihren jüngeren Bruder ohne Unterlass auf, sobald sie erfahren hatten, dass er einst die feine Kleidung eines timoranischen Händlers angelegt hatte.

»Um die Wahrheit zu sagen, war er alles andere als ein schlechter Geschäftsmann«, bemerkte Thor. Thorsten Bror war vielleicht derjenige, der sich am meisten verändert hatte. Bei den Göttern, ich hatte seine Augen noch nie so strahlen sehen wie jetzt und auch noch nie so oft ein Lächeln auf seinem Gesicht gesehen.

»Danke.« Valen neigte sein Trinkhorn in Richtung seines Freundes, die andere Hand unter dem Tisch besitzergreifend auf mein Bein gelegt. »Ich habe mir meine Stellung als Brautpreisunterhändler der atemberaubenden Kvinna allein durch meine Verdienste erworben.«

»Das ist wahr. Ein Fluch und eine Schicksalshexe hatten damit kein bisschen zu tun«, sagte Halvar.

»Verdienste. List. Reines *Können*, mein Freund.«

Arvad grinste. »Mir ist es wichtiger, dass es euch gelungen ist zusammenzuarbeiten, um uns alle herzubringen.«

Halvar lachte noch einmal leise. »Ich glaube, Elise schätzt Valens Fähigkeiten, mit ihr oder irgendjemandem sonst zusammenzuarbeiten, etwas anders ein.«

Valen versetzte ihm unter dem Tisch einen Tritt.

Ich zeichnete den Rand von Valens Ohr nach. »Eine Zeitlang warst du unausstehlich.«

»Mein Bruder? Nein, das kann doch nicht sein«, sagte Herja.

Wir lachten und rissen Laila aus dem Schlaf an der Brust ihrer Mutter. Herjas Kinder wichen ihr kaum von der Seite, als ob das hier die Augenblicke waren, die sie nutzten, um die Umläufe wiedergutzumachen, in denen sie so oft von ihr ferngehalten worden waren. Gunnars Arme heilten. Rosige Narben blieben zurück, aber er gestattete keinem Alver, sie vollständig verblassen zu lassen. Der Junge hatte sich mit einigen der Leute aus dem Osten angefreundet, und sie unterwiesen ihn im Gegenzug in seiner Magie.

»Unausstehlich? Oder ein strahlender Held?« Valen küsste meine Schläfe. »Dich zu beschützen, indem er dich auf Abstand hält, ist doch etwas, das ein Held tun würde.«

»Verzeih mir«, warf Halvar ein, »aber da bin ich vollkommen anderer Meinung, mein Prinz. Du warst einfach stur und ständig in einer beschissenen Laune.«

»Stimmt.« Thor hob sein eigenes Trinkhorn. »Je mehr er versucht hat, sich von ihr fernzuhalten, desto unverkennbarer hat er sich wie ein gewalttätiges Kind aufgeführt.«

»Thorsten«, sagte ich und legte den Kopf schief. »Lass uns über Launen sprechen, mein Freund. Ich bin mir fast sicher, dass ich dich gestern zum ersten Mal habe lächeln sehen.«

Das zog noch mehr Gelächter nach sich. Thor verdrehte die Augen, die Wangen rot, als Sol ihm einen Arm um die Schultern legte und ihn näher an sich zog.

Arvad erhob sich und streckte Lilianna die Hand hin. Er lächelte in die Runde am Tisch. »Es gibt nichts Großartigeres, als euch alle wieder an diesem Tisch zu sehen. Aber morgen ist ein wichtiger Tag. Ich schlage vor, ihr ruht euch nun alle aus.«

»Auf die Auferstehung unseres Königs.« Dagar hob sein Trinkhorn Arvad entgegen. Wir anderen folgten seinem Beispiel. Arvad nickte leicht und zog sich mit Lilianna in ihr gemeinsames Schlafgemach zurück. Wir brachen alle auf. Allein in unserem Bett schmiegte ich mich an Valens Körper und hielt ihn eng an mich gezogen.

Mit jedem Tag, der verging, ließ die Angst, dass all das hier uns wieder entrissen werden würde, ein wenig mehr nach.

»Du bist perfekt so, wie du bist.« Valen legte die Arme um meine Taille und gab mir ausgiebige Küsse auf die Halsbeuge. »Und wenn du noch so lange herumnestelst, es wird dich nicht perfekter machen.«

Ich schnaufte, ließ aber die Finger von meinem Zopf sinken und musterte mein Spiegelbild noch einmal. »Ich weiß nicht, was man zur Wiederkrönung eines lange totgeglaubten Königs und seiner Königin trägt, bei der ich besagter Königin eine Krone überreichen soll.«

»Das hier«, sagte er und ließ seine Hand verführerisch am Bogen meiner Wirbelsäule entlanggleiten. Er betrachtete das Hellblau meines Kleides. »Das ist genau das, was man trägt. Allerdings könntest du auch nichts tragen – es ist mir sogar am liebsten, wenn du das tust – und würdest immer noch perfekt aussehen. Jetzt komm. Wir werden im Thronsaal gebraucht. Danach steht es uns frei, nur noch halb so viel Verantwortung zu tragen und ein Liebespaar von Taugenichtsen zu sein, bis wir unseren letzten Atemzug tun.«

Ich schob meine Finger zwischen seine und lächelte. »Das ist ein schlagendes Argument, Nachtprinz. Wie könnte ich mich gegen solch einen Plan sträuben?«

»Das kannst du eben nicht. Weil es ein brillanter Plan ist.« Er zog an meiner Hand und führte uns aus meinen Gemächern auf den Saal zu.

Der äußere Hof war schon von Mauer bis Mauer mit unseren Leuten, den Alvern und denjenigen Timoranern, die den Tod ihres Königs bereitwillig hingenommen hatten, angefüllt. In der Menge hatte ich mehrere Cousins und Cousinen erspäht. Calders ältester Bruder, dessen Kinder und ihre Mütter waren da. Ein paar von Calders Schwestern und alle von Zybens Konkubinen, die noch übrig waren. Ehrlich gesagt wirkten die meisten von ihnen recht entspannt und hatten uns mit einigen der verdrossenen Adligen geholfen, die keine Veränderungen wollten.

Die einst schwächlichen Gärten erblühten zu neuem Leben. Mondfahne leuchtete im Sonnenschein, aber das Gras war glänzender, die Bäume wuchsen üppiger. Das hier war das Etta, von dem ich gelesen hatte. Ein blühendes, reiches Land voller Wildwut und Macht.

Vor der Estrade stand ich neben allen drei Erben des Hauses Ferus in einer Reihe. Herja sah in einem fließenden Kleid atemberaubend aus, jeder Zoll eine Prinzessin von Etta. Sol war gesünder, als ich ihn je gesehen hatte. Seine Augen glichen Edelsteinen, blau und strahlend. Aber Valen sah für mich immer noch ganz nach einem König aus. In ihre feinsten Kleider gehüllt standen sie Schulter an Schulter, bereit, ihre Eltern den Thron wieder besteigen zu sehen.

Ich drückte seine Hand und veranlasste ihn so, auf mich herabzulächeln. Die Aufregung dieses Tages schnürte mir die Brust zu. Der letzte Schritt, um dieses Königreich wiederherzustellen – sein rechtmäßiges Königspaar zu krönen.

Der Älteste Klok wurde abermals gebeten, die Zeremonie zu leiten. Er war einer der wenigen, die kaum mit der Wimper gezuckt hatten, als sie Arvad und Lilianna zu Gesicht bekommen hatten; allerdings war er ja auch ein seltsamer Mann, den selbst die merkwürdigste Wildwut nicht aus der Fassung zu bringen schien.

Die meisten gafften König und Königin noch immer mit offenem Mund an, als könnten sie verschwinden, wenn man auch nur blinzelte.

Klok hob die Hände. »Ein König und eine Königin danken ab und verzichten auf die Krone von Etta, andere erheben sich.« Klok kam zu Valen und mir. Wir neigten die Köpfe und erlaubten ihm, die schmalen Stirnreife abzunehmen, die zu tragen man uns gebeten hatte. Wie Timoraner legten Ettaner großen Wert auf die Symbolik bei Zeremonien.

Klok trug die Stirnreife dorthin, wo Arvad und Lilianna auf der Estrade knieten. Er setzte sie ihnen auf die Köpfe. Klok forderte sie auf, sich als König und Königin zu erheben. Die Leute jubelten, als Arvad und Lilianna sich lächelnd der Menge zuwandten.

Bis der König den Stirnreif abnahm. »Es war mir eine Ehre, als euer König zu dienen.«

Was ging hier vor?

Lilianna nahm ihren Stirnreif ebenfalls ab. »Es war mir eine Ehre, als eure Königin zu dienen.«

»Wir danken ab.« Ein allgemeines Aufkeuchen durchlief die Menge, als Arvad von der Estrade stieg. »Wir treten die Krone an unseren Sohn und Erben Sol Ferus, den Sonnenprinzen von Etta, ab.«

Ich sah mit weit aufgerissenen Augen zu, wie Sol seinen Vater anlächelte und niederkniete. Arvad setzte ihm die Krone aufs Haupt.

Valen zog eine Augenbraue hoch und sah mich schulterzuckend an. Er wirkte erfreut. Auch ich freute mich. Sol war ein tüchtiger Kämpfer, er hatte uns bei Ruskig gerettet, und er bewahrte einen kühlen Kopf. Vielleicht fanden Arvad und Lilianna, dass es an der Zeit war.

Sol erhob sich unter einer neuerlichen Welle von Beifallsrufen. Thor trat als offizieller Prinzgemahl an seine Seite. Die Leute waren verblüfft, aber sie akzeptierten ihn mit ihrem Jubel. Mit erhobenen Händen brachte Sol sie zum Schweigen. »Es war mir eine Ehre, als euer König zu dienen.«

»*Sol.*« Valens Hand schloss sich fester um meine.

Der Sonnenprinz hob den Stirnreif von seinem Kopf. »Aber es ist zum Besten Ettas, dass die Nächste in der Erbfolge den Thron besteigt. Ich danke zugunsten meiner Schwester und Erbin, Herja Ferus, ab.«

Eine Furche bildete sich zwischen meinen Augenbrauen, als Herja sich auf ein Knie niederließ und ihrem Bruder gestattete, ihr die Krone auf den Kopf zu setzen. Valen presste die Lippen zusammen. Er sah geradeaus, und ich verstand seine Unruhe nicht.

Mit vorsichtigem Jubel, aus dem die gleiche Verwirrung sprach, die ich empfand, billigten die Leute Herja, als sie aufstand.

Sie lächelte, die Arme erhoben. »Es war mir eine Ehre, als eure Königin zu dienen.«

»Verdammt, Herja«, zischte Valen, bevor sie zu Ende sprechen konnte. »Hör auf.«

Jetzt verstand ich.

Mein Herz raste tief in meiner Brust, als Herja sich ihrem jüngeren Bruder zuwandte und den Stirnreif von ihrem Kopf hob.

»Aber«, sagte leise, »das wahre Königspaar von Etta steht vor uns.«

»Nein«, widersprach Valen. »Ich bin dazu nicht geboren.«

Ich blinzelte benommen und sah Lilianna an, die meinen Blick mit einem Lächeln erwiderte. Ich hatte den starken Eindruck, dass dieses Vorhaben geplant worden war, ohne den Nachtprinzen und seine Frau einzubeziehen.

Herja ließ die Hand auf Valens Arm ruhen. »Du *bist* dazu geboren, Bruder. Wie sich auf dem Schlachtfeld erwiesen hat, hat dieses Land dich und Elise erwählt.« Sie wandte sich wieder dem Volk zu. »Ich danke zugunsten meines Bruders und meiner Schwester, meiner Erben ab, des Nachtprinzen von Etta und Kvinna Elise.«

Klok reichte ihr den zweiten Stirnreif.

Valen sah mir in die Augen. Wenn ich mich weigerte, würde er verzichten. Zweifelsohne würde er Gunnar den Thron überlassen.

Ich gab ihm einen Kuss auf die Fingerknöchel und lächelte gegen meine Nervosität an. »Was meinst du, mein König?«

Seine Schultern entspannten sich ein wenig. »Ich werde sein, worum auch immer du bittest.«

Ich schenkte ihm ein sanftes Nicken. Wünschte ich mir den Thron? Nicht unbedingt, aber ich konnte ein Brennen in meinen Adern nicht verleugnen. Als ob etwas Unsichtbares meiner Seele zuflüsterte, dass der Pfad des Schicksals uns genau hierhergeführt hatte. An dieses äußerste Ziel.

Wir knieten nieder und ließen uns von Klok und Herja die Stirnreife wieder auf die Köpfe setzen. Mehr als ein Aufkeuchen hallte auf dem Hof wider, als der Boden erzitterte. Valen schüttelte den Kopf und ließ mich wissen, dass er keine Wildwut eingesetzt hatte.

Als wir uns von den Knien erhoben, waren die Leute auf ihre gesunken. Unter Jubelrufen hoben Valen und ich unsere umschlungenen Hände.

In den Gärten brach noch mehr Leben hervor. Als hätte ich eine Welt betreten, in der Unmögliches möglich war, hieß das Königreich Etta seinen König und seine Königin willkommen.

KAPITEL 35

NACHTPRINZ

In Friedenszeiten zu herrschen, war wesentlich angenehmer, als es in einem bescheidenen Schlupfwinkel inmitten eines blutigen Krieges zu tun.

Meine Familie an meiner Seite zu haben, wusste ich sogar noch mehr zu schätzen. In unseren ersten Tagen als König und Königin befassten wir uns damit, unseren Hofstaat und unseren Ratgeber zu ernennen. Thor und Halvar waren die offensichtliche Wahl für die Posten, die sie schon in Ruskig innegehabt hatten: leitender Ratgeber der Krone und Erster Ritter.

Aber auch andere hatten ein Amt verdient. Diejenigen, die uns von Anfang an beigestanden hatten.

»Mattis Virke«, sagte Elise am Rand der Estrade im großen Saal. »Um deiner Dienste für die Krone von Etta willen laden wir dich ein, als Ratgeber von König und Königin im königlichen Rat zu dienen.«

Mattis neigte den Kopf, die Hand aufs Herz gelegt.

Sie wandte sich an Siv. »Siverie Tjänare, um deiner Dienste für die Krone von Etta willen laden wir dich ein, als Ratgeberin von König und Königin im königlichen Rat zu dienen.«

Siv lächelte und tat es Mattis nach: Sie ließ sich auf ein Knie sinken und legte die Hand aufs Herz.

Stieg nahm einen Posten an Halvars Seite als Stratege unserer Ritter an. Frey und Axel würden Regenten in den Städten werden. Sie würden die Aufsicht über die neuerliche Integration des Nachtvolks führen. Vielleicht würde es ihre schwierigste Aufgabe werden, sich mit verwöhnten Timoranern auseinanderzusetzen, die Schwierigkeiten damit hatten, sich an den neuen Stand der Dinge anzupassen.

Sol lächelte mich spöttisch an, als er und Herja vor den Thron traten.

Ich grinste. »Es muss lästig sein, dass ich nun über dir stehe, Bruder.«

»Ganz und gar nicht. Körperlich werde ich dich immer überragen.«

Ich lachte und ging zu ihnen. »Wir brauchen euch beide an unserer Seite. Ihr werdet nicht zulassen, dass mir alles zu sehr zu Kopf steigt, und werdet Elise gegenüber immer loyal sein.«

Sol nahm eine Rolle als Kopf der Hofpolitik und der inneren Angelegenheiten des Königreichs an, während Herja Halvars Ansprechpartnerin in Sachen Krieg und Grenzverteidigung sein würde. Unsere Eltern verfolgten alles als unaufdringliche Ratgeber. Man würde sie ehren, aber sie wollten nur Vernunft und Zutrauen eine Stimme verleihen. Mehr als einmal versicherte mein Vater mir, dass er voll und ganz darauf vertraute, dass ich das Königreich nicht zerstören würde.

Als Ari an der Reihe war, wirkte er fast so wie damals, als er noch die Krone getragen hatte. Stark, unbeugsam, mit einem Hauch von Verschlagenheit.

»Ari Secondar. Um deiner Dienste für die Krone von Etta und deiner Führungsqualitäten willen hoffe ich, dass du den Posten als unser Gesandter annehmen wirst.« Ich trat näher zu ihm, ohne zu blinzeln. »Ari, wir müssen Kontakt zu den Nachbarkönigreichen aufnehmen. Es wird immer noch Krieg gegen diejenigen geführt, die über die Magie des Schicksals verfügen. Wir haben es bei unseren Alverfreunden und bei der kindlichen Geschichtenerzählerin gesehen. Doch die Magie hat jetzt Macht; wir können dazu beitragen, ihr Schicksal zu ändern, so, wie wir unseres geändert haben.«

Aris Kiefer mahlte. »Wohin soll ich zuerst reisen, mein König?«

Ein Lächeln umspielte meinen Mund. »Ins Heimatland der Fae. Wie wir es schon einmal besprochen haben, in den Süden. Stell fest, wie er regiert wird, finde heraus, welche Schwierigkeiten es dort gibt, und knüpfe ein engeres Bündnis zwischen uns. Ich habe keinen Zweifel daran, dass dein Bedürfnis, unablässig zu reden, einen Weg finden wird, sie zu überzeugen, dich einzulassen.«

Mit einem Grinsen, das verriet, dass er mir sehr gern einen Stoß versetzt hätte wie früher in Ruskig, schlug er sich mit der Faust auf die Brust.

»Betrachte es schon als erledigt, mein König.«

Ich nickte ihm zu und sah nach hinten, wo ein Tisch mit Bier und Speisen gedeckt war. »Hiermit sei verkündet, dass unsere Freundschaft und unsere Loyalität sich auch auf die Alver des Ostens erstrecken. Eure Opfer hier werden nicht vergessen werden.«

Mit vollem Mund hob Niklas ruckartig den Kopf, den er über einen Teller mit süßem Gebäck gebeugt hatte. Er hob ein Trinkhorn und brachte einen gedämpften Laut hervor. Der Nachtspalter drückte sich in der Ecke herum, aber weder hatte er seit dem Ende der Schlacht seine dunkle Kapuze aufgesetzt, noch waren die Schatten zurückgekehrt. Er sprach nicht mit vielen Leuten. Dennoch würde ich ihm und den anderen immer dankbar sein. Insbesondere mit Gunnar verstand der Nachtspalter sich inzwischen gut; er hatte mit meinem Neffen an dessen Magie gearbeitet und half ihm, die Krankheit im Zaum zu halten, die sich aus zu starkem Gebrauch ergab.

Auch dafür würden wir alle immer dankbar sein.

Als Nächstes waren die Raben in unseren Gefängnissen an der Reihe. Ein Hauptmann wurde zwei Wochen nachdem wir den Thron bestiegen hatten vor uns geführt. Er stand in Ketten und zerlumpten Kleidern schmutzig und ausgemergelt da.

Elise hob das Kinn. So, wie der Mann zusammenzuckte, vermutete ich, dass er sie kannte.

Ich saß auf dem hochlehnigen Thron und bedeutete ihr fortzufahren. Das hier war einst ihr Volk gewesen, also sollte sie das letzte Wort haben.

»Sag deinen Männern«, begann sie, »dass man sie dafür, dass sie dem falschen König gedient haben, nicht hinrichten wird.« Ein Raunen durchlief den Saal und kam zum Erliegen, als ich die Hand hob. Elise räusperte sich. »Noch nicht. Als Königin von Etta mit timoranischem Blut habe ich die Pflicht, für die Vereinigung unseres Königreichs zu sorgen. Aber der Schmerz und die Folter, die ihr meiner Familie zugefügt habt, können nicht ungestraft oder nicht vor Gericht verhandelt bleiben.«

»Was wäre denn die Strafe?«

»Rede meine Frau angemessen an«, sagte ich mit einem spöttischen Lächeln. »Majestät, meine Königin. Göttin – ganz, wie du möchtest, aber du wirst sie so anreden, wie sie es verdient hat, Rabe.«

Ich dachte er würde vielleicht widersprechen oder höhnisch reagieren. Bei den Höllen, ich hoffte fast darauf. Der Wunsch, sie alle abzuschlachten, wohnte tief in mir. Aber Elise hatte recht. Wir mussten die Spaltung heilen. Begonnen mit unseren Feinden.

Stattdessen senkte der Hauptmann den Blick und sagte: »Was ist die Strafe, Eure Majestät?«

»Für einen Umlauf werden du und deine Männer erdulden, was der Nachtprinz, der Sonnenprinz und der Hof der Ferus von der Hand Timorans erlitten haben. Ihr werdet in Käfige gesperrt, zur Arbeit in die Steinbrüche getrieben. Ihr werdet Hunger, Kälte und Schmerz zu spüren bekommen. Ihr werdet am eigenen Leib erfahren, was sie durchgemacht haben. Doch anders als Timoran werden wir Gnade gewähren. Am Ende eines Jahres werdet ihr wieder vor uns erscheinen und werdet entweder in Etta willkommen geheißen oder, wenn ihr als illoyal eingeschätzt werdet, hingerichtet.«

Er zog eine Augenbraue hoch. »Es wird schwer festzustellen sein, wer lügt, Eure Majestät.«

»Nein. Nicht, wenn wir Freunde haben, die Lügen schmecken können.«

Ich hob den Blick zu Junius. Sie stand neben Elise und grinste boshaft. Niklas musterte seine Frau voller Lust und Begehren. Er hatte klargestellt, dass sie zu den Gerichtsverhandlungen gegen die Raben zurückkehren würden, sobald Elise darum bat.

Der Hauptmann wurde abgeführt, und Elise kehrte auf ihren Platz an meiner Seite zurück. Lächelnd nahm ich ihre Hand. Der Hof war eingerichtet. Unsere neue Herrschaft konnte beginnen.

Wochen nach der Schlacht standen wir am Ufer von Ruskig. Die Wälle waren zerstört, und der Fjord, der sich bis zum Ozean erstreckte, der uns von den fernen Königreichen trennte, lag offen vor uns.

In einiger Entfernung beluden die Falkyn am Rande des Wassers ihre Schiffe mit Geschenken eines Königs und einer Königin, neuen Waffen, neuen Handelswaren. Sie waren nach eigener Aussage Schmuggler, und der Ausdruck, der beim Anblick der reichen Ernte auf Niklas' Gesicht getreten war, hatte in mir den Wunsch geweckt, noch mehr hervorzuholen. Einfach nur, um ihn verschmitzt grinsen zu sehen, als würden sich in seinem Kopf schon wilde Pläne überschlagen.

Ich ging mit Elise ans Wasser hinunter, wo das dunkelste der Schiffe in der sanften Dünung schaukelte.

Der Nachtspalter stand zwischen uns und behielt die Gilde von Kryv im Auge, während sie sich für die Heimreise bereitmachte.

Ich streckte die Hand aus. Er zögerte einen Moment lang, bevor er meinen Unterarm umfasste.

»Du bist hier willkommen, Nachtspalter«, sagte ich zu ihm. »Du hast einen Verbündeten mit einer Krone, wenn du je einen brauchen solltest.«

»Gut«, sagte er. »Du hast eine Diebesgilde, wenn du sie je brauchen solltest.«

»Nachtspalter!« Gunnar drängte sich durch die Menge von Leuten, die den Alvern Lebewohl sagte. Mein Neffe trug ein Bündel auf einer Schulter und einen Bogen und einen Köcher auf der anderen. »Ich komme mit.«

Der Nachtspalter zog eine Augenbraue hoch. »Du solltest hierbleiben. Deine Familie ist wiedervereint.«

»Ist sie nicht«, fuhr Gunnar ihn an. »Nicht, bis mein Daj gefunden ist. Du kennst ihn. Du tust so, als würdest du mich nicht hören, wenn ich von ihm spreche, aber du kennst ihn. Hilf mir, ihn zu finden. Bitte.«

Herja schloss zu ihm auf, Laila im Schlepptau, die ihre Hand umklammert hielt. Die Atemzüge meiner Schwester gingen schwer; sie hatte Tränen in den Augen. »Er besteht darauf, Valen. Sag mir, dass ich eine furchtbare Mutter bin, denn … es fühlt sich so an, als ob das hier notwendig ist. Wie kann ihre Mutter ihren Sohn wegschicken, damit er sich solch eine Bürde auflädt?«

»Maj«, antwortete stattdessen Gunnar. »Es *ist* nötig. Ich kann ihn finden. Mein Blut stammt aus dem Osten. Die Leute mit meiner Magie sind dort.« Er wandte sich wieder dem Nachtspalter zu. »Du bist dort gefürchtet, wie Niklas mir erzählt hat. Dein Name wird geflüstert wie der eines Schreckens. Du kannst mir helfen, ihn zu finden.«

»Du ahnst nicht, was du verlangst, Junge.« Der Ton des Nachtspalters war eine Warnung.

»Doch. Ich denke schon eine Weile an nichts anderes. Nimm mich mit deiner Gilde mit. Ich werde dir loyal sein.«

»Meine Gilde ist aus Gründen, die du nicht kennst, meine Familie.«

»Lynx hat mir erzählt, dass ihr wegen eurer Magie alle einmal in Gefangenschaft wart.« Gunnar zeigte auf den kräftigen Kryv zehn Schritte entfernt. Witzigerweise schrumpfte der hünenhafte Mann unter dem finsteren Blick des Nachtspalters zusammen. »Ich bin in Gefangenschaft geboren. Ich bin ein Alver, du hast mich unterrichtet, mir geholfen. Ich werde alles tun, was du verlangst, aber hilf mir noch einmal, bis ich meinen Vater gefunden habe.«

»Du bist gewissermaßen ein Prinz«, sagte der Nachtspalter. »Das Leben würdest du zurücklassen, um im Untergrund bei Ratten und Alvern, die Alver jagen, zu hausen?«

Gunnar schluckte mühsam. »Ja. Meine Mutter und mittlerweile auch meine Onkel haben mir beigebracht, dass wir nie aufhören, für unsere Familie zu kämpfen.«

Die Brust schwoll mir vor Stolz auf den Jungen. Herja

wischte sich die Augen. Ihr Widerwille war mit Händen zu greifen, aber wie sie fragte ich mich, ob das hier genau das war, was getan werden musste, um Hagen Strom zu finden.

»Wir werden dich bezahlen«, sagte Elise und brach so das Schweigen. »Du arbeitest für Geld, also werden wir dich als seine Familie dafür entschädigen, Hagen zu finden.«

Der Blick des Nachtspalters tanzte zwischen uns hin und her. Er schüttelte den Kopf. »Ich nehme es nicht – das Geld. Nicht für Hagen.« Er trat auf Gunnar zu, sodass ihre Oberkörper fast aneinanderstießen. »Du hast recht. Ich kenne deinen Vater. Ich kannte ihn schon, als ich noch kaum einen Schritt gehen konnte. Willst du wissen, ob er wirklich ein ehrenhafter Mann ist? Oder ob er eine große Schau abgezogen hat, wann immer er hier war?«

Herjas Kiefer verkrampfte sich, aber Gunnar schnaufte. »Das muss ich mich nicht fragen. Ich weiß, dass er ehrenhaft ist.«

Der Nachtspalter kniff mehrere Atemzüge lang die Augen zusammen. Mit einem tiefen Seufzen schüttelte er den Kopf. »Hagen Strom hat mich beschützt, als ich noch ein Junge war.«

Herja schlug sich die Hand vor den Mund. Das war alles, was ich über den Geliebten meiner Schwester wissen musste, um mir mit Elise einig zu sein. Was auch immer erforderlich war, wir würden nicht nachlassen, bis er gefunden wurde.

»Er war wie ein kluger älterer Bruder. Einer, der auf uns dumme kleine Kinder aufgepasst hat, die nichts über die Risiken wussten, die einzigartigen Alvern drohen, wie mir und …« Er führte den Gedanken nicht zu Ende, sondern schüttelte einfach den Kopf und wechselte das Thema. »Mein Mesmer wird geschätzt, gejagt. Hagen hat dafür gesorgt, dass niemand erfuhr, dass ich auch nur einen Tropfen davon hatte, bis … das Schicksal andere Pläne hatte.«

Oh, die Geheimnisse, die dieser Mann hatte! Er verriet wenig, und ich hatte kaum Zweifel, dass er es so hielt, um sich zu schützen – oder andere.

»Hat er je von uns gesprochen?«, fragte Herja.

Der Nachtspalter rieb sich die Schläfe. »Ich habe den Kontakt zur Familie Strom schon verloren, bevor Hagen hergebracht worden ist. Doch zweifelsohne hat man ihn gezwungen, dieses Spiel zu spielen, weil er Alvern wie mir *unautorisiert* Schutz gewährt hatte. Was ich euch damit sagen will, ist, dass ich Haus Strom nicht erst *finden* muss. Ich weiß genau, wo sie sind. Wenn Hagen nicht dort ist, dann hat er gegen den Willen derjenigen, die an der Macht sind, schließlich doch noch zu viele Grenzen überschritten. Bist du bereit, ein Ergebnis zu riskieren, das du nicht willst, Junge?«

Gunnar ballte an seinen Seiten die Fäuste. »Ich bin bereit, alles für ihn zu riskieren. Er hat auch alles für uns riskiert.«

»Du wirst ein Kryv sein. Du wendest dich nicht gegen uns, sonst, das schwöre ich dir, töte ich dich mithilfe deiner tiefsten Ängste.«

»Wenn ich dich verraten würde, wäre mir der Tod willkommen, Nachtspalter«, sagte Gunnar.

Endlose Augenblicke lang hing Schweigen zwischen uns in der Luft. Am Ende wandte der Nachtspalter sich mir zu. »Er ist dein Neffe, König. Segelt er mit uns?«

Ich lachte leise. »Ich bin König, aber nicht mutig genug, dem Kind meiner Schwester etwas zu befehlen oder zu verbieten. Hast du gesehen, wie sie ein Messer zu führen versteht?«

Der Nachtspalter lächelte. Ein echtes, aufrichtiges Lächeln. Es war fast verstörend. Er warf einen Blick auf Herja. »Also, fährt er mit uns?«

Herja umklammerte Gunnars Hand.

»Bitte, Maj«, flüsterte er. »Ich schaffe das.«

Meine Schwester ließ eine Hand an seiner Wange ruhen, bevor sie wieder den Nachtspalter ansah. »Du wirst dich um ihn kümmern? Auf ihn aufpassen?«

»Ich werde ihm beibringen, ein Alver zu sein. Darauf gebe ich dir mein Wort. Aber er wird auch lernen, ein Dieb, ein Verbrecher und wahrscheinlich ein Mörder zu sein. Allerdings nur, wenn du möchtest, dass er überlebt.«

Herja zuckte zusammen und nahm noch einmal Gunnars Hand. »Wenn du das Gefühl hast, dass das Schicksal dich dorthin führt, dann stehe ich dir nicht im Weg. Doch ich reiße die Welt in Stücke, wenn du in Schwierigkeiten gerätst.«

Er lachte leise und umarmte sie fest. »Ich tue dasselbe, wenn Onkel Valen und Elise dieses Land in den nächsten paar Monaten ruinieren und du wieder in der Falle sitzt.«

Ich versetzte dem Jungen lachend einen Stoß und schlang dann die Arme um ihn. Elise war als Nächstes an der Reihe und bat ihn, dem Nachtspalter beizubringen, mehr als einmal im Monat zu lächeln.

Ich machte mir Hoffnungen, dass sie Hagen finden würden. Wir hatten hier das Unmögliche erreicht. Sie würden eine andere unmögliche Aufgabe bewältigen. Dennoch konnte ich nicht umhin, mich zu fragen, ob mein Neffe sich in einen aufziehenden Sturm begab, von dem vielleicht nicht einmal der Nachtspalter ahnte, dass er sich zusammenbraute.

Ich wollte nachhaken, wollte wissen, warum Calista glaubte, dass für diesen Mann ein Kampf beginnen würde, sobald unserer zu Ende war. Was wusste er, das wir nicht wussten?

Als Herja und Laila uns verließen, um Gunnar zum Schiff der Kryv zu geleiten, wandte der Nachtspalter sich wieder an Elise und mich. »Da ich das Kindermädchen für deinen Neffen spielen werde und du meinen Namen ohnehin bereits kennst, dürft ihr mich jetzt wohl beide Kase nennen.«

Elise öffnete den Mund. Dann sah sie mich aus zusammengekniffenen Augen an. »Er hat dir schon seinen Vornamen genannt? Wann?«

»Gib Niklas die Schuld, Königin.« Kase sah hinüber zu den Falkyn. »Er reißt das Maul immer bemerkenswert weit auf.«

Sie war verstimmt. »War das denn so schwer?«

Sein Lächeln verflog. »Mein Name sollte nicht bekannt sein. Vor allem nicht im Osten.«

»Warum?«

Kase musterte unverwandt den fernen Schimmer der Sonne, die hinter den Klippen unterging. »Als ich hier angekommen bin, hast du mir gesagt, dass ich nicht wüsste, wie es ist, jemand anderen so zu lieben, wie du deinen König liebst. Ich weiß es sehr wohl. Ich weiß, was es heißt, wenn einem jemand derart am Herzen liegt. Ich habe jemanden genug geliebt, um darauf zu verzichten.«

Elise runzelte die Stirn. »Du kannst nicht mit deiner großen Liebe zusammen sein?«

»Nein. Um die Wahrheit zu sagen, waren wir nicht einmal Geliebte.« Kase lächelte spöttisch. »Sie weiß nicht einmal, dass ich am Leben bin.«

»Du solltest es ihr erzählen.« Elise nahm meine Hand. »Das Leben kann rasch zu Ende sein, Kase. Wir leben es besser an der Seite derer, die wir lieben.«

Er starrte wieder an den Horizont. »Wenn wir uns auf die Suche nach Hagen Strom machen, wird sie meinen Weg gewiss wieder kreuzen. Zu ihrem Unglück.« Er trat ein paar Schritte aufs Wasser zu, ein Signal, dass das Gespräch beendet war. »Es war lehrreich und lukrativ, an eurer Seite zu kämpfen.«

Nach einem weiteren Schritt Richtung Ufer hielt er inne, ein boshaftes Lächeln auf den Lippen. »Königin, findest du es nicht interessant, welch eine Rolle die freie Wahl dabei gespielt hat, dass ihr den Thron bestiegen habt? Du hast ihn erwählt.« Er zeigte auf mich. »Das Land hat euch erwählt. Wahlfreiheit – eine *Gabe*, die alle Leute haben sollten, findest du nicht?«

Elise öffnete die Lippen, doch sie fand keine Zeit, etwas zu sagen, bevor die Augen des Nachtspalters wieder das glänzende Schwarz annahmen und er sich die Kapuze über den Kopf zog. »Genießt eure Krone. Auf Wiedersehen.«

»Was sollte das denn?«, fragte ich, als er an Bord seines Langschiffs ging.

Elise schüttelte den Kopf. »Ich glaube, ich muss dir eine Geschichte über vier Königinnen erzählen. Bei den Höllen, der Mann ist nicht das, was ich erwartet hatte.«

Ich lachte und legte ihr einen Arm um die Schultern. »Ein Mann mit Geheimnissen. Ich habe das Gefühl, wenn sein Kampf tatsächlich bevorsteht, wird er lernen müssen, ein paar dieser Geheimnisse preiszugeben.«

»Ja. Sieh doch, was Lügen und Täuschung dir eingebracht haben.«

Ich gab ihr einen Kuss auf die Stirn. »Eine perfekte Ehefrau und einen Thron?«

Sie kniff mich in die Taille. »Ich wollte auf den Krieg hinaus, aber ja, wenn du es so ausdrückst, dann haben Legion Greys Lügen mein Leben verändert.«

»Ich würde sie nie zurücknehmen.«

Wir winkten, bis die Alverschiffe nur noch ferne Punkte auf dem Meer waren. Die Nacht brach rasch an, aber Elise und ich blieben am Ufer. Ich hielt sie eng an mich gezogen. Küsste ihre Lippen. An die Augenblicke zurückzudenken, in denen ich noch vorgehabt hatte, die timoranische Kvinna zu verführen und zu täuschen, nur um festzustellen, dass sie mir fast schon bei ihrem ersten Wort das Herz gestohlen hatte, ließ ein Lächeln auf meine Lippen treten.

Ich war bereit, für sie zu sterben, daran gab es keinen Zweifel.

Aber jetzt hatte ich erst einmal vor, für sie zu leben. Jeden Tag, mit jedem Atemzug, würde ich mich daran erinnern, für wen mein Herz schlug.

Sie ließ den Kopf an meiner Schulter ruhen. Wir blieben am Ufer, bis der Mond hoch am Himmel aufstieg, und atmeten die saubere Luft ein. Kein Rauch. Kein Blut.

In der Morgendämmerung sahen wir nichts als Licht vor uns.

EPILOG

DER NACHTSPALTER

Seenebel kühlte mein heißes Gesicht, als die Strömungen in den rauen Seegang des östlichen Meeres übergingen. Die felsige Küste von Klockglas, meiner Heimat – wenn man es denn eine Heimat nennen konnte –, wurde in der Ferne von Nebel verdunkelt.

Vor Stunden hatten Niklas und seine Gilde sich von uns getrennt, um in ihre Region Skítkast zu segeln, und ich war nahe daran, umzukehren und ihnen zu folgen.

Nichts als Ärger und wahrscheinlich auch eine ganze Menge Schmerz erwarteten uns in Klockglas.

Hinter mir tauschte meine Gilde an den Rudern die Plätze. Die Reise dauerte nun schon zwei Tage, und Gunnar fand allmählich seinen Platz. Lynx blieb in seiner Nähe und machte ihn mit den anderen bekannt. Um die Wahrheit zu sagen: Der Junge war beeindruckend. Er hatte in einer Schlacht gekämpft, viele getötet, aber er war zu sanft. Um ein Kryv zu werden und in den Regionen des Ostens zu überleben, würde er etwas mehr Biss entwickeln müssen.

Mehr noch, da seine Reise ihn – *uns* – zu Haus Strom führen würde.

Was zu den Höllen tat ich nur? Warum tat ich es? Ich hatte

die Vergangenheit vor langer Zeit aufgegeben, um wie Hagen zu sein. Um dafür zu sorgen, dass *sie* frei blieb.

All diese Umläufe später konnte ich dem Namen Strom immer noch nicht entkommen.

Ich setzte einen Fuß auf die Kante des Vorstevens und beugte mich über mein angezogenes Knie. Aus meiner Tunika zog ich den dünnen Zwirn hervor und rieb den hölzernen Rosenanhänger zwischen meinen Fingern. Ich schloss die Augen, und ungebetene, elende Gedanken füllten meinen Kopf aus.

Eine Zeit, in der Kinder gelacht hatten, eine Zeit der ersten Lieben.

Ich hasste sie. Jede Erinnerung war eine Schwäche, eine Bedrohung für meine Gilde, und jetzt führte ich sie geradewegs ins Feuer.

»Kase.« Rurik kam an meine Seite; seine silbernen Augen lächelten immer. »Eine Einheit Skydgarde ist an den Westlichen Gestaden. Wir sollten die Südkanäle nehmen.«

Ich nickte. Es war gut, einen Alver wie Rurik mit diesen Augen in der Nähe zu haben. Nachdem wir gegen die Rabenwachen des Nordens gekämpft hatten, war ich alles andere als erpicht darauf, unserer Skydgarde zu begegnen. Sie waren Dreckskerle, die es liebten, Blut zum Vergnügen zu vergießen.

»Verrätst du uns, was dir zu schaffen macht?« Tova schob sich um Rurik herum, reckte die Arme und teilte dann ein Körnerbrötchen in zwei Hälften. Sie warf einen Blick auf die hölzerne Rose, fragte aber nicht danach. Das tat sie nie.

»Nichts«, behauptete ich.

Rurik nahm das halbe Brötchen, das Tova ihm anbot. »Es geht um den Vater des Prinzleins, oder?«

»Nenn den Jungen nicht Prinzlein. Er ist jetzt ein Kryv, als etwas anderes sollte man ihn nicht betrachten. Nicht an unseren Küsten. Man würde ihn pflücken wie einen Grashalm, wenn der Fürstmagnat von ihm erfährt.«

»Stimmt.« Rurik wedelte grundlos mit den Händen; allerdings war er auch sonst ständig in Bewegung. »Warum bedrückt dieser Hagen Strom dich so?«

»Ich bin nicht bedrückt.«

»Verdammte Höllen.« Tova verdrehte die Augen und zeigte auf die Rose. »Du hältst sie in der Hand, und ich kenne dich lang genug, um zu wissen, dass du, wenn dich etwas belastet, die verdammte Rose reibst, bis du Blasen an den Daumen hast.«

Ich hasste sie und liebte sie doch zugleich.

»Wenn Gunnar recht hat und Hagen Aufmerksamkeit auf sich gezogen hat … dann steht nicht allein sein Leben auf dem Spiel.« Ich runzelte die Stirn. Das hier waren Einzelheiten, von denen ich mir immer geschworen hatte, sie zu verschweigen und in meiner eigenen Vergangenheit verborgen zu halten. »Es könnte noch jemand – eine Alver – in große Gefahr durch den Fürstmagnaten und die Maskerade geraten.«

Bei der Erwähnung der Masque av Aska schauderte Tova. Wir erwähnten das Fest sonst nie, dachten nicht einmal daran. Bis jetzt. Zweifelsohne würden wir keine Wahl haben.

Rurik starrte auf die schwarzen Wogen hinaus. »Was dann? Suchen wir nicht nach dem Vater?«

»Nein.« Ich schob die Rose zurück unter meine Tunika. »Hagen ist ein guter Mann. Aber er hat eine Verbindung, und sie auszunutzen, Höllen, auch nur Aufmerksamkeit auf sie zu lenken, könnte einen Kampf auslösen, der gefährlicher ist als das Verschwinden eines Alvers.«

Rurik und Tova tauschten einen Blick.

Tova schob sich den Rest ihres Brötchens in den Mund und zuckte die Schultern. »Wir wären nicht die Kryv, wenn wir kein Vergnügen an ausgeklügelten Plänen hätten. Wir haben gerade einen verdammten Krieg für ein fremdes Königreich bestritten und eine Krone gewonnen. Warum sollen wir uns damit begnügen?«

Rurik prustete vor Lachen, nickte aber. »Wir planen, wir vergießen etwas Blut, wir leben bis zum nächsten Tag. Das hier wird auch nicht anders sein.«

Sie hatten keine Ahnung, wie anders es vielleicht sein würde. Wie diejenigen, die die Macht hatten, bis zum tödlichen Ende kämpfen würden, wenn sie herausfanden, was die Gilde von Kryv ans Tageslicht zu bringen drohte.

»Sag uns, wo wir anfangen, Kase«, bestürmte Rurik mich.

Ich zögerte und sah auf die leichten Wellen hinaus.

Die Prophezeiung aus dem Norden über mein Schicksal verstörte mich. Die Wahrheit, die ich erfahren hatte – wie Elise ihren König Lügen und Blut zum Trotz erwählt hatte –, verstörte mich auch. Im Norden ging es bei allem um Wahlfreiheit. Das passte zu gut zu alten, gefährlichen Geschichten, um mir zu behagen.

Jetzt kam ein Geheimnis, das ich die ganze Zeit über mit aller Macht zu hüten versucht hatte, Stück für Stück ans Tageslicht.

In Wahrheit hatte ich immer die Macht gehabt, Schlachten zu entfesseln. Aber ich hatte geschworen, das nie öffentlich zu machen. Um ihretwillen.

Bei den Höllen, ich verabscheute die Schicksalsgottheiten. Sie waren nie gütig gewesen, und es fühlte sich ganz so an, als würde ich in ihre verdammte Falle tappen, ob ich nun wollte oder nicht.

»Kase«, sagte Rurik. »Was ist der erste Schritt?«

»Ich brauche Informationen.«

»Wer ist die Zielperson?«

Meine Vergangenheit würde gleich meine Gegenwart werden. »Eine Alver. Eine Frau, die Erinnerungen stiehlt.«

Tova zog eine Augenbraue hoch, fast überrascht über diese Begabung. Das wollte etwas heißen, da wir alle schon so manche einzigartige Alver kennengelernt hatten. »Kennst du einen Namen?«

Als würde ein Feuer in meinen Knochen lodern, wusste ich, dass sie, wenn ich diese niemals heilende Wunde aufriss, in den blutigen Strudel unseres Lebens und Überlebens hineingerissen werden würde. Es wäre klug von mir gewesen, den Mund zu halten.

Aber ich war nur schlau. Ich hatte nie behauptet, klug zu sein.

»Malin Strom.« Instinktiv presste ich eine Hand auf die verborgene Rose. »Ihr Name ist Malin Strom.«

DANKSAGUNG

Vielen Dank an alle, die mich unterstützt haben, während ich diese Welt entwickelt habe. Clara Stone bei Authortree, vielen Dank für die epischen Design- und Formatierungsfähigkeiten. Zusammen mit Bianca bei Moonpress.co für die schönen Cover. Ich bin Jennifer Murgia sehr dankbar für die Hilfe dabei, alle Kanten zu glätten. Jennifer, ich habe das Gefühl, dass du dich in dieser Welt schon so lange aufhältst wie ich.

Ich bin meiner Familie so dankbar für ihre Geduld, während ich an manchen Tagen Koffein in mich hineingeschüttet habe, um wach zu bleiben, nachdem ich bis spät abends oder sogar bis in die frühen Morgenstunden immer weiter getippt hatte. Meine Kinder – ihr seid alles und die Inspiration für eine bessere Welt, von der ich hoffe, dass wir sie schaffen können. Ich liebe euch. Danke, Derek, für das mindestens eine Milliarde Stunden lange Brainstorming zu dieser Fantasywelt. Du hast so viel inspiriert. Ich liebe dich.

Vielen Dank all meinen lieben Leserinnen und Lesern dafür, diese Geschichte und diese Serie verschlungen zu haben. Ich freue mich darauf, gemeinsam mit euch in Zukunft noch mehr sexy Helden und kämpferische Heldinnen zum Leben zu erwecken!

Auf dass wir alle das Gute sind!

LJ

Exklusives Bonus-Material in der deutschsprachigen Ausgabe:

Ein Kapitel aus der Sicht von Elise

ELISE

»Tut es weh?« Ich kam mir lächerlich vor, weil ich die Frage auch nur stellte, aber ich hatte wirklich keine Ahnung, was mir bevorstand.

Lilianna hielt darin inne, mir goldene und silberne Ringe ins Haar zu flechten, und sah mir im Spiegel ins Gesicht.

In dem Umlauf seit dem Ende des Krieges hatte ich ein enges Verhältnis zu Valens Mutter entwickelt. Manche Dinge, die sie sagte, erinnerten mich an die Frau aus den Tagebüchern; manchmal ließ sie aber auch eine nachdenkliche, bedachtsame Seite erkennen.

Eines wusste ich sicher: Wenn ihre Familie bedroht wurde, konnte Lilianna so brutal sein, wie sie sonst freundlich war.

Sie drückte mir die Schultern. »Ich würde nicht sagen, dass es schmerzhaft ist, aber es ist ein seltsames Gefühl.« Sie lachte leise und hob mein Haar wieder an. »Mach dir nicht so viele Gedanken. Allerdings ist es mir genauso gegangen, als ich die Verwandlung durchgemacht habe.«

Förändra. Der Augenblick, in dem ein Sterblicher verwandelt wurde, um bis ans Ende seiner Tage so lange wie das Nachtvolk zu leben.

Tage nach Kriegsende hatte Valen mich gefragt, ob das mein Wunsch sei, und ich hatte mich gern dazu bereiterklärt. Jahrhundertelang mit dem Mann zusammenzuleben, der mir Herz und Seele gestohlen hatte? Ich konnte mir nichts vorstellen, was ich lieber wollte. Aber ein Königreich zu regieren, das noch in den Kinderschuhen steckte, brauchte Zeit, und erst jetzt hatte Valen darauf bestanden, dass wir uns einen Moment nahmen, um die Zeremonie zu vollziehen.

Allerdings war ich aufrichtig überzeugt davon, dass alle begeistert waren. Für ein Festmahl und eine Feier war ihnen jeder Anlass recht.

»Du siehst wunderschön aus«, sagte Lilianna mit einem Lächeln. »Bist du bereit?«

Ich nickte, doch mir drehte sich der Magen um. Innerlich war ich alles andere als bereit.

Gewiss, mein Mann verfügte über Wildwut, meine Familie verfügte über Wildwut, aber der Gedanke daran, Wildwut in meinem eigenen Körper zu verwenden, um etwas an mir zu verändern, war gespenstisch und unvertraut.

Lilianna hakte sich bei mir ein und verließ mit mir das Zimmer, das ich mit ihrem Sohn teilte.

Als seine Familie die Krone an Valen zurückgegeben hatte, hatte ich einen Moment lang befürchtet, dass ich meinen Mann kaum noch sehen würde. Tatsächlich gab es auch Tage, an denen wir, zu müde, uns auch nur auszuziehen, ins Bett fielen. Aber mein Mann hatte geschworen, dass er Zeit für uns schaffen würde, fern aller Bürden, fern der Belastung, ein Königreich zu regieren, und er hatte seinen Schwur gehalten.

Ob wir nun einen gemeinsamen Ausritt in die Hügel unternahmen, um ein bisschen Frieden zu finden, oder Seite an Seite in unserem Schlafgemach verweilten und einfach kurz die Stille auskosteten, man würde dem König von Etta nie nachsagen, dass er sich nicht um seine Königin kümmerte.

Auf den Gängen von Burg Rabensporn wimmelte es von

Köchen, Mägden und Lakaien, die alle Anweisungen und Wegbeschreibungen riefen, während Gäste sich auf den Höfen versammelten.

Auf den Steinstufen, die aus der Burg ins Freie führten, hatte Herja einen ganz eigenen Kampf auszufechten.

Lilianna und ich mussten uns beide das Lachen verkneifen, als Laila an dem feinen Faltenrock zerrte, den zu tragen – und sauber zu halten – ihre Mutter sie gezwungen hatte. Schmollend zeigte sie mit dem Finger auf Ellis und die anderen Kinder, die in der Nähe des dichten, wilden Mondfahnengebüschs auf der gegenüberliegenden Seite des Hofs herumtobten.

»Aber es wird nicht mehr auf dem Boden herumgekrabbelt«, beharrte Herja. »Sonst bekommst du schmutzige Knie.«

»Maj«, jammerte Laila, und sobald Herja die Kleine losließ, stürmte sie strahlend auf die anderen Kinder zu.

»Sie zählt als drei Kinder in einem«, raunte Herja ihrer Mutter zu.

»Oh, ich kann mich erinnern, dass eine gewisse Tochter von mir auch so war.« Lilianna lachte.

»Hast du schon etwas gehört?«, flüsterte ich, als hätten wir ein Geheimnis miteinander. In mancherlei Hinsicht hatten wir das wohl auch. Die meisten im Königreich wussten zwar, dass die Prinzessin von Etta ihren Sohn zu den Alvern des Ostens geschickt hatte, aber weit weniger Leuten war bekannt, dass damit die Suche nach seinem Vater begonnen hatte.

Herja ließ die Schultern hängen, als sie ein gefaltetes Pergamentblatt aus einer Tasche in ihrem Rock zog. »Das hier habe ich vor zwei Tagen von Gunnar bekommen. Sie … sie haben ihn gefunden.«

Lilianna keuchte auf und fasste sich an die Brust.

Ich riss die Augen auf. »Herja! Warum hast du denn nichts gesagt? Wo ist er? Sollen wir sie abholen?«

Bei allen Göttern – das hier konnte warten, wenn Hagen gefunden worden war.

Sie schob sich eine Locke hinters Ohr. »Sie haben ihn gefunden … für einen Augenblick. Gunnar konnte mir nicht alles erzählen, nur, dass der Nachtspalter einen großen Plan hat, der irgendetwas mit der elenden Maskerade zu tun hat, von der er immer spricht. Wenn sie so schrecklich ist, wie er gesagt hat, wenn man Hagen dorthin gebracht hat … Was, wenn sie ihn nie finden?«

Unwillkürlich legte ich ihr die Hand auf den Arm. »Das werden sie aber. Wenn dieser letzte Umlauf uns eines gezeigt hat, dann, dass unser schattenhafter Freund gerissener und listenreicher ist, als uns bisher klar war.«

Herja nickte. Die Andeutung eines Lächelns huschte über ihren Mund. »Gunnar hat jedenfalls erwähnt, dass der Nachtspalter nicht umhinkonnte, eine Frau hinzuzuziehen. Jemanden, der Hagen nahesteht, vermute ich. Mein Sohn hat auch gleich noch etwas erwähnt: Wenn überhaupt jemand den Nachtspalter bezwingen kann, dann diese Frau. Er hat oft gesagt, dass die meisten Leute vor dem Mann zurückscheuen – diese Frau dagegen schreit ihn anscheinend ihrerseits an.«

Ich prustete vor Lachen. Vor allem, weil ich schon neben dem Nachtspalter gestanden und an seiner Seite gekämpft hatte. Er war furchteinflößend, geheimnisvoll und tödlich. Ich hätte sehr gern gesehen, wie eine Frau sich an dem Mann rieb und einfach den Spieß umdrehte, wenn er die Zähne bleckte.

»Sie sind einen Schritt weitergekommen, Liebes«, sagte Lilianna und streichelte Herjas Haar. »Während sie vorher nicht einschätzen konnten, was aus ihm geworden war, wissen sie es jetzt. Wenn sie ihn finden, werden wir da sein, um deine Familie wiederzuvereinen.«

Herja lächelte ihre Mutter an, aber in ihren Augen stand Furcht.

Ich betete zu den Göttern, dass wir eines Tages die Furcht ganz auslöschen konnten.

Herja gesellte sich in dem Hof zu uns, auf dem die Leute, auf die es am meisten ankam, sich versammelten.

Sol saß zurückgelehnt auf einer steinernen Bank, einen Arm um Thors Schultern gelegt. Sie waren entspannt, glücklich. Beide waren schon für sich genommen schlagkräftig, aber gemeinsam waren Thor und Sol eine Naturgewalt und ein wahres Wunder.

Alles, was ich in mehreren Umläufen über den Sonnenprinzen gelesen hatte, wurde ihm nicht gerecht. Er war klug, brutal und zugleich derjenige, der uns andere am meisten zum Lachen brachte. Gewöhnlich auf Kosten seines Bruders. Thor war ein anderer Mann als früher. Immer noch listig und zurückhaltend, aber in seinen Augen stand ein Strahlen, das ihnen zuvor gefehlt hatte.

Sein Herz und seine Liebe zurückzubekommen, hatte ihm ein ganz neues Leben eingehaucht.

Sol lachte über etwas, das Thor gesagt hatte, als Halvar und Kari sich zu ihnen auf die Bank setzten.

Ich hatte Halvar nie als nervösen Mann kennengelernt. Unbeschwert, verspielt und tödlich, das ja. Aber nervös? Ich hätte es selbst nicht geglaubt, wenn ich nicht gesehen hätte, wie er nun seiner Frau, die jetzt jeden Tag ihr erstes Kind zur Welt bringen würde, nicht mehr von der Seite wich.

Kari sah drein, als wäre sie kurz davor, ihn mit ihrem Messer zu erstechen.

Ich kicherte, als sie ihm einen Klaps auf den Arm gab. »Ich bin in der Lage, mich allein hinzusetzen!«

Thor und Sol lachten und zogen den ersten Ritter mehr auf als alle anderen.

Halvar schnaubte und setzte sich neben Kari. »Liebste, ich habe schon gesehen, wie du Kehlen durchgeschnitten hast, aber dieses kleine Wesen ist furchteinflößender als jede Schlacht.«

Kari schüttelte grinsend den Kopf. »Du bist der Erste Ritter eines ganzen Königreichs, und da macht dir ein kleiner Säugling Angst?«

»Keine Frage. Ja.« Er küsste ihr die Hand und lachte nur, als Kari ihm im Gegenzug zu viele Küsse auf das spitz zulaufende Ende seines Ohrs gab.

»Ari ist anlässlich der Zeremonie zurückgekehrt«, sagte Herja und deutete auf ein kleines Grüppchen. Die Schattengilde stand um den Höchstgewachsenen und Schönsten des Nachtvolks herum.

Mein Herz machte einen Sprung, als Valen sich durch sie hindurchdrängte, Ari an seiner Seite, erschöpft von der Reise, aber mit seinem vertrauten durchtriebenen Lächeln.

Ich beschleunigte meine Schritte und eilte ihnen entgegen.

Valen Ferus wärmte mir die Seele. Zu meinen Lieblingsaugenblicken zählten die, in denen ich ihn beobachtete, wenn er nicht wusste, dass ich in der Nähe war. Als er mit Ari sprach, sah ich kurz ein Lächeln bei ihm, das er nur denen schenkte, die ihm besonders nahestanden. Auch seine Körperkraft und die breiten Schultern, die davon zeugten, dass er täglich mit seinen Rittern Übungskämpfe ausfocht, wusste ich zu schätzen.

Er war ein gerechter König. Hart, wie er es auch in Ruskig gewesen war, aber gerecht. Beliebt.

Er hörte auf andere, seinen Rat, seine Königin. Eines würde

man Valen immer zugutehalten: Er regierte sein Königreich nicht so, als glaubte er, alles zu wissen.

Sogar einen Umlauf nach dem Ende unseres Kampfs waren ihm Komplimente nach wie vor unangenehm. Er verzog immer noch das Gesicht – wenn auch nur ein bisschen –, wenn Leute ein Loblied auf ihn sangen oder das Knie vor ihm beugten, sobald er einen Raum betrat. Bei der Schattengilde, seinen Geschwistern und den anderen, die uns nahestanden, musste er sich keine Sorgen machen, ob sie es ehrlich meinten.

Sie sagten ihm alle nur zu gern, ob er sich gerade wie ein nichtsnutziger Narr benahm oder nicht.

Lieber noch, als ihn stumm zu beobachten, ja, am liebsten von allen mochte ich den Moment, in dem Valen mich dann ansah. Diese ersten Blicke, mit denen seine mitternachtsschwarzen Augen mich wiederfanden, nachdem wir getrennt gewesen waren, versetzten mein Herz mehr als alles andere in Wallung.

Als hätte er gespürt, dass ich ihn anstarrte, wandte er sich von Ari ab. Sein markantes Gesicht wurde sanfter, und sofort umspielte ein Lächeln seine Lippen. Ohne Zögern ließ er Ari stehen und kam an meine Seite.

Ich schmiegte mich an seine Brust und legte ihm die Arme um die Taille, während er mein Kinn anhob.

»Ich habe dich heute noch nicht annähernd oft genug gesehen«, flüsterte er an meinen Lippen.

»Da bin ich ganz deiner Meinung, mein König.« Ich küsste ihn ausführlich. Nicht lange genug, aber ich würde mir selbst keinen Gefallen tun, wenn ich mich in meinem Mann verlor und doch nichts daraus werden konnte, weil unser halbes Königreich um uns herumstand. Als ich mich von ihm löste, blieb ich an Valens Seite und sah Ari an. »Ich war mir nicht sicher, ob du es rechtzeitig zurückschaffen würdest. Wie ist der Süden?«

Ari kratzte sich am Hinterkopf. »Vielfältig, liebe Elise. Aber vor allem seltsam.«

»Du stehst aber am dortigen Hof in Gunst.«

Ari schnaubte. »An einem der dortigen Höfe. Es ist sonderbar, wie viele Höfe es im Süden gibt.« Ari runzelte die Stirn. Ich kannte ihn mittlerweile gut genug, um zu wissen, dass ihm etwas zu schaffen machte.

»Was ist?«

»Ich weiß es nicht«, gestand er. »Irgendetwas stimmt mit dem Königreich nicht. Als würde sich direkt vor meiner Nase ein Geheimnis verbergen, ohne dass ich das Ende des Fadens finden kann, um den Knoten zu entwirren.«

Valen lachte leise. »Was Ari dir nicht verrät, ist, dass ihn noch etwas ärgert.«

»Mein König, ich bin mir nicht zu gut, dich zu schlagen«, grummelte Ari.

»Das ist es wert«, sagte Valen. Er richtete seinen schelmischen Blick auf mich. »Ari ist unser Gesandter, hat aber die Gunst eines der Prinzen des Südens gewonnen. Er ist darum gebeten worden, in seiner Elitegarde zu dienen, nicht wahr?«

Ich zog die Augenbrauen hoch. »Ari, das ist doch gut, oder? Das Ohr eines ihrer Anführer für unsere Verbündeten zu gewinnen.«

»Ja, wir gewinnen alle Verbündete, meine Königin.«

Irgendetwas entging mir. »Dann verstehe ich nicht, was dir so zu schaffen macht.«

Valen lachte noch einmal. »Anscheinend haben die Prinzessinnen und die sterbliche Königin desselben Hofs ihre eigene Ritterschaft.«

»Eher einen Söldnerhaufen. Und selbst dafür nicht sonderlich beeindruckend.« Ari verschränkte die Arme vor der Brust und runzelte stärker die Stirn, als ich es bei ihm je gesehen hatte. Es war fast schon zum Lachen.

Und Valen nutzte es weidlich aus. »Die Garde der Königin besteht aus Frauen, Elise. Leider ärgert eine davon unseren Freund.«

»Ich lasse mich nicht ärgern. Befremdung und Verachtung bedeuten noch lange nicht, dass man sich ärgern lässt.« Ari stöhnte. »Ihr würdet es verstehen, wenn ihr diese unerträgliche Frau kennenlernen würdet. Bei den Höllen, wenigstens kann ich hierher zurückkehren, wo ich Freunde und Verwandte zu haben *glaubte*. Nicht einen König, der mein Leid dermaßen auskostet.«

Ich lachte, und Ari runzelte noch einmal die Stirn. »Armer Ari. Es klingt, als ob er eine Frau getroffen hat, die so redegewandt und schalkhaft wie er selbst ist.«

Valen gab mir einen Kuss auf die Schläfe und lachte in mein Haar. »Genau das habe ich auch gesagt. Ich kann mir vorstellen, dass diese Frau einem genauso auf die Nerven geht wie er, dabei aber wahrscheinlich mehr Leute zum Lachen bringt, und das stört ihn.«

»Sie bringt niemanden zum Lachen«, gab Ari schmollend zurück. »Sie ist sogar unheimlich. Irgendetwas stimmt nicht mit ihr, und ich werde herausfinden, was es ist. Wenn ich noch ein Königreich rette, mein König und meine Königin, dann werdet ihr mir wieder einmal die Füße küssen.«

Er machte Anstalten davonzustapfen. Valen lachte leise. »Ich habe dir noch nie die Füße geküsst und werde es auch nicht tun.«

»Das ist nur eine Frage der Zeit, mein König!«, rief Ari über seine Schulter.

Ich schob meine Finger zwischen Valens und lächelte. »Es klingt, als ob Ari eine Geschichte zu erzählen haben wird, wenn seine Zeit im Süden vorüber ist.«

Valen nickte. »Er gewinnt dort Ansehen. Es sollte mich nicht überraschen; er hat anscheinend ein Talent, zu höchsten Ehren aufzusteigen, wo auch immer er lebt.« Valen hielt inne; sein Lächeln verblasste etwas. »Er beschäftigt sich mit der Legende der vier Königinnen. Ari meint, dass die Geschichte Hand und Fuß hat.«

Ich zog eine Augenbraue hoch. »Das hieße ja …«

»Du könntest eine dieser Königinnen sein, denen es vom Schicksal bestimmt ist, alle Magie zu befreien.«

Ich umfasste seine Hand fester. Der Nachtspalter war mit einer vagen Andeutung abgereist, dass ich eine Königin mit Schicksalsgaben sein mochte. »Das würde bedeuten, dass der Osten …«

»… auch eine hätte.«

»Und Ari wird die Königin im Süden aufsuchen müssen.«

»Sie haben mehrere Höfe mit verschiedenen Königinnen«, sagte Valen. »Es wird keine leichte Aufgabe für ihn herauszufinden, welche eine Verbindung zu den Gaben des Schicksals haben könnte.«

»Sollten wir an Calista schreiben?« Wir hatten nicht viel von unserer Geschichtenerzählerin im Westen gehört.

»Vielleicht. Lass uns erst einmal den heutigen Tag hinter uns bringen, dann können wir immer noch über unsere Grenzen hinausdenken.«

Er küsste meine Handfläche und führte mich zur Stirnseite des Hofs.

Ich hatte eine einzige Botschaft erhalten, die mich hatte wissen lassen, dass Calista froh war, dass mir in unserem Krieg nicht die Kehle durchgeschnitten worden war. Außerdem, dass Gerüchte über unsere Rückkehr an die Macht in ihrem Königreich Aufsehen erregt hatten, was sie nicht sehr zu schätzen wusste. Aber sie hatte mir versichert, dass sie das Chaos ausgenutzt hatte, um ihren eigenen Interessen zu dienen.

Tatsächlich schrieb Calista an Sol häufiger als an alle anderen.

Er war schließlich für mehrere Umläufe ihr Zellennachbar gewesen. Jetzt, da sein Verstand wiederhergestellt war, fanden sie viel Vergnügen daran, Nachrichten auszutauschen, in denen sie sich über bestimmte Wachen während ihrer Gefangenschaft lustig machten.

Ich schnaufte, als ich auch nur an das seltsame Mädchen dachte. Sie war auf ihre eigene Art furchterregend und tapfer, aber dass sie dem Sonnenprinzen wie einer Art älterem Bruder Briefe schrieb, verriet, dass sie innerlich noch immer ein Kind war.

»Bereit?«, fragte Valen.

Ich drückte seine Hand. »Ich glaube schon.«

Am Rande des Hofs stand Arvad neben dem Ältesten Klok. Er reichte Lilianna die Hand. Sol und Thor saßen auf gepolsterten Sesseln an einer Seite eines langen Tisches. Herja nahm einen Platz neben ihren Eltern auf der anderen Seite ein.

Mir wurde flau im Magen.

Valen, aufmerksam wie immer, hob lächelnd meine Fingerknöchel an seine Lippen. »Nur wenn du möchtest, Elise. Das hier geschieht nur, wenn du es wünschst.«

»Ich will«, flüsterte ich.

Er legte mir eine Hand an die Wange. »Ich würde nichts tun, was dir Schaden zufügt. Es ist schmerzlos.«

Ich küsste ihn rasch und hielt seine Hand dann noch fester, als wir uns dem Ältesten Klok zuwandten.

»Kniet nieder, meine Königin«, sagte Klok.

Ich ließ mich auf die Knie sinken. Die Feuchtigkeit des Bodens drang durch die Wolle meines Kleids. Ich faltete die Hände im Schoß, um zu verbergen, dass sie zitterten.

»Es ist der Wunsch unserer Königin, für viele Umläufe über das Leben einer Sterblichen hinaus an der Seite unseres Königs zu stehen. Heute wird sie die *förändra* erleben, wenn es der Wunsch der Nornen ist.«

Mein Herz machte in meiner Brust einen Satz, als Klok einen Silberkelch ausstreckte, der mit zerstoßenen Blütenblättern der Mondfahne, Erde und dem Staub gemahlenen Gesteins gefüllt war.

»Wildwut der Erde.« Er hielt den Kelch vor Valen. »Blut der Fae.«

Valen lächelte mich sanft an, bevor er Klok seine Hand darbot. Der Älteste schlitzte mit einer goldenen Klinge Valens Handfläche auf, bis Blut in einer dunklen Linie aus seiner Haut hervorquoll. Behutsam drehte Klok Valens Hand um und hielt sie über den Kelch, bis eine beträchtliche Menge Blut in das erdige Gemisch getropft war.

Klok nahm sich einen Moment Zeit, das Elixier mit einem Stößel umzurühren, und fügte etwas süßen Wein hinzu. Ob er dazu diente, den Geschmack erträglicher zu machen, oder dafür sorgte, dass die Mischung leichter zu schlucken war, wusste ich nicht recht. Ich hielt den Atem an, als Klok mir den Kelch darbot.

»Blut der Sterblichen.« Er lächelte, als ich ihm die Hand hinstreckte. Zu seiner Ehre sei gesagt, dass der Älteste Klok sich nicht im Geringsten anmerken ließ, dass meine Finger einfach nicht zu zittern aufhörten. Er schnitt die gleiche Linie in meine Hand wie vorher in Valens und half mir, meine blutende Hand über den Kelch zu halten.

Als mein Blut sich mit dem Gebräu vermengt hatte, streute Klok ein seltsames Pulver hinein, in dessen Duft ein Hauch von Salz und Rauch lag. Eine Dampfwolke stieg aus dem Kelch auf, als er mir das Elixier reichte.

»Trinkt von der Wildwut, von den Fae, von Eurem alten Blut.«

Ich wusste nicht, ob es auf die Worte ankam oder ob diese Zeremonie eher dazu diente, dem Traditionsbewusstsein Genüge zu tun, auf das Nachtleute so viel Wert legten, wenn es um die Wildwut ging.

Ich warf Valen einen letzten Blick zu, verstörter, als ich es mir anmerken ließ, und hob den Kelch an meine Lippen.

Der beißende Geruch von Blut, dichter Rauch und das scharfe Brennen von etwas Machtvollem unter all dem anderen drangen mir in die Zunge und in die Kehle. Ich hustete. Mir schnürte sich die Brust zu. Jeder Atemzug war ein Röcheln. Mir wurde schwindlig. Der Boden unter meinen Knien schien sich zu neigen.

In meiner Benommenheit wurde mir bewusst, dass Valens Arme mich aufrecht hielten. Gedämpft hörte ich seine Stimme.

Ich schloss die Augen. Mein Herz raste, während Geräusche unnatürlich laut in meinem Kopf ertönten. Von den fernen abendlichen Rufen der Vögel bis zum Rascheln trockenen Grases jenseits der Tore schien die ganze Welt in meinem Schädel zum Leben zu erwachen. Was ich als Farbe zu sehen geglaubt hatte, leuchtete nun lebendig und kräftig. Was ich zu hören geglaubt hatte, sang nun jede Melodie der Erde auf neue Art. Klarer. Lauter.

Als würde der Erdboden durch meine Adern strömen, strahlte die ganze Welt vor Schönheit, als ich die Augen wieder aufschlug. Jedes Blütenblatt, jeder Grashalm, war an den Rändern schimmernd vom Licht vergoldet. Sogar die kleinsten Tautropfen funkelten wie Edelsteine.

»Ist das … ist das Wildwut?« Meine Stimme war kaum mehr als ein Flüstern.

Valens strahlendes Lächeln wurde breiter. »Es hat funktioniert. Du siehst sie. Du siehst sie doch?«

Ich hielt mich an seiner Tunika fest. »Es sieht alles … magisch aus.«

Valen lachte zitternd, und bevor ich auch nur einen klaren Gedanken fassen konnte, schmetterte er seinen Mund geradezu auf meinen. Der König küsste mich tief. Es war ein sehnsüchtiges Geben und Nehmen. Seine Hände umfassten mein Gesicht und hielten mich fest, als könnte ich verschwinden, wenn er losließ.

Als er sich von mir löste, erhob sich die Königsfamilie und applaudierte lächelnd der Verwandlung. Unser Volk jubelte, aber ich sah nur Valen.

»Die Macht, die du siehst«, flüsterte er an meinen Lippen. »Sie war nicht da. Nicht vor dir, Elise. Nicht bevor du dieses Land für alle Leute zurückgewonnen hast.«

Mir stand der Mund offen. »Du hast das hier vor dem Krieg nicht gesehen?«

Er schüttelte den Kopf. »Ich habe es gespürt. Ich wusste, dass es da war, aber ich konnte die Wildwut des Landes nicht so *sehen* wie früher als Junge. Nicht, bevor ich dich lebendig wieder in die Arme geschlossen hatte. Die wahre Königin.«

»Heißt das, dass es funktioniert hat? Wir leben für alle Zeiten zusammen?«

Er strich mir das Haar aus dem Gesicht und ließ seine Stirn

gegen meine sinken. »Für alle Zeiten. Ich möchte meine Ewigkeit mit niemandem sonst verbringen.«

Und als er mich noch einmal küsste, war es, als würde unser Leben erst jetzt wirklich beginnen.